구비전설 선집

한국
고전
문학
전집

025

구비전설 선집

신동흔 옮김

문학동네

머리말

　입에서 입으로 전승돼온 구비문학은 수많은 사람의 경험과 상상, 정서와 사유가 응축된 집합체다. 기억을 매개로 한 가변적 전승 과정이 인지적 필터로 작용해 무의미한 내용은 걸러지고 가치 있는 내용이 살아남아 미적 생명체를 이룬 것이 구비문학 작품이다. 그 안에는 특유의 문학적 논리와 심오한 의미가 깃들어 있다.

　전설은 구비문학 담화에서 특별한 위치를 차지한다. 전설은 신화나 민담에 비해 이야기가 간단하며 기이한 내용이 많지만 그 가치는 매우 높다. 전설은 민중이 자기 방식으로 세상을 해석하여 갈무리한 집단적 담화다. 그 속에는 인간과 사회의 쟁점이 되는 문제가 압축적으로 서사화되어 있다. 그 이면에 담긴 진실에 주목할 때 전설의 참다운 가치를 느낄 수 있다. 관심을 가지고 찬찬히 속내를 음미해야 할 귀한 이야기가 전설이다.

　전설은 살아 있는 고전이다. 이제는 더이상 설화가 구비전승되지 않는다고 여기는 이들이 많지만 그렇지 않다. 전설은 오늘날까지도 만만치 않은 생명력을 유지하고 있다. 여러 지형지물에 얽힌 지명 전설이나 특별한 족적을 남긴 인물에 대한 전설이 전국 각지에서 폭넓게 전승되고 있다. 짧고도 인상적인 이야기 구조가 자아내는 서사적 경이가 전승을 이어가게 하는 힘이다.

이 책은 전설의 생명력을 보여주는 하나의 증거다. 이 책에 수록된 전설 백여 편은 근간에 조사 채록된 이야기들이다. 1980~1990년대 초에 수집한 일부 자료 외에 대다수 자료는 21세기에 조사됐으며, 2010년대에 채록한 것도 여러 편이다. 그 이야기들의 문학적 가치는 지난 세기에 조사 보고된 자료들과 비교해도 전혀 손색이 없다.

이 책의 전설 자료들은 구비문학 현지 조사 방법에 입각해 수집했으며, 편자가 직간접적으로 조사 채록에 관여했다. 개인 답사와 공동 답사를 통해 직접 수집 정리한 자료가 주축을 이루며, 편자가 연구책임을 맡은 사업에서 참여자들이 수집 보고한 자료도 있다. 거기에 편자의 구비문학 수업을 듣는 학생들이 과제로 제출한 전설들을 더했다. 여러 사람이 발로 뛴 결과라는 사실과, 신세대 학생들이 채록한 설화라는 의의를 특기할 만하다. 노년층 및 장년층 제보자가 스물 전후의 젊은이를 상대로 진지하게 구연에 임하는 모습은 전설이 살아 있음을 잘 보여준다.

전설은 증거물을 매개로 전승되는 담화로, 흔히 '무엇에 대한 전설'로 불린다. 그 '무엇'은 산과 강, 바위와 굴, 식물과 동물 같은 자연물이기도 하고, 도시와 마을, 절과 탑 같은 인공물이기도 하며, 역사적으로 실존했던 인물인 경우도 있다. 각각 자연 전설, 인문 전설, 인물 전설로, 이들을 2~4부에 나누어 실었다. 그리고 '널리 분포하는 전설'이란 뜻에서 광포 전설廣布傳說로 불리는 주요 전설을 선별해 1부에 실었다. 중요한 전설은 복수의 이본을 실어 전승적 변이를 확인할 수 있도록 했다.

이 책의 출간과 관련해 감사해야 할 이들이 많다. 이야기를 들려주신 구연자들께 먼저 감사 인사를 드린다. 이 책의 진짜 저자인 그분들 삶의 자취가 책을 통해 길이 남기를 기대한다. 현지 조사를 함께 수행하면서 귀한 자료를 수집 정리한 선후배 연구자들과 제자들께 진심을 담아 감사의 마음을 전한다. 도심 공원 설화 조사 작업에 참여한 김종군·김경섭·심우장·김광욱·유효철·정병환·김예선·오정미·김효실·나주연 선생, 양주 지역 현지 조사를 함께 진행한 강진옥·조현설 선생님과 김종군·강성숙·박현숙·김광욱·유효철·은현정·김예선·권선영·김지은 선생, 증편 한국구비문학대계 경기 지역 조사 작업을 함께 수행한 노영근·이홍우·한유진·구미진 선생이 이 책의 자료 수집에 기여했다.

편자의 '구비문학의 세계' 수업을 수강하며 설화를 수집하는 데 열성을 다한 건국대학교 학생들에게 특별한 고마움을 전한다. 설화를 조사하러 전라도, 경상도, 충청도 등 지방을 다녀온 학생도 여럿이었다. 학생들의 노고가 한때의 과제에 그치지 않고 우리의 소중한 문학 유산을 살리는 데 귀한 도움이 됐으니 행복한 일이다. 젊은이들이 설화 수집자에 머물지 않고 구연자가 되어 이야기 문화를 살려나가는 주역이 되기를 기대한다.

끝으로 문학동네 편집자들께 미안함과 감사의 뜻을 전한다. 일찌감치 마무리해야 할 작업이 이런저런 이유로 늦어졌는데 틈틈이 독려해준 덕분에 책을 낼 수 있었다. 우여곡절을 거쳐 멋진 책으로 갈무리한 우리의 귀한 전설이 살아 있는 고전으로 본연의 빛을 내면서 오래도록 사랑받는다면 더 바랄 것이 없다.

2021년 9월
경기도 양평 풀무골에서
신동흔

차례

1. 제보자들이 직접 구술한 설화를 녹음 전사했다. 부록에 각 자료의 조사 날짜와 장소, 제보자 정보, 조사자 성명을 밝혔다. 제보자의 나이는 구술 당시 한국식 나이로 표시했다. 일부 자료는 사정상 제보자 정보를 갖추지 못했다.

2. 자료의 제목은 편자가 새롭게 붙인 것으로, 기존 자료집이나 홈페이지 등에 올라와 있는 자료의 제목과 다소 차이가 있다.

3. 이야기 본문은 구술 자료의 내용과 표현을 반영해 구어체를 살려 정리했다. 이로써 구연자에게서 직접 이야기를 듣는 듯한 느낌이 살아나도록 했다. 단, 자료에 대한 접근성과 가독성을 높이고자 일정한 편집 정리 작업을 수행했다. 이야기 진행과 상관없는 구술 내용을 사이사이 덜어냈으며, 조사자와 청중 반응 부분을 많이 삭제했다. 구연자가 말을 더듬거나 불필요하게 반복한 부분, 앞뒤가 맞지 않게 구연한 부분 등을 정리하고, 가급적 표준어에 가깝게 어투를 다듬었다. 다만 이야기를 읽는 데 지장을 주지 않는 선에서 방언과 습관적 말투 등을 그대로 두어 구술 언어의 현장감을 살렸다.

4. 방언이나 낯선 말, 어려운 말 등은 표준어를 병기했고, 추가 설명이 필요한 부분은 각주를 달았다.

5. 비슷한 유형의 전설 자료 여러 편에 대해서는 뒷부분에 '깊이 읽기'를 두어 작품별 해설을 제시했다. 해설을 이야기의 속내를 들여다보는 길잡이로 삼아 내용을 다시금 음미하기를 권한다.

제 1 부 ◉ 광 포 전 설

수많은 전설 중 대부분의 사람이 먼저 떠올리는 이야기로 「아기장수」 「장자못」 「오뉘 힘내기」 등이 있다. 이처럼 비슷한 내용을 지닌 이야기가 전국 각지에서 전승될 경우, 학계에서는 이를 광포 전설廣布傳說이라 한다. 말 그대로 널리 분포하는 전설이라는 뜻이다.

　제1부에는 한국의 주요 광포 전설 자료를 싣는다. 「장자못」과 「아기장수」 「오뉘 힘내기」 「장군수」 「달래고개」 「야래자」 전설의 현지 조사 자료를 몇 편씩 골라 수록하고, 화소 및 구성이 이들 전설과 비슷한 자료를 곁들였다. 비슷한 내용을 지닌 이야기가 전승 과정에서 어떻게 달라져 서로 다른 의미를 발현하는지 눈여겨 살펴보자.

　광포 전설은 자연 전설에 해당하는 것이 많으며, 인문 전설이나 인물 전설의 형태로 전승돼오기도 했다. 그럼에도 광포 전설을 따로 구분해 앞쪽에 제시하는 것은 주요 전설의 현지 조사 자료를 한자리에서 만나보는 것이 전설 여행의 출발로 적합하다고 보기 때문이다. 여기 실린 자료들을 입구로 삼아 전설이라는 깊고도 오랜 서사의 세계로 걸어들어갈 수 있기를 기대한다.

장자골 안반지 전설

안반지案盤池는 지금도 그 건너편에 골짜기가 있는데, 거기 이름이 장자골이에요. 옛날에 거기 장자가 살았다고 해서. 장자長者는 부자보다도 엄청나게 더 많은 재산을 가진 사람이 장자예요.

근데 전설에 그렇게 돼 있어요. 어떤 중이 그 장자의 집에 가서 동냥을 좀 달라고 그러니까 그 주인이 쇠똥 치는 쇠스랑으로다가 쇠똥덩이를 하나 이렇게 찍어서 주면서,

"쌀이 없으니까 이거나 가져가라."

그랬다는 거예요.

그런데 이제 그 중이 그래서 그걸 받지 않고 그냥 지나갔는데, 그 집에 그 젊은 며느리가 그걸 보고서 이제 딱해서 몰래 쌀을 몇 되 퍼 가져가서 중을 붙잡고 주었다는 거죠.

그러니까 그 중이 하는 말이,

"집에 있지 말고 금방 뒷산에 가서 있으시오."

그랬대요.

그래서 그 중의 말을 믿고 뒷산에 높이 가서 있는데, 별안간 우박이 쏟아지면서 물이 늘어나가지고 그 장자의 집이 사태가 나가지고 다 떠나갔다는 거죠.

근데 그 장자의 집에 옛날에 구리 안반이 있었다는 거예요. 구리 안반. 안반이란 게 그 떡 치는 게 안반이거든. 그래서 그때 장자의 집이 떠나갈 때에 구리 안반이 강 위쪽으로 가라앉았다는 거지. 그래서 거기가 안반지라고.

장자못과 어금니바위

이 이야기는 아산시의 유래가 되는 바위에 대한 전설이야, 어금니 아牙 자에 뫼 산山 자를 쓰는. 그런데 어금니 산, 어금니처럼 생긴 바위가 있는 산이 있어야 아산이잖아? 그게 아산시 영인면에 있어, 길가에. 누구나 볼 수 있을 정도로. 저거 누가 봐도 그 산 꼭대기에 있는 바위가 어금니 모양의 바위처럼 생겼어. 사람들이 모르지 근데. 아산이 왜 어금니인지.

한 며느리가 아주 놀부 같은 시아버지를 둔 집으로 시집을 갔는데, 시아버지는 아주 구두쇠야. 그래서 쌀 한 톨도 허투루 쓰지 못하게 하는 거야. 근데 이 며느리는 참 심성이 착한 며느리였어. 그래서 늘 시아버지랑 부딪치는데, 뭐냐면 이 며느리는 쌀이나 곡식들을 가난한 사람들을 좀 도와주고 싶은데 시아버지는 늘 감시하고 있지.

그러던 중 어느 날 스님이 이 집에 찾아왔는데 시주를 부탁했어. 그래서 아니나다를까 이 며느리가 곳간을 열어서 정말 듬뿍 쌀을 시주를 했는데 시아버지가 그 모습을 보고 달려나와서 그 시주 됫박을 빼앗아가.

쌀 한 톨도 주지 않고 쌀을 다 버린 다음에 그 됫박에 정말로 똥을 가득 채워서 쫓아보내는 거야.

그래서 그 스님이 매를 맞고 똥을 가지고 쫓겨나는데 그 모습을 본 며느리가 뒤에서 숨어 있다가 뒷문으로 나가서 다시 자기 바가지에 쌀을 가득 담아서 그 스님한테 시주를 했어. 그랬더니 그 스님이 쌀을 받고 이야기를 해줘.

"저 집이 얼마 안 있어서 곧 땅으로 빨려들어갈 것입니다. 그때에 그 집을 얼른, 지금 탈출하고 절대로 뒤를 돌아보지 마시오."

그래서 두려움에 그 며느리가 그 집에서 멀어지려고 뛰어가는데 뒤에서 정말 큰, 우레와 같은 소리가 들렸어. 그래서 그 스님의 말을 듣지 않고 뒤를 돌아봤는데 그 집이 정말 땅으로 빨려들어간 거야. 모든 집안 식구랑 같이 다. 빨려들어가서 거기에 연못이 생겼다고 하는데 그 연못을 장자못이라고 불러, 지금껏 연못을.

그런데 뒤를 돌아보지 말라고 했는데 뒤를 돌아봤잖아? 그 며느리가 산으로 뛰다가 뒤를 돌아본 그 자리에 어금니 모양의 바위가 생겼다고 그래서 사람들이 그 바위를 어금니바위라고 부르기 시작해. 그 산은 어금니바위가 있는 산. 그래서 아산牙山. 그래서 오랫동안 그 지역을 아산군이라고 불렀어. 그 아산군이 온양온천을 갖고 있는 온양시와 통폐합하면서 아산시가 된 거지.

(며느리가 어떻게 됐다는 건 모르세요?) 며느리는 그냥 돌로 변해서 바위가 돼서 지금도 아산을 지키고 있는 거지. (그럼 어금니바위가 며느리?) 바위가 며느리야. 어금니바위가 며느리인 거야. 왜? 뒤를 돌아보지 말라고 분명히 얘기했는데 뒤를 돌아보는 순간 변했어. 그래서 어금니바위가 산꼭대기에 있지 않고 산꼭대기쯤에 가는 데 있어, 이렇게 위치가. 그 옆에 장자못이 있고.

소금기둥이 된 며느리

옛날에는 시어머니가 서른댓 살 먹으면은 며느릴 얻었어. 서른다섯에 며느릴 얻었어요. 근데 인제 열여섯 살 먹은 며느릴 얻고 시어머니는 서른다섯인데, 며느리가 시집가서 시어머니하고 같이 애를 낳어*낳었어*. 근데 시어머니가 아들을 낳고 며느린 딸을 낳어. 그래도 서른다섯 먹은 시어머니가 만날 아주 노인 노릇만 허고 앉았어. 그리고 그 새로 시집온 며느리만 부려먹어.

옛날엔 물을 길어다 밥을 해 먹었는데, 우물에 가서 물을 길어다가 큰 두멍으로 하나씩 그 어린 며느리가 금방 애기 낳고도 나가서 물을 길어다 붓고 그랬어요. 그리고 인제 거먹*검정* 솥에다가 불을 때서 밥을 해 먹어. 근데 나무가 없으니까는 막 금방 베어온 솔가지 시퍼런 거에다 불을 때니까 불이 타? 안 타지. 근데도 맨날 그런 데다 밥을 해내라 그거여.

근데 그렇게 해서 이럭저럭 밥을 해도 쌀 내줄 때는 시어머니가 내줘. 쌀을 내줄 때 시어머니가 내주는데 식구가 열이면 열이 먹을 만치 내놔야 되는데 며느리 밥은 없게 쌀을 내줘. 인제 며느리는 언제든지 눌은밥이나 쬐끔 있는 거 그거 먹고 양을 못 채워. 그래 양을 못 채우니까 애기 젖이 안 나오는 거야. 먹어야 젖이 나오는데. 옛날엔 젖을 먹여야 되는데.

그래 시어머니가 왜 나쁘냐 하면 자기가 낳은 아들만 그냥 끼고 돌지 며느리가 난 애기는 안 봐줘, 손녀를. 그 손녀딸이 울면 이불 갖다 푹 뒤집어 씌워놓고 죽어라 그거지, 자기 며느리가 난 애를. 자기 난 애기만 이뻐하고 며느리가 난 애기는 안 이뻐하는 거여.

근데 그 며느리가 너무너무 착한데, 그러니까 그 집에 시할머니도 있고 시어머니도 있어요. 그런데 시할머니래 봤자 시할머니도 환갑도 안 됐어. 그다음에 이제 며느리, 시어머니, 여자가 쭉 셋이 삼대가 사는데 며느리만 볶아먹는 거야. 금방 시집간 며느리. 그런데 이 할머니하고 시어머니가 나가기만 하면 뭐든지 훔쳐와. 농사짓는 데니까 무도 뽑아오고 배추도 뽑아오고 뭐든지 훔쳐와. 근데 며느리는 굉장히 양심적이야, 어려도.

'저렇게 하면 안 되는데 저런 거 왜 가져올까?'

이 며느리가 굉장히 양심적이야. 근데 인제 시할머니하고 시어머니하고 한짝이에요. 한덩어리가 돼가지고. 새로 들어온 며느리는 그거 싫어하거든. 훔쳐오는 거. 그러니까 자기네끼리 숨기는 거여, 그걸.

그래 하루는 며느리가 그 시어머니하고 시할머니한테,

"굶어죽더라도 이런 거 훔쳐오면 안 됩니다."

그랬어, 그 애기며느리가.

그러니까는 그 할머니 그래도 챙피하니까, 훔쳐온 건 챙피하니까 며느리하고 시어머니하고 하는 말이,

"우리가 훔쳐온 거 아냐. 아무개네서 준 거야."

이렇게 하는 거야.

근데 물길러 가보면, 시골에는 물길러 가는 그 우물에 여자들 모이는 동네거든. 근데 수군수군하고,

"아무개네 할머니가 아무개네 배추 뽑아가고 무 뽑아갔다."

그러는 거야. 근데 이 며느린 기분이 나쁘지. 자기네 얘기하니까.

'아 그러면 안 되는데. 그러면 안 되는데.'

그리고 인제 모르는 척허고 왔는데 자꾸만 그 짓을 한 거여.

그런데 중이 인제 쌀을 걷으러 댕겨, 옛날엔 집집마다. 동냥하러 중이 왔는데, 시주를 온 거여. 아 근데 이놈의 시어머니가 소똥을 한 바가지 퍼다가 그 쌀을 받는 바랑에다 집어넣어, 소똥을. 그래서 새로 들어온 며느리가,

'아 저러면 안 되는데. 저러면 안 되는데.'

그러니까,

"어머니, 거기다가 안 주면 안 줬지, 똥을 갖다 넣어주면 어떡해요?"

"아 그까짓 거, 농사도 안 짓고 빌어먹으러 댕기는 중한테 그거 주면 어떠냐?"

그러니까,

"어머니, 그렇게 하면 죄 받아요."

"죄 받을 게 어딨냐? 저런 건 그렇게 해도 괜찮아. 농사도 안 짓고 얻어먹으러 댕기는 거 똥을 줘도 괜찮다."

그렇게 한 거야.

이 며느리가 너무 안타까운 거야. 어른들이 그런 짓을 하니까. 그래서 나중에는 며느리가 하는 말이,

"어머니, 할머니. 할머니하고 어머니가 나한테 가르쳐줄 일인데, 그런 짓을 나 보는 데 하면 어떡합니까?"

그러니까,

"니가 뭘 안다구? 우리집은 이렇게 사는 집이여."

그러는 거여.

근데 이 며느리가 인제 나중에 쌀을 헐 적마다 시어머니가 내줘도 한

숟갈씩 몰래몰래 모았어. 모아가지고 언젠가는 저 중이 또 올까 싶어서 한 숟갈씩 모은 쌀을 그 중이 왔을 때 몰래 쳤어요. 몰래 담아서 넣어주는데 중이 뭐래는고 하니, 그 며느리보고 하는 말이,

"몇 월 며칟날은 어느 절로 당신 혼자만 와라. 애기 업고 당신 혼자만 와라."

그러고,

"오면서 뒤는 돌아보지 말고 와라."

그랬어요.

"이 집 식구 다 내버려두고 당신만 애기 업고 오는데 절대로 뒤는 돌아다보지 말고 와라."

그래서 하루는 그 어느 날 어느 시에 오라고 그래서 그날 이 새 며느리가 자기 딸만 업고서 슬쩍 동네 볼일 보러 나가는 척하고 업고서 나갔는데, 저만치 가는데 자꾸만 뒤에서 부르는 소리가 귀에 들리는 거야. 근데 거기가 돌아보지 말랬는데 돌아보고 싶어서 죽겠는 거지.

그래서 이렇게 돌아다봤잖우? 돌아다보는 즉시로 그 며느리가 소금기둥이 돼버렸어요. 보지 말랬는데. 근데 인제 그쪽에는 연못이 돼버렸어, 똥 퍼분 그 집이. 그 스님한테 똥 퍼준 집은 연못이 돼서 몽땅 죽었지. 근데 이 여자는 보지 말랬는데 돌아봤기 땜에 돌아본 그대로 소금기둥이 된 거여.

그건 뭐냐면 양심적으로 살라는 그 전설 얘기죠. 그거예요. 아무리 어려도 새로 들어온 며느리 말을 들어야지 어른이라고 그렇게 자기가 잘한다고 그냥 말 안 듣고. 그 며느리 말을 들었으면 그 집이 부자가 될 건데 며느리 말을 안 들은 거여. 안 듣고 할머니하고 시어머니하고 짜고 도둑질만 해. 그래 그 집은 연못이 돼버리고 그 여자는 애기 업구 소금기둥이 됐대요.

칠산바다 생겨난 사연

내가 어렸을 때 할머니한테 들은 옛날얘기가 있어. 지금 살아 계셨으면 백 살이 넘으셨을 텐데. 그 할머니가 어렸을 때 옛날얘기를 해주셨는데, 내가 태어난 전라남도 영광군 염산면에 칠산앞바다[1]라는 게 있어. 근데 할머니한테 그랬지. 소풍 갔다 와서,

"할머니, 왜 칠산앞바다에 이름이 칠산이에요? 바다가? 거기는 바단데."

그랬더니 할머니가 얘기를 해주신다고 앉으라고 그래갖고 옛날얘기를 들었어.

근데 그게 원래는 칠산앞바다가 바다가 아니구 육지였어. 육지였는데, 육지에 일곱 개의 산이 있어. 일곱 개의 봉우리 산이 있는데, 그 봉우리 산 사이에 이렇게 조그마한 고즈넉한 동네들이 있지. 동네에서 사

1) 칠산앞바다: 전남 영광과 전북 위도 사이의 바다. 흔히 칠산바다라고 일컫는다. 일곱 개의 섬이 있어 이렇게 부른다.

람들이 모여 사는데, 거기에 마음씨 착한 서씨 할아버지라는 사람이 살고 있는데, 지나가던 나그네가 서씨 할아버지네 들러서 밥도 얻어먹고 잠도 자고 다음날 인제 떠나야 되는데 너무 할아버지가 후히 대접을 해 줘서 고마워서 할아버지한테 일러주시는 거지.

"할아버지, 여기가 얼마 안 있으면 바다가 될 겁니다."

근데 육지가 바다가 된다니까 할아버지는 안 믿었지만 그래도 그 나그네가 해준 얘기가 마음에 걸려.

"왜 여기가 바다가, 어떻게 하면 바다가 되냐?"

물어봤더니,

"저기 돌부처가 보이잖아요? 저기 저 돌부처 귀에 피가 흐르면 여기가 바다가 될 겁니다."

얘기를 하고 나그네는 떠났어.

그런데 서씨 할아버지는 그게 인제 궁금하니까, 피가 흐르면 할아버지도 여기 마을이 잠기니까 여기를 피해야 되니까, 그래서 매일 서씨 할아버지는 그 돌부처에 피가 언제 나오나 하고 왔다갔다하는데. 옛날 개백정이라고 그랬어. 개백정이라 그랬는데, 지금 개장수지. 그 개백정이 개를 잡고 손에 피가 흐르는 거를 그대로 가갖고 장난으로 돌부처 귀에다가 피를 바르고 간 거야.

그니까는 이 서씨 할아버지가 어느 날 아침 일어나서 딱 가보니까는 돌부처에 피가 묻어 있는 거야. 그니까 할아버지는,

'아 인제 지금부터 바다가 되겠구나.'

놀래가지구 산꼭대기로 올라가고 올라가는데 지나가던 소금장수가,

"할아버지, 왜 그렇게 올라가세요, 산꼭대기를?"

그랬더니,

"얼마 안 있으면 여기가 바다가 된대. 근데 지금 돌부처에 피가 나니까 금방 바다가 될 거야. 당신도 얼른 피해."

그러면서 할아버지가 산을 올라가더라는 거야.

그니까는 소금장수가 자기가 짊어지고 있는 지게, 지게막대기를 딱 대면서,

"요기까지는 바다고 그 위에서는 괜찮습니다. 더 안 올라가도 됩니다."

그러니까는 할아버지가 그런가 하고 인제 거기 딱 작대기를 대놓은 데까지 위에 올라가 있는데, 갑자기 그 얘기가 나오자마자 천둥 번개가 치고 비가 오기 시작하면서, 저멀리 조그마한 바다에 막 물이 고이면서 점점 불어나는 거지. 막 비가 계속 오니까. 그래서 점점점점점 불어나더니 진짜 그 소금장수가 막대기를 딱 대 있는 거기까지 바다가 됐다는 거야.

그래서 믿지 않던 동네 사람들은 뭐 다 물에 잠기고. 그리고 그 동네는 다 잠기고 일곱 개의 산이 지금은 바다에 떠 있어서 그래서 칠산앞바다, 일곱 개의 섬이 됐다는 거지, 지금은. 그래서 거기가 칠산앞바다라고 우리 할머니, 옛날에 할머니가 얘기해주신 게 있어. 그래갖고 봉우리가 떠 있으니까는 우리도 지금은 아 그렇구나 하고 생각을 하는 거지. 그런 얘기가 있어, 전라남도에.

장자못 전설

장자못 전설은 한국뿐 아니라 전 세계적으로 널리 전승돼온 이야기다. 구약 창세기의 소돔과 고모라 이야기와 장자못 전설은 한눈에 봐도 유사하다. '뒤를 돌아보지 말라'는 금기를 서사의 축으로 삼는 그리스의 에우리디케 신화도 장자못 전설과 주요 내용이 겹친다. 중국을 비롯한 아시아 여러 나라에도 장자못과 유사한 함몰형 전설이 널리 분포해 있다.

장자못 전설은 얼핏 선악의 윤리와 도덕에 대한 교훈적 이야기로 생각하기 쉽다. 타인을 박대한 악한 사람이 벌을 받는다는 내용이 그런 느낌을 준다. 하지만 이 전설의 의미망은 그리 단순하지 않다. 선한 존재인 며느리가 비극적 결말을 맞이하는 전개만 하더라도 권선징악의 틀에서 벗어나 있다. 일견 부조리해 보이는 전개에 어떤 의미가 있는지 헤아리는 것은 이 전설을 이해하는 관건이 된다.

「장자골 안반지 전설」에서 장자가 스님을 박대하고 똥을 줬다가 집이 함몰돼 연못이 됐다는 것은 장자못 전설의 전형적인 내용에 해당한다. 따로 쌀을 시주한 며느리가 살길을 알게 됐다는 것도 마찬가지다. 보통은 며느리에게 뒤를 돌아보지 말라는 금기가 주어지는데, 이 자료는 금기 없이 며느리가 살아남았다고 말한다. 이 이야기에서는 '구리 안반'이라는 화소가 인상적 증거물 구실을 하여 그 집이 큰 부자이며 연못 자리가 집터였음을 확인시켜주고 있다.

「장자못과 어금니바위」는 사십대의 젊은 제보자가 구연한 전설로 장자못 전설의 전형적인 서사 구성을 갖추고 있다. 바위가 며느리바위가 아닌 어금니바위로 돼 있는데, 증거물의 모양새 때문에 이런 이름을 갖게 되었을 것이다. 어떻든 어금니도 신체

일부라는 점에서 사람이 돌로 변했다는 내용과 연결된다. 그 돌이 아산이라는 한 고을을 지킨다는 것은 며느리가 지니는 신령성을 암시한다.

「소금기둥이 된 며느리」는 장자못 전설의 전개를 따르면서도 특징적 변형이 포함된 자료다. 며느리가 소금기둥이 되었다는 점도 그렇고, 시어머니 및 시할머니와의 갈등 상황을 담아내고 있는 것도 독특하다. 이는 여성 청중의 관심사와 공감을 고려한 변형으로 소통의 현장감을 살리는 효과를 낳고 있다.

「칠산바다 생겨난 사연」은 돌부처 눈 붉어지면 망하는 마을이라고 일컬어지는 함몰형 전설이다. 신을 무시하고 타인을 경시하는 행위로 생활 터전이 함몰됐다는 설정이 장자못 전설과 유사하다. 인간의 오만을 경계하는 한편 자연의 놀라운 조화에 얽힌 경이를 현시했다. 이야기에서 사람이 돌부처에 피를 바르는 지점은 인간의 신성 모독이 선을 넘어서 재앙을 부르는 순간이라 할 수 있다.

아기장수와 스님과 용마

옛날에 장사가 나면 삼족을 멸했다는 거예요. 집안을, 집안을 전부.

여 아래 가면 인늪[1]이라는 그런 동네가 있는데, 거기서도 장사가 났대요. 장사가 나가지곤 하는데, 삼 일 만에 그 앞집에서 애기^{아기}를, 자니까 눕혀놓고서는 생일을 먹으러 갔는데[2] 와보니까 애기가 없더래요. 그래선 어디로 갔나 하고 애길 찾아보니깐, 옛날엔 뭘 얹으려면 나무를 베어다 이렇게 해서 시렁을 해서 거기다 얹었는데 시렁 꼭대기에 올라가서 애기가 놀더래. 그래서 꺼내보니깐 겨드랑이 밑에 날갯죽지가 돋았더래요.

"아 이거 장사가 나면 삼족을 멸한다는데 이거 큰일났다. 우리가 다 죽게 생겼다."

광솔불^{관솔불}을 캐가지고 날갯죽지를 지져버렸대. 그러니깐 애기가 죽

---

1) 인늪: 경기 가평군 북면의 지명. 외부에는 잘 알려지지 않은 작은 못이다.
2) 생일을 먹으러 갔는데: 생일잔치에 참석하러 갔는데.

었대요. 죽었는데 애기 죽은 뒤로 사흘 만에 절에 도사 중이 와가지고 는,

"이 댁에 애기 났다는데 애기 내놓으시오."

그러니깐,

"겨드랑에 날갯죽지가 나서 지져서 죽였습니다."

그러니깐,

"아 그동안을 못 참아서 죽이느냐? 우리가 데려다가 기를 건데 그동안을 못 참았느냐?"

그래가지곤 야단을 치고선 갔는데, 그뒤로 일주일 만에 그 늪에서 그냥 용마龍馬가 나가지고 울면서 뛰어서 돌아댕기면서…… 그래가지고 인늪 뒷산으로다가 바위가 있는데 말 발자국이 있다는 거예요, 지금도. 그래서 인늪, 그 늪에서 용마가 나와가지고 뛰고.

그걸 살렸으면 큰 장사가 될 건데 죽였다는 거죠. 그걸 오래 둬두면은, 애길 둬두면 자기네가 기르는 게 아니고 절에서 그냥 그걸 갖다가 공부도 시키고 술법도 가르치고 이래 가지고 기를 건데 그동안을 못 참아서 죽였다고 그런 얘기가 있고. 늪에서 용마가 나가지고 뛰어댕겼다는 전설인데, 그게 발자국이 있대요, 말 발자국이.

아기장수와 돌로 변한 용마

전국 도처마다 아기장수 얘기는 다 있습니다. 내 살던 남산[1]의 하대 지방에도 아기장수 얘기가 있지요. 이 장수를 태우고 다니려고 한 용마란 바위가 있습니다. 용마가 하늘에서 내려와서 막 울고 거기서 다시 올라가려 하다가 굳어버렸다 하는 그런 전설을 볼 수 있습니다.

하대에 가면 인홍리라는 마을이 있는데, 하대하고 경겹니다. 자라지란 못이 있는데 그 일대를 말합니다. 그 어느 때 거기 살던 어떤 부부가 아기를 낳았는데, 아기를 낳아놓고 인제 첫칠일^{초칠일}에 그 애를 재워놓고 밭에 갔다 떡 오니 야가 어디 있냐 하면 옛날에 촌집에 가면 농을 이래 두고 이불을 얹어놓지. 그 위에…… 인제 그래서 부부가 깜짝 놀랐는 기라. 아기가 올라가서 생글생글 웃으면서 앉아 있거든. 얼라가 앉아 있으니 희한한 일이 아니겠소? 그래가 인자 아^{아이}를 내려가지고,

‘누가 올려놓은 거 아닌가?’

---

1) 남산: 경북 경산시 남산면을 뜻한다. 이곳에 하대리, 인홍리, 자라지 등이 있다.

그래 생각했겠지.

내려놓고 젖을 주고 했는데 그 이튿날 역시 일을 하러 갔다가 들어오니까 또 그 위에 올라가 노는 기라. 그래 인제 신기해서 애를 살펴보니까 요기 요 밑에 겨드랑이에 날개가 딱 나 있는 기라. 날개.

그러니까 그 엄마 아버지는 촌사람이 돼놓으니까 밖에다가,

"우리 아가, 요 겨드랑이에 날개가 나 있더라. 그래 지붕 위에도 뛰놀고 방긋방긋 웃고 카더라."

이게 이제 얘기가 되는 기라. 그래가 인제 고을 사또가 알고 보니까, 인제 사또가 와보니까 맞거든. 나라에 보고를 해버렸는 기라.

당시만 해도 그런 사항이 일어나면은 앞으로 큰 장군이 나가지고 인제 왕을 뒤엎고 역성혁명을 한다, 다시 말하면 역적질을 한다 이거라. 옛날에는 왕이 한 성이잖아요? 역성易姓을, 성을 바꾼다 이거야. 그러니까는 죽여버려야 된다 그래서 나라에서 인제 없애라 했어요, 부모한테.

"없애라."

아이고 부모의 입방정으로 애를 죽였는 기라.

그래서 나라의 명령이 지엄하니까 집 앞에 나가 구덩이를 파고 애를 잘 때 보자기에 싸가지고 그 안에 넣고 옛날에 그 연자방아, 큰 돌로 된 보리 갈고 하는 거, 큰 거 그거를 들고 와서 눌러버린 기라. 눌려갖고 인제 못 나오지. 그런데 애가 깨놓으니까 우는데 돌이 막 들썩들썩하는 기라. 얼마나 힘이 센지. 아이가 해가 빠질 때까지 울다가 조용한 기라. 죽어버린 기라.

죽고 나니 그날 밤에 말이 막 온 동네를 짖어대면서 울면서 막 뛰어댕긴 기라. 구석구석 자기 주인 찾으려고 뛰어댕기다가 그 집 앞에 와보니 주인이 죽었거든. 죽어놓으니 다시 산 쪽으로 올라가서, 가다가 바위로 굳어버렸거든.

그래서 인제 뒤에 가서 장군이 될 사람을 태워가지고, 그 장군이 전쟁

터에 나오고 이럴 때 용마를 타고 다니도록 하려고 하늘에서 온 용마인 기라 했지. 그런데 결국은 장수가 된 어린아기가 죽어버렸기 때문에 말도 인제 필요 없잖아. 그래 오늘날 돌로 변해가 굳었다 그런 말이 있었지.

자기 죽이는 방법 알려준 아기장수

우리 광주에서도 서울에 갈라며는 천릿길이라고 하는데, 근데 그 중국 사람들이 산 혈맥穴脈을 따라서 여기를 왔어, 혈맥을.

기씨란 사람이 거기서 젊은 사람이 뭣을 한고 하니, 사람들이 여남은 씩 잡기雜技를 하는데 그 사람은 심부름해주고 얻어먹고 사는 거라. 술 먹고 용돈 주고 그러니께. 그래서 이 사람이 닭도 하나 사다가 그걸 잡아서 죽 쒀갖고 한 그릇에 모두 나눠 먹이고. 아 그러고 있는데 중국 사람이 하룻저녁에는 와갖고 자고 갈란다 이 말이여.

"여기서 하룻저녁 자고 가면 어쩌겠냐?"

"아 그러시오."

방이 있으니께 자. 그러고 저녁밥을 주니께 밥을 먹고. 근데 중국서 온 사람도 우리 한국 반찬이 입에 맞았던가 그놈을 먹고는 잘 줄 알았더니, 아 계란 하나 달라고 그랬던 갑다. 계란 하나 주라고.

그래서 계란 하나 주니께 먹을 줄 알았더니 그놈을 갖고 산에를 올라간다 이 말여. 그 위에 산이 이렇고 밑에는 도론데, 이러고 산이 쭉 있는데, 막 계란을 갖고 거길 가던가봅니다. 중국서 혈맥을 따라오니께 애가 톡 떨어졌거든[1]. 그러니께 파고 거기다가 계란을 넣으니께 장닭이 되어 갖고 꼬꼬 울거든.

그 이튿날 저녁에 또하나를 달라그래. 그러니께 그 심부름하는 사람이,

'이 사람이 저녁이면 계란을 하나씩 달라고 그러니 이상한 사람이다.'

뒤를 재버리지. 그 사람이 뒤를 밟았어. 또 가서 계란을 갖다 넣으니까 또 울어. 아 그래갖고 두 번을 넣어서 닭이 울었어.

닭이 딱 울었는데 인제 세 번 만에 또 계란 하나 주라고 그러니께 그 둥우리에다가 계란을 병아리 앉혀서 안 깨고 남은 놈이 곯아버렸어. 고 놈을 갖다줬어. 아 그놈을 주니께 울 것이여? 안 울지. 그러니까 그 이튿날 저녁에 또하나 주라고. 인제 두 번 울었으니께 한 번 더 하려고. 그러니께,

'내가 이래서 쓰겄냐? 죄 되었다. 곯아진 놈을 줬으니.'

성한 놈을 갖다주니께 그놈이 마저 울거든. 그러니까 중국 놈이 거기다 표를 딱 해놓고 올라갔어. 인제 자기 선산을 그리 옮기려고. 중국서 혈맥이 여기가 똑 떨어졌거든.

그래 거기다 딱 해놨는데, 아 기씨란 사람이 고거를 알고는,

'예끼 안 되겄다.'

거기 가서 표를 딱 해놓는 걸 보고는 중국서 오기 전에 자기가 가서 제 조부 묘를 거기다 옮겼어. 저 혼자.

그러고 한 것이, 포태를 가진 것이 아들을 낳았어[2]. 아들 낳는디 장군이던가벼. 근데 이놈의 애기를 낳아놨는데, 애기가 집에 어머니 아버지

---

1) 중국서 혈맥을~톡 떨어졌거든: 혈맥이 막히면서 기운이 응축됐다는 뜻이다.
2) 그러고 한~아들을 낳았어: 계란이 닭이 되어서 우는 명당에 조상의 묘를 쓰자 그 사람의 아내가 임신해 아들을 낳았다는 뜻이다.

부모가 없으면 혼자 양쪽 겨드랑 밑에가 날개가 달려. 그래갖고 날아. 천리를 갔다 와, 저녁이면. 그러고 또 부모가 올 거 같으면 딱 드러눕고. 그러고 허니까, 인제 그 말이 소문이 나놓으니까,

"안 되겠다. 손孫을 잃는다, 자손을. 전부 손이 끊긴다. 이거 나라에서 알면 큰일난다."

그러니께 이 사람이 죽이려고 허니 죽여질 것이여? 애기를 죽이려고 모가지를 뚝 떼버리니까 또 붙어버려. 어깨를 잘라버려도 붙어버리고 다리를 잘라버려도 붙어버리고.

사흘 만에 애기가 하는 말이,

"어머니, 나를 죽여주려면 내가 가르쳐줄게, 글로만^{그렇게만} 허시오."

"너를 살리면 우리가, 정부에서 다 멸족을 시킨다니 너를 죽여야지, 너 하나 땜에 우리가 멸족을 허겠냐?"

"정 그러시다면 나를 죽여주려면 겨릅대³⁾ 갖고 와서 나 여기 세 번만 때려주라. 겨릅대 어서 캐 갖고 와서 여기 세 번만 때려주라."

아 그러니께 즈그 어머니가 할 수 없이 겨릅대를 갖고 와서 세 번을 때리니까 거기서 죽어, 애기가. 인자 죽어버리니께 그 장군은 났어도 발휘를 못했제. 시방 그 묘가 있소. 거 밑에 있는데 시제時祭를 모셔, 그 사람. 시제를 모시고 있는데.

거기는 인제 발휘를 못했는데, 중국놈 들이 인자 제 부모 묘를 파가지고 해골을 갖고 왔어. 갖고 와서 보니까 묘를 써 갖고 있거든.

"아이고 안 되겠다."

요런 철못을 갖다가 거기다 묘 봉에다 갖다가 때려박아버려. 안 되겠다 그래갖고.

그래갖고 기씨란 사람은, 묘가 거기 있는데 묘도 크지도 않고 그런데

---

3) 겨릅대: 껍질을 벗긴 삼의 줄기.

비 세워놓고 시제를 모셔. 아 그게 누가 보면 전설이라고 하는데 우리가 알지. 그러니께 중국서도 여기까지 혈맥을 따라서 오고, 우리 한국같이 좋은 자리가 없단 것이지. 그래갖고 우리 한국이 버려버린 것이여[4].

---

4) 그래갖고 우리~버려버린 것이여: 장수가 나서 성공할 기회를 스스로 저버렸다는 뜻이다.

양평 장수바위 전설

내가 참 아쉬운 얘기가 있는데 그 얘기를 할게. 바위가, 기가 막힌 바위가 있는데, 그게 지금 묻혀버렸어요. 그 바위가, 경기도 양평군 양서면 대심리라는 데가 있는데, 거기 남한강에 바위가 있어. 내가 거기 사람이여.

거기에 제일 바위라는 게 하나 있어. 아주 잘생긴 바위야. 사람이 여름에 저녁을 먹고 잠잘 수 있는 바위야. 장수바위라고 하는데 이게 만든 게 아닌데도 참 잘생겼어. 근데 거기 사람이 드러누운 모양새가 그대로 있어. 팔다리, 머리, 허리춤 모난 데가 없어 그냥. 아무나 가서 드러누워도 꼭 맞아.

장사가 누웠던 바위라 그러는데, 손이 이렇게 뻗치고, 발이 여기 이렇게 누워 있고, 요기 음낭이 이렇게 있고. 음낭이 있다고 여기. 이건 그냥 만들 수가 없어. 아주 정확해. 이 바위 얘기야.

옛날에 고마운 장수가 한 명 있었는데 바위 안에서 자고 있다가 나왔다지, 그 장수가. 그때는 농사짓는 사람들밖에 없었어. 그 장수가 말이야, 심성이 착해가지고 농사일을 아주 잘 도와줬어. 키도 아주 지금으로 치자면은 이 미터도 훨씬 넘을 거여. 힘이 얼마나 좋으냐면 쌀 몇 가마니를 등에다가 짊어지고 혼자 일을 다해. 장수가 있을 적엔 도둑들도 없었어.

그 장수가 그런데 어느 날 갑자기 코빼기도 안 보여.

"어디로 갔나? 어디로 갔나?"

온 동리 사람들이 찾았는데, 아 글쎄 장수가 사는 집이 어디 있는 줄 모르겠는 거여. 어디 있나 어디 있나 했는데 보니까는 바위에 사람 누운 자국이 있어. 키를 보니까 딱 그 장수여.

"아이고 장수가 바위 안으로 도로 들어갔나보다."

사람들이 장수 고마운 줄도 몰라.

"그냥 일을 막 부려먹으니까는 장수가 섭섭했나보다. 화가 났나보다. 그래서 도로 들어갔나보다."

그래서 장수바위야. 장수가 누웠던 바위. 그게 지금 묻혔단 말이야. 왜 묻혔느냐? 팔당댐을 만들어서 그래. 내 지금 그 생각만 하면 아직도 눈물이 나.

아기장수 전설

날개 달린 장수가 부모에게 살해된 사연을 전하는 아기장수 전설은 국내에 조사 보고된 자료가 약 오백 편에 이른다. 이 이야기가 여러 지역에서 동시다발적으로 구전된 것은 높은 서사적 원형성과 문제성을 지니기 때문이다. 이 이야기는 사람들의 패배의식과 무력감을 드러내는 것처럼 보이지만 속내가 그리 단순하지 않다.

아기장수는 하늘이 준 변혁의 기회를 상징한다. 날개는 하늘과 닿는 신령성과 무한한 비상을 대변한다. 문제는 변혁이 위험성을 내포한다는 데 있다. 아기장수는 미래 구원에 대한 희망과 현재의 삶을 절멸할 수 있는 위험이라는 양면성을 지닌다. 그러한 상황에서 사람들은 어떤 선택을 했으며 우리는 또 어떤 선택을 할 것인가 하는 점이 화두가 된다.

이야기 속 부모나 주변 사람들의 선택은 장수를 죽이는 일이었다. 희망을 지키고 키워야 할 책임이 있는 사람들이 희망의 씨앗을 말살한 것이다. 이 이야기는 사람들이 자기 안의 두려움과 부조리를 들여다보면서 미래에 다시 도래할 수도 있는 희망 앞에서 어떻게 할 것인지 생각하게 한다.

「아기장수와 스님과 용마」는 날개 달린 장수의 출생과 부모의 자식 살해, 용마의 출현과 죽음 등 아기장수 전설의 전형적 서사를 갖추고 있다. 이 자료에서는 스님의 질책이라는 화소를 통해 부모가 장수를 살해한 행위가 그릇된 것임을 부각한다. 이로써 아쉬움과 안타까움을 자아내면서 장수를 지켰어야 한다는 인식을 자연스레 이끌어내고 있다.

「아기장수와 돌로 변한 용마」는 날개 달린 장수의 탄생과 죽음에 얽힌 전형적 서사와 함께 몇 가지 특징을 갖추고 있다. 아기장수가 죽게 된 원인을, 부모의 두려움과 폭력이 아닌 무지와 경망에서 찾으며 역성혁명을 암시하면서 권력자의 폭압적 개입을 직접적으로 표현했다. 장수를 태우려던 용마가 돌이 됐다는 독특한 설정은 장수의 억울한 죽음을 부각하면서 폭력의 역사를 보여주는 강력한 반성적 증거물 구실을 하고 있다.

「자기 죽이는 방법 알려준 아기장수」에서는 아기장수 출생이 풍수 명당 화소와 연결돼 있다. 명당을 써서 자식을 낳아놓고 그 아이를 죽이려 하는 부모의 모습에서 자기중심적 욕망의 모순성을 보게 된다. 이 자료는 아기장수가 스스로 죽는 방법을 알려준 내용이 해석상 관건이 된다. 아기장수가 세상은 물론 부모에게까지도 포용되지 못하는 남다른 존재성으로 무력감과 절망감을 표출하는 것이라 볼 수 있다.

「양평 장수바위 전설」은 바위에서 나왔다가 바위 속으로 사라진 장수에 대한 이야기로, 아기장수 전설과 다른 유형이다. 단 장수가 신령성을 지니는 존재이고 사람들의 욕심 때문에 힘을 잃는다는 점에서 아기장수 전설과의 연결성을 찾아볼 수 있다. 장수가 사람들과 어울리다가 외면된 존재가 되어 사라진 결과는 인간의 배타성을 돌아보게 한다. 장수가 바위 속에 들어가 누운 상황을 볼 때 그가 돌아올 가능성이 사라진 건 아니라 할 수 있다.

오뉘 힘내기와 묘순이바위

아들딸 남매를 낳았는데 다 장수여. 장수여서 아들은 나막신 신고 서울 갔다 오기로 하고 그동안 딸은 돌 주워다가 성 쌓기로 했댜. 성 쌓기를 했어[1].

그렇게 이제 시합을 했는데 어매가 아들이 질까봐, 딸이 이기게 생겨서, 남자가 오빤데 어매가 아들이 질까봐 콩밥하고 미역국하고 해서 딸을 보고,

"얘얘, 거기 밥 먹고 해라."

그래가지고선 콩밥을 잔뜩, 콩밥 해서 갖다주고서는 그거 깨물어서 먹는 동안에 아들이 왔댜.

그래갖고선 그게 원이 돼갖고,

"묘순아, 콩밥하고 미역국하고, 콩밥이 웬수^{원수}지?"

---

1) 성 쌓기를 했어: 오누이가 서로 내기를 했다는 뜻이다. 뒤의 내용을 볼 때 목숨을 건 내기였음을 알 수 있다.

이러면 산울림으로,

"웬수지!"

소리 난댜[2]. 지금도 그런댜. 지금도 가서 발을 탁, 묘순이바위 가서
발 굴르면서,

"묘순아, 콩밥하고 미역국하고가 웬수지?"

그러면,

"웬수지!"

그런댜.

대흥산에 묘순이바위가 있댜[3].

---

2) 소리 난댜: 어머니의 개입으로 시합에서 진 딸이 죽어서 원한이 맺혔고, 사람들이 그 딸(묘순
이)에게 찾아가 말을 걸면 묘순이가 대답을 한다는 뜻이다.
3) 대흥산에 묘순이바위가 있댜: 대흥산은 충남 예산 대흥면에 있는 산으로, 안에 임존성이 있다.
묘순이가 성을 쌓았을 때 마지막으로 올리지 못한 바위를 곧 묘순이바위라 한다. 다른 자료에서
는 아들 이름을 '길동'이라 하기도 한다.

장사 남매와 치마바위

나는 저기 전라도에서 시집왔어. 화순和順이라고, 알지? 화순에서도
어디야, 동복면에 유천리라고 있어. 거기서 서울로 시집왔단 말이야. 나
어릴 때부터 우리 어머니가 하도 지겹게 해준 얘기가 있는데 이건 뭐
어떻게 잊어먹을 수가 없어. 들어봐.

우리 살던 데에 이제 산골짜기가 있거든. 거기에 논이 있는데 엄청나
게 큰 바위가 있었어. 그거를 어른들이 치마바위라고 불렀어. 다들 그렇
게 부르니까 나도 그냥 치마바위다 하고 불렀지.

옛날에 언제야, 조선 언제더라? 아, 명종 때. 나이 많은 부부가 살았
어. 근데 쉰 살이 다 돼도 자식이 없는 거야, 자식이. 얼마나 걱정이 많
겠어? 부부가 금슬은 좋은데 애가 없으니 주변에서도 막 수군대고 이러
니까 부인이 하루는 걱정이 돼가지고 남편한테,

"저기 옹성산甕城山 산신 힘이 그렇게나 좋다는데 우리도 한번 정성껏
기도해봅시다."

한 거야. 남편도 방법이 없으니 좋다고 했지.

이제 부부가 맨날 새벽마다 목욕도 깨끗하게 하고 옷도 딱 단정하게 입고 산에 올라가는데, 이거를 얼마나 오래했냐면 백 일이나 해. 이제 백 일째 되는 날 밤에 꿈을 꾸는데 거기에 옹성산 산신이 나왔어. 산신이 꿈에 나와서 하는 말이,

"너희가 아주 정성이 갸륵하구나. 너희 부부에게 남매를 줄 테니 모후산母后山을 찾아가 십 일 동안 기도를 올려라."

그럼 부부가 뭘 하겠어? 기도를, 모후산에 가서 또 열흘 동안 기도만 해. 그랬더니 밤에 이번엔 모후산 산신이 나타났지. 나타나가지고 하는 말은,

"옹성산 신이 남매를 줬으니, 나는 두 남매에게 금강역사의 힘을 나눠주겠노라."

그러는 거야. 그러니까 그게 뭐냐면 수호신이야. 수호신.

이러니 얼마나 기뻐, 부부가? 아주 애들을 금은보화 다루듯이 막 예뻐라 하면서 금이야 옥이야 키워. 애들이 무럭무럭 자라는데 애가 아주 힘이 장사야. 고을 씨름 대회 나가서 일등도 하고 황소도 타오고.

얘네가 커가지고 이제 시집 장가 갈 나이가 됐어. 근데 겨드랑이 밑쪽에 날개 같은 게 막 돋아나는 거야. 이걸 보고 누이가 오빠를 불러서 가만히 얘기를 해.

"오빠! 오빠랑 내가 산신의 힘으로 태어났다고 하니 우리 한번 힘을 시험해보자."

이러니 오빠가 뭐라고 하겠어? 그리 물으니까. 또 누이가 오빠보고 산 위에 올라가서 바위를 던지면 자기가 받겠다고 하는 거야. 오빠가 알았다고 하고서 엄청나게 큰 바위를 동생한테 던져버리는데 누이가 이걸 여기 앞가슴하고 한복 치마폭을 확 벌려가지고 바위를 받은 거야. 그렇게나 큰 바위를 치마폭으로 받았으니 이제 남매는 자기네 힘이 얼마나 센 건지 알게 됐지. 그리고 이걸 부모님한테만 말하고 비밀로 하기

로 해.

이러던 찰나에 임진왜란이니 뭐니 난리가 나니까 의병을 모집하는데 이 남매가 자기들도 의병을 하겠다고 전쟁통에 들어간 거야. 여자는 안 되니까 오빠 따라서 누이동생은 남장을 했는데, 힘이 장사니까 뭐 붙는 싸움마다 다 이길 거 아냐?

형제라구 막 속이는데 이 형제들을 다 무서워해. 근데 이제 누이가 여자라는 걸 들키면 안 되니까 둘이 맨날 같이 자는데, 이걸 사람들이 이상하게 보고 밤에 몰래 옷을 벗겨버린 거야. 근데 이게 뭐야? 형은 겨드랑이에 웬 날개 같은 게 있고 아우는 처녀였던 거지. 사람들이 보고 놀라서 막 주변 사람들을 깨워. 사람들이 그걸 보더니 형 날개 두 짝을 뽑아버리고 도망가. 이렇게 난리가 나니 오빠가 동생을 데리고 급하게 고향으로 도망치듯이 가버려.

이렇게 돼가지고 남매가 다시 고향에 오긴 왔는데, 남매가 전쟁통에서 싸우는 동안 부모님 두 분은 벌써 돌아가시고 빈집만 남은 거야. 둘이 쓰던 갑옷이랑 창이랑 이런 것들은 옹성산 바위틈에 감춰버리고 빈집에 있는데 오빠가 날개를 뺏겨가지고…… 점점 힘이 없어지니까 오빠도 얼마 안 가서 죽고 누이만 남게 돼. 혼자 남은 누이는 어떻겠어?

'인생이 허무하구나, 허망하구나.'

지리산에 가서 비구니가 돼. 그러고는 이제 부모님이랑 자기네 오빠 극락왕생하게 해주세요, 기도하며 살았대.

남매가 이렇게 다 없어지고, 오빠가 던진 바위를 누이가 치마로 받았다고 해서 치마바위라고 부르게 된 거야. 거긴 사람도 얼마 안 다니는데 우두커니 저 혼자 서 있어.

천마산 말무덤 전설

천마산[1] 옆에 가면 큰 바위가 한 일고여덟 개가 있어. 옛날에 흥해興海 망창산望昌山에서 한 장수가 자기 훈련을 위해가지고 무술을 닦으면서 맨날 망창산에서 이 천마산 쪽으로 돌팔매질을 하는 거야. 그래 그 흔적이 그 돌이라는 거지.

근데 어느 날 돌팔매질을 하다가, 그 장수가 태어났으니까 아마 천마가 나타났는지 하여튼 그 장수한테 좋은 말이 있었던 거 같아. 이 장수가 자기 말이 화살보다 빠르다 하고는 이제 동네 주변 사람들한테 자랑을 했어. 이제 그 주변 사람들이 보러 왔을 거 아냐?

어느 날 돌을 던지고, 그 돌을 던지던 자리로 화살을 쏘고, 자기가 말을 타고 간 거야. 이제 망창산에서 천마산까지 간 거지. 근데 맨날 돌 던지던 그 장소에 화살이 안 보이는 거야. 그래 이제 그 장수는,

---

1) 천마산(天馬山): 경북 포항시 흥해읍에 있는 산. 높이 88미터의 작은 산이다. 망창산에서 동쪽으로 4킬로미터 정도 떨어진 곳에 있다.

'아 이게 화살보다 말이 늦게 온 거 같다. 화살은 숲속 어디 박혔으니 못 찾는가보다.'

그러고는 이제 칼을 빼서 말의 목을 딱 쳤어.

근데 말의 목이 떨어지는 순간, 뒤에서 화살 소리가 톡 떨어지는 거야. 그래서 자기 애마를, 화살보다 빠른 애마를 죽였으니까,

"아 이제 내가 천운이 다했나보다."

그 장수도 그 자리에서 자결했다고 그러는 거 같아.

그래서 그 돌팔매 던지던 산을 천마산이라고, 그 옆에 동쪽의 산을 말 머리산이라고 그런다, 뭐 그러더라고. 그 화살이 와서 박혔던 자리는 이 렇게 보면 천마산 쪽에서 바닷가 쪽으로 강 같은 게 있어가지고 큰 소^沼가 됐는데, 명주실 한 타래를 넣어도 이게 끝이 안 보이더라, 그런 전설이 있어.

내장산 장군봉의 장군수

저거 서울에서 내장산內藏山 단풍 구경 가면은 케이블카 타고 올라가는 데 있지? 그 케이블카 타고 꼭대기 올라가면은 거기가 장군봉이요, 장군봉. 그 이름이 장군봉이라고. 근데 그 장군봉이 왜 장군봉이냐? 그 유래를 모르는 사람은 몰라요.

그 장군봉이 왜 장군봉이냐 하면, 옛날에는 지금의 대웅전 큰절 있는 데는 절이 없었어요. 그땐 없었고 저 고려장1) 가서 절이 하나 있었는데, 그 고려장이 굉장히 오래된 절이라고, 그 절이. 그때 고려장 절이 었었는데, 노장 스님 하나하고 여남은 살 먹은 상좌하고 둘이 있었어요. 그 절에서 그 둘이 살았는데 노장 스님이 한번은 뭐라 하는고 하니,

"인제 우리도 이마만큼 돈을 모았으니까 절을 복구하려고 하는데, 절을 새로 짓게 되면 칙사를 써야 한다."

그러니까 집터를 구한다 이거여.

---

1) 고려장: 내장산에는 고려장에 얽힌 이야기가 전해오는데, 그 장소를 일컫은 것이다.

"앞으로 얼마만 더 있으면 새로 짓게 생겼다."

노장 스님이 밤 열두시만 되면 꼭 저녁에 나가. 하루도 안 빠지고 나간다고. 그러니까 상좌라는 놈이,

'대체 왜 우리 스님은 열두시만 되면 꼭 나가는고?'

인제 뒤를 밟았던가봐. 그 뒤를 밟으니까, 한참 내려가다 보니까 약수터가 약숫물이 있는데, 그 약숫물을 먹는데 큰 바위를 들어가지고 뒤로 제껴놓고 쪼그려 떠먹어. 쪼그리고 그놈을 떠먹어. 떠먹고 난 다음엔 바로 덮어놔버려. 그럼 누가 먹고 싶어도 못 먹어, 그 물은. 그 바위를 들지를 못하니까.

자기 스님이 바위를 들고 물 먹는 것을 알았어. 알고는 인제,

"나도 가서 먹는다."

스님이 왔다 가면은 그뒤에 인제 한두 시나 되어서 이놈이 혼자 나가. 나가서 그 물을 먹으려고 보니까 이놈의 바위가 딱 덮였졌는데 움직거릴 수가 있어야 물을 먹지. 아 그래가지고 요놈이 가만히 생각하니까, 산에 가면 산죽대[2]가 있잖아? 그놈이 가운데가 뻥 뚫렸다고. 고놈을 딱 꺾어가지고는 그 바위 틈새기로 꼭 찔렀어. 찔러가지고 쪽쪽 빨으니께 물이 올라오거든. 그 속에 있는 물이 올라와.

그렇게 해서 먹었는데 이 노장스님은 나이가 많으니까 힘이 줄어드는 셈이고, 얘는 강하니까 자꾸 나는 힘이란 말이여. 나는 힘에다 대고 그놈의 물을 먹으니 얼마나 자꾸 힘이 나겠냐 이 말이여.

한 몇 년을 먹었어, 이놈이. 먹고 나서 가만히 이 바위를 들썩여보니까 달싹달싹하거든. 인제 그 물을 먹고 나서. 그래가지고는 그 다음부터는 요놈이 저 혼자 바위를 들어 제껴놓고는 물을 먹었어. 그래 스님이 갔다 와서 먹고 나면은 요놈이 가서 먹어. 스님 알면 큰일나니까.

---

2) 산죽대: 죽대. 산에서 자생하는 둥굴레속 식물.

아 그래놓고는 인제 물을 먹었는디 가만히 스님이 보니까 저거 상좌 어린것이 저녁마다 나가거든.

'아 요놈이 뭣 하러 나가나?'

가만히 가서 보니께, 아 그 바위를 제껴놓고 물을 먹는다 그 말이여.

'내가 저놈을 키우다가는 내가 괜히 저놈한테 죽겠구나.'

그래 마음먹고 그 상좌를 죽이려고 인제. 그런데 이 스님이 뭐라 하는고 하니,

"절을 짓게 되는데 네가 저 앞 높은 봉우리에 가서 바위를 떨어서[3] 날 쏠래? 내가 쏠게 네가 여기서 받을래?"

그러거든. 그래서 상좌가 가만히 듣고 생각하니까 만약에 받다가 잘못 받으면 대갈통에 맞으면 죽을 거 아녀?

"그 제가 올라가서, 거기 가서 쏩니다."

그러니까 그 장군봉, 유명한 산봉우리 장군봉 그게 그 장군이, 상좌가 거기 올라가서 바위를 떨어가지고 쐈어. 그 쐈가지고 거리가 얼마냐? 한 오백 미터 돼요. 그 거리가 굉장히 긴 거요. 지금도 거 축대가 있습니다. 축대 쌓아놓은 거, 집터가 있어, 지금도.

---

3) 떨어서: '흔들어 떼서'라는 뜻으로 쓴 말이다.

오뉘 힘내기와 장사 전설

한국 전설은 힘센 장사에 관한 내용이 많은 편이다. 우리나라에 산이 많고 산속에 바위와 돌이 많아서인지 장사 전설 가운데서도 산이나 바위에 얽힌 이야기가 많다. 힘센 장사는 태어날 때부터 신이나 자연의 특별한 힘을 받은 존재이자 욕망을 지닌 한 인간이라는 양면성을 지닌다. 자연의 순리와 신성을 따를 것인가 아니면 인간적이고 문명적인 욕망을 따를 것인가 하는 문제는 이야기를 해석하는 데 중요한 요소가 된다.

「오뉘 힘내기와 묘순이바위」는 오뉘 힘내기 전설의 전형적 서사를 담고 있다. 누이가 돌성을 쌓고 오라비가 서울을 다녀온다는 것은 남녀 간 대결 외에도 자연과 문명의 대결로 해석될 여지가 있다. 오누이는 여성적 신성과 남성적 신성을 상징하는 존재로도 볼 수 있다. 한편 여성이기도 한 엄마가 딸이 아닌 아들 편을 드는 역리적 선택에 이야기의 묘미가 있다. 이야기는 묘순이바위가 깊은 한을 품은 채 살아 있음을 강조해 생생한 생명력을 발현하고 있다.

「장사 남매와 치마바위」는 남매가 서로 힘을 시험하는 면에서 오뉘 힘내기 전설과 내용이 통하지만, '겨드랑이에 돋아난 날개' 화소로 볼 때 아기장수 전설의 면모를 지니기도 한다. 사람들이 날개를 훼손하고 남매를 무력화하는 전개는 스스로를 불신해 실패를 자초하고 만다는 반성적 인식을 현시하고 있다.

「천마산 말무덤 전설」은 전형적인 말무덤 유형의 전설이다. 장수가 자연적 생명성과 신력神力을 상징하는 명마를 대하는 태도에서 인간 대 자연이라는 대립항이 부각된다. 자기 재능과 천마로 상징되는 조력자까지 갖춘 장수가 교만을 부려 한순간 판단 착오로 좌절하는 내용이 탄식을 자아내는데, 이는 장수의 자멸로 볼 수 있다.

「내장산 장군봉의 장군수」는 전국 각지에 전해오는 장군수 전설 자료 가운데 하나다. 두 사람이 차례로 장군수를 먹고 경쟁자가 된다는 전형적인 내용인데 요점은 '먹으면 힘이 강해지는 물'에 있다. 이는 자연에 깃든 신령한 힘을 표상하는 화소다. 이 물을 먹고 장사가 둘이나 났음에도 성취한 바가 없는데, 인물들이 대의보다 욕망을 앞세웠기 때문이다. 노장스님과 상좌의 대결은 구세대와 신세대의 갈등으로 해석될 여지도 있다.

노처녀와 지렁이 도령

양반집인데, 딸이 맏딸 하난데, 시집을 보내려고 여기서 저기서 중매를 해도 색시가 선을 안 보는 거여. 죄 싫대. 시집을 안 간대. 그래서 인제 아버지가 몸이 달아서,

"너 시집 안 가고 처녀 늙은이로 죽으면 내 얼굴에 먹칠하니까 우선 시집이나 갔다가 우리집으로 와서 살아라."

딸한테 자꾸 그러는 거여. 자꾸 그러고 설득을 하고 하니깐 그제서 얘길 하더래.

"나는 우리집 문간으로 맨날 책가방을 들고 공부 배우러 가는 총각하고 결혼하지 딴사람하고는 안 한다."

그러더래.

근데 그 아버지는 아무것도 못 봤거든. 그래가지고는,

"그럼 누구냐?"

그랬더니 그런 얘기를 하더래, 딸이.

그래서 그이가 하루는 대문간에 지키고 있다 보니까 저기 저 학생이

책가방을 들고 바깥마당에 이렇게 가더래. 나중에 저녁에 올 무렵에 지키고 있다가 붙들고 집에 들어가선 상다리가 휘어지게 저녁상을 차려주고서,

"우리 딸이 결혼할 나이가 됐는데 이렇게 결혼을 안 하니 언제 결혼할 거냐?"

그러니까,

"삼 년만 기다려주세요. 삼 년만 기다리면 내가 꼭 이 아가씨하고 결혼을 하겠습니다."

그래서 학교 갔다 오면 놀다 가고, 밥 먹고 가고, 놀다 가고 밥 먹고 가고. 그런데 나이 많은 처녀가 삼 년을 못 기다리니까, 그래가지고 인제 참다 참다 못하고 석 달을 못 참고 이놈의 아가씨가 이만한 명주꾸리를 해갖고, 저녁 먹고 놀다 가는 걸 바늘을 요기에다 꽂아가지고 이렇게 했다잖아.

나중에 실꾸리가, 이만한 꾸리가 다 풀려나가더라.

인제 그 이튿날 학교를 가야 되는데 안 오더라. 그래서 그 아가씨가 명주실 밟으면서 싹 가다 보니까 큰 연못에 멍석말이만한 지렁이가 둥둥 떠 죽었더라. 그게 그러니까 석 달만 더 있으면 사람으로 도성道成할 건데 도를 못 이루고 바늘로 이렇게 명주실을 꽂아서 죽은 거지.

쌀 나오는 바위

구절산[1]이란 데가 저 높은 봉우리에서 한 십 미터 이십 미터 정도 내려오면 절이 하나 있어. 어떤 터가 있더라고요. 터만 봤어. 지금은 절이 없어, 하나도.

근데 거기는 부엌 뒤 바위틈에 이렇게 구멍이 있는데 손님이 하나가 오면 하나가 먹을 쌀, 두 사람이 오면 두 사람이 먹을 쌀 이렇게 나왔대, 쌀이. 손님이 셋이 오면 세 사람이 먹을 쌀, 그게 고만큼만 나온 거여. 더는 안 나오고.

근데 밥하는 이가 쌀이 이렇게 나오는 걸 빨리 나오라고 불 때는 부지깽이로 막 파냈대, 쌀 나오는 거를. 그뒤로는 하나도 안 나왔다는 얘기야. 그렇게 파내고 나서는.

그래서는 그게 절도 없어지고 다 없어졌더라고요. 절터만 가서 내려

1) 구절산(九節山): 충남 공주시 이인면에 있는 산. 절이 아홉 개 있어서 구절산이라 했는데 지금은 무수산(無愁山)으로 불린다. 참고로 이 자료 구연자가 공주 출신이다.

가서 보고 왔어요. 근데 절을 내려가기가 상당히 힘들어. 산 높은 봉우리에서 이렇게 내려가는데 한 이십 미터밖에 안 돼도 나무가 있고 요렇게 길도 좁은데 아주 그냥 바위를 붙잡고 내려가야 돼.

근데 그 절 밑에는 편평한데, 집 하나 지을 정도로 쪼그마한데 거기는 아주 낭떠러지가 한 삼십 미터 사십 미터 정도, 한 오십 미터는 떨어졌어, 낭떠러지가. 그 절 지었던 데 그 앞은 낭떠러지가 아주. 그래 거기는 올라갈 생각도 못하구서 산 높은 데서 내려오게 되어 있더만그려. 그 절에 내려가면 암자가 하나 있었는데 그랬대요. 믿기지 않을 일이지만 그런 일이 있었다는 얘기여.

청계산 달래내고개 전설

달래내고개라는 얘기는, 청계산 넘어서 판교 쪽으로 넘어가잖아? 저기 양재에서 판교 넘어가는 달래내고개라고 하는데 왜 달래내고개냐하면, 옛날에 선비가 오누이하고 둘이서 거기를, 그 고개를 넘다가……옛날에는 여름에 보면 모시 적삼 이런 거 이렇게…… 비가 왔어. 소나기가 와서 자기 누이 옷이 착 달라붙었을 거 아냐? 여자의 몸매가 드러나는 걸 보고 이 선비가 소위 말해서 그러니까, 누이를 보고 성욕을 느낀 거지. 그래서 가운데 성기가 발기를 한 거야.

그러니까 이 선비가 도저히 그걸 용서할 수가 없어. 인제 고개 위에 마루에서 잠깐 쉬면서 산에 가서 볼일 보는 척하고 산속으로 올라간 거야. 그러니까 누이가 봤을 때는 오라비가 뭐 소피보러 가는지 뭐 하겠구나, 그래 기다리는데 한참 기다려도 안 와. 그래 올라가봤더니 그 오라버니가, 남자의 그것을 바위에다 놓고 짓찧어가지고……

"어떻게 누이를 보고 이게 니가 막 이게 발기를 할 수 있느냐!"

그래가지고 바위에다 짓찧었어. 남자는 그거 짓찧으면 죽거든. 그게 피범벅이 돼서 죽었어.

그러니까 누이가 와서 그 오라버니를 끌어안고 울면서,

"아이고 오라버니! 어떻게 그러면 한번 달래나 보지! 달래나 보지!"

그러면서 애절하게 울었대.

그래서 그때부터 그 고개의 이름이 달래내고개가 됐다 하는 설이 있어, 학설이. 그냥 일반 내려오는 얘기지. 사실 여부는 모르고.

가평 달래고개 전설

요 우리 앞산으로 요 앞길로 해서 가다보면 꽃동네하고 썬힐[1] 가는 사이가 있어요. 요 왼쪽에는 썬힐이고 우측에는 쪼끔 더 올라가다보면 꽃동네, 가평 꽃동네 있거든요. 그 길로 해서 쪼끔 가다보면 노채라는 고개가 나와요. 노채. 지금은 거리가 이제 도로를 닦아가지고 한 오 분 정도면 가는 길이에요. 옛날에는 이쪽에서 가면 한 이십 분 정도 걸린 길인데.

그러니까 뭐 나 어렸을 때 얘기죠 뭐. 인제 보면은 지나간 얘기들 많이 하시잖아요. 겨울에 할아버지 할머니들 앉아갖구 그냥. 그 얘기 들었는데 우스운 소리들 많이 하시잖아요. 근데 나는 어린 나이니까 그거를 그냥 별별 일 없게, 아유 무슨 달래고개가 이상한 게 그런 말이 있다, 이렇게 생각했거든요.

여름이래요. 언젠지는 모르지만 여름인데 누이동생하고 이렇게 나들

---

1) 썬힐: 가평에 있는 골프장.

이를 나서서 여기서 이렇게 글루^{그리로} 장 보러 가요. 많이 갔어요, 그전에는. 지금도 장 보러 가요. 여기서 이렇게 해서 일동 장을 보러 가거든요, 이렇게 넘어서. 그러면 이제 약초 캐서 팔고 이러는 사람들은 각각 장마다 다 다녀요. 여기서 파는 사람, 약초 캐서 이제 가평 장도 가고, 일동 장도 가고, 포천 장, 청평 장, 현리 장이 있는데, 그때가 아마 일동 장이었나 봐요. 포천 일동 장.

그런데 누이동생하고 여름이니까 약초 캐든지 뭐 팔러 가는데, 누이동생은 앞에 가고 오라버니는 뒤에 섰는데 비가 쏟아졌대요. 비가 억수같이 쏟아지니까 그냥, 여름이니까 얇은 옷 아니에요? 그러니까는 그냥 온몸이 다 그대로 드러나는 거 아니야? 그러니까 뒤에서 오빠가 가더니 갑자기 자기 몸의 일부가 누이동생도 몰라보고 이상한 행동으로다가 말썽을 일으키니까.

'아 이건 인간도 아니다. 형제도 몰라보는 게 무슨 저기냐. 이게 동물이나 진배없지!'

그러고는…… 돌아서 보니까 자기 오라버니가 돌로, 자기, 웅? 돌로 찧었더래요. 그래가지고,

"오라버니, 왜 이런 일을 저지르셨냐?"

이제 동생이 물어보니까 하는 말이,

"내가 형제도 몰라보는 이런 동물인지 몰랐다."

그러면서 자기가 그냥 자기 거를 이렇게 돌로 찧었다 그러니까, 너무 안타깝고 마음이 아프니까 이제 동생은 하는 말이,

"그럼 오빠, 달래나 보지 그러셨냐! 이렇게까지 해야 되냐!"

그러면서 있었다 해서 거기가 달래나 보지 이런 고개예요.

기타 광포 전설

전국적으로 널리 전해오는 광포 전설 가운데 성격과 맥락이 다른 세 유형의 설화를 한자리에 모았다. 「노처녀와 지렁이 도령」은 야래자夜來者 전설에 속하며 흔히 시조 탄생담으로 전승돼왔다. 『삼국유사』에 실린 견훤 출생담도 이 유형에 해당한다. 「쌀 나오는 바위」는 미혈米穴 전설이라고도 한다. 이 전설은 절이나 암자가 사라진 곳에 얽혀 있는 경우가 많다. 달래고개 전설은 달래강 전설과 같은 유형으로 '달래나 보지'라는 이름으로도 불린다. 강에 얽힌 이야기는 충주 달래강 전설이 유명하며, 고개에 얽힌 이야기는 전국 곳곳에서 전해온다.

세 유형의 이야기는 순리를 거스르는 인간의 욕망을 화두로 삼는다는 점에서 비슷하다. 다만 화두를 의미화하는 방식에는 상당한 차이가 있다. 예컨대 「쌀 나오는 바위」가 과도한 욕망을 경계하는 내용인 데 비해 달래고개 전설은 인간의 원초적 욕망을 인정하는 이야기다. 구체적인 양상은 개별 자료마다 차이가 있어 세심하게 살펴보면서 뜻을 음미해야 한다.

「노처녀와 지렁이 도령」은 남자가 낮에 여자를 찾아온다는 점이 독특하지만, 이야기의 큰 흐름은 야래자 전설과 통한다. 여자와 관계를 맺고 간 남자의 정체가 지렁이나 뱀이라는 것과 실을 꿴 바늘을 남자의 옷에 꽂아 정체를 알아낸다는 것은 야래자 전설의 핵심 내용이다. 이야기 속 커다란 지렁이는 용과 연결되어 남자의 신령성을 암시한다. 얼마 남지 않은 시간을 기다리지 못하고 바늘을 꽂은 결과 상대방이 죽게 되었다는 것은 인간이 성급하게 소유를 하려는 욕망을 반성하게 한다.

「쌀 나오는 바위」에서는 구연자가 직접 현장을 다녀온 경험을 생생히 전한다. 바위에서 쌀이 나온다는 것은 인간의 생존을 가능케 하는 자연의 생명력을 뜻한다. 부지깽이로 구멍을 파는 행위는 자연의 순리에 반하는 인간의 무모한 욕망을 나타내며, 부정적 결과는 그에 대한 자연의 응보라 할 수 있다. 다른 자료에서는 쌀 대신 피가 나왔다고도 하는데 자연의 생명력과 인격성을 현시하는 내용이다.

「청계산 달래내고개 전설」은 전형적인 달래고개 유형의 자료다. 오라비가 자해해 죽으려는 모습을 실감나게 표현해 절박한 상황을 구체적으로 살리고 있다. 이 설화는 '남녀'라고 하는 자연과 '형제'라고 하는 문명 사이의 딜레마를 서사화하여 문명이 인간성을 억압하고 있지는 않은지 돌아보게 한다. 다만 그에 대해 답을 말하지 않고 문제를 제기할 따름이다.

「가평 달래고개 전설」은 지역적 장소성이 뚜렷이 살아 있어 생생한 현장감을 전한다. 자연적 본능과 문명적 윤리 양편에 걸쳐 있는 인간 존재의 운명이 인물 형상에 함축되어 있다. 고개는 운명적 분수령을 상징하며, 소낙비는 문명의 옷을 벗겨내는 자연성을 상징한다.

제 2 부

⊙

자연 전설

전설의 주요 문학적 특성으로 지역적 현장성을 들 수 있다. 이는 평민들의 생활 경험과 감각에서 우러난 참다운 지역성을 말한다. 그런 전설이 전국 마을마다 다양하게 전승돼왔는데, 지형지물에 얽힌 자연 전설이 그 밑바탕을 이루고 있다. 산과 바다, 강과 들에 대한 전설부터 바위나 굴, 꽃과 나무, 각종 동물에 대한 전설까지 자연 전설은 범위가 무척 넓다. 그 이야기에는 자연에 깃들어 살던 하층 민중의 삶의 애환이 층층이 새겨져 있다.

자연 전설에서는 자연에 깃든 창조적 생명성과 신비한 조화造化, 그리고 인간과 자연의 동질성에 기반한 존재적 넘나듦에 주목해야 한다. 전설에서 그려지는 자연은 늘 그대로 있지 않고 역동적인 생명력을 품은 채 극적 변화를 펼쳐낸다. 구연자는 이 세상 천지자연이 먼 옛날 언제 어떻게 만들어졌는지 이야기하며, 인간과의 관계 속에서 끝없이 재창조되는 변화를 이루어낸다고 한다.

전설은 인간을 자연의 일부로 보는 관점을 반영하고 있다. 하지만 때로는 자연의 순리에 거스르거나 정면으로 충돌하기도 하는 존재가 전설 속 인간이다. 자연 전설에는 한국인의 원초적 인간관과 자연관이 살아 있는 화석의 형태로 새겨져 있다.

노고할머니와 게너미고개

요 근처로는 저기 해령[1]이라고, 게너미고개라고 하는 데가 있는데 양주에서 파주로 넘어가는 고개야. 옛날 태곳적에 양주에 게가 많았는데, 그 게너미고개에 노고할머니에 얽힌 옛날 전설이 있어. 노고할머니가 게너미고개에서 소피를 보는데 게가 와서 성가시게 굴어가지고 게를 잡아서 파주로 팽개쳤다는 거야. 그래서 게가 넘어갔다 해서 게너미고개.

여기 저 사백여 고지 되는 산이 있는데, 지금 미사일 부대가 있지마는 옛날엔 노고산이라 그랬어. 그 노고할머니가 거기서 말하자면 통치를 했는데, 그 양반이 해령에서 소피를 보다 그런 일이 있었다고 해서, 그래서 양주에는 게가 전부 파주로 넘어가고 양주에는 게가 없어. 그래서 그걸 게너미고개, 해령이라고 이름이 지어진 거지.

1) 해령(蟹嶺): 경기 양주 광적면에서 파주 법원면으로 넘어가는 길목에 있는 고개. 정식 명칭은 해유령(蟹踰嶺)이며, 속칭으로 게너미고개(게넘이고개)라 한다.

노고할머니가 대단하게 크지. 왜 크냐 하면 그게 참 신화적인 얘긴데, 요쪽에 불국산이라구 있어. 노고산하고 그게 거리가 상당히 먼데 노고할머니가 이쪽 불국산에다가 다리를 걸치고 소피를 보는데, 그 지점이 문학재고갠가 거기 큰 바위가 있는데 바위에다가 소피를 보니까 바위가 뚫어져서 물결 흐르는 모양으루 패였어. 패였는데 요즘은 그게 깨져 가지고 바위가 없어졌어.

(예전엔 있었어요?) 있었지, 나도 봤는데!

산성은 현재 거기 있어. 노고할머니가 거기서 했으니까 노고성老姑城. 노고할미 노고산老姑山이라고 그래, 지금도.

(산성이 노고산에 있습니까?) 어. 노고산에 있는데, 지금 미군 미사일 부대가 있어. 노고성이야. 노고산 이름 있고, 성 이름도 노고성이야. 거기 수호신이 되는 모양이야.

여기 노고산이 워낙 순해서 지방민에 피해를 별로 안 끼쳤어. 사람한테 무슨 괴로움을 끼친 얘기는 없고 참 순한 할머니였다나봐. 물론 덩치가 뭐 한 이십 리나 다리를 걸쳤다니깐 뭐 황당무계하지만 거구는 거구지.

개양할머니와 수성당

내가 지금 일흔둘인데, 어려서 한 열 살 정도에 그 제례, 음력으로 정월 열나흗날 제사를 지내거든요. 개양할머니한테다 지내는데, 여기가 칠산바다여. 칠산바단데, 여기 사자골이라고 등대를 중심으로 해서 골이 있어. 물속이 빠르고 안 빠르고 한데 거기가 조기가 엄청 났어요. 연평도 못지않게 났어.

근데 개양할머니가 어민들을 도와주는 거예요. 어떻게 하냐면 너무나 깊어서 안 좋은 데는 메워주고, 또 풍랑이 심하게 일 때는 꿈으로 현몽을 한다든가 그렇게 해서 어민들이 조업을 안 나가게 한다든가. 그리고 딸을 여덟을 낳아요. 낳는데 딸 하나는 데리고 있었고 일곱은 각 도로, 전라북도 이 도道 자가 아니고 섬 도島, 도서 지방으로 다 시집을 보낸 거요. 여기서 딸들이 간 데가 정확히 아는 데가 여기 위도蝟島가 하나 있고, 저 고군산열도고군산군도, 저 흑산도 그런 데로 다 보냈어요.

그래서 그분이 키가 무진장 크대요. 장대해가지고. 수성당[1]에 보면 용굴[2]이라고 있어요. 거기에 서면 여기 무릎 아래 닿는다는. 키가 무진장 크다고 그래요. 이게 전설로 구전으로 내려오는 얘긴데 어른들이 그렇게 하고……

수성당 그 자리가, 변산에 이십사혈이 있어요. 이십사혈이라 하는 것은 명당을 얘기하는 거여. 근데 명당을 잘 써야 하는데 수성당 자리가 지금 변산 이십사혈에 하나 들어 있는 거야, 명당이라는.

그게 우리 아버지보다 나이가 한 살 인가 두 살 덜 자신 분이 수성당 수호를 했어. 그때는 지금보다 더 엄격했어. 제사를 지낼라면은 일주일 전부터 어린애를 낳았다든가 그런 데는 절대 가서 안 되고, 사람이 죽었는데 문상을 가도 안 되고, 무엇이든지 짐승이라고 죽은 것이라도 봤다든가 또 부부간에 잠자리를 해도 안 되고 그때는 그렇게 철저했어요. 거기다 인줄[3]이라고 있잖아요? 종이를 오려가지고 딱 해가지고 쳐서 그 집에는 일절 사람이 들어가지 못하게 그렇게 해가지고 일주일 전부터 정비해가지고.

여기서 곰소[4]까지 걸어가, 그분이. 물로 걸어가면은 이 복상치(복숭아뼈) 잖아? 이 정도밖에 안 닿았대, 걸어가는데. 그 곰소가 그전에 항(港)이 있었거든. 그런데 거기를 적어도 한 달이면 몇 번씩…… 그리고 위도 저기, 여기서 보자면 형제섬이 있어요. 거기까지도 다 보고 그렇게 해서 어민들을 도왔다는 그런 전설이 있어요.

(용왕님하고 부부라고 그런 말도 있던데요?) 그런 전설은 있어요. 부부인데 그분이 이리 나오고 용왕님이 바다에 계셨다. 용왕님을 지금 거기다 붙였잖아요? 수성당에 가면 용왕님, 산신령, 칠성, 관운장 그렇게 다 있

---

1) 수성당(水城堂): 전라북도 부안군 변산면 격포리에 있는 신당. 개양할머니와 그의 여덟 딸을 모신 곳으로, 조선 순조 1년(1801)에 처음 세워졌다고 한다. 지금 건물은 1990년대에 새로 지은 것이다.
2) 용굴: 수성당이 위치한 절벽 아래쪽 바다와 연결되어 있는 굴. 용이 드나든다고 전해온다.
3) 인줄: 금줄. 부정한 것의 침범이나 접근을 막기 위해 문이나 길 어귀에 또는 신성한 대상물에 매는 새끼줄.
4) 곰소: 전북 부안군 진서면에 있는 지명. 수성당에서 이십 킬로미터 이상 떨어져 있다.

어요. (관운장은 거기다 왜 붙여놨을까요?) 관운장은 그 두 분을 말하자면 경호하는 직이지. 경호했다는 의미로 고증하는 분들 말 들어가지고 그 런 거지.

곰나루 유래

곰나루라구, 여기 웅진熊津이거든. 웅진나루, 곰나루라구 그래서 여기 나오는 거여. 그게 참 오래된 전설로 내려오는디.

한 농부가 저 연미산燕尾山에 나무를 하러 갔는디, 곰이 암콤이 있는디 사람이고 짐승이고 임신될 때가 되면, 발양發陽이 되면 참기가 어렵댜. 그런디 지금 남편을 구하는 참인디 나무꾼이 왔거든, 남자가. 이 곰이 힘이 세니까 끌고 가서 그 곰 굴에다가 이렇게 가둬놨어. 그라구 큰 바위로다 가려놔. 꿈쩍을 못 하게.

그러니까 거기서 자연히 곰이 먹을 것도 갖다주고 먹고 그렇게 허는 디, 여러 날을 지내다가 보니까 곰하고 관계가 돼서 임신이 됐어. 그래 인제 곰 새끼를 낳거든. 그러니까 암콤이 새끼까지 낳고 그랬으니까 설마 하면서 사냥을 나갔어. 말하자면 남편이랑 곰 새끼만 두고서 사냥을 나가는디, 이 사람은 어떻게든지 집에를 와야 될 거 아녀? 그러니까 참 어떻게 문을 밀어가지구서는 강물을 헤엄을 해 건너왔어.

그래 보니까, 어디 사냥 갔다 와서 보니까 제 남편이 강을 헤엄쳐 건너갔거든. 그러니까 워쨌거나 남자는 어거지로 살았지마는 그 곰은 참 정도 들고 새끼도 낳고 그래서 새끼를 안고 와서 이리 건너오라구 사뭇 시늉을 하구, 이렇게 소리를 고래고래 지르구. 그래도 그냥 이렇게 도망을 오니까 그 새끼를 물에다가 그냥 집어쳐넣구 그 곰도 물에 빠져 죽었대야. 그래서 웅진나루여, 곰나루.

그래서 지금 거기 곰사당두 만들어놓고 이렇게 해서 지금까지 그 전설이 내려오는 게 지금 있지. 그래서 거 전설의 고향에도 나오구 그랬어.

(어느 때 일로 알려져 있습니까?) 그게 저 퍽 오랫적, 고구려 적이나 아마 어떻게 된 모양여.

자연 창조 전설

자연물에 관한 전설의 시원으로 대자연의 탄생에 얽힌 이야기를 꼽을 수 있다. 이러한 전설에서는 신적 힘이 펼쳐내는 큰 조화에 주목해야 한다. 그 존재는 거인 신으로 형상화되며, 흔히 여신이다. 대표적으로 대모신大母神으로 일컬어지는 '마고'가 있다.

마고로 통칭되는 창조적 대모신은 지역에 따라 이름이 다양해 마고할미 외에 노고老姑나 노고할미, 개양할미, 갱구할미, 설문대할망 등으로 불린다. 제주도의 설문대할망도 마고 계통의 창조신이다. 전설에서 거구의 여신은 산과 봉우리와 계곡, 바다와 섬 등 대자연의 창조에 다각적으로 관여한다. 마고할미나 노고할미는 산과 들의 창조에 관련되며, 개양할미나 갱구할미는 바다나 섬과 연관성이 깊다. 설문대할망은 산과 바다 양쪽의 창조에 두루 관여한 것이 특징이다. 이들에 관한 전설은 근간에 채록됐지만 그 서사적 연원은 매우 오랜 것으로 추정된다. 역사시대를 넘어 수천 년 또는 수만 년 전의 기억이 담겨 있을 가능성을 배제할 수 없다.

자연 창조 전설에 곰나루 전설을 함께 싣는다. 자연 창조에 얽힌 이야기는 아니지만 연원이 매우 오래된 신화적 전설이라는 점을 고려했다. 곰과 사람의 결합으로 자손이 탄생한다는 내용은 단군신화를 연상시킨다. 곰나루 전설은 인간 창조담이나 시조 탄생담 성격을 띠는데, 창조가 파국으로 귀결되는 것이 특징이다. 자연과 인간 사이의 어긋남을 서사화한다는 점에서 주목할 만하다.

「노고할머니와 게너미고개」는 양주 지역에서 채록한 마고할미 계통의 전설이다. 여기서 '할미'는 여신을 지칭하는 보통명사로 보는 것이 정설이다. 거구의 여신이 소피를 본 결과 지형이 바뀌었다는 것은 마고 계통 설화의 전형적인 사연이다. 소피로 바위가 파였다는 것은 자연 창조의 강력한 에너지를 상징한다. 전설에서 마고나 노고할미는 부정적으로 묘사되기도 하는데, 이 자료에서는 사람들에게 피해를 끼치지 않고 수호신 구실을 했다고 하여 긍정적으로 인식되고 있다.

「개양할머니와 수성당」에서 개양할미는 전라북도 변산반도에서 널리 알려진 창조적 거인 여신이다. 오늘날까지 그를 모시는 신당이 남아 있어 사람들이 치성을 드리고 있다. 개양할미가 깊은 바다를 메워주고 딸들을 각각 일곱 개의 섬으로 보냈다는 데서 바다와 섬의 창조와 조정에 관여한 행적을 구체적으로 볼 수 있다. 개양할미가 용왕과 부부 관계라는 것은 후대적 변형으로 여겨지는데, 개양할미와 바다의 깊은 관련성을 보여준다.

「곰나루 유래」는 충남 공주 지역의 유명한 전설이다. 공주의 옛 이름인 웅진熊津이 곰나루라는 의미를 지닌다. 곰나루에는 곰 사당도 있어 이야기 속 곰은 신령한 존재로 인식되고 있다. 곰은 자연적 신성을 상징하는 존재인데, 단군신화에서와 마찬가지로 여성으로 설정돼 있다. 신화나 전설에서 자연성은 일반적으로 여성성과 연결된다. 문제는 남성인 인간이 자연적 신성을 야만적이고 폭력적인 것으로 인식해 부정하려 한다는 점이다. 인간과 자연의 결합을 상징하는 자식들이 죽게 된다는 점에서 작지 않은 문제성이 있다. 이처럼 내용은 간단하고 허황해 보이지만 서사적 상징 면에서 많은 의미를 지니는 전설이다.

이천 효양산 화수분 전설

저기 효양산孝養山 밑에서 효자가 살았어. 어머니를 모시고 효자가 사는데, 그 산 고랑에 낭구나무를 하러 갔어요. 낭구를 하러 갔는데, 인제 낫이 안 들으니까 숫돌에 가는 거여. 낫이 잘 들으라고.

숫돌에 가는데 보니 옆에 그릇이 요렇게 하나가 있는데 물이 찰랑찰랑하더래요. 낫을 갈려면 물이 있어야 되거든. 그 물을 떠서 갈고 갈고하는데, 낫 가는데 숫돌에 묻은 거하고 해서 갈으니까 물이 지저분해졌을 거 아녀? 물이 지저분해져서 이 청년이 이걸 버렸어. 버리고 나서 그냥 이렇게 해서 돌아다 보니까 물이 또 하나 요렇게 고대로 있더래. 버렸는데.

그래 이상허다 하구서는 인제 낫을 갈아서 낭구를 해서 짊어지고 가서 거기서 산밑으로 마을로 한참 내려오는데 동네 어른들헌테 얘기를 허니까,

"그러냐? 야, 그게 그 그릇이 화수분이라는 것이다. 화수분."

화수분이라는 것은 뭐냐 하면 거기다 물건 하나 채우고 쏟으면 또 고

대로 하나씩 고이는 거래. 예를 들어서 돈을 하나 담으면 돈을 쏟으면
또 돈이 하나 되고, 쌀 하나 담으면 쌀을 쏟으면 또 하나가 되고. 그런
게 있었대. 그래서 그 효자가 살았다고 해서 효양산여.

  (그 그릇 가지고 어떻게 했대요?) 그냥 이 동네 어른들하고 여럿이 같이
가보니까 그릇이 어디가 있어? 아무것도 없지. 그 사람 눈에만 띄었지.
그 보물이 그 사람 건데 그 사람이 안 가져갔으니까 딴 사람이 가져갈
수가 없잖아? 그래 된 거여.

가리산 명당과 한천자

한천자라는 사람이 우리나라 사람인데 중국 가서 천자 노릇을 했다고 그래요. 그러니 전설의 하나지. 확실한 근거는 없다고 그래요. 근데 그 어머니, 천자의 어머닌가 아버지가 춘천 가리산이라는 데 묘가 있다고 그래요.

근데 어떻게 돼서 천자가 되게 됐냐면, 하인이야 그 사람이. 그때 세상에 정승의 하인인데, 정승 집이 있고 머슴 하인 뭐 그런 건데, 하루는 중 두 사람이 와가지고 좀 자자고 그래서 자기 방에서 자는 거야, 머슴 방에서. 저녁에 계란을 좀 달라고 그러더래. 계란이 있으면 좀 달라고. 그래서 계란을,

'중이 뭐 먹을라고 그러겠지.'

하여간 삶았단 말이야. 소죽 끓이는데 소죽가마에다 집어넣어서 삶았어. 그래가지고 갖다줬어.

그러니까 먹질 않고 배낭 속에다 집어넣는단 말이야. 그 새벽에, 아주 이른 새벽인데 일어나서 두 사람이 어디로 가버려. 그래서 살살 뒤로

뭐하러 가나 하고 쫓아가봤더니 산에 가서 땅을 파고서 묻더래요, 그걸. 그리곤 얼마를 있더니,

"우리가 잘못 봤어. 이거 잘못 본 거야. 이제 시간이 됐는데, 우리가 잘못 봤다."

그러면서 파보더래. 파니까 삶은 계란이 병아리가 되긴 됐는데 죽었더래.

"아 이거 잘못 봤다."

삶은 걸 그 사람들은 몰르니까 인제.

그래서 아주 부지런히 머슴은 도로 와가지고 방에서 자는 체하고 있는데, 오더래. 오니까 일어나서,

"아 어디들 갔다 오십니까?"

"아 저기 어디 좀 갔다 왔소."

이 사람이,

"내가 쫓아가봤는데, 우리 어머니가 지금 돌아가셔서 매장을 제대로 못하고 가묘假墓를 만들어놨는데 그 좀 주십시오."

그러니까,

"그러시오. 우리가 보니까 가히 좋은 자리는 아닌데 쓸 만합디다."

그래서 그 묘를 갖다가 묻고 몇 년을 있었는지 몇 달을 있었는지 있다가 자기 상전 대감이 중국을 가게 됐는데 이상하게 그 하인이 쫓아가고 싶었더래. 그래서 자꾸,

"나 좀 데려가주십시오."

"아 네가 뭐 거길 쫓아가느냐. 가지 마라."

자꾸 그러는 걸 억지로 싫다고 고민 고민해가지고,

"정히 그러면 가자."

그래가지고 데리고 갔대요. 갔는데, 중국 그 궁전 앞엘 가니까 짚으로 만든 북이 아주 큰 게 있어. 저게 뭐냐고 그러니까 그게 중국 천자가 지

금 돌아가셔서가지고 공석이 되어 있어서 천자를 뽑기 위해서 저걸 때려서 소리가 나면은 그 천자가 될 자격이 있다는……

"아이 대감님. 저거 나도 가서 때려보면 안 되겠습니까?"

"예이 녀석아. 그거 누가 그걸!"

"아이 때려보고 싶습니다."

가서 때렸대. 때리니깐 뭐 천둥소리처럼 소리가 났단 말이야. 그러니까 전 장안이 천자 났다고 사람이 몰려들어가지고 그냥 천자로 모신 거예요.

그래서 천자가 됐다는데, 이제 중국에서 천자 노릇을 하다가 나중에 죽은 다음에 다른 천자가 또 생겨가지고 그 사람이,

"이 대국 같은 큰 나라에서 천자가 안 나고 어떻게 조선 사람이, 쪼끄만 조선 나라에서 천자를 했느냐? 그 선조의 묘를 가서 파 없애라. 선조 묘를 잘 써서 그런가보다."

중국 천자가 그렇게 했는데, 한국에서 간 사람한테 물은 거예요.

"한천자의 조상묘가 어디에 있느냐?"

저 화천에 구만리라는 데가 있어요. 구만리라는 데가 있는데 그 사람이 답변을 한 게,

"구만 장을 지나서……"

춘천에 삼천동이란 데가 있거든요.

"삼천 동을 지나서 가리산 지리산 하는데 나도 잘 모르겠습니다."

그러니까 머리를 써서 답변을 한 거죠. 그러니까 천자가,

"쪼끄만 나라에 뭐 이렇게 넓으냐!" (일동 웃음)

구만 장을 지나니까 그거 장터를 구만 개를 지나가고, 삼천 동이니까 동네를 삼천 개를 지나가고 이렇게 인제. 옛날에는 도보로 걸어다닐 때 평생 가도 못 갈 것 같거든.

"그만 포기하자." (일동 웃음)

그랬다는 전설인데, 지금도 가리산의 한천자 어머니 묘는, 한천자는 자식이 있는지 없는지 그 묘 하나만 있는데, 그 묘가 이런 평지와 같대요. 묘는 큰데. 그런데 일 년에 삼백육십오 일, 삼백육십다섯 번을 검초^{벌초}를 한대. 그 묘에 가서 검초를 해주면 자식을 낳는다는 전설 때문에. 지금도 아주 그냥 길바닥에 풀 하나 없대. 그랬다는 전설이 있어.

통영 옥녀봉 전설

첫 번째 할머니 구연

저쪽에 사랑도[1]라는 섬이 있거든요. 사랑도 보면은 옥녀봉玉女峯이라는, 산에 옥녀봉이라는 봉이 있어요. 근데 인자 거기 전설이, 내려오는 전설이 있거든요.

근데 인제 그 옥녀가 어렸을 때 엄마를 여의고 아빠가 젖을 얻어먹여 감시로얻어먹여가면서 딸을 키웠어요. 근데 이 딸이 너무 예뻐. 너무너무 예뻐가지고 너무너무 인제 예쁘게 컸는데, 그렇게 애지중지 키웠는데, 이 아버지가 딸로 안 보고 아마 여자로 봤나봐. 그래갖고 한참 딸한테 그런 요구를 했어. 그래갖고 하니까 인제 하루는 딸이 아버지를 갖다가 상복을 입고 뭐를 뒤집어쓰라 했다 카더라고[2].

---

1) 사랑도: 경남 통영시 사량면에 있는 섬. 공식 명칭은 사량도다. 윗섬과 아랫섬으로 이루어져 있는데 옥녀봉은 윗섬에 있다.

"음메 음메 하면서, 내가 옥녀봉 산꼭대기에 있을 테니까 올라와라."

그러니까 아버지가 딸이 하라는 대로, 아버지가 딸을 어찌 한번 해볼라고, 하라는 대로 음메 음메 하면서 아버지가 올라오거든. 그때 이 옥녀가 떨어져서 죽었어, 그 낭떠러지에서. 그래갖고 죽었어, 옥녀[3]가.

그 전설이 있는데 그래서 옛날에 옥녀봉이 보이는 곳에서는 혼례식도 안 하고, 옛날에는 옥녀봉이 보이는 곳에서는 결혼식도 안 하고, 그리고 인제 그 밑에 신랑 신부가 지나갈 때는 가마에서 내려서 걸어갔다는 전설이 있어요.

두번째 할머니 구연

옥녀봉 이야기, 거기 밑이 친정이거든요. 거기서 태어났는데.

그래 옥녀가 너무너무 예뻤더래요. 엄마 돌아가시고 아빠가 계셨는데 아빠가 옥녀를 따먹을라고, 아버지가. 그래서 딸이 뭐라고 했냐면,

"밑에서 음메 음메 하면서 올라오면 허락을 하구마."

이리 됐어.

그니까 딸 따먹을 기라고 기어올라오더래, 아버지가. 기어올라가는데 딸이 아버지 주기 싫어서 바위에서 치마를 둘러쓰고 떨어져서 죽었대요. 그래서 그 바위에 옥녀 피가. 바위 자체가 뽈락 뽈락 뽈락 해요. 빨개요.

---

2) 딸이 아버지를~했다 카더라고: 다른 자료에 의하면 옥녀가 아버지에게 소 방석(덕석)을 뒤집어쓰라 했다고 한다.

3) 옥녀(玉女): 선녀의 다른 이름으로, 자료에 따라 그녀가 옥황상제의 딸이었으며 죽어서 하늘로 올라갔다 하기도 한다. 통영 사량도 외에도 전국에 옥녀봉이 여러 군데 있으며, 이와 비슷한 전설이 결부된 사례들이 있다.

딸이 너무 예뻤더래요. 그래 아버지가…… 그건 상피 아니가, 상피? 그런 거는 전설로 남아 있어야 해요. 우스꽝스러운 일 아니야, 옛날 일이라고 해도?

아버지가 포기하고 안 올라올 줄 알았어. 그 딸을 끝까지 따먹을 기라고…… 그 바위가 엄청 가파르거든요, 옥녀봉이. 그 바위를 타고 올라오더래요, 아빠가. 그래 그 아빠를 주기 싫어가지고 치마를 둘러쓰고 바위에서 떨어져서 굴러져서 죽었대요.

피가 북덕 북덕 북덕 있어요. 빨개 빨개 졸졸졸졸 그렇게.

양주 매봉재 전설

여기 매봉재라고 있거든. 매양 매^每 자, 만날 봉^逢 자, 그래 매봉재라고
그러는데 그것도 중이 얽힌 전설이야[1].

동냥을 내려왔다가 올라가는데 그 옆에 보니까 여자가 두렛물을 지
고 가더래. 그래 어디로 들어가나 하고 보니까 그 앞에 집으로 들어가
더래.

'내일은 틀림없이 말을 한번 시켜보리라.'

그 고개 너머 거기 절에 갔다가 그 이튿날 또 주지더러,

"동냥하러 또 나가겠습니다."

"그래. 많이 얻어가지구 오너라."

또 와가지고선 그 앞에 지키고 앉아 있으니까 아닌 게 아니라 물을
길러 나오드래지 뭐야, 그 색시가. 또 말을 건넬까 말까 하다가 뭐라고

---

1) 여기 매봉재라고~얽힌 전설이야: 매봉재는 경기 양주시 남면 감악산에 있는 봉우리다. 매 형
상을 하고 있어 매봉재로 일컬어진다고도 한다. 고개라기보다 산봉우리에 가까운데, 제보자는 고
개로 풀어서 이야기를 구연하고 있다.

건넬 말이 없어서…… 뭐 나 좀 살려달라고 할 수도 없는 거고. 그래 기침을 한 번 중이 칵 하고 내뱉으니까 홱 돌아서 오면서,

"아 그 기침이라는 게 아무데서나 하는 기침이오? 배우지 못한 중이지. 기침이라는 것은 양반이 상사람 앞에서 기침을 하는 것이지 아무데서나 기침하는 거냐?"

타박을 주고 갔어요.

벌써 세번째 내려오는 거야. 세번째 내려왔는데, 그 절에서 하는 그 연꽃 있잖아? 그 연꽃을, 암자에 다니는 사람이 선물한 건데 부처 앞에 그걸 몰래 바랑에다 뽑아내가지고 내려가서 영락없이 거기서 기다리니까 처녀가 또 가는 거야. 그땐 얘기하다 타박을 먹어서 뭐라고 할말이 없어서 그냥 연꽃을 집어넣었어요. 그 물동이 안에다가 두 송이를 집어넣어요. 한 송이를 집어넣은 게 아니라.

이 중이 아니면 누구 만난 사람도 없고, 뒤따라왔는데 이 중이 집어넣은 거야. 그 왜 하필 두 송아리냐? 두 이二 자에 인연 연緣 자. (아 인연!)

'이게 연꽃 두 송이를 집어넣어서, 되나 안 되나 인연인가보다. 다음에 말이나 시켜봐야겠다.'

자기 어머니 친정이니까, 시집 안 갔으니까 자기 어머니를 부추겨서 절에 가자고 했어.

"나 꿈자리가 요새 뒤숭숭하고 사지가 쑥쑥쑥 쑤시고 오한이 있는데 절에 가서 부처님한테 불경을 드리고 오면 내 병이 나을 거 같아요."

"아 그러자. 멀지도 않으니까 가면 되는데 뭐."

"어머니 재를 넘으시겠어요?"

"그거 뭐 날마다 오르내리는 잰데. 뭐 말이 재지, 문경새재니 박달재니? 그런 큰 고개를 재라고 하지, 이건 뭐 매봉재 정도야! 가자."

이건 염불에는 마음이 없고 잿밥에만 마음이 있다는 식으로 부처님한테 불공을 드릴 생각은 없고 중이 어디서 나타나나 여자가 요렇게 보

는 거야. 보니깐 공양미를 저녁때가 되니까 가져와서 불공을 드리려 상을 펴놓구 합장배례를 허구 나가는데 거리에서 만나는 거보다 더 이쁘고 잘생겼더래.

'에이 참, 나하고 인연인가보다. 연꽃 두 송이도 인연인데 나하고 인연이다.'

엄마를 졸랐어.

"나 그 중한테 시집을 갈 테니까 중을 우리집으로 불러내려주세요."

"아이 망신스러라. 니가 언제 중을 봤다고, 중한테 시집을 간다고 그러냐?"

"한 사오 차례 봤는데 암만 봐도 진실한 게 사람다워요. 인연이니까 나 거기로 시집갈래요."

"아버지가 아시면 벼락 난다, 벼락."

"거기로 시집 못 가면 난 죽을 거야. 딴 데로 시집 절대 안 갈 거니까!"

그리고 연꽃 두 송이를 자기 어머니한테 갖다췄어요.

"이 연꽃을 그 중이 내 물동이 안에 집어넣었어. 그러니깐 천생인연이야. 거기로 시집갈 거야."

자기 영감더러 그 얘기를 하니까,

"이런 발칙한 일이 가정에서 일어난다는 게 말이 되느냐?"

마누라가 영감더러,

"여기 와서 일을 시키면서 머리에 수건을 매면 몇 달이면 상투를 붙들어 맬 수 있소. 어떻게 해가지고 혼례를 치릅시다. 죽는다는데 딸이 죽는 거보단 낫지 않소? 중이 뭐 우리보다 못한 사람이오?"

그 중의 큰누나가 절에 있는 남자하고 좋아지내다가 집에서 자기 아버지 어머니가 반대를 해가지고서 물에 빠져 죽어버렸대. 시집이고 장가고 관두고 절에 가서 머리 깎고 간 건데, 이쪽에서 또 색시를 보고 싶어 철천지한이 될 건데 불러내니까 얼씨구나 하고 가서 장인 장모한테 눈에 들려고 낭구나무도 열두 짐씩 해가지고.

그래서 거기서 오 개월인가 살았어. 오 개월이니까 젊어서 머리가 쉬 자라서 상투 틀어가지고 갓 감투를 씌웠더니 인물이 호남이지 뭐. 그래서 그걸 했는데, 만난 건 수백 번 얼마를 만났는지도 몰라. 그래서 매봉재가 그래서 매봉재. 그 중하고 처녀하고 만났다고 해서.

산과 고개에 대한 이야기

한국에는 크고 작은 산이 많아 그에 얽힌 다양한 전설이 전해오고 있다. 산 자체에 대한 유래담도 있지만 산에 있는 바위나 굴, 샘물 등에 관한 전설은 더 많다. 산과 관련된 인공물인 산성이나 절, 암자에 관한 이야기도 많이 전승돼왔다. 산은 한국 전설의 보고다.

전설에서 산은 신령한 보물 창고로 인식된다. 이천 효양산 전설은 산에 화수분이 숨겨져 있다 하는데, 화수분은 무궁한 생성력을 지닌 신령한 보물이다. 인간이 살아가는 데 필요한 갖가지를 품은 산은 그 자체로 하나의 큰 화수분이라고 보아도 좋다. 보물에는 명당도 포함된다. 춘천 가리산 명당 전설은 산에 서린 정기가 인간 배후에서 세상을 조정할 수 있다는 내용이다.

이야기 속 산과 봉우리, 고개 등은 인간 삶의 터전이다. 산천은 그 품속에 깃든 인간들이 펼쳐내는 삶의 애환과 우여곡절을 오랜 세월에 걸쳐 지켜봐온 증인이다. 인간사 애환은 옥녀봉이 지켜본 참혹한 비극부터 매봉재가 만들어낸 낭만적 결연까지 다양하고도 극적이다.

「이천 효양산 화수분 전설」에서 효양산은 많은 전설이 얽혀 있는 곳으로, 그 안에 화수분이 깃들어 있다는 얘기가 널리 전승돼왔다. 흥미로운 점은 주인공을 비롯한 사람들이 화수분을 갖지 못했다는 사실이다. 아쉬운 일로 생각될 수 있으나, 이는 산속 어딘가에 화수분이 여전히 남아 있다는 뜻이기에 그 의미가 현재로 연결된다.

「가리산 명당과 한천자」같이 산에 관한 전설에서 명당은 중요한 화소다. 이야기 속 명당은 산의 신령한 정기가 집약된 곳이다. 천자를 탄생시키는 명당은 그 정기가 인간

세상의 질서를 크게 바꿀 수 있음을 잘 보여준다. 지방에 있는 그리 크지 않은 산에 그런 엄청난 명당이 있다는 점이 흥미롭다. 지역민의 주체적 사유를 반영한 서사라 할 만하다. 사람들이 오늘날까지도 그 명당을 찾아가 발복을 기원한다는 내용도 인상적이다.

「통영 옥녀봉 전설」은 인간의 동물적 욕망에 얽힌 비극적 이야기다. 인간이 야만적 본능을 제어하지 못할 때 얼마나 추악하고 폭력적으로 변하는지 보여준다. 벌거벗고서 소 방석을 뒤집어쓴 채 짐승 울음소리를 내면서 바위를 기어오르는 남자의 모습은 본능적 욕망에 휩싸인 인간의 동물적 형상을 극적으로 현시한다. 옥녀의 빨간 피가 아직도 바위에 남아 있다는 것이나 사람들이 옥녀봉 근처에서 혼례를 피한다는 것은 이 전설이 지니는 현재적 문제성을 보여준다.

「양주 매봉재 전설」은 지형지물에 얽힌 흥미로운 사랑 이야기다. 젊은 승려와 처녀 사이의 불가능할 것 같던 결연이 성취되는 전개가 인상적이다. 처녀가 거부감을 나타내다가 꽃 두 송이를 보고 남자와의 인연을 받아들인다는 낭만적 전개가 신선하다. 보기 드문 미담형 전설이다.

아차산 벌렁바위 전설

옛날에 하늘에 옥황상제가 살고 계셨어. 근데 거기 시녀가, 상당히 이쁜 시녀가 있었어. 옥황상제 사랑을 받고 있었어요. 옥황상제께서 오줌을 누면 옥뇨(玉尿)라고 하는데, 옥뇨. 요강이에요, 요강. 시녀가 들고 가다가 우리나라를 지나가게 됐어요. 금강산이 너무 아름답죠. 금강산에 오니까,

'야, 이렇게 아름다운 곳이 있나!'

그러고서 발을 헛디뎌갖고 옥뇨가 담겨 있는 요강을 쏟아버렸어요. 옥황상제의 오줌이 쏟아졌으니 난리 날 것 아니야? 금강산에 석 달 열흘 동안 장대비가 쏟아졌어요. 그 비가 다 한강으로 오지요. 한강이 아주 범람을 해버렸어요. 큰 뭍짐승들이 물에 떠내려가고 다 죽었어요. 옥황상제께서,

"내 아무리 사랑하는 시녀지만 뭍짐승들을 그렇게 많이 죽였으니 넌 벌을 받아야 되겠다. 저기 한강변에 가서 천 년 동안 살다 와라. 두꺼비탈을 쓰고. 근데 내가 사랑하는 시녀니까 보름달이 뜰 때에만 탈에서 나

와서 춤을 춰서 나를 기쁘게 해라."

그랬어요. 천 년 동안 여기서 살게 되었어요. 두꺼비 탈을 쓰고.

그런데 천 년이 다 돼갈 때 여기 나무들이 우거지고 그러니까 제일 먼저 사냥꾼이 왔잖아? 사냥꾼을 보니까 선녀가 반해버렸어요. 사랑을 해요. 천 년이 다 돼서 조금 있으면 백중날 하늘로 올라가는 날이 됐어요. 그때 이제 이 선녀가 사냥꾼한테 얘길 하는 거예요.

"나는 백중날 천 년이 다 돼서 하늘나라로 올라가야 된다. 마당바위 저 위에 서 있으면은 한강에 사는 이무기가, 제일 늙은 이무기가 올라와서 나를 감아서 하늘로 올라가면서 용이 된다. 당신이 나를 사랑하고 오래 살고 싶으면은, 같이 살아가면서 오래 지내고 싶으면은 그 이무기를 활로 쏴서 죽여버리면 된다."

그랬어요. 그러자 사냥꾼이 자신 있다 그랬어요.

"활 쏘는 건 내가 자신 있다."

그랬어요.

정말 백중날 선녀가 저 위에 서 있었어. 그런데 그 선녀하고 사냥꾼하고 하는 얘기를 황금박쥐가 들었어. 그걸 갖다 이무기들한테 알려줘요. 이무기들이 꾀를 냅니다. 그 늙은 이무기를 보내지 않고 머리 둘 달린 이무기를 보내요. 백중날 선녀가 저기 서 있으니까 이무기가 쭉 올라와요. 쭉 올라오자 사냥꾼이 활을 갖고 그대로 쐈어요. 쏘니깐 머리 하나는 맞췄는데 머리 하나는 남아 있잖아? 이무기가 올라와서는 선녀를 안고는 하늘나라로 올라가버렸어요.

그래서 사냥꾼은 허망하죠. 활을 던졌어. 활 자리가 저기 있었어요. 저기 있는 거, 남자 거시기야. 그래서 딱 누워 있고 팔이 구라부^{클러브}처럼 이렇게 돼 있지? 여러분[1] 만진 데가 바로 왼쪽 다리야. 왼쪽 다리 위

---

1) 여러분: 전설을 들으러 온 학생 청자들을 일컬은 말이다.

에 거시기가 있고. 오른쪽에 다리가 또하나 있죠? 여기가 구라부처럼 팔을 요렇게 해서 드러누워 있잖아? 거기 한번 보세요. 산 모양 돼 있지? 저거, 탈! 선녀가 탈 속에서 나왔던 탈.

그래서 이게 벌렁바위[2]야. 두꺼비 탈이라는 전설이 있는 곳이야.

---

2) 벌렁바위: 남자가 벌렁 드러누운 모양새를 하고 있다는 데서 붙은 명칭이다.

안면도 할매 할배 바위 전설

내가 잠깐 안면도에 살았을 때 근처에 꽃지라고 솔찬히 바람 부는 바다가 있어. 하여튼 거기에 바우^{바위}가 두 개 있는디, 그게 하나는 할매바우 하나는 할배바우여.

그게 언제냐, 하여튼 아주 옛날에 한 장군이 있었어. 그 장군이 막 자기 밑에 사람들을 데려다 밥도 먹이고 술도 먹이고 솔찬히 챙기고, 또 거기다가 아내랑 사이도 겁나게 좋았고. 둘이 아주 죽고 못 살았어.

그러다가 이제 옛날이니깐 전쟁이 났어. 전쟁이 나니까 막 사람들이 다들 불려가고 그 장군도 같이 불려갔지. 근데 시간이 지나도 지나도 아 요놈이 오질 않는 거야! (누구요? 그 장군이요?) 어 그렇지. 하도 오질 않으니깐 그 아내가 맨날 밤낮으로 바다에 나와가지고 기다리는 거여. 그래가지고 밤낮 기다리는데 오질 않으니까 거기서 맨날 기다리다가 누워서 죽어버렸어. 그 바다 앞에 바우가 큰 게 하나 있는디 그 바우에서.

그니깐 그 동네 사람들이 난리가 났지. 그러면서 그 죽은 할매 불쌍하다고 그 바우를 할매바우라고 했어. 그 옆에 바우가 하나 더 있는디 그게 원래는 없었어. 없었는디 그게 어떻게 생겼는지는 거기 사는 아무도 몰라, 아무도. 근디 뭐 막 파도치고 바람 불고 천둥이 크게 치더니 그게 생겼다는 거지. 그게 그래가지고 그 옆에 있다 해서 할배바우여.

신선바위와 벼락바위

　그전에 거시기한데, 이놈의 메누리며느리가 하도 거시기한데[1] 저 보살이 와가지고 허는 소리가,

　"할머니, 좋은 곳으로 가실래믄 나무애비타불만 하루 매일 세 마디씩 불르시우".

　그래 인제 그 할머니가 참 나처럼 늙었는데 앉아서 날마동날마다 부르는 게 나무애비타불을 불르거든, 그 늙은이가. 근데 메누리가 밉살스럽더래. 시어머니가 만날 부르는 게 그렇게 나무애비타불을 부르니까 밉살스러워서……

　그럭허다가 어떻게 나이가 먹으니까 잊어버렸대, 그거를. 그걸 잊어버려서,

　"애, 내가 뭐라고 자꾸 그랬는데 잊어버렸다. 뭐라 그러디?"

　그러니까 메누리가 허는 소리가,

1) 거시기한데: 시어머니에게 못되게 굴었음을 이리 표현했다.

"뭐라 그러긴 뭐라 그래요? 저기 있는 김첨지 영감 만날 찾았지." (일동 웃음)

아 메누리가 그러거든.

그래서 그담엔 날마동 앉아서,

"김첨지 영감. 김첨지 영감."

이러고 불르거든. (청중 웃음) 아 그러구 불르는데 아들은 착허더래. 아들이,

"아니 어머니, 왜 자꾸 그래 김첨지 영감만 보고 싶으시우?"

"아니 김첨지 영감을 불러야 좋다 그래서."

그러니깐 아들이 가서 그 김영감을 데리구 왔대. (청중 웃음) 김영감을 데려와서,

"우리 어머니가 만날 샌님을 그렇게 찾으니 우리 어머니 원대로 좀 한번 가십시다."

아 그 영감 왔더니,

"아 누가 이 김첨지 불렀느냐? 왜 데리구 왔느냐?"

되려 야단을 허거든, 할머니가.

그래서 그 영감 보내고도 만날 허는 소리가 그렇게 김첨지, 김첨지 불렀거든.

그래 불렀는데 어느 때나 됐던지 참 때가 돼서 하루는 아들더러,

"나를 업어다가 저기 저 높은 산 바우 밑에다 갖다놔두고 돌아보지도 말구 집으로 가거라."

아들이 어머니 하래는 대로 어머니를 업어다가 그 바윗돌 밑에다 놓구서 멀리 와서 가만히 보니까 안개가 자욱헌데 아 어머니가 신선이 돼서 하늘로 올라가거든. 그래서 아들이 인제 털럭털럭 집에 왔지.

"아 어머니 어떻게 했느냐?"

"저기 바윗돌 밑에 갖다놨는데 어머니는 오색영롱한 구름을 타고 하

늘로 올라갔어."

인제 그러거든.

이 메누리가 시어머니 그렇게 잘못 일러줘가지구서는 시어머니가 그렇게 성심誠心대로 그거 불렀는데,

'아 우리 엄마도 내가 가서 나무애비타불을 가르쳐줘야겠다.'

시어머니 김첨지 영감을 가르치구 친정어머니는 나무애비타불 가르쳐주러 친정엘 갔지. 친정에 가가지고,

"아휴 우리 시어머니는 그렇게 만날 부르더니 좋은 곳으로 가서 신선이 돼서 하늘로 갔다."

그러니까 그 마누라는 딸이 하라는 대로 나무애비타불 자꾸 불렀지. 그랬는데 그담에 그 마누라도,

"얘야, 날 업어다가 그 바윗돌 말고 딴 바윗돌에다 갖다다오."

그래 아들이 거기다 갖다주질 않고 딴 바윗돌에다 갖다줬드래. 아 그담에는 그냥 뇌성벽력을 허구 천둥을 허더니 베락벽력을 때리네? 즈이 친정어머니는.

그래서 시어머니는 성심대로 그렇게 불러두, 김첨지 영감을 불러두 신선이 되구, 즈이 친정어머니는, 딸이 죄지, 그 친정어머니는 베락을 맞아 죽구. 그래 하나는 베락바위 하나는 신선바위, 바우가 둘이래. 그래 내 성심대로만 허면 다 되는데, 그 망헌 것들은 언제나 벌받아.

고창 깨진바위 전설

저기 아산면 인천강에 가면 돌보라고 돌로만 흘러가는 물을 막아가지고, 돌덩이로만 막아가지고 보洑가 만들어졌어. 그런데 어떻게 옛날 사람들이 보를 잘 막았는가, 물이 흘러가는데도 막아져 있는 물을 농업용수로 쓰는 거야.

옛날에 고창 아산면을 가면 돌로 보를 막았어. 그러니까 그전에는 비가 오면 물이 좀 많이 흘렀던가봐. 물이 넘쳐서 마을이 온통 다 피해를 입으니까 보를 만들려고 했어. 돌로 막으면 돌 사이로 물이 다 흘러가면서도 물이 담수湛水가 돼서 쌓여. 그러니까 수위가 올라온단 말이야. 수위가 올라온 만큼 물을 받아가지고 어디론가 흘러가. 흘러가지고 어느 마을 어귀에 가가지고 물레방아가 돌아. 물레방아라는 것은 농사철에는 못 돌려. 물이 흘러가고 농사가 어느 정도 되면 물레방아를 돌려서 방아 찧기도 하고 그런 데가 있어.

그 보를 막는데 보가 그전에는 막으면 터지고 터지고 또 밀려갔던가봐. 그러니까 중이 지나가면서,

"사람을 집어넣어서 막아야 한다."

저기 심청이 즈그 아버지 눈 뜨는 것처럼 사람이 들어가서 막아야 한다고 하니까 누가 얼른 사람을 내주겠어? 그런데 어떤 놈이 즈그 딸을 팔았대. 딸을 팔아가지고,

"내 딸을 갖다 넣고 막아라."

그래갖고 돌보를 막았는데 이젠 보가 안 터졌어. 그래서 지금까지 보존이 돼 있어.

인제 그 사람은 옛날 말로 하자면 돈을 받고 딸을 팔았으니까 가지고 가는데, 어느 바위 밑에 갔는데 갑자기 비가 억수로 많이 떨어져. 바위 밑에 가서,

"에이그 앉아서 돈이나 세야겠다."

돈을 세는데 느닷없이 거기다 뇌성벽력 벼락을 때려버렸어. 벼락을 때려버리니까 사람은 죽고 이 돌이 딱 쪼개져버렸어. 큰 산이 둘로 쪼개져가지고 돌 사이가 이렇게 쪼개졌어. 사이가 떨어져 있어.

그래서 내가 이쪽으로 초등학교 때 소풍을 가면은 돌 사이로 돌아나와. 지금은 외지고 사람이 안 돌아다니니까 뭘 집어넣어서 지금은 못 가지. 옛날엔 깔끔했었어.

그래서 그걸 보고 깨진바위. 가면 지금도 있어. 아산면 사신원[1]. 선비 사 할 때 사士, 새 신 할 때 신新, 사신원이여.

그래서 사신원이라는 마을이 또 왜 사신원이라 됐냐면 옛날 이조 때 사신들이 어디로 지나가다 거기서 하룻밤을 자고 갔대. 그래서 사신원이라고 그렇게 지었어.

거기 인천강에 돌보 있는 데를 가면은, 내가 초등학교 때 이렇게 건너

---

1) 사신원: 전북 고창군 아산면의 지명. 고려시대부터 숙박 시설이 있었던 곳으로 알려져 있다. 정식 한자 명칭은 '士新院'이나 '史臣院'이 아닌 '四信院'이다.

다닐 만큼 돌이 있는데 비오는 날 그렇게 사람 울음소리, 딸 울음소리가 들린다고. 무서워서 못 건너갔지.

무남바위와 돌 구슬

한 마을에 부잣집 아들하고 조금 못사는 처녀네 집이 있었어. 그런데 총각이 처녀를 너무 좋아하는 거야. 그래서 매일 만나지 못하면 죽을 줄 알고 그랬는데 부모가 반대를 하는 거야. 이 못사는 집 처녀도 부모가 잘사는 집에 보내면 딸이 완전히 종이야. 노예지, 며느리라고 볼 수가 없거든. 자기들이 봤을 때 노비들을 부리고 사는 집인데 며느리를 내줄 이유가 없다는 거야. 그리고 아들네 집에서 절대 결혼 못 시킨다는 거야. 너희들이 아무리 죽고 못 살아도. 아들이,

"결혼 안 시키면 나 죽을 거야. 나 죽을 거야."

협박도 하고 별짓을 다 했거든. 그래도 안 들어주는 거지.

그러니까 한 해가 가, 두 해가 가, 십 년이 가, 이십 년이 가. 그때만 해도 이십 년이면 중늙은이거든. 그렇게 많이 가도록 장가도 안 가고 시집도 안 가고 서로가 그러고 있는 거야. 아무래도 안 되겠거든. 그러니까 신랑집에서 가만히 놔두질 않거든. 처녀집에 와서 협박하고 별짓을 다 하고.

"너네가 이 동네를 떠라."

뜨라면 뜰 수밖에 없어. 큰 부잣집이니까. 그러니까 이 처녀 부모들은,

"걔 좋아하지 마라. 우리가 어디 가서 살겠니? 여기라도 터전 잡고 사는데 이제 그만둬라. 절대 하늘에 별 따기니 네 마음을 돌려. 그러지 마라."

아무리 꼬셔도 말을 안 듣네. 계속 만나고 애닳고 하다가 시집을 그 집으로 못 갈 것 같으니 애가 탄 거야. 속이 타다 타다 말라서 죽게 됐어. 그래서 죽었어.

죽었는데 이 묘도 아무데나 쓸 수가 없잖아? 묘지도 없지 뭐. 그리고 평지도 아무데나 못 쓰거든. 그러니까 개울 건너 산밑에 거기다 묻어두면 뭐라고 안 하거든. 물이 들어가든 장마가 지든 떠내려가든 말을 안 하거든. 그래서 산밑에다 그 물 건너에다 묻어줬어. 묻어줬는데 다른 데 그런 바위가 나온 게 아니라 걔 무덤 자리에서 큰 바위가, 옷장 반 넓이가 될까, 비가 오고 눈이 와서 망가져서 그렇지 우리가 봤을 때는 엄청 컸어. 그렇게 큰 바위가 생겼어.

총각은 처녀를 못 잊어 울고불고 매일 밥도 굶고 와서 건너편에 아무개의 이름만 부르고 부르고 그냥 그러다가 이 남자도 그만 병이 들어 죽었어. 죽으니까,

"살아서 서로 만나지 못했으니까는 건너서라도 봐라."

그래도 아들네 집에서 큰 인심 썼지.

"죽은 니 애인 건너라도 봐라."

아들 있는 곳이 신작로라고 도로가 있어. 도로가 있는데 도로 옆에다가 똑같이 맞은편에 거기다가 이 남자 묘를 썼어. 근데 한 치도 어긋나지도 않고 똑같이, 건너다 보이는 그 자리에서 남자 바위가 또 크게 바위가 나는 거야.

그런데 저쪽에는 물을 건너가야 하잖아? 그런데 여기는 물을 건너가지 않고. 길가니까. 지나가는 사람들이,

"우야꼬! 우야꼬! 총각이 죽었대. 총각이 죽어서 바위가 됐대."

아주 그냥 별소리를 다 하는 거지. 그러니까 그걸 바위가 듣고 서 있지.

그 바위에 알들이, 그니까 구슬 같은 알들이 다닥다닥 생겼어. 사람들이 지나가며 만지면서,

"아이 얄궂다."

저쪽 편에 선 건 그런 게 아닌데 이쪽에 선 건 다닥다닥했는데 얄궂다, 얄궂다 하도 하니까 떨어졌어. 그게 이상하다 하니까.

옛날에는 돌도 삶아 먹고 별거 다 삶아 먹었어. 약 된다고. 그니까 마주보고 있는 게 보통이 아니다 싶어서 서로 며느리하고 아들하고 사이 안 좋은 사람들도 사이 좋아지라고 뜯어가고. 그걸 뜯어다가 삶아서 먹으면 애 못 낳는 사람들이 애를 낳기 시작해. 그래서 계속 뜯어가지고는 내가 여기 결혼하고 올 때까지 얼마 안 남았어. 꼭대기 올라가지 못하는 곳에나 남아 있지. 하여튼 뭘 딛고 올라갔는지 아주 꽤 높이까지 다 따갔어.

그런데 그 바위 이름을, '무남'이 뭔지 내가 한문을 안 봐서 모르겠는데 무남바위[1]라고 했어. 무남바위.

---

1) 무남바위: '무남'은 '無男'일 것으로 추정된다. 아들 없는 사람한테 효험이 있다는 뜻에서 이런 이름이 붙지 않나 한다. 강원 원주 근방에 있는 것으로 생각되는데, 정확한 소재지는 미상이다.

죽어서 곰보바위가 된 남매

곰보바위는, 이 마을에 살던 남매가 있었는데 여자 동생이 저 너머 마을로 시집을 갔어. 여기 사는 남매가 있는데.

남매가 있는데 시집간 사람이 이제 처음 친정을 와야 되는 거야. 근데 시집을 가봤더니 집안에, 지금으로 하면 마마[1]지, 다 식구들이 곰보야, 전부 식구들이. 그러니까 기분은 안 좋지만 자기 시가니까. 그러니까 곰보. 집안이 곰보야, 다.

이제 친정을 오니깐 오빠가 마중을 나왔어, 산고개까지. 예전에는 산 넘어가고 그랬잖아? 마중을 나왔어. 오빠를 만나서 산에서 남매가 오래간만에 만났으니까 뭐 이런저런 얘기 했을 거 아냐? 그중에 그 시부모가 자기 집안에 곰보라는 얘기를 하지 말라 그랬어, 그 며느리한테. 근데 그 며느리가 얘기, 그 얘길 했어, 오빠한테.

근데 얘길 하고 났더니 비밀을 지킬 수 없는 거야, 남매가. 안 들었으

---

1) 마마: 손님마마. 천연두를 일상적으로 이르는 말이다.

면 괜찮았을 텐데 비밀을 지킬 수가 없는 거야. 그래서 거기서,

"야, 우리가 죽어야지, 이거 비밀을 지킬 수가 없다."

예전에는 그것도 여자가 시집가서 시가의 비밀을 얘기했다 그거는 덕목에 위배를 한 거잖아? 자살을 했어. (둘이 같이요?) 그렇지.

남매바윈데, 그 바위가 지금 보면 다 곰보야. 다 곰보야, 유별나게. 근데 우리 마을 사람들이 거기다가 제단을 놓고 해맞이를 하는 데 지금은 사용을 해. 곰보바위 전설이 그런 좀 비극적인 얘기야. 이게 좀 안 좋은 얘기지만은 이게 바위 모양을 보나 장소를 보나 이게 그럴싸한 전설이 되는 거야.

(그럼 바위들 모양 때문에 이런 전설이?) 그렇지! 바위도 모여 있고, 모양 보면서 그런 유래가 구전으로 전해내려온다. (그럼 이 바위가 오빠가 동생 마중나간 곳에?) 그렇지. 마중나간 곳에. (아 그 자리에서 죽은 거예요?) 그렇지. 그 자리에서. 마중나간 곳에서 지나간 얘기 세월 얘기 다 했을 거 아냐? 근데 거기서 안 했을 얘기를, 시가의 비밀 얘기를 한 거야. 그래서 그 비밀을 지킬 수가 없는 거야. 지금 같으면 어림도 없는 얘긴데 예전 구전이기 때문에, 바위를 보면서 이야깃거리 되면 이런 전래가 있다 얘기하면 좋잖아? 그런 좀 깊은 뜻이 있고.

홍성 사랑바위 전설

이 사랑바위 전설은 좀 마음에 안 좋은 그런 사연이 있어. 그게 무슨 얘기냐면 아랫마을에 아주 다정한 부부가 살았어. 근데 남편이 일찍 죽었어. 그러니까 자기가 이제 과부가 되었잖아? 너무 사랑한 나머지 여자는 항상 은장도를 품고 다녀. 은장도를 갖고 목숨을 끊을 수는 없고 여기 와서 비는 거야. 날 죽게 해달라고.

그런데 이 시부모님은,

"아이고 쟤가 딴 남자 생기기를 바란다."

비는 게 은장도를 품고, 자기는 그냥 목숨을 끊을 순 없고,

"나를 내 남편한테 보내주시오."

이렇게 비는데 시부모는 오해를 하는 거야.

"아이고 쟤가 딴 남자에게 빨리 시집가게 해달라고 그런 거 같다."

그래서 빌지 않게^{않게 하기} 위해서 주변에다가 옻나무를 심었어. 옻오르는 사람 있잖아? 여기 있는 나무가 옻나무야. 이게 옻나무야. 그 옻나무가, 빌러 맨날 오니까 옻올려서 사람이 진짜 죽었어. 은장도를 가슴에

품고. 그런 전설이 있는 거야. 이게 실질적인 게 있기 때문에 아주 애달픈 사랑 이야기가 있다는 사랑바위야. 그런 슬픈 전설이 있는 사랑바위야. 그래서 주변에 아직도 옻나무가 있어.

(그러면 여자가 죽고 나서 시부모님은 알았을까요? 아니면 끝까지 몰랐을까요?) 알지. 그럼 알지. 장사도 잘 지내주고 그런 거 있어.

마을 사람들은 그냥 사랑바위인지도 몰랐는데, 모양이 하트잖아? 근데 예전부터 그런 전설이 있는 거야. 옻나무 때문에. 그래서 증명이 되잖아. 현실 그대로 남아 있잖아.

바위에 얽힌 전설

한국의 여러 자연물 가운데 전설의 소재로 가장 많이 등장하는 한 가지는 바위다. 전국 바위에 가지각색의 전설이 얽혀 전해오고 있다. 산에 있는 크고 작은 바위 외에 들과 마을, 바닷가나 바다 안에 있는 바위에도 여러 전설이 전해온다. 바위에 대한 전설이 유난히 많은 이유는 한국의 지형적 특성 외에 바위가 갖는 이미지 때문이다. 독특한 모양으로 눈길을 끄는 바위들이 모종의 이야기를 연상시킨다. 바위의 가시적 존재성뿐 아니라 변함없이 한자리를 지키는 사물이라는 불변성 또한 특징적 서사화를 가능하게 한다.

흥미로운 사실은 바위가 이야기 배경이나 대상에 그치지 않고 사람이 변한 존재로 흔히 말해진다는 점이다. 무생물인 바위와 인간적 생명성을 연결하는 발상은 파격적이다. 이는 서사적 흡인력을 높이고 주제 의미를 효과적으로 드러낸다. 자연물이 살아 있다고 하는 애니미즘물활론적 사유가 그 속에 녹아들어 있다.

「아차산 벌렁바위 전설」은 옥황상제와 시녀가 등장하는 이야기다. 천상의 선녀가 지상을 그리워하고 지상의 남자를 사랑해 하늘로 되돌아가지 않으려 했다는 내용이 눈길을 끈다. 여기에는 유한한 욕망의 세상인 지상의 삶을 긍정하는 세계관이 담겨 있다. 이 서사는 아버지와 남자 사이에 놓인 여성의 선택이라는 관점에서도 의미를 헤아려볼 수 있다. 옥황상제는 딸을 지배하는 아버지의 면모를 지니고 있다. 선녀의 비극적 죽음은 부모가 자식을 소유물처럼 구속하려는 욕망을 반성하도록 한다.

「안면도 할매 할배 바위 전설」은 사람이 바위로 변하는 과정을 전형적으로 보여준다. 풀지 못할 깊은 한이 돌처럼 존재를 짓누를 때 사람이 바위가 된다는 설정은 전설에서 흔하다. 이때 바위는 마음의 불변적 영원성을 나타내기도 한다. 부부가 함께 바위가 된다는 점이 독특한데, 이들은 죽은 뒤에 영원한 사랑을 이루었다고 볼 수 있다.

「신선바위와 벼락바위」는 모방담模倣譚 요소를 포함한 흥미로운 이야기다. 외적 형식이 아닌 참된 마음誠心이 중요하며 하늘이 그것을 환히 내려다보면서 응보를 내린다는 것은 구비설화의 기본적 세계관이다. 바위를 하늘과 인간, 또는 삶과 죽음을 연결하는 장소로 설정했다.

「고창 깨진바위 전설」속 바위는 폭력적 욕망이 낳은 인간사 비극을 비추는 증거물 역할을 한다. 벼락이 내리쳐 바위가 깨졌다는 것은 자식을 팔아먹은 아버지의 행위가 천도天道를 거스르는 바였음을 단적으로 말해준다. 에밀레종 이야기와도 통하는 인신 공희 화소가 포함돼 있다.

「무남바위와 돌 구슬」은 슬픈 사랑 전설이다. 부모의 반대와 구속으로 사랑을 이루지 못한 남녀가 죽어 바위가 됐다는 것은 가부장적 억압을 고발하는 전형적 서사다. 두 남녀는 바위가 되어 영원히 서로를 바라보게 되었지만, 둘 사이에 물이 가로놓여 있다는 사실은 이루지 못한 사랑의 비극성을 다시 한번 환기한다. 남자가 죽어서 생긴 바위에 맺힌 구슬 모양 돌 알갱이가 인상적이다. 구슬이 남녀를 짝지어주고 자식을 낳게 해준다는 데서 신령한 기운을 지님을 알 수 있다. 남녀가 품고 있던 소망이 알갱이에 농축돼 있다.

「죽어서 곰보바위가 된 남매」에서는 시댁 식구들이 곰보라는 사실을 누설해 남매가 곰보 모양의 바위가 됐다는 서사적 연결이 눈길을 끈다. 이런 전개가 좀 의아하지만, 시댁 식구를 일종의 권력자로 이해하고 남매의 비밀 폭로를 내부 고발로 이해하면 서사적 맥락이 맞아떨어진다. 남매는 내부 고발에 얽힌 크나큰 심리적 압박감을 감당할 수 없었다는 해석이다. 남매가 곰보 모양의 바위가 되었다는 결말에 대해서는 "그들은 곰보다!"라는 외침을 온몸으로 표현하는 것이라 생각해볼 수 있다. 진실은 감출 수 없다는 사실을 떠올리게 한다.

「홍성 사랑바위 전설」은 오해와 편견 속에서 외롭고 억울하게 죽은 여성의 한을 생생하게 보여준다. 여인을 죽게 한 옻나무는 여성에게 주어지는 세상의 편견과 공격성을 표상하며, 바위는 소외감과 원한의 무게를 나타낸다. 바위의 이름이 사랑바위라는 것이 역설적이다. 남편을 사랑한 여인이 죽은 바위라 사랑바위이겠지만, 세상의 관심과 사랑을 필요로 한 사람이 변한 바위라 사랑바위인 것이라 생각해볼 수도 있다.

며느리밥풀꽃 유래

며느리밥풀꽃이 지금 그것도, 지금도 있어. 분홍꽃이 요렇게 나왔는데 속 고갱이[1]가 하얀 게 옆으로 탁 삐져나왔다구, 요렇게. 그래서 며느리가 밥 먹고 씻는 거를, 요렇게 밥 씻는 거를 따귀를 쳐서는 밥이 튀어나온 거라구 그렇게만 들었지 내용은 몰라요.

(시어머니가요?) 응, 시어머니가. (때려서요? 그래서 며느리가 죽어서.) 응, 그래 꽃이 된 거야.

꽃이 되어서 그렇게 꽃잎 사이가 고갱이. 고갱이가 그러니까 솔이지, 꽃솔^{꽃솔}. 꽃솔이 하얀 게 겉으로 튀어나오면서, 한쪽으로 튀어나오면서 하얘요, 고거는. 분홍색인데, 진달래색인데 아주 그 겉으로 튀어나온 건, 그건 하얘. 나물도 지금도 해 먹어요, 꽃이 많아. (거기 밥알처럼 하얗게 튀어나온 게……) 응, 톡 튀어나와서, 겉으로 톡 튀어나와서 이렇게 달렸

---

1) 고갱이: 풀이나 나무의 줄기 한가운데에 있는 연한 심. 여기서는 알갱이에 가까운 말로 쓰인 듯하다.

어. (그게 맞아가지고 튀어나온 거예요?) 응, 응.

근데 그게 내용은 몰라. 어떻게 돼가지구 그렇게 돼서 며느리를 어떻게 구박한 건지 그걸 알아야 되는데 그걸 모르지. 그냥 꽃을 보고서는 그래서 이게 밥풀꽃이다, 이렇게만 들었지.

분꽃 전설

옛날에 어느 시골에 어머니하고 딸이 살았어. 설날이 가까웠어. 분이가 집에 와서,

"어머니, 어머니. 뒤에 친구들은 설날이 와서 예쁜 때때옷을 만들어주고 하는데, 나는 집이 어려워서 언제 해줄 거야?"

그러고선 분이는 떼를 썼어, 어머니한테. 그러니까 어머니는,

"알았다. 어머니가 장을 보고 올게."

어머니는 집에 있는 고구마를 자루에 담았어. 담아서,

"이거라도 내다팔아가지고선 옷감을 사와야지, 우리 딸!"

그 고구마를 머리에 이고 장에 가셨어. 설날이면 추워요. 눈도 오고 바람도 차고. 그래서 딸은,

"엄마, 아이고 좋아라. 좋은 옷감 사와요, 엄마! 집에서 기다릴게."

그러고 기다렸어.

아 그런데 해가 꼴깍 넘어가도 어머니가 안 오시네? 어머니가 안 와! 그래서 대문 밖에서 "엄마!" 하고 엄마를 불러도 엄마는 대답이 없으셔.

그래서 분이는 자기도 모르게 집을 뛰쳐나와서 멀리 행길^{한길}까지 나왔어. 그래도 엄마는 안 오셔. 행길을 벗어나서 그 앞에 산마루까지 가서 엄마를 기다려. 그래도 엄마는 보이지 않아. 산마루에서,

"엄마! 엄마!"

이렇게 불러도 엄마는 대답이 없어요. 그러다가 어두운 밤이 돼가지고서 올 수도 갈 수도 없고 앞이 안 보여. 그러니깐 그 자리에서 그냥 주저앉은 거야.

밤이 가고 새벽이 왔는데 어머니가 늦어서 늦게 집에 왔지만 분이가 안 보여.

'이상하다.'

옆집에 물어봐도 모른대. 아무도 모른대. 근데 이삼 일 후에 연락이 왔는데, 아 분이가 산마루에서 얼어서 죽었다 그러는 거야. 그래서 어머니는 쫓아가서 분이를 안고 막 울었지. 분이를 따뜻한 양지바른 곳에 묻어주었어. 그 이듬해 묘에서 이름 모를 꽃이 피어났어요. 아무도 꽃 이름을 몰라. 그래서 동네 아주머니가,

"아이고 분이 엄마, 이 꽃을 분꽃이라고 하면 좋겠어."

이렇게 해서 분꽃이라는 꽃이 전해졌대. 분꽃이라는 게 있어.

백일홍 유래

　백일홍은 왜 백일홍이 됐나, 그거 알아요?

　옛날에 한 동네에 일 년에 한 번씩 아주 숫처녀, 진짜 남자를 모르는 숫처녀…… 큰 바위굴 속에 용이 하나 들었어. 나쁜 용이 하나. 해마다 숫처녀를 바쳐야 돼, 용한테. 바쳐야 되는데 그해에도 하나 바쳐야 돼서 용을 갖다 바칠 시간이 됐는데, 하나가 지정해낸 아가씨가 있는데 열일곱 열여섯 먹은 숫처녀래야 되거든? 이 처녀가 큰일났고 처녀 아버지 어머니도 잠을 못 이뤄. 얘가 그 굴에 들어가야 되니까.

　근데 한 청년이, 건장한 청년이 와서 뭐라는고 하니, 이제 동네 사람들이 우글우글 있으니까,

　"왜 그러냐? 왜 그러냐?"

　그러니까,

　"아이 여기 저 굴속에 나쁜 용이 한 마리 들었는데 일 년에 하나씩, 숫처녀 하나씩 바쳐야 이 동네가 편안하다. 그러기 땜에 올해도 하나 지정해놨는데 지금 날짜가 돌아온다, 먹이 될 처녀가 이 굴을 들어갈 날

이."

그러니까 이 청년이 하는 말이,

"걱정 마세요. 내가 기어코 그 나쁜 용을 죽이고 말겠습니다."

그러구선 나섰어. 그러니까,

"아 그 용은 아무도 못 당한다. 너무 무시무시해서 못 당한다. 그거 천년 묵은 용이다."

"걱정 마세요. 내가 이깁니다."

그러구서 이 청년이 긴 칼을 하나 그냥 잘 들게 만들어가지구서는 고래고래 소리를 지르면서,

"너 나와라! 나하고 한판 붙어서 니가 이기면 처녀를 줄 것이고 내가 이기면 처녀 안 준다."

그랬더니 바람이 그냥 불고 구름이 일더니 그 속에서 무서운 대가리 아홉 개 달린, 뿔 아홉 개 달린 무시무시한 용이 나왔는데 청년이 그 번쩍번쩍허는 긴 칼루…… 옛날에 구 척 장검이라고 그러며는 아홉 자 길이가 되는 긴 칼이잖아? 그걸 번쩍이면서,

"나와라!"

그냥 칼을 번쩍번쩍하니까는 우루릉 꿍꽝 우루릉 꿍꽝 비가 막 쏟아지는 거여. 용이 나왔는데,

"그럼 너하구 나하구 붙자."

그래가지구 싸워가지구 용을 죽이긴 죽였는데 이 청년도 아주 실신했어. 용을 죽이긴 죽였어두 청년도 다 죽어서 정신 못 차리는 거여. 그래서 이 청년을 동네서 방에다 데려다가 구완을 했는데 얼마 있다가 이 청년이 깨어났어요. 깨어났어도 사방에 뭐 피투성이고 그렇지. 근데 이 청년이 하는 말이,

"내가 인제 살아나서 여러분 덕택에 고마운데 앞으로는 이런 일은 없습니다. 앞으로는 처녀 안 줘도 됩니다. 저거 죽였으니까."

그러면서 하는 말이,

"나는 아버지 명령이 구십 일간 아버지 명령을 위해서 볼일이 있어서 내가 갑니다. 우리나라로."

그 나라 사람이 아니거든, 그 청년이.

"우리나라로 가는데 구십 일 있다 와가지구 내가 살린 저 처녀하고 결혼할 겁니다."

결혼을 하겠다고 그랬어. 그러니까 거기서 누가 처녀를 안 주겠어? 살려놨으니까.

"아 그래? 그러며는 그렇게 갔다 와라."

근데 청년이 가서 구십 일이 지나도 안 오는 거여. 근데 이 아가씨는 피가 말리게 기다리고 기다리고 만날 구십 일만 기다리고 있는데 구십 일이 돼도 안 오니까 구십일 일, 구십이 일 이렇게 되잖아? 구십이 일, 구십삼 일 이렇게 처녀가 기다리다 빼빼 말라가지고 병들어서 아가씨가 다 죽게 됐어요. 그래 오기만 하면 살 텐데 안 와.

그래가지고 내일이 백 일인 그 안에, 구십구 일 만에 애간장이 타서 아가씨가 죽었어. 죽어가지구서 인제,

"아 어떡하면 좋아. 이 사람이 왔다면 이 아가씨는 살아날 건데."

그래서 딱 백 일이 돼서 왔어, 신랑이. 그 뭐 장사지낸 다음에 왔으니 어떡해? 와가지구 신랑이 그 얘기를 들으니까 참 애달프거든.

"아가씨 묻은 데가 어디냐?"

그러니까 아가씨 묻은 데를 가르쳐줬는데, 세상에 어제 묻었어도 오늘 아주 예쁜 백일홍이 폈어요. 어제 묻었는데 아주 예쁜 백일홍이 폈어. 그래서 이 신랑 될 사람이 가가지구,

"미안하오. 내가 구십 일만 있다 온댔는데 이렇게 날짜를 어겨가지고 못 와서 낭자를 죽게 했구려."

그러면서 그 꽃을 꺾어도 꺾어도 그 꽃이 그냥 또 한 송이, 꺾어도 한

송이. 그러니까 생전 안 꺾어져. 그래서 그 꽃이 백일홍百日紅이 그거야. 기다리다 죽은 귀신이 꽃이 됐다. 그래서 백일홍 꽃이라는 거예요.

연인산 얼레지꽃 전설

얼레지꽃에 얽힌 전설이라고도 하고, 또 아홉마지기[1]에 관한 이야기라고. 그러니까 우리 옛날에 뭐 이렇게 일곱 섬 여덟 섬 이렇게 있잖아? 저 벼 단위를. 그러니까 얼레지에 얽힌 전설, 아홉마지기에 관한 이야기, 그게 제목이야.

옛날에 길수라는 청년이 연인골…… 그 연인골이 지금은 가평군에 있는 마을, 아마 마을 이름일 거야. 연인골에서 화전을 일구기도 하고, 그 산속에서 풀이나 나무에 불을 놓고 겨울에는 숯을 구워 팔기도 하면서 길수라는 청년이 혼자 살고 있었거든. 근데 그 청년이 언제부터인지 그리고 어디서 왔는지 누구인지 아는 사람이 아무도 그 마을에는 없었어.

근데 그 마을에 김참판 댁에서 종처럼 일하는 소정이라는 이쁜 처녀

---

1) 아홉마지기: 경기 가평 연인산(戀人山) 정상 쪽에 있는 지명. 전설 속 남주인공이 이곳에 땅 아홉 마지기를 일구어 농사를 지었다는 데서 유래한 이름이다. 지금은 이곳에 철쭉꽃과 얼레지꽃이 군락을 이루고 있다.

가 있었거든. 근데 처음부터 종이 아니었는데 어쩌다가 그렇게 되었대. 근데 길수라는 청년이 김참판 댁에 숯을 가지고 오고가다가 소정이가 이뻐서 있잖아, 마음속으로 흠모를 하게 됐는 거라. 그러면서 어느 순간에 소정이하고 길수라는 청년과 아가씨가 서로 외로운 처지라서 조금씩 조금씩 사랑의 감정을 갖게 되었지.

그런데 한번은 길수가 숯을 가져오다가 눈길에 넘어졌어. 김참판 댁에서 병치레를 하게 되었는데 꼬박 열흘을 누워 있으면서 길수는 있잖아, 소정과 결혼을 하기로 마음을 먹었던 거야. 그리고 인자 김참판에게 소정과 혼인을 하고 싶다고 말했거든? 근데 김참판은 길수에게 조, 노란 조 백 가마니를 내놓든지 아니면 숯 가마터를 내놓고 마을을 떠나기로 약조를 하라고 했어.

근데 길수는 아무 대책이 없이 조 백 가마니를 가져오겠다고 약속을 하지만은, 근데 길수한테는 땅이 없잖아? 가진 거 없는 길수로서는 방법이 없는 거야. 그렇게 많은 날들을 고민하다가 우연히 연인산 정상에 있는 분지에 조를 심을 수 있는 커다란 땅을 발견하고 그곳에서 밭을 일구어 농사를 했어. 왜 그러냐면 소정이를 데려오기 위해서.

꼭 아홉 마지기. 그 땅은 조 백 가마니가 나오고도 남을 큰 땅이었지. 씨앗을 뿌리고 거기다가 물도 주고 정성을 들여가지고 조가 무럭무럭 익어가고 가을이 되니까, 추수할 때가 되니까 그 두 사람 길수하고 소정이의 꿈과 사랑과 희망이 부풀어올라 있었거든. 왜냐하면 조 백 가마니를 주고 나면 그 두 사람은 결혼을 할 수 있잖아.

김참판이 조 백 가마니와 숯 가마터를 놀부처럼 모두 빼앗을 욕심으로 길수를 역적의 아들이라고 누명을 씌워. 누명을 씌워가지고 관가에 일렀는 거라. 김참판은 그것만 뺐고^{빼앗고} 소정이를 길수한테 안 줄라고 했지.

그래서 소정은 길수가 역적의 누명을 쓰고 잡혀갔다는 소문을 들은 거야. 그러니까 소정이로서는 얼마나 마음이 아프겠냐고. 그리고 자기는 김참판 댁에서 노비로 풀려나고 길수하고 꿈을 가지고 살아가겠다는 희망을 잃어버렸잖아.

그러니까 소정은 길수가 역적의 누명을 쓰고 잡혀갔다는 소문을 듣고 자기 삶의 희망을 잃고 그만 세상을 떠나고 말았던 거야. 소정이의 죽음을 알게 된 길수가 아홉마지기로 돌아가서 자신과 소정이의 꿈과 희망이 있던 조에다가 불을 지르고 그 불길 속으로 들어갔는 거라. 인자 소정이 죽었잖아. 자기가 사랑하는 소정이 그 여자가 죽었는데, 자기도 더이상은…… 소정이를 위해서 자기가 그 조를 갖다 바칠라고 화전을 일궜잖아? 그 불길 속으로 들어갔는데 이때 그 죽었다는 소정이도 아홉마지기를 향해서 올라갔대. 그 아홉마지기.

다음날 마을 사람들이 올라가 보니까 두 사람은 간 곳이 없고 그 자리에 신발 두 켤레가 놓여 있었는데, 근데 신기하게도 신발이 놓여 있던 주변에 철쭉나무와 얼레지가 불에 타지 않은 채 그대로 남아 있었다고 그런 전설이 있어. 그런데 지금도 봄이면 그 아홉마지기에는 얼레지꽃하고 철쭉이 지천으로 피어서 많은 연인들이 사랑을 기원하면서 찾고 있다는 슬픈 전설이 남아 있는 거야.

나무가 된 못된 며느리

내가 살던 동네[1]에 큰 나무가 하나 있었는디, 꼭 그게 악다구니 쓰는 사람마냥 생겼어. 우리 이모 말로는 그게 원래는 사람이었다고 허대. 입은 크게 벌리고 두 눈은 꼭 감은 사람만치로 생겨서 음청 컸어. 지나다니는 길목에 떡 버티고 있는게로 어렸을 적부터 많이 봤지.

우리 이모가 하는 말로는 그게 내가 태어나기 한참 전에 살았던 메누리라는디, 그 메누리가 못돼먹어가지고 시에미를 구박했다 그러네. 아 그때는 시에미 시집살이가 심할 때였응께 아무도 그 메누리가 시에미를 시집살이 시켰을 거라곤 생각도 못했지. 밥도 안 주구, 빨래도 시에미 것만 쏙 빼놓고 허재, 나 참. 주변 사람들이 몰랐다는 것도 야속혀. 아들놈은 뭐하느라 지 마누라가 나쁜 것인지도 몰랐는지, 시에미가 얼매나 속이 뒤집어졌을 겨? 암튼 그때는 아무도 몰랐나벼. 시에미 혼자만 끙끙 앓았던 게지.

---

1) 내가 살던 동네: 이 설화 제보자의 고향은 전북 부안으로, 이 이야기는 부안군 전설이다.

근디 메누리가 하는 짓을 하늘에서는 다 볼 수 있잖여? 하늘에 사는 옥황상제인지 뭔지가 보다보다 못 참았는지 사자使者를 보내서 버릇을 고쳐놓으려고 했능게로, 사자가 내려왔는디 그 집 주변에서 이리저리 돌아댕기면서 보니께 진짜로 며느리가 못돼먹은 거여. 시에미는 찍소리도 못하고 당허구 있고. 사자가 열이 이만큼 받아서,

"이놈!"

하면서 집으로 쳐들어가니께로 메누리가 기겁을 하면서 막 도망을 치는 거여. 그니께 사자도 막 뒤따라갔제. 근디 이 메누리가 생각보다 달리기가 빨라지고 사자가 못 잡는 겨. 이때껏 악다구니로 살았으니께 도망치는 거야 악다구니 내면서 했겠지 뭐. 그니께 사자가,

"저놈의 다리를 묶어두소!"

이러고 소리지르니께, 아 하늘에서 천둥 번개가 번쩍하더니만 며느리 발이 뿌리로 내려버리고 몸이 시방 발끝에서부터 나무로 변해가는디, 이 메누리가 살려달라고 악다구니를 지르다가 그대로 굳어버려서 나무가 악다구니 쓰는 사람 모양만치로 돼버린 겨.

그 나무가 진짜로 내가 어렸을 때부터 보면서 컸던 나무여. 아 그게 또 사람들 많이 지나다니는 길목에 있어가지고 사람들이 그 메누리 얘기를 하면서 시에미한테 잘하라고 그렇게 배우고 그랬제. 근디 지금은 그 자리에 나무가 없고 아파트가 들어섰어.

꽃과 초목에 대한 이야기

꽃과 나무는 자연의 중요한 일부를 이루는 생명으로 인간과 깊은 관계를 맺고 있다. 꽃과 나무의 종류가 무척 다양하다는 점을 생각할 때 한국에서 전해오는 전설은 그리 풍성하다 할 정도는 아니다. 하지만 초목에 대한 인상적인 이야기들이 전승돼왔으며, 특히 꽃에 관한 전설이 많은 편이다.

전설 속에서 꽃이나 나무는 대부분 인간의 화생化生으로 말해진다. 꽃은 아름다움을 드러내는 존재로 인간이 꽃이 됐다는 것은 인간에 내재한 아름다운 생명성을 나타낸다. 하지만 꽃과 나무는 한자리에 뿌리를 내린 채 움직이지 못하고 생각이 있어도 말을 못 하는 존재이기도 하다. 사람이 꽃이나 나무가 됐다는 것은 생명을 자유롭게 펼치지 못하고 제한되거나 구속됐다는 뜻일 수 있다. 주인공이 아픔을 겪고 한을 품은 경우 이러한 의미가 강조된다.

「며느리밥풀꽃 유래」는 가부장 사회에서 사회적 약자로 살던 며느리의 뼛속 깊은 한이 새겨진 전설이다. 밥풀을 입에 문 채로 죽었다는 내용이 격한 슬픔을 자아낸다. 며느리밥풀꽃의 모양새가 그 아픔을 더 선명하게 부각한다. 꼭 며느리만이 아니라 핍박 속에서 고통 받고 결핍을 느끼는 또다른 약자의 내면이 반영된 이야기라 할 만하다.

「분꽃 전설」은 한 편의 슬픈 동화 같은 이야기다. 배고픔과 추위 속에서의 기다림과 외로운 죽음이라는 화소가 슬픔을 자아낸다. 이야기 내용이 작고 여린 분꽃의 이미지와 잘 어울려 설득력을 얻는다.

「백일홍 유래」는 한국의 유명한 꽃 전설로 꼽는다. 처녀와 총각 사이의 사랑이 좋은 결실을 맺을 듯했으나 작은 시차로 엇갈리는 비극적 결말이 안타까움을 자아낸다.

기다리고 기다려 백 일 목전까지 버텼으나 결국 처녀가 쓰러지고 말았다는 것은 꽃으로 표상되는 한때의 청춘을 환기한다.

「연인산 얼레지꽃 전설」은 가평 지역에 얽힌 꽃 전설이다. 강자의 폭력으로 좌절해 억울하게 죽은 슬픈 청춘의 사랑 이야기를 담고 있다. 사람이 꽃으로 변했다고 하지는 않지만, 두 사람이 불타 죽은 자리 주변에 얼레지와 철쭉꽃이 그대로 남아 있었다는 데서 두 남녀와 꽃의 연관성을 보여준다. 비록 몸은 탔으나 영혼이 남아 꽃으로 피어났다고 할 수 있다. 이곳에서 사랑을 기원하면 이루어진다는 후일담이 퍼지면서 많은 사람이 찾는다고 하니, 전설의 생명력을 확인할 수 있다.

「나무가 된 못된 며느리」는 악행을 저지르던 사람이 천벌을 받아 나무가 된 사연을 담고 있다. 못된 며느리가 험악한 모양의 나무가 됐다는 것은 그 악행을 세상에 널리 드러내 보인다는 의미와 함께, 악인이 스스로의 존재 안에 갇힌 채 고착되었다는 뜻으로 생각해볼 수 있다. 욕심껏 설치면서 살고 깜냥껏 뛴다고 뛰었지만 결국 한 자리에 박힌 채 꼼짝달싹 못하게 된 것이다.

소쩍새 전설 1

옛날 옛날에 어느 댁으로 시집을 갔는데 너무너무 가난하더래. 가난해가지고 시어머니가 옛날에는 쌀을 이렇게 퍼 주면서, 며느리가 함부로 쌀을 퍼다 해 먹진 못하고 쌀을 어머니가 꼭 이렇게 퍼서 꺼내줘야 밥을 한 거야. 그런데 너무너무 가난하니까 어머니가 인제 쌀을 이렇게 주는 걸로 식구들은 다 못 먹고 며느리는 항상 굶는 거야. 그래가지고 시어머니가,

"이 쌀 가지고는 우리 며느리까지 밥을 못 먹겠구나."

그럼 인제 당신도 쪼끔 잡수고, 이렇게 며느리를 한 숟갈만 준 거야.

그러니까 할머니 할아버지는 굶지 않게 꼭 밥을 해드린 거야.

그러다 너무너무 배가 고플 거 아니야, 며느리가? 그러다가 며느리가 병이 들어가지고는 죽게 됐대. 그래가지고는 요즘 시골에 가면은 저 서쪽에서 새가 우는 거야. 그런데 왜 우냐? 시어머니가 쌀을 쪼끔 주니까는, 솥단지에다 밥을 하는데 솥이 너무너무 작은 데다 밥을 해서, 식구는 많은데 왜 이럴까 이해가 안 됐지. 며느리가 그렇게 해서 너무너무

가난한 집에서 살다보니까 배를 너무 많이 굶고 살은 거야. 그러다 며느리가 죽었는데, 새가 됐는데 서쪽새^{소쩍새}가 됐대.

그래가지고 그 서쪽새가 항상 이렇게 기울기울^{기웃기웃}할 때, 저녁밥거의 먹고 해가 기울기울하면은 저 서산에서 "서쪽! 서쪽!" 그렇게 울잖아? 그런데 우리는 "서쪽! 서쪽!" 한 줄 알았는데, 우리 어머니 말씀이 그게 '서쪽, 서쪽'이 아니고 '솥 좁다, 솥 좁다' 그렇게 며느리가 우는 소리래. 솥이 너무 작다. 그 소리를 "솥 좁다! 솥 좁다!" 그 며느리가 죽어서 서쪽에서 그렇게 서럽게 울고 그런 거래.

소쩍새 전설 2

옛날에 전라도 정읍에서 조금 더 들어가면 산골 마을이 있었어. 근데 그 동네에서 청년 두 사람이 있었는데 한 사람은 효자로 이름나고 마을 사람들한테 아주아주 좋은 청년이라고 인정을 받고 그렇게 살고, 한 사람은 아주 부모한테도 잘 못하고 동기간에도 우애 없고 그래서 동네 사람들한테 손가락질당하고 그렇게 무시당하고 사는 두 청년이 있었는데, 그 둘 사이는 솔찬히 친했어.

그런데 불효자로 살고 있는 친구가 그 효자 친구한테 물어봤어.

"너는 어떻게 해서 그렇게 부모한테 효를 하고 동기간에 잘 지내고 좋은 평을 받으면서 그렇게 사니?"

물어봤더니 그 친구가 하는 말이,

"그러면 니가 내가 방법을 알으켜주면^{알려주면} 그대로 하겠냐?"

그렇게 다짐을 해봤어. 그랬더니 그 청년이,

"어. 내가 니가 시키는 대로 알으켜주면 기꺼이 따라서 그거를 하겠다."

그렇게 얘기를 했어. 그러니까 청년이,

"그러면 지금부터 내가 하는 얘기를 잘 듣고 그렇게 해라."

둘이는 그렇게 약속을 하고 이 청년이 얘기를 해주는 거야.

"너는 오늘밤에 들어가서 아버지가 잘라고 옷을 벗어놓으면 그 옷을 니가 다 입어라. 그렇게 하고 아침에 그 옷을 벗어서 아버지한테 줘라."

인제 그렇게 얘기를 했어.

그랬더니 그 청년이 옷을 친구가 하는 말대로, 그 선량한 친구가 하는 말대로 이 사람이 그렇게 했어, 그날 밤에. 그랬더니 그 아버지, 옷을 벗은 아버지가 그 아들한테 목침을 집어던지면서,

"아 이놈의 새끼가 못된 짓을 하다 하다 안 되니까 인제 애비 옷까지 뺏어 입네?"

그러면서 목침을 쿡 던져버렸어, 아들한테. 그니까 아들이 다리를 맞았어. 공교롭게도 다리를 맞아가지고 상처가 났어. 그러니까 아들이 화가 나가지고 그 옷을 벗어버리고, 잡아다 던져버리고 그 친구한테 쫓아갔어. 쫓아가서,

"야 이놈아! 가르쳐주려면 제대로 가르쳐줘야지, 너 이 자식 나한테 그렇게 못된 것을 가르쳐줘? 효자 되는 것을 알으켜달라 했더니 못된 것을 가르쳐줘가지고 내가 우리 아버지한테 맞아 죽을 뻔했다. 그래갖고 발에 상처가 났다."

상처를 내밀면서, 분하고 또 슬프니까 울면서 친구한테 해대는 거야. 그러면서,

"나는 인제 효자고 뭣도 아무것도 안 하겠다."

그러면서 집어던지고 막 가는 거야. 어디로 갔냐면 북쪽을 향해서, 산 길을 따라서 그 친구가 가는 거야. 근데 이 선량한 친구는 마침 그때 무 엇인가를 먹고 있다가 말을 제대로 못하는 거야. 그러면서,

"아니야! 그쪽으로 가지 말고 서쪽으로 가라. 서쪽으로 가라."

서쪽이 어디냐 그러면 다시 한번 하라는 거야[1].

"그쪽으로 가지 말고 이쪽으로 와서, 서쪽으로 가서 니가 하고 싶은 것을 아까 내가 가르쳐준 대로 다시 혀."

다시 하란 얘기야. 자꾸만 다시 반복하란 얘기야. 이 친구가 하는 말은, 그렇게 한 번에 되는 일이 아니라는 것을 하고 싶었던 거야. 근데 먹은 음식이 막혀서 자꾸 "서쪽, 서쪽, 서쪽"만 한 거야, 이 사람이.

그러다가서 그 친구는 북쪽으로 가고 이 친구는 계속 "서쪽, 서쪽!" 하다가 결국 목이 메여서 죽었어. 그래서 서쪽새가 되었대. 그래갖고 그 서쪽새가 지금도 "서쪽, 서쪽, 서쪽" 하면서 저녁에 그렇게 운대. 그런 얘기가 있었단다.

---

1) 서쪽이 어디냐~하라는 거야: 문맥상 서쪽은 친구의 집이 있는 방향으로 이해된다. 그렇게 떠나면 안 되고 집으로 가서 다시 해봐야 한다는 말을 하고자 한 상황이다.

죽어서 까마귀 된 계모

까마귀 얘기 해볼게. 까마귀가 계모 죽은 혼이래, 까마귀가. 인제 죽어서 까마귀가 됐다는 건데, 그 계모가 어떻게 못살게 구는지, 부잣집이었대요. 근데 딸이 있는데 시집을 못 보내서 어떻게 어떻게 하다가 혼삿길이 열려서 시집을 보내게 됐는데, 여자의 아버지가 혼수를 가서 해오는데 아주 바리바리 무척 해왔대요. 혼수를 가서 많이 해서는 실어다 놓고는 딸 시집보낼 준비를 하는 거야.

그런데 딸을 해주는 그걸, 그렇게 많은 것을 딸을 해주는 걸 보니까 계모가 욕심이 나거든.

'저거를 내가 좀 입고 뽐내보면 어떤가?'

이런 생각이 들어갔겠지. 그래 자꾸 망설이고 망설이고 하는데, 오라비가 아홉이 됐대요. 그 여자의 오빠가 아홉이 있었대. 그런데 글쎄 그냥 혼수를 그렇게 쌓아놓구서는 애기ᄂᄉ이동생를 해주려고 그러는데, 그 계모가 딸이 죽으면 자기가 그걸 다 입을라고 죽였는지 죽었어요. 그래서 그 혼수를 딸 해줄 건데 딸이 죽었으니깐 아버지가 갖다 불을 놨는지 오래비가 났는지 불 놔서 타니까는 그 서모庶母가 한 감만, 저고리, 치마 한 감만 하게 줬으면 좋겠다고 불더미를 뱅뱅 돌면서,

"저고리 한 감만 남겨다오. 치마 한 감만 남겨다오!"

이러면서 계모가 뱅뱅뱅뱅 불더미로 돌면서 그러니깐 그 아홉 오라버니가 하도 아니꼬우니까 발길로 차서 불더미에다 집어넣었대요. 계모가 그래서 그게 죽어가지고서는 혼이 까마귀가 되어 날라갔대요.

(딸도 죽었고요?) 그럼. 딸이 죽었으니까 혼수를 갖다가 땠지. (딸은 죽어서 뭐가 됐다는 이야기는 없고요?) 그건 몰라요.

죽어서 까마귀 된 의붓딸

　옛날에 계모 손에서 자랄 적엔 그 딸 모해[謀害] 잡느라고 쥐를 잡다가 그 딸 자는 치마 속에다 넣었대잖아. 그래가지구선 딸이 자니까 딸을 깨우더래잖아. 그래 딸을 깨우니까는 그 딸이 벌떡 일어나니깐 새빨간, 참 쥐새끼 같은 거 튀어나오니깐 서방질해서 애 가졌다고, 애 가져서 뗐다고 그렇게 모해를 잡고 그 딸을 두들겨주더래잖아. 두들겨 내쫓더래잖아. 그런 전설이 있었지.

　(그래서 내쫓긴 애는 어떻게 됐대요?) 그래 내쫓겨가지고 어떻게 됐다고 하더라? 내쫓겨서 오빠가 하나 있는데, 오빠가 실어다가 어디다 참 내다버렸대. 죽이라고 그래서. 그래 그걸 갖다가 어디다 내버리고 오는데 그 동생이 허는 소리가,

　"오라버니, 가다가 그 발자국을 들여다봐라."

　그러더래.

　그래 자기 데리고 간 발자국 오다 보니까 피가 하나씩 잔뜩 뱄더래잖아! 그래 그런 전설이 있더라고, 그전에 옛날에.

그래가지고선 딸은 나가 죽고. 딸을 내버리고 오니까는 그 의붓어멈이 딸애 옷 입던 걸 죄 갖다 불을 놓더래잖아. 불을 놓으면서 뺑뺑 돌아 댕기면서 뭐라고 푸념을 허니까는 거기서 까마구가 돼서 훅 날라가. 그래 까마구가 그 의붓딸이 된 까마구래 그게. 그래서 그게 죽은 혼이 됐던 거, 까마구가. 그래서 까마구만 짖으면 사람이 죽잖아.

파랑새와 젊어지는 샘물

어떤 사람이 나무를 하러 갔는디, 갈퀴로 나무를 덕덕^{벅벅} 긁으니께 파랑새 예쁜 새가 포롱포롱 날더랴. 그래서 저거 잡아갖고 간다고 가서 확 잡으면 포롱 날라가구. 또 쫓아가서 확 엎드려 잡으려고 하면 또 포로롱 날라가고. 그래갖고선 이제 그냥 그렇게 쫓아갔댜.

쫓아갔는디, 목이 말라가지고 죽을 지경인디 그 새 쫓아가다가 보니께 이만한 옹달샘이 있더랴. 그래서 거기서 물을 한참 먹었댜. 먹었는디 그 사람이 젊어졌댜. 새는 못 잡구. 새 따라가다, 따라가다, 따라가다.

그래서 젊어져서, 젊어져서 집에 오니까 마누라가, 어떤 젊은 남자가 들어오거든. 들어오더니 어떻게 보니까 자기 남편이여, 보니까.

"어떻게 그렇게 젊어졌나?"

"알았다. 다 좋은 디가 있다."

그러면서 마누라 데리고 가서 거기 가서 물을 멕였댜. 물을 먹여서 시집올 때랑 똑같이 만들어났다느면. (일동 웃음) 시집올 때허구 똑같이. 그래서 저기 물로 이렇게 보니께 자기도 장가들 때허구 똑같이 젊어졌거든.

그래서 그렇게 와서 사는디 이첨지라나 박첨지라나 친구가 어째 그
래 젊어졌느냐고 해서,

"아무데 가서 물 먹으면 젊어진다."

그랬는데, 두루마기 입고서 갔댜. 거기 가서 물을 얼마나 먹었는지 애
기가 됐댜. (청중 웃음) 근디 두루마기 옷만 있더랴. 사람은 없구. 그래서
옷을 번쩍 쳐드니께 거기서 애기가 나오더랴. (일동 웃음) 그래갖고선 애
기 갖다가 자식 만들어서 키웠댜.

새에 얽힌 이야기

한국에 새에 대한 전설은 그리 많지 않지만 인상적인 사례들이 있다. 새라고 하면 일반적으로 하늘을 나는 자유를 연상하는데, 전설 속 새는 지상에 발붙이지 못하고 정처 없이 떠도는 작고 보잘것없는 존재로 그려질 때가 많다. 구체적 이미지는 새에 따라 다르다. 구슬픈 울음소리가 특징인 소쩍새는 살았을 때 가슴에 맺힌 한을 죽어서 울음으로 풀어내는 모습으로 묘사되곤 한다. 까마귀는 보통 속이 새까만 악인의 화신으로 말해지지만, 때로는 속이 새까맣게 타버린 억울한 존재의 표상으로 나타나기도 한다. 새에 관한 전설은 특정 지역과 관련이 깊지 않고 별도의 증거물이 없는 것이 보통이라 민담에 가까운 방식으로 전해지기도 한다.

「소쩍새 전설 1」에서 살아생전 배고픔에 시달린 며느리가 죽고 나서 새가 되어 '솥 적다'고, 또는 '솥 좁다'고 운다는 것은 소쩍새 전설의 전형적인 내용이다. 소쩍새의 구슬픈 울음소리를 인간사 애환과 절묘하게 연결시키고 있다. 마을 근처에서 우는 소쩍새의 모습에서 죽어서도 한을 풀지 못한 인간의 슬픈 형상을 본 것이라 할 수 있다.

「소쩍새 전설 2」에서는 친구에게 미처 말하지 못하고 죽어서 새가 되었다는 내용이 독특하다. 서사적 연결고리는 소쩍새의 울음소리로, 새의 구슬픈 지저귐에서 살아서 못 한 말을 토해내는 원혼의 모습을 본 것이다. 그 소리를 '서쪽'으로 푸는 점이 독특하다. '서쪽'이라는 소리에 맞추어 이야기 내용이 구성되었을 가능성이 크다.

「죽어서 까마귀 된 계모」에서 계모는 허튼 욕심을 채우려 안달하다가 죽어 까마귀가 됐다. 까마귀의 외양에서 검은 욕심을 연상해냈다. 까마귀를 흉조로 보는 한국인의 시각이 반영된 것이기도 하다. 계모가 불에 타서 죽었다 하니, 재와 까만색의 연관성을 찾아볼 수도 있다.

「죽어서 까마귀 된 의붓딸」에서 까마귀는 한의 화신이다. 간교한 모해로 죽은 딸이 까마귀가 됐다는 것은 새까맣게 타버린 마음을 연상시킨다. 계모가 딸의 옷을 태웠을 때 마음도 함께 탔다고 생각할 수 있다. 죄 없는 아이의 억울함이 사무쳐 흉조가 됐다는 전개는 강자의 폭력이 낳는 상처와 반작용이 얼마나 흉한지 잘 보여준다.

「파랑새와 젊어지는 샘물」은 전설과 민담에 걸쳐 있는 유명한 설화로, 민담의 환상성과 해학성을 포함하고 있다. 신이한 샘물의 실재 여부가 화젯거리가 된다는 점에서 전설적 성격을 지닌다. 파랑새는 설화 속에서 흔히 안내자나 메신저 역할을 하는데 여기서도 사람을 샘물로 이끄는 인도자로 등장한다. 구성상 '새에 얽힌 이야기' 범주에 넣었지만, 이 설화는 '신기한 샘물에 관한 이야기'로 보는 것이 더 합당하다.

하동 이명산 이무기 전설

북천하고 진교[1]하고 그 사이에 산 이름이 달구봉 또는 시루봉이라는 데가 있어. 지금 올라가 보면 벌건 돌들이 많거든. 그 정상이 막 크지는 않은데.

그 벌건 돌의 근원이 어떻게 되냐면, 옛날에 이명산理明山 주위에 매년 맹인들이 나는 거야. 그러니깐 눈먼 봉사가 막 태어나는 거야. 그게 이명산 정상에 있는 연못에 커다란 이무기가 살고 있대. 근데 이무기는 용이 못 된 커다란 뱀이잖아? 그래서 한이 서려가지고 이무기가 마을을 향해 바라보면서 독기를 내뿜어서 맹인이 생긴 거였대. 그래서 마을 사람들이 이무기한테 제물도 바치고 다 해봤는데 소용이 없었대.

그러던 어느 날 지나가던 나이든 스님이 고을에 시주를 받는데 사람들 표정이 다 어두워가지고 수심에 빠져 있길래 스님이 무슨 일이 있냐고 물어보니깐 이무기 때문에 그렇대. 그래서 스님이 그 사람들 불쌍해

---

1) 북천하고 진교: 경남 하동군의 북천면과 진교면.

가지고 말하길,

"이무기를 없애기 위해서는 시루봉에 가가지고 연못 둘레에 불을 지펴가지고 돌을 벌겋게 달궈가지고 하나씩 돌을 연못으로 넣으시오."

그렇게 하면 이무기가 도망갈 거라고, 그렇게 조치를 하라고 말해준 거야.

그래서 막 사람들이 준비하고 있을 때 이무기가 또 독을 뿜어가지고 저기 왕궁에 공주가 눈이 멀었대. 근데 어떤 의원도 눈이 먼 걸 못 고쳐서 난리가 났는데, 그때 한 도사가 찾아와가지고 저쪽 곤양[2] 쪽 이맹산[3]에 사는 이무기의 소행 같다고 말해준 거야. 그래서 왕이 저 밑으로 군사들을 보냈지.

이제 딱 군사들이 마을에 갔을 때 고을 사람들이 남녀노소 다 돌을 이고 나무를 가지고 올라가고 있는 거야. 그래서 어떻게 된 일인지 물어보니 마을 사람들이 스님이 일러준 얘기를 말해주니까 군사들이 마을 사람들을 막 도와줘. 산 위에 올라가가지고 돌을 시뻘겋게 달군 거야. 그리고 스님이 말한 대로 다 호수에 넣었대. 호수에 넣는데 그 피익 – 피익 – 소리를 내면서 물이 끓기 시작하는 거야. 그러니깐 이무기가 갈 데가 없는 거야. 그러니 이무기가 하늘로 파악 – 하고 치솟아서 진교하고 곤양 사이 바다에 팍 빠졌는 거야. 그러니깐 달아난 거지.

본래 진교辰橋가 이름이 민다리거든. 근데 이 진교라는 이름에서 진 자는 별 진辰 자하고 용 용龍 자하고 같이 쓴대[4]. 근데 이무기가 용이 되다만 거잖아? 그래서 용이 떨어진 곳이다 해서 진교라고 이렇게 이름을 지은 거래.

그렇게 이무기가 바다 위로 달아난 뒤에, 원래 이름이었던 이맹산에

2) 곤양: 이맹산에 접해 있는 지명. 경남 사천시 곤양면.
3) 이맹산(理盟山): 이맹산의 원래 이름.
4) 진 자는~같이 쓴대: 십이지지(十二地支)에서 '진(辰)'은 용을 뜻하는데, 이를 설명한 것이다.

서 밝을 명^明 자를 써서 이명산이라고 이름을 지으니깐 마을에 맹인이 하나도 없어졌대. 맹인이 없어지면서 이제 진교라는 이름은 그 전설의 기원에 따라 민다리라는 이름에서 그리 됐다, 그런 것이란 말이지.

청룡 흑룡의 다툼과 무달이

옛날에 함경도 지방에 그 얘긴데, 뭐 억수로 활을 잘 쏘는 무달이가 있었어. 이름이 무달이라는 청년이 있었어. 그래가지고 무달이가 활만 쐈다 카면 백발백중이라.

그래가지고 신임을 얻고 있었는데, 어느 날 꿈을 떡 꿨는데 허연 할배가 나타나가지고 이르는 게, 저기 연못이 있다 카네, 무달이 그 동네에. 그 연못에 가머는 구름이 있거든. 청룡하고 흑룡하고 이렇게 싸우는 형태를 하고 이래 가지고 구름 위로 슈우욱 올라간다 카는. 구름 뒤에서, 구름같이 해서 올라가는데.

"어느 날 어느 시에 해질 무렵에 연못에 가보면 그러고 있단다. 그럼 거기 가서, 활을 잘 쏘니까 크윽 올라갈 때 그 꼬리, 흑룡 꼬리를 그때 쏴뿌라^{쏴버려라}. 그러머는 좋은 일이 있을 기다."

이래 가지고 일어나보니까 꿈인 거야.

그래가지고 인제 어느 날 어느 시에 되어가지고 자기가 인제 가봤거든. 그 연못에 가보니까 진짜 해질 무렵에 뭐가 수와아악 올라가는 느낌을 받았어. 그때 꼬리를 타악 치고 올라가드란다. 그래갖다 활을 쐈어. 그게 인자 죽은 거지.

그래가지고 그날 자고 있는데 꿈을 인제 꾸는데 그 할배가 나타나가지고,

"그래 무달아, 니가 내 소원을 들어줬구나. 내가 청룡인데 흑룡이 자꾸 방해를 했어. 그러니까 니가 내 소원을 들어줬어. 내가 느그 마을에 좋을 일만 있도록 해줄 기다."

그래가지고 그 마을이 그뒤로부터 좋은 일만 뒤따라댕기고 막 그래가지고 그 마을이 함경도 잘 사는 동네가 됐단다.

상사뱀이 된 신부

옛날에 저 충청도 내륙에 산골 사람인데, 옛날에 장가를 가는데 어디로 갔냐 하면 저 울산의 동해 바다 해변가로 혼인길이 터져가지고 그리 장가를 가게 됐어요.

그리 장가를 갔는데, 옛날에 장가를 가면은 자기 아버지가 상객[1]을 가거든요. 그 신랑하고 이리 가는데. 그래 장가를 가가지고 낮에 행례行禮를 지내고 저녁에 신방을 차리잖아요? 신방을 차려갖고 술을 한잔 먹을라 하니 신부가 말이지, 족두리를 쓰고 앉게 되는데 뒤에 창문을 보고 한숨을 후루루 쉬거든요. 그래 무슨 고민이 있는가 신랑이 그만 오해를 했는 기라.

'아 저 틀림없이 무슨 시집을 나한테 오기 전에……'

옛날에 간부[2]라 그랬어요. 간부는 뭐냐 허면 새색시가 시집가기 전에

---

1) 상객(上客): 혼인 때 가족 중에서 신랑이나 신부를 데리고 가는 사람.
2) 간부(間夫): 샛서방. 여자가 몰래 관계하는 남자.

사귄 남자라. 그걸 간부라 그랬거든. 그런 사람이 있는가 신랑이 오해를 해가지고. 그러더니 한숨을 쉬더니마는 찬물을 한 그릇 벌떡벌떡 마시거든, 새색시가. 그래가지고 의심을 해가지고,

'아이고 내 장가오기 전에 사귄 남자가 있다.'

그런 차에 옛날에 해변가에 문어가 말이지, 문어가 이래 뻑뻑 걸어댕겼어요. 그거 창문으로 걸어가는데 문어대가리를 보니까 똑 중인 거 같애. 그래가지고 옛날에 중이 뭐 그런 설이 있었는 모양이에요. 그래가지고 그만 신랑은 겁을 내가지고 쫓아가서 사랑방에 자기 아버지한테,

"아버지, 나오십시오."

"와 카노?"

"빨리 갑시다."

도주를 해뻤는 기라요.

그래 이 색시는 혼자 족두리를 쓴 채로 말이지, 신랑이 어디 뭐 변소를 갔는가 이리 생각하고 있으니 오지도 않는 기라.

그래가지고 신랑이 가뿌렸지. 아버지는 왜 카냐고 하니 집에 가서 이야기하자고 말이지. 집에 가가지고 자기 아버지한테 말이지,

"신방을 차려놓고 먹을라 카는데 그 중놈이 말이지……"

그래 오해를 해가지고, 아버지가 인자 중인 줄 알고 인정을 해뿌렸지. 그렇더냐고.

그래 장가를 갈 때가 자꾸 됐는데 그래가지고 장가를 안 가는 기라. 그거 질려가지고. 그래가지고 한 삼 년 지나고 말이지, 한번은 해변가로 안 가고 저 산골로 갈라고 이렇게 생각하고 있는 차에 산골로 혼인길이 터져가지고 그리 장가를 가게 됐어요. 장가를 가니까 아주 외딴 집인데, 큰 방구^{바위} 밑에 대나무숲이 꽉 있는 외딴 집이라. 그래가지고 그거도 역시 혼례를 지내고 말이지, 신방을 차려가지고 막 먹을라 카니 또 역시 신부가 돌아앉아가지고 뭐 찬물을 한 그릇 마시더니만 한숨을 또 스르

르 쉬거든.

'아이고 나는 마 장가갈 팔자가 안 된다.'

또 막 도망갈라고 일어서니 신부가 붙잡는 기라.

"내 말 듣고 가라. 가더라도."

그 뭐 신부가 묻는 기라.

"당신 삼 년 전에 해변가 뭐 어디 장가간 일 있지?"

"있다."

그러니께,

"그거 빨리 가라. 나는 여^{여기} 버리고. 그거 가야지 시간이 늦으면 당신 생명이 위험하다. 빨리 가라."

들으면 가슴이 섬뜩하다고. 그나저나 돌아서 나올라 카니 고만 뒤를 돌아보니 집도 없어져버리고 그만 그 방구 밑에 대숲만 수북한데 간 데가 없는 기라.

'야 이 무슨 하늘이 날 돌보는가? 무슨 산신령인가?'

이리 인정하고, 집에 와가지고 자기 아버지한테 그런 이야기 하고 말이지, 그래 울산의 해변가 삼 년 전에 갔던 데를 찾아갔던 기라. 찾아가니 그때 장가갈 때는 그 동네가 뭐 이래 몇 집 있었는데 동네가 그만 폐허가 돼가지고 쑥대밭이 돼 있거든. 그래 이웃에 한 집에 가서, 사람 있는 집에 가서 물어보니까, 동네가 왜 이리 됐느냐고 물으니까 노인네가 하는 말이,

"이거 말이지, 삼 년 전에 뭐 장가와가지고 말이지, 신랑이 첫날밤에 족두리도 안 벗기고 도주해버려가지고 그 신부가 상사^{상사병}가 맺혀가지고 구렁이^{구렁이} 뱀이 다 돼가는데 누가 와서 문 열라고 해도 문 안 열어주고 안으로 걸어 잠그고 그래 있다."

그래가지고 그 참 충청도에서 이야기하던 그 여자 말대로 시간이 지나면 죽는가 싶어서 쫓아가가지고…… 삼 년 지난 뒤에 문살이 막 떨

어져서 구녕이 빠끔빠끔하니 이렇거든. 그래 문구녁으로 가만히 쳐다보니까 안에 뱀이 말이지, 큰 뱀이 이래 삭여가지고. 그 대가리를 보니까 신부가 족두리를 쓴 채로 있고 중체 하체[3]는 전부 뱀이 다 돼 있는 기라. 그래 인자 뱀이 다 되고 족두리가 벗겨지면 완전히 구렁이가 돼가지고 이 사람을 찾아가지고 해칠 그런 단계인 모양이지.

그래 이 신랑은 문밖에서 무르팍을 꿇고 앉아서 막 손발이 닳도록 빌었는 기라.

"내가 말이지, 사실 잘못했다."

빌고 이래도 뭐 문도 열어주지도 않고 고대로 있거든. 그래가지고 자꾸 밤새도록 빌었는 기라. 날이 다 새도록. 그래가지고 신부가 문을 열어주는 기라. 그래 들어가서 이래 족두리를 벗겨줬는 기라. 죽으면 죽고 말이지. 뱀이 족두리를 지고 있는데, 그래 이래 벗겨줬는데 스르르 이러다 보니 여자가 본색이 나타나거든요. 여자가 본색이 나는데, 이 남자는 그때까지 밤새도록 잠을 안 자고 까뿍깜빡 자불어[4]. 까뿍 자불어 깨보니 께네 완전히 색시가 돼가지고, 신부가 돼가지고 앉아 있는 기라.

그래 잘못했다고 막 빌고 이래 하니까 이 여자가 스르르 숨을 고르다 죽어버리는 기라. 그럴 거 아니요? 삼 년 동안 상사가 맺혀가 뱀이 되는 건데 뭐 입에 찬물도 안 먹었을 기라 말이라. 그래 인자 그 여자 죽어버리는 기라.

뭐 죽으니까 도리가 있나? 그 여자를 초상을 치러줬어요. 양지바른데 초상을 치러주고. 그래 자기 고향에 와가지고 부모에게 사실 그리됐다고 이야기하고. 그래 그 사람이 평생 그만 장가가는 거를 잊어뿌리고 혼자 살기로 작정을 해가지고 살았다는 그런 설이 있어요.

---

3) 중체(中體) 하체(下體): 몸의 중간부분과 아랫부분.
4) 자불다: 졸다. 잠을 자려 하지 않으나 저절로 잠이 드는 상태로 자꾸 접어들다.

구렁이로 환생한 어머니

구렝이가 그전에 그랬대. 아주 아무 구경도 못 허구, 구경을 안 시키구 그냥 죽었대. 즈이 어머니가 그냥 아무 구경도 못 허구 만날 집에서 일만 허다가 죽었는데, 부엌 바로 거기에 상추를 심구고 기르는 상추밭이 있는 데 갖다 묻었는데 커단 구렝이가 그 상추밭에 와 엎뎠더래. 엎뎌서 거시기해서는 그 메누리가 허는 소리가

"아휴 저 상추밭에 큰 구렝이가 와서 저렇게 엎뎠으니 어떡허면 저걸 거시기허냐?"

그러니까 그 아들이 낮에 잠깐 잠이 들었는데,

"내가 세상 구경을 못 허고 죽어서 텃구렁이^{업구렁이}가 됐다. 텃구렁이가 돼서 느이 집에 왔으니까 나 괄시 마라."

그니까 그 아들이 너무 어머니 구경도 안 시키고 그러다가 죽어서 구렝이가 됐으니까, 짚으루다 이렇게 방석을 틀구 옷을 한 벌 입혀서 뜰빵^{질빵}에다 걸머지구 이 세상 구경을 시켰어, 아들이. 아들이 구경을 시켜서 거시기했는데 어디 한 군데를 가니깐두루

"인제는 내가 구경을 이만큼 다했으니까 너는 너 갈 데로 가거라. 나는 인제 구경 실컷 했다."

거기다 내려놓으니까 그 옷을 훌떡 벗고서는 인간이 돼서 구렁이가 인간이 돼서, "구경 다 했다".

왜 그러잖아? 구경 안 허고 죽으면 텃구렁이 되는데 그렇게 텃구렁이 됐댜. 구경을 못 허고서 죽으니까는. 그래서 구렝이가 크게 돼서 아들네 집으로 찾아왔더래.

죽어서 구렁이가 된 영감

옛날에는 산에 나무를, 땔감이 없었잖아. 그래 자그마한 소나무를 막 흔들어가지고 꼬챙이 가지고 때려서 소나무의 버려진 거 쪼그마한 잎사귀. 그게 겨울 되면 일부 떨어지거든. 그걸 나무 밑에서 긁어갖고 그걸 땔감 하고 그랬다고. 또 작은 소나무는 낫을 갖고 가지를 쳐서 땔감을 하고. 땔감이 없었단 말이야, 옛날에는. 그러니까 산이 없는 사람도 있잖아? 근데 몰래몰래 가서 해오거든. 그럼 산 주인은 또 지키고 있는 거야. 누가 나무하러 오나 하고. 자기도 땔감이 모자라는데.

그러는 상황에 산 주인이 영감인데 이 주인이 참 지독한 양반이야. 애들이 나무하러 오는데 올라오면 애들이 나무하러 못 오게 해버리는 거야. 그래서 동네에서 소문이 난 게 "저 영감 죽으면 이제 구렁이 될 거다. 죽으면 구렁이 될 거다". 그렇게 이제 소문이 났어.

근데 이 영감이 결국 죽었어. 죽었는데 묘에 가면 이만한 구멍이 남아 있는 거야. 이제 사흘 때, 삼우^{삼우제} 때 가잖아? 죽은 지 사흘 만에 이만한 구멍이 난 거야. 자기 아들이 가갖고 보니까 구멍이 나 있는 거를 메꿨어. 메꿔놓고 또 다음날 가니까 또 이만큼 구멍이 나 있는 거야. 또 며칠째 메꾸다보니까 지겨울 거 아냐? 그게 결국은 죽어서 구렁이가 된 거다, 틀림없다 하고 이렇게 판단한 거야.

그런데 자기 부인이 있고 작은마누라가 있어. 그 집은 좀 살았던 모양이야. 살아 있을 때 부유했으니까 작은마누라도 있고 그런 거야. 근데 본부인이 제사를 몇 번 모시다가 아들이 없는 거야. 이 부인이 결국 아들이 없다보니까, 요 작은이한테는 아들이 있어. 그래서 제사를 작은이가 모셨던 거야. 결국 제사 모실 때마다 이 부인이 계속 그 작은이한테 간 거야. 작은이 집에 가갖고 같이 제사 모시고 오고. 뭐 어쨌든 제사 때문에, 비록 두 여인의 남편은 죽었지만은 제사 모시러 큰이가 작은이한테 가고 그랬어.

근데 그해에는 무슨 일 때문에 이 할머니가 그 제사에 못 갔어. 못 갔는데 새벽에 자기 문 앞에 이만한 구렁이가 문 앞에 어슬렁거리면서 있는 거야. 그러구 자기한테 밤에 들어와갖구 자기 몸을 감았다 이거야. 믿거나 말거나지만. 구렁이가 자기 몸을 감아갖고 이제 혀를 날름날름 이런 거지.

"이, 이, 이!"

할머니가 얼마나 놀랐겠어? 그래갖고 참 속으로 빌고…… 처음에는 문 앞에 어슬렁거릴 때 구렁이가 온 거를 보고 그때 한참,

'신랑이 왔구나. 제사를 안 지냈기에.'

그래 맨날 죽으면 구렁이 될 거다 그러고, 구멍이 이만큼 나와 있고, 뭐 자기도 항상 생각하는 게 남편이 구렁이가 됐다고 생각한 거야. 그래갖고 이 양반이 제삿날 그날 못 가고 새벽이 되니까 구렁이가 문 앞에 나타나갖고 어슬렁거리다보니까 자기 신랑이 온 거를 생각한 거지. 그래 갖고 손으로 막 빌고,

"제발 다시 좋은 데 가시오. 제삿날 이만저만해서 못 갔습니다."

빌었어. 소용없어! 그래갖고 구렁이가 와갖구 똬리를 틀면서 몸을 감아갖구 이러구 있는 거를 자꾸 빌었대. 빌고 뭐 그래서 뭐 "이만저만해서 못 갔습니다. 좋은 데 가시오." 이러구 그러니까 날이 새고 그러니까 구렁이가 똬리를 틀었던 걸 풀어서 그냥 갔단 이야기야.

그래서 결국은 동네 사람들 그 이야기를 듣고는 더더욱 더…… 아워낙 살았을 때 지독하게, 어린애들이 나무하러 간 것도 낫으로 다 쫓아버리고 이럴 정도로. 다른 뭐 지독하게 한 예도 얼마나 많았겠어? 지독하게 해서 결국은 동네 사람들이 저 영감 죽으면 구렁이 될 거라고, 구렁이 될 거라고, 저 말이 결국 씨가 돼갖구 구렁이가 된 거 아니냐. 제삿날 안 가고 보니까 구렁이 나타나고 그러고[1].

---

1) 이 이야기를 듣고 있던 제보자의 아내는 자기가 보고 들은 바를 덧붙여 설명하면서 결국 그 아내도 삼 년 만에 죽고 말았다고 했다.

자신을 사랑한 종을 용으로 만든 처녀

　우리 엄마가 어릴 때 잘려구 하면 그 얘기를 해줬었는데. 불교를 믿으셔가지구. 나도 쪼금 어렸을 때 들은 얘기라.

　그냥 상전을 좋아해가지구, 종이 좋아해가지구 집안에서 반대해서 뭐 멀리 갔다고 그러구. 마지막은 그 머슴을 못 만나게 할려고 옛날에 큰 항아리 속에다 가둬놨는데, 그 딸이 집안 문중에서 쫓겨났어. 그래가지구 절에 가서 그 절에서 도움을 많이 줬나봐. 스님이 아니라 잡일 도와주는 뭐 있지, 주방에서.

　그런 걸 많이 도와주는데 법당을 지나가다 보니까 뭐 부처님들 옷 만드는 행사를 하고 있어. 그런데 아무나 그걸 못하잖아. 근데 잠시 부처님들 장삼 같은 거 그걸 꼬매는 분들이 식사를 하러 간 사이에 그걸 내가 몇 땀을 하고 싶은 거야, 그 여자애가. 그래서 이렇게 몇 번 뀄는데, 그 종이 죽었다구 했는데 승천을 해가지구 하늘 쳐다보니까 높은 데로 갔대. 자기가 장삼 옷을 꿰매줘서. 둘이 사랑했던 사이잖아.

　그래서 우리 엄마가 맨날 그걸 왜 얘기해줬나, 불교 신앙이 있어서 가르쳐주시려고 그런 것 같은데.

"야, 사랑은 이루어지지는 못했어도 그 남자를 위해서 여자애가 뭔가를, 자기 때문에 죽었기 때문에 뭔가를 남자를 위해서 넋이라도 위로하고 싶어가지구 그런 마음이 있어서 그 남자애가 하늘로 용이 되어서 승천했다고 하더라."

그러면서

"사람 마음을 참 좋게 가져야 된다."

엄마가 그렇게 얘기를 해줬었거든. 그냥 간단하게 얘기하면 그래. 우리 잘려구 하면 그 얘기를 날마다 해줬었어, 이불속에서.

(앞부분 조금만 더 자세하게 해주실 수 있을까요?) 앞부분은, 하여튼 부잣집에 외동딸이구 남자는 종이었는데 둘이 "아씨, 아씨" 하다가 친해졌지. 그랬는데 남자애가 이성으로 넘본 게 되구. 이 아씨는 딴 데 집안에서 혼인을 할려구 하는 사이이구. 근데 둘이 인제 친하게 오누이같이 지내다 서로 맘이 맞아갖구 결혼 다가오니까 딴 데로 몰래 어떻게 밤에 줄행랑을 칠라 하다가 들켰지. 그래가지구 좋은, 옛날에 큰 항아리가 많았대. 항아리에다 가둬놔서 굶어죽은 거야. 그리구 여자애는 자기네 집안에서 아는 큰절에다 멀리 맡겨.

나중에 일하는 애가 와가지구 걔가 죽었다구 그래 가지구, 말하자면 너무나 기가 막힌 거야. 집에 엄마 아버지를 생각하고 싶지를 않은 거야. 그래가지구 자기는 그냥 그 절에서 허드렛일이나 해주고 그냥 그렇게 지냈어, 일생을 그냥.

'쟤를 위해서 뭔가를 내가 해줄 방법 없을까? 내가 여기서 공양하는 거 도와주고 그래서라도 뭔가 쟤를 위해서 해주고 싶다.'

그러다가 그냥 우연히 한번 옷 짓는 거 한번, 몇 땀 실로 몇 땀 떴대. 그랬는데 보이더래. 남자 얼굴이 거기서 용이 되어서 승천해서 올라갔다고 하더라고.

뱀과 용 이야기

한국에는 뱀과 용에 관한 설화가 무척 많다. 뱀과 용, 그리고 이무기는 신화나 민담 외에 전설에서도 흔히 등장한다. 전설 속 뱀이나 용은 실재성이 진지한 관심의 대상이 된다. 사람이 뱀이나 용이 되는 식으로 존재들이 서로 밀접하게 연관되기도 한다. 뱀이나 용, 이무기의 형상에서 인간의 이면을 보았던 것이다.

뱀과 용은 형상이 서로 유사하지만 속성은 많이 다르다. 뱀이 징그러운 수성獸性의 존재로 꿈틀거리는 욕망을 나타내는 데 비해 용은 영험한 신성의 존재로 초월적 자기 실현을 나타낸다. 뱀과 용 사이에 자리하는 이무기는 그러한 양면적 속성을 한몸에 지닌 존재다.

「하동 이명산 이무기 전설」은 악행을 저지르는 이무기를 사람들이 퇴치한 내용을 담은 특이한 이야기다. 승천하려는 이무기는 도와야 하지만, 이 이야기 속 이무기는 사람들의 눈을 멀게 하는 요악한 괴물이라 징치 대상이 된다. 공주까지 공격하는 이무기에서 반역자 이미지를 찾아볼 수 있는데, 민民과 관官이 합력해 문제를 해결하는 것이 특징이다. 이야기에서는 여러 지명과 지형지물이 나와 생생한 현장감을 자아낸다.

「청룡 흑룡의 다툼과 무달이」는 인간이 용들의 싸움에 개입해 문제를 해결한 과정을 전한다. 용은 신적인 존재인데 그를 향해 인간이 활을 쏜 적극성이 눈길을 끈다. 다른 자료에서는 용을 향해 선뜻 활을 당기지 못하다가 힘들게 그 일을 해냈다는 식으로 개입의 엄중성을 강조한다.

「상사뱀이 된 신부」는 남성의 일방적 오해와 외면으로 한을 품고 뱀이 된 신부 이야기다. 어두운 가부장 사회를 배경으로, 해원의 중요성을 부각했다. 신부의 한을 또 다른 여성이 인지해 해법을 제시하는데, 그 여성이 곧 신령의 화신이다. 이 이야기 속 뱀은 일반적 상사뱀과 달리 욕망보다 원망의 의미가 짙다.

「구렁이로 환생한 어머니」는 평생 일만 하며 힘들게 살았던 어머니가 죽어 구렁이로 환생한 내용을 전한다. 마음에 묻어만 두고 풀어내지 못한 소망이 그를 뱀으로 변하게 했다. 어머니가 변한 구렁이를 텃구렁이업구렁이로 일컫는데, 복수가 아닌 공생을 위해 돌아온 것으로 해석할 수 있다. 아들이 어머니를 잘 챙겨 공생이 완성된다.

「죽어서 구렁이가 된 영감」은 실화처럼 구연된 이야기다. 생전 욕심을 부리던 노인이 죽어 구렁이가 됐다는 증거를 실감나게 묘사하고 있다. 이야기 속 뱀은 뒤틀린 욕망의 표상이다. 영감의 아내가 삼 년 만에 죽었다는 전언을 통해 이기적 욕망의 폐해가 당사자의 죽음으로 끝나지 않고 남은 사람에게까지 미친다고 말한다.

「자신을 사랑한 종을 용으로 만든 처녀」는 낮은 신분 때문에 항아리에 갇힌 채 참혹하게 죽은 남자가 용이 되어 승천한 극적 반전을 담은 이야기다. 죽은 사람이 용이 됐다는 내용은 설화에서 흔히 볼 수 없는데, 그러한 극적 변화를 가능하게 한 것은 한 사람의 사랑과 정성이었다. 남자가 용이 된 결정적인 계기는 여자가 부처님 드릴 장삼을 실로 몇 땀 뜬 일인데, 자기를 사랑했고 또 자기가 사랑했던 미천한 사람을 존귀한 부처처럼 여긴 태도로 볼 수 있다.

삼봉산 절터골 호랑이 전설

　인월하고 팔량치 사이에 보면 삼봉산[1]이라는 데가 있어. 그 삼봉산 골짜기에 가면 절터골이라고 부르던 데가 있는데 옛날에 여기에 작은 절이 하나 있었대. 거기에 나이 많은 스님이 쪼그만 동자승 하나를 데리고 살았는데 이 동자는 스님이 뭐 시키면 잘하고 심부름을 잘한 거지. 산에 가서 땔나무도 구해오고 밥때가 되면 밥도 짓고 그랬대. 노스님 말을 잘 들으며 산 거야.

　이 스님이 가끔 시주를 받으러 마을에도 내려오고 그랬나봐. 동자는 홀로 절에 두고. 이날도 다른 때처럼 노스님이 시주를 받으러 마을로 내려온 거야. 마을로 내려와 시주를 받으러 다니다보니 날이 저물었어. 날이 저무니까 절에 있는 동자가 걱정이 된 거야. 그래서 얼른 절로 가려고 뛰다시피 가고 있는데 눈앞에 큰 바위 위에 빨간 불 두 개가 번쩍번

---

1) 인월하고 팔량치~보면 삼봉산(三峰山): 삼봉산은 전북 남원과 경남 함양에 걸쳐 있는 해발 1187미터의 산이다. 인월은 남원시 인월면을 뜻한다. 팔량치는 인월면과 함양읍 사이에 있는 고개다.

쩍하고 있는 거야. 그래서 스님이 뭔가 해서 봤더니 웬 호랑이 한 마리가 바위 위에 떡하니 앉아 있는 거야. 그러다가 스님이랑 호랑이가 시선이 마주치게 된 거지. 스님은 놀랐지만 눈을 부릅뜨고 짚고 있던 지팡이를 땅에 내리치면서 소리쳤어.

"니가 아무리 산짐승의 왕이라고 하지만 어디 사람을 놀래키느냐?"

그러니까 호랑이가 스님의 기에 놀랐는지 아니면 그 말을 알아챘는지 도망가더래.

옛날에는 산짐승들이 많아서 밤에 돌아다니면 그런 짐승들 많이 만났을 거 아니야? 스님이 발걸음을 재촉해 돌부리에 걸려 넘어지고 나무뿌리에 걸려 넘어지면서도 아픈 줄 모르고 절을 향해 갔지. 생각해봐. 혼자 있는 동자가 얼마나 걱정됐겠어. 방문을 열어보니 동자승은 아무일 없다는 듯이 잘 자고 있었대.

밤이 깊어서 스님도 자려고 하는데 문밖에서 호랑이 울음소리가 들리는 거야. 이상하다고 생각한 스님이 문을 열어보니 거기에 호랑이가 머리를 조아리며 앉아 있는 거였어. 뭔가 자기 얘기를 들어달라는 듯한 모습으로 말이야. 스님은 이런 호랑이를 보고

"왜 아직까지 서성대고 있느냐? 빨리 물러가라!"

호통을 치며 꾸짖었어. 근데 호랑이가 계속 머리를 푹 숙인 채 울고 있는 거야. 스님이 이상하다고 생각한 거지. 호랑이가 계속 그러고 있으니까. 그래서 스님이 호랑이한테

"떠나기 싫다면 저기 저 뒤에서 자고 내일 떠나라."

이렇게 얘기를 했어. 그러자 호랑이가 일어나서 스님이 말한 곳으로 가더래. 다음날 아침 스님이 자고 일어나니 호랑이가 법당 앞에서 무릎을 꿇고 앉아 머리를 조아린 채로 있는 거야. 마치 기도하는 것처럼. 그래서 스님이 이 호랑이가 아무래도 영물인 것 같다고 생각을 한 거야. 그래서 절에 머물게 했어.

그렇게 몇 달이 지나고 호랑이는 어린 동자승하고 친해졌어. 호랑이가 같이 놀고 재롱도 부리고 한 거야. 스님은 둘이 친구처럼 지내니 이제 안심하고 시주를 다닐 수 있다고 생각을 한 거지. 산속에 동자 혼자 두고 시주를 다니면 왜 산속에 짐승들이 많잖아? 먼저 뭐가 나타나서 어떻게 할지도 모르고 이런 걱정이 많았는데 호랑이가 온 뒤로는 그런 동물들이 하나도 안 나타난 거야. 호랑이 때문인지 뭔지. 아마 호랑이 때문이겠지. 호랑이가 무서우니까.

스님이 동자와 호랑이를 절에 남겨두고 시주를 떠나면서 자기가 늦더라도 제시간에 부처님께 공양을 올리라고 부탁을 하고 시주를 떠났어. 스님이 시주를 떠나고 남은 동자와 호랑이는 서로 장난을 치면서 놀았지.

저녁이 되고 공양 시간이 가까워지니까 호랑이는 산으로 나무를 하러 가고 동자는 밥을 짓기 위해 나무를 잘랐대. 그러다가 그만 손가락을 베어버리고 만 거야. 손가락에서는 피가 뚝뚝 흐르고. 이때 호랑이가 땔감을 가지고 오다가 동자 손에서 피가 나는 것을 본 거야. 호랑이가 동자 손에서 나는 피를 핥아주다가 피맛에 정신을 잃고 동자에게 달려들어 동자를 잡아먹고 말았어.

시간이 흐르고 호랑이도 이성이 돌아왔어. 보니까 피 묻은 동자 옷이 있고 입 주변에는 피가 묻어 있고. 호랑이는 울기 시작했어. 큰 죄를 저질렀구나 하면서. 이때 산신령이 나타난 거야.

"네 이놈! 네놈이 살생을 많이 해 진즉에 죽이려 했더니 다신 안 그런다기에 반드시 사람과 어울려 살라 했더니 또 이런 짓을 해?"

산신령이 화가 나서 들고 있던 지팡이로 호랑이 등을 내리쳤더니 호랑이 몸이 두 동강이 나서 뒷부분은 맞은편에 있는 뇌산마을로 날아가고, 앞부분은 멀리 지리산 쪽 어딘가로 날라갔대.

달이 뜰 때쯤 절로 돌아온 스님은 절에 사람 소리도 없고 동자승의

피 묻은 옷만 있는 것을 보고 하산해버리고 말았대. 그때부터 절은 세월이 흘러 폐허가 되고 지금은 예전에 절이 있었다고 해서 절터골이라는 이름만 전해진대.

효자를 도와 묘를 지킨 호랑이

전에는 효자들은 자기 부모가 죽으면 삼년상 제사를 지냈어, 마당 제사를. 삼 년간 마당에다가 움막을 지어놓고 거기다가 상복 걸어놓고 사진 걸어놓고, 초하룻날이면 꼭 밥 거기다 차려놓고, 아줌마들 또 울고. 또 인자 보름날 그러고. 그래갖고 삼년상을 지내. 그러고 제삿날은 또 제사지내고. 그렇게 삼년상을 지내고, 삼 년 만에 끝내고 밤제사만 지내고 그랬지.

그리고 또 아주 효자들은 산에다가, 묘 옆에다가 움막을 지어갖고 삼년상을 그렇게 지내고, 상복 입고 거기서 밥 해 먹고. 저 구릉목 고씨 효자 묘가 그런다고 했었어.

효자가 삼 년 만에 거기서 있는디 꼭 호랑이가 와서 싹 뒤를 쳐준댜, 눈으로 효자를. 근데 하룻저녁에는 자고 있은게로, 꿈을 꾼게로 그 호랑이가 나가서 저 하늘이라고 하는 동네가 있는디 그 동네서 샘에 빠져가지고 죽게 생겼다고 살려달라고 꿈에서 설명을 하더랴. 그래서 깨서 본게로 참말로 없더랴.

그래서 꿈에 그 말대로 그 동네로 부랴부랴 간게로 날이 훤히 새는데 아줌마들이 샘으로 막 둘러싸가지고 막 돌을 던졌댜. 그래서,

"뭔 사람들이 그러냐?"

그런게,

"호랑이가 빠져서 죽일라고 그런다. 거 건들지 마라."

가서 모두 물러나라고 하고는

"무엇 허러 그 지역서 여기까지 와가지고 빠졌냐?"

그런게로 호랑이가 푸떡 뛰어서 나와가지고 등을 탈탈 털더니 등을 대면서 업히라 그래서 등에 탄게로 눈 깜짝하면서 묘 옆에다 갖다줬다고 그런 얘기들을 하고 그러더라고, 할아버지들이.

　그러니께 호랑이도 산신령이라 그랬어. 그런께 호랑이도 암만 무섭다고 해도 착한 사람은 절대 해치지 않고 나쁜 사람은 그리 안 한다고 그랬어, 그렇게 얘기를.

새엄마로 들어온 아차산 백여우

　아차산은 옛날부터 한양, 다시 말해 서울의 중요한 명당자리였습니다. 그 대표적인 명당자리가 망우리예요. 망우산. 아차산, 용마산, 망우산이 다 옛날에는 아차산이었거든요.

　사람이 죽으면 마을의 공동묘지가 생겨난 거예요. 그럼 어린아이가 죽으면 어떻게 될까요? 어린아이가 죽으면 그렇게 좋은 땅을 못 갔어요. 어린아이들은, 아차산 기슭에 흙이 조금씩 있는 데에 어린아이들 무덤을 만들었어요. 그 대표적인 예가 지금 장로신학대학^{장로회신학대학교}. 광장동에 있는 장로신학대학. 거기에 어린아이들 무덤이 많았어요.

　그런데 옛날에 여우가, 백여우가 어린아이 간 백 개를 먹으면 사람으로 변할 수 있다는 이야기가 있었다고 해요. 어린아이가 옛날에 집에서 죽으면 어머니가 자기 아기를 내놓으려고 하겠어요, 안 하겠어요? (안 내놓으려고 하겠죠.) 그렇죠. 몰래 가든지 억지로 뺏어가지고, 잘사는 사람들은 누비이불이나 천에다 싸고 못사는 사람들은 짚에다 말아가지고는 저 산, 뒷산에다 묻었어요. 그냥 가서 흙이 있으면 파서 대충 묻어요.

봉우리를 이렇게 만들어가지고.

그런데 그걸 보는 짐승이 있었대요. 그 짐승이 바로 뭘까요? (여우!) 그렇죠! 여우들이죠. 여우들이 다 보고 있었대요. 밤이 되면 여우들이 막 서로 싸운대요. 무덤 서로 차지하려고. 항상 이기는 건 누가 이기냐? 백여우. 구미호가 꼭 이기는 거예요. 이게 다 물러가버려요. 그러면 한밤이 되죠? 그러면 백여우가 그 무덤에 와서 막 텀블링하면서 뛰어노는 거예요.

"이건 내 거다!"

이러면서 한참 뛰어다니다가 그 무덤을 밟고는 쭉 선대요. 서서는,

"오−우, 오−우, 오−우!"

하고 운다고 그럽니다.

그러면 동네 사람들이 다 안대요. 누구 집 애가 죽었는데 백여우가 지금 무덤을 파헤치고 애 간을 빼 먹으려고 그런다고. 그래서 동네 사람들은 그냥 너무 소름이 끼치니까 이불을 뒤집어쓰고 자버린대요.

그런데 백여우는 무덤을 파헤치고 천이 나오면 천을 쫙 가르고 배를 쫙 가른대요. 제일 먼저 꺼내 먹는 것은 뭘까요? 간. 간을 꺼내 먹는대요. 요새 말로 이야기하면, '야 이거 이태리 피자헛이다!' 하면서 찔끔찔끔 다 끊어 먹는대요. 그러면 염통이 나오죠? '야 이거는 미국산 햄버거다!' 하면서 우걱우걱 다 끊어 먹는대요. 이제 창자가 나오죠? '야 이거는 독일산 핫도그다!' 하면서 다 씹어 먹는대요. 그다음 작은창자 나오죠? 그러면 '이거는 토종 순대다!' 하면서 질근질근해서 다 먹는대요. 내장을 다 먹고 나면은 다리를 쫙 찢는대요. 그래서 쫙 들고는 '닭다리!' 하면서 먹는대요. 그러면 피가 뚝뚝 떨어지잖아요. 옷에 다 묻죠? 옷에 혹시 털이 발각될까봐 혓바닥으로 다 닦아낸대요. 혓바닥으로 한 방울까지. 그리고 닭다리까지 다 먹어치워버린대요.

그래서 광나루 사람들은 그래서 애들한테,

"애들아, 너희 죽으면 여우가 간 빼 먹는다."
애들한테까지 이 이야기가 전해져서 애들을 경계시켰어요.

그런데 진짜로 그런 설화가 있어요. 어떤 일이 있었냐면, 저 구의3동에는 우물이 하나 있었어요. 우물이 하나 있었는데, 거기에는 달밤에 달이 보이는 것 같은데 가만히 보면 달이 싹 없어지면서 하얀 소복 입은 여자가 아주 고운 여자가 하나 나온대요. 그래서 사람들은 그 물가를 가지 않았어요. 지금 다 메워져버렸지요. 수도가 있어서. 그런데 그 우물은 동네 사람들이 다 먹던 아주 좋은 물이었어요.

그런데 그 우물가에 젊은 부부가 살고 있었어요. 부지런히 농사를 잘했는데 또 자그마한 방앗간도 가지고 있었어요. 그러니까 부자지요. 그래서 그 당시에 기와집이 흔하지 않았는데, 기와집에 살고 있었어요. 그것도 솟을대문 다 갖춘 그런 기와집에서요. 부러울 게 하나도 없었는데, 그런데 갑자기 그 젊은 부부의 아내가 오빠와 여동생 두 남매를 놔두고는 갑자기 죽었어요. 그 젊은이는, 아버지는 누구를 데려올까요? 자기 아내가 죽었으니까 누구를 데려와야겠죠? (새 아내.) 새 아내. 애들한테는 새엄마가 되겠죠.

새엄마를 데리고 왔는데, 새엄마가 키도 크고 얼마나 예쁜지 몰라요. 그래서 상중에는 소복을 입어야 하죠? 흰 소복. 선녀같이 아름다웠어요. 아름답기만 한 게 아니라 애들한테도 그렇게 잘해줬어요. 그러니까 애들이 엄마 돌아가신 걸 다 잊어버렸어요. 새엄마가 너무 잘해주니까.

그런데 어머니가 돌아가신 일 년이 되기 전에 갑자기 자기 누이동생이 아프더니, 딸이 아프더니 갑자기 그날 죽어버렸어요. 그래서 친척들이 모여들었어요. 동네 사람들이 모여들었어요. 그런데 새엄마가 돌변하는 거야, 그렇게 인자하던 새엄마가. 어린애를, 죽은 어린애를 집에 두면 안 된다고 얼른 뒷산, 아차산에 갖다 묻어버리라고.

그래서 동네 사람들은 참 이상해서, 다른 사람 같으면 애를 안 내놓으려고 하는데 계모니까 그런가보다 하고 어쩔 수 없이 누비이불에 돌돌 말아 싸서 친척들하고 동네 사람들 몇 사람이 애를 허리에 매고는, 어깨 걸이를 하고는 삽하고 괭이랑 들고 아차산으로 갔어요. 그런데 오빠가 있다가 가만히 있을 수가 없어요. 누이동생을 산에 묻으러 가는데 몰래 뒤따라가봤어요.

그날이 늦가을이었어요. 그러니까 이제 겨울이 올 때예요. 애를 들쳐 메고 친척들이랑 아차산에 가는 거야. 산에 가더니 아무 말 없이 가는 거야. 그러더니 아차산에 조금 큰 나무가 있고 나뭇가지가 있고 그런 데를 보니까 평평한 땅이 있었어요.

"여기 됐다!"

그러더니 애를, 누이동생을 땅 밑에 내려놓고는 옷을 다 벗어 헤치고 땅을 파기 시작하는 거예요. 얼마 만에,

"이 정도면 됐어!"

이러더니만 그냥 누이동생을 땅에 묻고 흙을 대충 덮어버리고 내려온 거예요. 그러니까 오빠는 친척이랑 동네 사람들한테 안 들키려고 얼른 뛰어내려왔어요.

집에 있었는데 늦가을에 초겨울 때니까 얼마나 바람이 쌩쌩 불겠어요. 그 집에 큰 감나무가 있었는데, 감나무에도 까치밥만 놔두고는 그냥 바람 지나가는 소리가 들렸어요.

"쌩 – 쌩 – 쌩 – "

그러니까 오빠는 잠을 잘 수가 없었어요. 이렇게 추운 날에 누이동생이 아차산 땅속에 묻혀서…… 안절부절못해서 방을 막 서서 돌아다니기 시작했어요. 그런데 산에 갈 용기가 안 생기는 거야.

'야 좀 있으면 여우들 올 텐데 어떡하나?' 이러면서 자꾸 잠을 참다가 '안 되겠다. 용기를 내자!' 이러면서 집에서 나왔어요. 솟을대문을 살짝

열고 나갔어요.

그래서 산을 갔는데, 아차산에 가까워 오니까 걸음을 뗄 수 없어요. 너무 무서워서. 뒤를 돌아보면 누가 확 잡아당길 것 같아서 뒤도 안 돌아봤어요. 그래서 누이동생의 무덤에 가까워 오니까, 가까이 가까이 겨우겨우 갔어요.

그런데 가까이 가는 순간 깜짝 놀랐어요. 갑자기 누가 성 하고 날아오는 거야. 이놈이 누이동생의 무덤 위를 막 텀블링하면서 뛰노는 거야. 뭘까요? (구미호. 백여우!) 백여우. 백여우가 뛰고 있었어요. 그러더니 나중에는 누이동생의 무덤 위에 발을 딛고 서더니만,

"오-우, 오-우, 오-우!"

하면서 우는 거예요.

"이건 내 거다! 이거!"

그래서 땅을 막 파기 시작하는 거예요. 오빠는 한 번도 이런 일이 없었어요. 그래서 정신을 차렸어요.

'저게 우리 누이동생의 간을 빼 먹는 여우다.'

뒤에 더듬더듬거려서 큰 돌멩이 두 개를 잡았어요. 돌팔매질을 하려고. 있는 힘을 다해서, 가까이 가던 여우가 오자 돌팔매질을 해서 딱 맞추니까 여우가 정통으로 맞고는 깨갱- 하는 소리가 났어요. 그러더니 도망가지 않고 백여우가 쭉 일어서는 거예요. 쭉 일어서더니만……

왼손에는 또 돌 하나를, 또 오른손에도 더 잡았어요. 또 맞히려고. 자세히 봤더니 하얗게 올라섰던 것은 백여우가 아니고 뭐예요? (아내!) 아내. 새엄마! 새엄마요.

"얘야."

그 오빠의 이름을 부르더니,

"너 어떻게 여기에 왔니?"

"아 어머니…… 어머니…… 어머니……"

어쩔 줄을 몰라 했어요.

"아이고 그렇구나!"

그러면서 죽은 누이동생 이야기를 하면서,

"애야, 너희 오빠도 왔단다. 아 불쌍한⋯⋯"

그러면서 자기 누이동생의 이름을 부르는 거예요. 그런데 오빠가 믿을 수 있어요? 없죠! 새엄마가 빙 돌아설 때, 뒤를 돌아설 때 치마 밑을 봤어요. 뭐가 보였을까요? (꼬리가.) 그래요. 백여우 꼬리가 보였어요.

"백여우구나!"

있는 힘을 다해서 돌팔매질을 해서 딱 맞혔어요. 그래가지고는 백여우가 쓰러져 있는 거를 꼬리를 딱 잡고 그냥 막 잡아 흔들었어요. 막 흔들다가 그 낮에 사람들이 일할 때 옷 벗어놓은 가지, 그 가지에다가 콱 메다치니까 가지가 푸두둑 소리가 나면서 백여우가 죽었어요.

그런데 무덤 속에서 신음소리가 나는 거예요. 막 나는 거야. 이거 얼른 가보니까 누이동생이 잠에서 깬 것처럼 얼굴이 빨갛게 있어요.

"오빠⋯⋯"

하면서 부르는 거예요. 그러다가는 정신없이,

"그래!"

하고 껴안았어요.

그래가지고는 아무 생각도 안하고 어깨걸이를 하고는 집을 오는데, 발을 땅에 밟는지도 안 밟는지도 모르겠어요. 막 정신없이 왔어요. 솟을대문 열린 데로 떡 들어서는데 하마터면은 그냥 누이동생을 땅속에 놓아버릴 뻔했어요. (왜요?) 너무 놀라가지고. 집에 감나무 가지가 있었죠? 감나무. 그 감나무 가지 위에다가 하얀 것이 있어. 가만히 보니까 새엄마가 목이 끼어 있는 채 혓바닥을 쭈욱 늘어놓고 죽어 있어요. (헉!) 이상하지요? (네.)

살아 있는 백여우를 보고, 집에 감나무에 혓바닥을 내밀고 죽어 있는 새엄마는 누굴까요? 이게 미스테리예요. 그래서 그 우물가에는 옛날에 사람들이 밤만 되면은, 보름달이 뜰 때 특히 달빛이 좍악 비치면 하얀 소복을 입은 여인이 나타난다고 해서 여우골의 여우 이야기. 새엄마인지 여우인지 아직까지도 알지를 못한대요. 지금까지도.

처녀귀신 손각시의 해코지

옛날에는 도깨비도 있었지만 처녀가 죽으면은 그거를 아주 그냥 눈이고 코고 그냥 구녕마다 콱콱 틀어막아가지구, 밀떡을 맹글어서 틀어막어가지구 그냥 갖다가 비탈 산을 파가지구 거꾸로 갖다 엎어서 묻어버려. 귀신으로 활동하지 말라고. 옛날에는 그랬어요. 그래 옛날에는 어느 집안에 처녀가 죽었다 그러면 그 집하고 혼인도 안 했어. 손각시^{손말명}라고 그래, 그 귀신을. 손각시가 오면 그 집안은 망하는 거야.

저 적골 온씨네야, 거기가. 그래 온씨네 딸은 데려오지도 않는다고 그랬어. 그 손각시 터가 옛날에 그런 전설이…… 전설이 아니야. 실제로 옛날에 그랬다는 거야. 그 시방 사람이 뭐 그 얘기 들으면은 에이구 뭐 뭐 믿지 못할 거지. 옛날에는 그랬대요.

(손각시는 해코지를 어떻게 하는 거예요?) 하여간 뭐 집안을 쑥밭 맹그는 거예요. 그래서 이 건너 그전에 ○○이 아버지랬는가? 하여간 거기서 옛날에는 여기 산골이니까는 땔나무를, 그때는 시내고 뭐고 다 나무만 땔 때니까는, 그때는 길도 넓게 뚫리지 않아가지고 우마차도 그때는 없

구 소 등에 이렇게 짊어지는 질마^{질마}라고 있어요. 소에다 이래 탁 질마를 해가지구 양쪽에다가 해서 이렇게 하면은 그게 사람이 지면 서너 짐은 실어요. 묶어가지구 소를 끌고 서울 가서 나무를 팔았어.

만날 팔고 오는데 하루 오다가 보니까, 나무를 팔고 소를 끌고 오다가 보니까는 그게 아주 그냥 천도 아주 깨끗하구 좋은 천으로다가 요만한 무슨 그릇을 아주 싸가지구 탁 매서 길에 딱 났더래, 길옆에. 그래 나무 팔고 오다

'아 이게 뭔데 누가 여기다 이걸 잊어먹고 갔나?'

그러구선 이놈의 걸 집어서 소 등에다 올려서 묶고 매달아가지구 집으로 왔대요.

와보니까는, 와서 인제 끌러 보니까는 노랑 저고리 빨간 치마 한 벌이 있더래. 한 벌. 그래서 옛날에는 손각시를 제일 무서워했으니까

'아이구! 이게 손각시 죽은 집에서 이거 갖다가 누가 손각시 귀신 가져가라고 해놨구나!'

그래가지구 그걸 부엌간 갖다놓고서 불을 질러버렸대. 아 그랬더니 그냥 우환이 끓고, 소도 죽고 그냥 뭐 사람도 병이 들고. 그러니까는 옛날에는 뭐뭐 어떻다 하면은 무당집에 가고 그러잖아요? 가니까는 그런 얘기를 하더래, 그걸 지고 와서 그렇다구. 그래가지구 뭐 굿을 하는데 부엌간에 가서

"내가 불에다 데면 내가 죽을 것 같으냐!"

그래가지구 망했대요, 아주 그냥. 옛날에는, 옛날에는 그 신^神이라는 게 그만큼 무서워요.

꺼먹살이 도깨비 이야기

여기 가며는 원정리라고 있잖아요? 저기 논산 나가려면 여기서 가며는 과수원역 거치고 흑석역 거치고 그담에 원정역 거쳐야 연산[1]을 나가잖아요? 연산역 거쳐야 논산을 가지. 그런데 저 원정역[2]이여. 원정역 그 너머서 내가 피난을 허구 살았어요. 들어와가지구 피난을 거기서 했어요. 그 원정역 너머 거기도 산골이에요. 양쪽에 산이 높아요. 거기서 반송이라는 동네서 살았어요.

그랬는데 그때가 마흔 몇 살이야. 마흔 둘인가 셋인가 그렇게 됐어. 보리방아를 찧어다 줘야 밥을 해 먹지. 절구통에다 꼭꼭 찧은 거 가지구 밥을 허며는 밥도 퍼지지두 않고 맛도 덜하고. 방아에 찧은 거보다. 아니 바뻐서 찧을 새두 없구. 낮에 나가 밭일하구 밤에 보리방아 두 동우^{동이}씩 서너 동우씩 쳐서 널어놓고 잘래면 얼마나 고단해요? 그러면 새벽밥 해

1) 연산(連山): 충남 논산시 연산읍을 말한다.
2) 원정역(元亭驛): 대전 서구 원정동에 위치했던 호남선 철도역. 2006년에 폐역되었다.

먹고 또 밭에 나가야 허구.

그래서 이걸 보리를 갖다났는데 안 찧어다 줘, 방아를. 거기서 도림이라구 한참, 시골 동네 거쳐서 도림엘 가야 돼요. 거기 방앗간이 있어요, 물방앗간. 거기다 보리 두 짝을 갖다났는데 안 쪄줘. 찌며는 가져가라고 기별을 허는데 기별도 읎어.

그래서 하룻저녁은 내가 가서 방아 쪄온다구, 바깥양반은 그냥 집에 있고.

"내가 가서 방아, 메칠 먹을 거라도 쪄올 거야. 쪄났으믄 내가 이고 올 거야."

그러구 갔어요, 거기를.

초저녁에 밝아서 한 일곱시경에 갔는데 방아 찧어갖구 오니께 새벽이에요. 자정 넘었어요. 그래 한참을 찧어가지구 보리쌀 서 말을 이었어. 보리쌀 서 말을 이구서는, 인제 자정이 넘었어요. 한시가 거진 다 돼가. 그런데 올라오는데 숨차. 올라오는데 요렇게 논두렁 건너 밭을 건너 산모롱일 돌아서 요렇게 오는데, 그 쪼끄만한 산모롱이래도 거기도 나빠. 산은 쪼끄매도 아주 거기 나쁜 데예요. 항상 댕기면 이눔으 데는 도깨비두 잘 나오구 어둑허믄 낮에도 뱜두 잘 나오구. 이눔으 데 나쁜 데야.

밤으로 인제 맘을 먹구 오는데, 조렇게 논두랜데^{논두렁인데} 요리 싹 건너 섰는데, 딱 건너서서 산모롱이를 잡는데, 수풀이 요렇게 있는데 수풀에서 새카만 게, 강아지 같은 게 쏙 나와. 달도 읎구 캄캄허죠. 그냥 별만 초랑초랑. 쏙 나오더니 가지두 않구 오지두 않구 거기 서가지구 옆으루 왔다갔다 왔다갔다 왔다갔다 허구 있어.

저기만치 걸어와서,

"뭐야? 물러서! 뭐야? 이거 뭐야!"

"나는 꺼먹살이다, 나는 꺼먹살이다, 나는 꺼먹살이다."

꺼먹살이래. 꺼먹살이가 뭔가.

"나는 꺼먹살이다, 나는 꺼먹살이다."

저리두 이리두 안 오구 옆으로 요렇게 요렇게 요렇게 요렇게,

"나는 꺼먹살이다 나는 꺼먹살이다."

요리 갔다 요리 갔다 요리 갔다 길을 막구 그래요. 길은 좁은데, 가야 허는데. 이 아래 낭떠러지 논인데.

"아이 꺼먹살이구 흰살이구 물러서! 힘들어 죽갔구만. 얼렁 집에 가서 이거 내려놔야 허는데 왜 그래! 뭐야? 도깨비야, 뭐야?"

그러니께,

"꺼먹살이, 꺼먹살이, 꺼먹살이."

"꺼먹살이가 뭐야? 도깨비란 말야? 뭐야, 호개야, 호개?"

호개. 옛날에 늑대. 그러니께,

"꺼먹살이, 꺼먹살이, 꺼먹살이."

하냥 그래요.

"이거 뭐야! 발길로 탁 차서 논으루 쓸어넣을라! 안 가? 길을 막고 지랄이야, 이게. 안 가?"

바짝 가니께 산기슭탈^{산비탈}으루 물러서요. 바짝 가니께 산기슭탈으루 물러서. 얼른 지나왔어. 물러서니께 얼른 지나와.

"또 쫓아오면서 뭐라 했다간 봐라! 탁 걷어차서 그냥 논으로 쓸어넣구 간다."

그래 항상 쫓아와요. 항상 쫓아와.

"나는 꺼먹살이, 나는 꺼먹살이, 나는 꺼먹살이, 나는 꺼먹살이."

한창 가야 이 냇물 또랑이 있어요. 냇물 노둣다리^{징검다리}를 놨는데 그거 건너서 인제 산모롱일 넘어야 우리집에 들어가. 쫓아오믄서 냇물 둑에꺼정 쫓아왔어.

"쫓아와봐! 여기 쫓아올 재간 있걸랑 쫓아와."

냇물을 막 건넜어요, 노둣다리를. 건너서 저짝에 가

"안 쫓아와? 얼릉 쫓아와!"

그랬더니 안 쫓아와. 안 쫓아와요.

(뭐였을까요? 그것도 도깨비였을까요?) 요거만해, 키가. 똑 세 살 먹은 애만해, 키가. 그런 게 뙹그란^{동그란} 게 그 지랄허구. 발허구 달릴 건 다 달렸어. 손도 이렇게 있구 발도 있구 있을 건 다 있어. 기어댕기두 안 해. 서서 걸어댕기구.

호랑이와 여우, 도깨비 이야기

설화에는 일상적으로 만나보기 어려운 특별한 동물과 괴물이 많이 등장한다. 사람을 단숨에 죽일 수 있는 강력한 힘을 지닌 호랑이가 대표적이며, 사람으로 둔갑하는 여우 이야기도 흔히 볼 수 있다. 이 외에 도깨비나 각종 귀신 같은 괴물 이야기도 큰 관심 속에 전승돼왔다. 이들은 전설에서 실재성이 부각되어 긴장감, 두려움, 경이감을 자아낸다.

전설 속 호랑이와 도깨비는 인간을 돕기도 하고 해치기도 한다. 호랑이는 신령성과 폭력성이 함께 부각된다. 도깨비는 기괴한 존재로, 재물을 만들어내는 능력이 있다. 사람으로 둔갑하는 여우나 원귀는 흉한 괴물로 보아 보통 꺼린다. 이야기 속에서 이들 동물과 괴물은 포용되기도 하고 배척 당하기도 한다.

「삼봉산 절터골 호랑이 전설」에서는 야생 호랑이의 특징을 현시한다. 호랑이가 인간과 공존하며 그를 지켜주다가 피 냄새를 맡자 숨겨진 폭력성을 여지없이 드러냈다는 것은 타고난 본성이 쉽게 바뀔 수 없다는 인식을 보여준다. 이 전설은 야생 그대로의 자연에 내재한 무서운 파괴성을 드러낸다.

설화 속 호랑이는 효자나 효부 등 인륜을 지키며 정도를 걷는 사람들을 도울 때가 많다. 「효자를 도와 묘를 지킨 호랑이」는 전형적 사례다. 호랑이가 자연적 신성을 상징한다면 호랑이와 효자의 합치는 천륜과 인륜의 합치로 해석할 수 있다. 주목할 바는 그것이 공생 형태로 구현된다는 사실이다. 주인공이 우물에 빠진 호랑이를 구해내자 호랑이가 그를 등에 태우는 장면이 이를 잘 보여준다.

「새엄마로 들어온 아차산 백여우」는 산속 여우가 예쁜 여자로 둔갑해 어린아이를 해치려 한 내용을 담은 무서운 이야기다. 제보자가 구체적 장소성과 생활상을 생생히 담아 실감나게 구연해 전설 특유의 긴장감과 경이감을 잘 살려냈다. 예쁘고 인자한 엄마와 어린아이의 간을 빼 먹는 여우의 이중성이 소름 돋는다. 일상생활 이면에 도사리고 있는 교활한 폭력성과 크나큰 공포에 대해 호기심과 경각심을 불러일으키는 이야기다.

「처녀귀신 손각시의 해코지」는 처녀귀신을 집에 잘못 들였다가 해를 당한 사연을 전한다. 구연자가 실제로 일어난 일로 말하기에 더 실감난다. 작은 부주의가 큰 앙화를 가져왔음을 보여주며 매사에 신중해야 함을 일깨운다.

「꺼먹살이 도깨비 이야기」는 제보자가 직접 만난 특이한 도깨비에 관한 이야기인데 그 형상과 행동이 워낙 생생하게 묘사돼 듣는 이를 놀라게 한다. 꺼먹살이는 어둠이 만들어낸 괴물 '어둑시니'일 것으로 추정한다. 구연자가 한밤중 외딴 곳에서 도깨비와 조우했지만 그 기에 눌리지 않고 정신을 차려 그곳을 벗어났다는 이야기가 인상적이다. 함정이 도사린 낯선 세상을 씩씩하게 헤쳐나가는 인간의 모습을 보게 된다.

제 3 부 ◉

인문 전설

전설은 자연물 외에 인간의 손길이 깃든 크고 작은 인공물이나 문화 산물과도 널리 결부돼 있다. 마을과 도시가 생겨난 유래와 절과 암자, 신당, 불탑 등에 대한 전설이 전국 각지에서 폭넓게 전해오며, 각종 풍속에 얽힌 유래 전설도 다수 전한다. 이들 전설은 구전 문명사 내지 문화사로서의 성격을 지닌다. 도읍의 유래나 사찰 창건담 같은 전설은 '구비역사'라 규정해도 무방하다.

　구비전설이 전하는 문화사는 문헌에 기록된 역사와 상당한 차이가 있다. 정확성과 신빙성이 떨어진다 해도 신이하고 흥미로운 이야기로 집약된 인간사 우여곡절이 전해주는 가치는 가볍게 여길 바가 아니다. 그 속에는 세상사 이면의 진실이 상징적 형태로 함축되어 있다. 문자를 갖지 못한 사람들이 자신의 방식으로 갈무리해낸 삶의 진실이다.

　구비전승은 기억에 의존해 이루어진다. 기억하여 재현할 만한 내용을 지니고 있지 않으면 이야기는 흩어져 사라지게 된다. 여기 수록한 이야기들이 수백 년에서 천 년에 이르는 세월을 지나 현재까지 전해지는 것은 그 안에 특별한 무언가가 있기 때문이다. 대다수 이야기가 흥미로운 화두를 담고 있어 속내를 잘 살펴보면 오늘날에도 여전히 유효한 의미 요소들을 발견할 수 있다.

금강산 유점사와 오십삼불 전설

유점사楡岾寺 법당 마당에 섬돌 쌓은 것이 한 길 좀 넘을까 한 길 정도 될까 그려. 그런데 그 옆 마당에다가 탑을 해 세웠는데, 보통 여기서 지금 말하자면 촛대석망주석하구 탑 그런 거 만드는 돌, 그런 돌마냥 허여스름한 돌루다가 해놨이유.

탑을 해놨는데, 옛날 탑이라는 거는 아주 새파란 청석돌여. 청석돌인데, 그 옆댕이다옆에다 놨는데, 그 탑이 주저앉은 건 불을불기운을 먹어가지구 돌이 불에 달궈 깨져서 그 옆댕이다 놓고서는 이건 새로 해논 탑인데, 그 탑도 법당 쪽으로 돌이 벌개. 불 먹은 거마냥 벌겋고 이게 불에 튄 것마냥 금이 가서 이렇게 갈라졌더라구. 이쪽 남쪽 편은 괜찮구. 그런데 그 불이 오십 년마다 한 번씩 난댜, 그 법당에 불이.

부처님이 인도에서 강원도 금강산이 유명하다는 말을 듣구서는 거기 와서 절을 이룩할라구, 오십삼불이 나와가지구 강원도 금강산을 말하자면 그 부처님이 다 돌아다닌 거여. 절, 자기네 앉을 자리를 구할라구.

그런데 그 위로 지금 연못이 있댜. 그 위를 와보니까 앉을 만한 자리는 되는데 좁다 이 말여, 장소가. 좁아가지구서는 거기서 아래로 내려다보니께, 지금 유점사 앉은 자리가 큰 연못이었댜. 큰 연못인데 연못 둑에 가서 느릅나무가 하나 있었다 이 말여. 그래서 인제 부처님이 거기를 나와 보니께 거기는 절이 앉을 만한 자리거든. 장소가 넓구.

그래가지구 부처님이 뭐라구 했느냐면, 그 연못에 뭐가 있었냐 하면 구룡九龍이 있었어. 용 아홉이 그 연못에 있었는데, 부처님이 용보고 하는 말이,

"우리가 인도에서 한국에 나와가지구 금강산에다가 절을 이룩할랴구 나왔는데 이 위는 장소가 좁구 여길 와 보니께 여기는 장소가 우리가 앉을 만한 자리니께, 우리가 여기다 절을 이룩할 테니 너희는 구룡폭포로 가거라."

말하자면 용보고 가라는 명을 내린 거지. 명령을 내린 거여.

그 느릅나무에 올라앉아서 말을 하는데, 용이 조화를 부려가지구 느릅나무를 훌렁 뒤집었다 이 말여. 그래 스님이까지는 물로 들어가구 거꾸로 이렇게 올러 솟은 거지. 오십삼불 부처를 지금 그 형태로 해났어.

그렇게 됐는데 오십삼불 부처가 조화가 있는 저기니깐, 물에 빠져 죽으라고 한 건데 물에 빠져? 느릅나무 뿌링이뿌리 올라앉아가지구서는 부처가 부적을 써가지구 네 귀퉁이다 던졌단 말여, 연못 네 귀퉁이다. 네 귀퉁이에 던지니까 부처님의 조화로 그냥 물이 막 끓어. 물이 끓으니까 이 용이라는 거는 뜨거운 데선 못 사는 거 아녀? 그러니까 그때에 할 수 없이 용이 구룡폭포루다 쫓겨간 거지.

쫓겨가구, 그중에 용 하나가 거기서,

"나는 부처님을 모시고 여기 있겄다."

그래서 용이 하난 거기서 죽었다는 거여. 죽구서 팔룡이 구룡폭포로 갔는데, 그 구룡폭포로 갈 적에 뚫고 나간 자리두 내가 봤는데, 용은 눈에 걸리는 게 없댜. 이게 뭐 전설이라 그렇지만, 아무데나 가면 그냥 막

히는 거 없이 그냥 간다는 거지. 그런데 꼭 아가리^{입구}가 이만혀, 뚫린 아가리가. 개울 바닥인데 쭉 미끄러져 이렇게 바위가 내린 덴데, 이렇게 뚫린 것이 내가 그걸 세봤는데 일곱 개밖에 읎어. 팔룡이 갔으면 여덟 개라야 맞는데 말여. 일곱 개밖에 읎는데 여섯 개는 모래가 자꾸 내려오구 하니까 그냥 미구선^{메이고서는} 딱 하나만 안 민 게 있어. 바위가 이만큼 나왔어. 바위가 나오구서는 흐르는 물이 이렇게 지나게 돼 있이유. 지나게 되기 땜에 여긴 모래가 안 들왔다 이 말여.

그래서 청청순데 내가 얼마나 깊은가 본다고 사방을 둘레둘레 보니께, 그전에 장마가 져가지구서는 나무가 그냥 쓰러져서 죽어 자빠진 게 있는데 가느스름한 것이 서너 발 실히 되는 게 있어. 그놈을 가쟁이^{잔가지}를 따내 버리구선 가지고 가서 거기다 디밀어보니께 끝이 안 닿아. 끝이 안 닿는데 그때는 무서운 생각이 불뚝 들어가더라구. 그래서 '어머 뜨거라' 하구 그냥 빼놓구서 와번졌어^{와버렸어}.

그래서 거기다가 절을 이룩하고서 오십삼불이 느릅나무 뿌리에 올라간 형체루다 이렇게 했는데 부처^{부처상}가 크두 안 히여. 쉰세 개를 쪽 이렇게 해서 앉혀놓구서는 철사망으루다 전면을 아주 다 싹 싸났어.

그런데 거기서 제일 오래된 것이 그 절에서 문. 그 문이 쌍바라지 문인데 문 하나가 넉 자씩은 될 거여, 넓이가. 그러면 쌍바라지니께 여덟 자지. 그 문이 그 사람들 말로 통판이라고 하는 건데, 통판으루 짰다는 건데 국화꽃 뭐 형체로 가쟁이가 올라가가지구 꽃 한 송일 맨들었어. 여기서 가쟁이가 일루 나가서 꽃 한 송이가 맺어지구, 거기서 또 가쟁이가 나와서 꽃 한 송이가 핀 형체루다 그렇게 해서 문을 짰다 그 말여.

그런데 그 불이 나면 말여, 그 돌탑이라는 것이 그렇게 꼿꼿이 서 있는 건데 불이 나면 법당 앞으루다 이렇게 숙여서 반절 식으루다 이렇게 구부러진댜.

"그래서 이 불을 먹어가지구 이 돌빛이 변했다."

그러더라구.

그런데 그거 불을 끌라구 뭐 별짓을 해도 못 끈댜, 그건. 천지조화루 나기 땜에. 그 불을 그냥 싹 다 타면 탑이 도로 꼿꼿이 선다는 겨. 그러구서 절을 이룩하는데 고대루다가 그 모양으로 다 이룩하며는, 인제 문 하나만 걱정하면 말여, 문을 어느 때 다는지도 모른댜. 조화루, 천지조화루 달린댜. 그걸 볼라구 해도 보들 못한댜.

그래서 이렇게 나온 것이 그때 나 갔을 적에 꼭 쉰 번이 났다 이 말여. 쉰 번. 근데 불이 한 번 나며는 그 부처가, 얼른 쉽게 얘길 하자면 신(神)이지, 신이 도로 인도로 들어간댜, 본고향으루. 그래 오십 번이 났는데, 오십 명이 인도로 다 들어갔다는 거지, 부처의 신이. 그라고 셋만 남었다는 거여. 셋만 남았다는 건데, 쉰세 번이 다 나며는 쉰셋이 인도로 다 들어가구 그때 가야 우리나라가 삼국 조공을 받는다는 겨, 세 나라가. 말하자면 우리나라가 일본에 매어서 사는 그런 식으루 삼국 조공을 받는다[1]는 그런 전설이 있어.

그런데 지금 내가, 그때 스물네 살에 지금 일흔다섯이니께 그렇게 따지면 지금 쉰한 번이 난 거라구. 두 번이 남은 거지. 앞으루 백 년이 남은 거여, 따지면. 오십 년마다 나니까.

---

1) 삼국 조공을 받는다: 세 나라가 우리나라를 본국으로 삼을 정도로 국력이 커진다는 뜻이다. 삼국은 특정 국가를 지칭하지는 않는다.

강화도 전등사와 나부상 유래

　우리나라에서요, 가장 오래된 절이 어느 절인지 알아요? 가장 오래된 절. 전등사예요. 왜 전등사냐? 우리나라 불교가 전래된 것이 서기 372년 고구려 소수림왕 2년이야. 소수림왕 2년에 중국에 순도라는 스님이 고구려에 불교를 전한 것이 우리나라에 최초의 불교를 전한 거예요. 그게 서기 372년이야. 전등사가 창건된 것은 고구려 소수림왕 11년, 서기 381년도. 375년도에 초문사하구 이불란사하고를 창건한 게 있어. 근데 그건 공교롭게도 다 북한에 있고, 북한에 있으면서도 전부 다 폐사가 되고 없어졌어. 현재 우리나라에 남아서 현존하는 가장 오래된 절은 전등사.

　고려 충렬왕 때 충렬왕의 정비가 정화궁주야. 정화궁주. 옛날엔 왕비를 궁주宮主라 했어. 궁의 주인이자 딸이라고. 고려 때는 그렇게 불렀어. 정화궁주가 전등사에 기도를 하러 와가지고 등불을 시주한 거야. 그래서 전할 전 자, 등불 등 자를 써서 그때부터 전등사傳燈寺라고 그런 거야. 고려 충렬왕 때.

근데 왜 정화궁주가 왔느냐? 충렬왕이면은, 충 자가 들어가는 고려의
여섯 왕이 있어요. 그건 전부 원나라의 사위야. 부인이 원나라 공주야.
원나라 제국대장공주를 부인으로 맞아들인 거야. 그래 왕이 된 거야. 그
런데 정화궁주가 정비正妃란 말야. 근데 이게 원나라 때문에 또 장가를
가구 그 원나라 공주가 궁주가 돼버렸네. 그니까 이 정화궁주가 쫓겨난
신세가 됐죠. 그래서 그때 시주를 했다는 걸 전할 전 자에 등불 등 자를
써서 전등사라고 붙였어요.

서기 1622년도에 조선 광해군 때 그 전등사를 다시 개축을 해버렸어
요. 그때 있었던 얘기야, 도목수. 목수의 우두머리를 도목수라 그래, 도都
자가 이렇게. 도목수 동양이래는 사람이 그 절을 책임지고 짓는데, 타지
에 왔잖아. 타지에 오니까 적적허잖아? 그니까 저녁에 일 끝나곤 그 밑에
주막에 가서 술도 먹구 또 이렇게 놀았죠. 요즘에 이렇게 연애도 하구.

그런데 그 주막에 주모가 그렇게 미인이었대. 그니까 도목수가 홀라
당 빠져버렸지. 그래 이 여자랑 둘이 연애를 한 거야. 사랑을 한 거야.
사랑을 허구,

"야, 너하구 나하구 사랑하니까 이거 다하고, 이 절을 다 짓고 너하구
나하구 돈 벌어가서 고향에 가서 잘살자."

약속을 하구 결혼까지 약속을 했어.

그래 이 목수는 열심히 돈을 벌면 그 여자한테 준 거죠. 그래 인제 절
이 거의 마무리되어가는 시기에 어느 날 또 마찬가지로 일 끝나구 집으
로 온 거야. 근데 보니깐 이 여자가 없어졌네! 없어졌구 그동안에 준 돈,
패물 다 가지구 도망간 거야. 그래 동양이가 얼마나 화가 나겠어? 배신
을 당했으니까. 이 여자를 찾을래야 찾을 수가 있나. 찾아도 찾을 수가
없어.

"아 내가 이년을 진짜 가만 놔두지 않겠다. 내가 이년을 도저히 용서
할 수가 없다."

그래서 절에 들어가서,

"너는 말이야, 너는 평생 이 무거운 지붕이라도 들고, 벌거벗고 이 무거운 처마를 들면서 부처님의 말씀을 듣구 회개해라. 반성해라."

그래서 동양이란 도목수가 그 여자를 미워허구 증오해서 그 여자상을 네 귀탱이귀퉁이에다 만들어서 그 여자가 반성하게끔, 회개하게끔 한 거야. 이게 제1설이야, 1설.

2설은, 아까 제국대장공주 있잖아? 원나라 공주. 정화궁주 입장에서 보면 어떻겠어? 죽일 년이지. 아무리 질투 안 할래도 안 할 수가 없잖아. 하루아침에 왕비가 쫓겨났는데, 남자 잃은 것도 잃은 거고 왕비도 쫓겨났잖아. 얼마나 열통이 터지고 화가 났을까! 아무리 참을래야 참을 수가 없어.

"내 이년을 가만 놔두지 않겠다."

그래가지구 그 여자의, 원나라 공주 제국대장공주의 상을 만들어서 네 귀퉁이에다가, 아까 말했듯이,

"너도 이 무거운 지붕이나 처마를 들고 평생 부처님 말씀을 들으면서 반성하면서 살아라. 회개하면서 살아라."

그래서 제국대장공주 여자의 상을 만들어놨다, 이게 제2설이야.

그런데 보편적으로 믿는 게 제1설이야. 동양의 사랑 이야기. (저도 2설은 처음 들었어요.) 근데 2설은 잘 얘기를 안 해요. 절에서도 1설만 얘기를 해요. 또 나부상裸婦像이라고도 해. 나녀상裸女像 또는 나부상.

부안 내소사 창건에 얽힌 전설

여러분도 잘 아시겠지만 전라북도 부안군에 가면 내소사來蘇寺 있지요? 내소사. 그 내소사가 소 자가 무슨 소 자냐 하면 깨우칠 소 잡니다. 깨우칠 소 자. 내 자는 올 래 자고.

그런데 내소사 이름이 왜 내소사라고 지었냐 하면은 중국에 소정방이라는 사람이 있어요. 소정방이가 지리학자, 아주 박사입니다. 그래서 중국에서는 굉장히 알아주는 훌륭한 인물이요, 그이가. 그래 그이가 한국에, 그때는 조선[1]이지요, 조선에 나와가지고 내소사 절터를 보니까 조선 팔도에서는 내소사같이 좋은 절터가 없어요. 그래 여기다 절을 복구하면은 부귀영화를 누리고 잘살 것이라고, 그래서 내소사 그 절을 갖다가 소정방이가 와서 절터를 잡아줬다고 해서 소蘇 자 따가지고, 말하자면 소정방이가 와서 절 지어주고, 절터 잡아주고 갔다고 해서 올 래

---

1) 조선: 정확히 말하면 백제다. 백제 무왕 34년인 633년에 혜구(惠丘)가 절을 창건했다고 알려져 있다. 이후 소정방이 백제에 상륙해 이 절에 시주하고 나서 절 이름이 내소사로 바뀌었다는 설이 전해온다.

자, 소정방이 소 자. 그래가지고 내소사 지었는데, 내소사 절터에 가면 앞에는 툭 터져가지고 바다가 새파란 물이 철렁거리지, 양쪽에는 노적봉 두 개가 나란히 있지, 뒤에는 손바닥처럼 탁 둘러싸여 있지, 기가 막히게 좋아요, 그 절터가.

그 절을 지을 때 어떻게 지었느냐? 그때 조선에서 목수 일 제일 잘하는 사람, 대목大木이라 그럽니다. 대목. 큰 목수. 그다음에 흙 바르는 사람을 토수쟁이라고 하는디, 그분을 왕토쟁이라고 해요. 왕토쟁이. 그리고 기와 이는 사람을 뭐라고 하나 하면은 와수쟁이라고 합니다. 그래서 세 사람만 모이면 집을 한 채 짓는다는 거요. 토수쟁이, 목수쟁이, 와수쟁이, 이 세 사람만 모이면.

그런데 그 절을 지을 때 목수가 왕토쟁이 보고,

"당신도 조선에서 제일가는 기술자요, 나도 일류 가는 목수다. 우리 둘이 시험을 봐가지고 만약에 실력이 딸리면은 두말할 것 없이 그만 봇짐 싸가지고 나가기로 하자."

"그럼 그러자."

그런데 시험을 어떻게 보느냐? 열두 자 막대기 끊어놓고는 먹줄로 탁 땡기랴.

"그러면 내가 큰 짜구自斤로 탁탁 찍어나간다."

그놈을 찍어나갈 때 먹줄 한 중간을 찍어나가야지 만약에 쪼끔만 뜨게 되면은 그건 떨어지는 거여. 그리고 왕토쟁이는 어떻게 하느냐? 위아래 까만 옷 입고 운동화도 까만 신 신고 검은 장갑 끼고 천장에 백회를 바르는디, 백회가 만약에 코끝에 떨어지거나 어디 떨어지면 그 사람 기술이 없다는 거여. 가라 이거여.

아 그런데 목수가 가만히 알아서 일하다 보니까 이놈의 백회를 착착 잘 개서 탁탁 때리면 기가 맥히게 붙어. 목수가 가만히 생각하니 저놈을 어떻게 떨어뜨려야겠는데 도저히 안 되겠거든. 그래 목수가 알아서 일을 하고 있는디 백회가 요만큼 탁 튕겼단 말이여. 코끝에 딱 떨어져버렸어. 왕토쟁이 코끝에 묻었다고. 그러니까 왕토쟁이가 바르다 말고 내려와버리네.

"어째 내려오시는가요?"

"내 코끝을 보시요. 백회 떨어졌는데 내가 바르겠다고 하겠소? 난 기술이 부족하니까 나 갈라요."

그래 목수가 뭐라 하냐 하면,

"허어이 우리끼리 농담으로 하는 것인데 그렇다고 가? 내가 코끝을 큰 짜구로 찍어낼 테니까 코끝을 대라."

그래 코끝을 큰 짜구로 탁 찍으니까 백회가 뚝 떨어지더라네. 그만큼 기술이 좋다는 그 말이지.

그 절을 지을 때 딱 짓는데, 어느 정도 됐는데 목수가 매일같이 목침²⁾을 깎어. 목침. 그런데 대궐을 지을 때 어떻게 짓냐 하면 바깥에 칠포면은 안에는 구포가 됩니다. 왜냐? 집을 요렇게 지으면 위는 올라가니까 여기는 짧잖아? 근게 보통 그런 집을 포집枹집이라고 허는디 칠포, 구포, 십일포까지 있어요. 그런데 경복궁 대궐은 오폰가 밖에 안돼요. 집만 컸다 뿐이지.

그래 그 목침을 하도 깎아대니까 주지…… 절에서는 밥 해주는 식모를 공양주라 합니다. 식모라 안 해요. 궁궐 안에서는 식모더러 공양주라 그래요. 이제 공양주가 주지 스님 보고,

"주지 스님!"

"왜 그래요?"

"저 목수 양반이 날이면 날마다 목침만 깎고 앉았는데 내일모레면 일

---

2) 목침(木枕): 나무토막으로 만든 베개. 여기서는 법당을 꾸미기 위해 둥글게 깎은 나무토막을 일컫는다.

으킬 거요, 집을. 그러니 오늘 살짝이 하나 한번 감춰보시요."

목침을 하나 감추라고.

"저 목수 양반이 얼마나 정신이 좋은가, 그것 좀 보게."

인제 주지 스님이 살짝 감췄어, 목침을. 감췄는데 이튿날 집을 막 짓는데, 어느 정도 쌓는데 목수가 내려와.

"왜 내려오시는가요?"

"내가 분명히 목침을 다 깎았는데 하나가 없어. 그런데 이런 정신을 가지고 어떻게 대궐 같은 크나큰 집을 짓겠냐? 나 정신없어 못 짓는다."

안 할란다고, 갈란다고 보따리 딱 싸 짊어지니까 주지가 막 무릎 꿇고 사정을 했어.

"제가 이만저만해서 목수 양반 정신을 볼라고 내가 목침 하나 감췄습니다."

그래 뒤돌아서 사정을 했어. 그래가지고 목수가, 그 감춘 목침을 빼버렸어요. 빼고 집을 지었어요. 그래 지금도 가면은 목침이 하나 없어요. 내소사 절 안에 가면은 한쪽 귀퉁이에 목침 하나가 없습니다. 그 전설이고.

집을 다 짓고 났는데 환칠^{색칠할} 사람이 없어 또. 환을 칠해야 하는데. 그래 그 절에 주지 스님이 날이면 날마다 근심이라. 환칠하는 사람이 없어가지고. 그래 한번은 근심을 하고 있는데 어떤 초립쟁이 머슴애가 나오더니,

"주지 스님, 환칠하는 것 때문에 고민이 많으신 모양인데 제가 칠해드릴 테니까 걱정 마세요."

그러드래야.

"니가 어떻게 칠할 것이냐?"

"그래도 자신만만하니께 칠한다 하겠지요."

그러드래. 그래 바깥에 칠할 때는 사람을 들여가지고 칠하는디, 그 꼬

마가 칠하는디,

"안에 칠할 때는 절대 들여다보지 마라. 절대 쳐다보지 마라. 만약에 쳐다볼라치면 낭패가 되니까 쳐다보지 마라. 완성되면은 내가 나올 테니까 절대 쳐다보지 마라."

그랬단 말이여.

아 근데 쳐다보지 말라고 했는디 궁금해서 살 수가 있는가! 대체 안에서 어떻게 칠하는지. 어느 절이고 절 문짝은 창호지를 발라요. 손가락에 침을 묻혀가지고 딱 뚫으면 떨어져. 종이때기라서. 근데 그 절에 가모家母가, 가모가 뭐냐 하면 총묩니다, 가모가 하도 궁금해서 손가락에 침을 묻혀서 빵 뚫고 들여다보니까 거의 다 칠했어. 다 칠했는데 새가 돼가지고 입으로 물어다가 환을 칠하는디 쳐다보니까 새가 떨어져서 죽어버렸어. 거기서 그냥 죽어버렸어. 그래 보지 말어야 했는데 하도 궁금해서 봤단 말이여. 그래 끝자락 환 안 칠한 자리가 있어, 지금도.

그래 내소사 전설이 그것입니다. 지금도 전설이 남아 있어요. 우리 대한민국에서는 내소사가 국보도 많고 절터도 좋고 전설적으로 이야기도 많고 그래요.

계룡산 남매탑 전설

(거기에 동학사 건립하는 데 얽힌 전설이 있습니까?) 고 전설이 있쥬. 남
매탑이라는 디가 있는디, 한 도인이 수도修道를 하구 있는디 하루는 보니
까 범이 아가리를 딱 벌리구서루 있는디,

"니가 나를 잡어먹을라구 그라느냐?"

그러니께 이렇게 고개를 흔든단 말여. 가서 보니께 그 참 목구녁에 가
시가 한 뼘 길이나 되는 놈이 찡겨서 있거든. 그래 손을 넣어서 빼줬어,
그 도인이.

빼주니까 인제 범은 가구 했는디, 며칠 뒤에는 예쁜 처녀 하나를 업구
왔어. 그래서 도인이 인제 주물르구 또 물을 따땃히 해가지구, 처녀가
깨났단 말여. 깨났는디,

"내가 첫날 저녁에 신방을 차릴라구 할 참인지 소변을 잠깐 하러 나
왔는디 어떻게 된지 몰르구 여기까장 왔습니다."

인제 범한테 온 거지. 그래서 도인이 거기서 돌려보내줄라구 하니까,
아 당최 그 처녀가,

"아이구 나는 인제 뭐 안 가구 여기서 살랍니다."

그래서 부부가 된 게 아니라 도인들이지. 남매. 수양 동생을 삼아가 지구서 생전 거기서 살았다구 해서, 그 남매탑이 지금도 가면 있습니다. 거기 한 번씩은 구경 갈 만해유.

해남 대흥사와 저승길 독 세기

나 살던 데에, 해남에 대흥사라는 큰절이 있는디, 대흥사 절을 가면은 기도를 드리고 공을 많이 드려서 자식을 낳게 공을 들이러 간 사람들이 많고, 사람이 죽어서도 저승길 가는데 지나가는 데야, 거기가.

그 절로 들어가면은 장독이 하여튼 수백 개 있을 거야. 아주 말도 못해. 장독 그 큰 항아리 있잖아? 독. 항아리. 우리 옥상에 항아리 같은 거, 이렇게 큰 거. 그랑께 사람이 인자 살다가 돌아가시면, 저승에 가면은 그거 세어보고 왔는가 안 왔는가 그것도 물어본대.

그라니께 옛날에 한 선비가 살었어. 사는디 평시에 행동이 바르고 마음도 참허게 먹고 그랬대. 가난하게 살아도 절에서 스님이 막 시주를 하러 오면 살림 죄 긁어서 주는 거야. 인제 그 선비가 늙어서 죽으니깐 저승길에 가다가 해남 대흥사 그거를 지나가. 장독을, 그 독을 본 것이지.

그라니께 그놈을 시어[세어]. 시는데 시다가 잊어불고 시다가 잊어불고 그래. 하도 많으니까. 그걸 시다가 잊어불었어. 그라고 그것을 계속 시고 있으니깐 저승사자가 와서,

"그것을 언제 다 세고 있나?"

그러고 잘 데려갔대, 그 선비를.

근디 또 부자도 살아, 그 동리에 같이. 이 부자가 아주 큰 부자고 그래. 인자 벼슬도 허고. 근디 품행이 나빠. 나쁘께 거지가 와도 발로 탁 차 버리고, 스님이 시주를 하러 와도 그것을 뺏아불고 이랬대. 하여튼 인자 부자도 나중에 죽어서 가는데, 근디 이놈이 신경을 안 써. 장독대를 본 척도 안하고 가다가 저승사자를 만난 거지. 그라니께 물어봤어, 사자가 부자한테.

"오는 길에 독은 시어보고 왔소?"

그랑께 인자 이놈이 뒷짐지고,

"나는 그거 다 세보고 왔소."

인자 다 그짓말하는 것이지. 부자가 시어보고 왔다고 그래 말하니까 인자 아주 벌을 받았다고. 그란다고 옛날에 내려오는 말이 있어.

(독을 세어봤는지 안 세봤는지는 왜 물어보는 거예요?) 그런 건 인자 이렇게, 노인들이 내 할일을 다 하고 뭐이든지 다 보고 잘 생각해갖고 살았는가, 그런 것을 생각해서 인자 물어본 거지. 저승길에 그랬다고 말이 있었어. 그 소릴 나도 들었어. 거 해남 절, 해남 대흥사 절. 큰절이여.

서울 행당동 아기씨당 전설

옛날에 고구려 때인지 어딘지 나라가 망했대. 내려오는 얘기로는 공주 다섯 분이서 임진강을 건너서 피란을 내려오셨는데, 왕십리까지 와서는 한강이 있잖아? 이쪽으로는 다 수풀이고 산이지, 그때는 뭐. 여기서는 은둔생활을 하고 계시다가, 다섯 분 중 한 분이 배가 고파서 찔레꽃을 따먹었잖아. 옛날에 우리도 따먹었으니깐. 그걸 잡수다가 물고서 돌아가셨대요.

공주들이 돌아가시고 나서 몇 년이 흘러서 동네가 한두 군데 생기다가 꿈으로 현몽해서, 우리가 굶어서 죽었으니 우리 영혼들을 잘 위해주면 이 부락을 잘살게 해줄 거라고. 처음에는 무슨 여자들이 꿈에서 무슨 얘기를 하나 했고 대수롭지 않다고 생각하고 그냥 지나쳤는데 자꾸 돌림병이 돌고 농사도 안 되고. 그래서 삼동네분들이…… 여기 동네에 양지동이 있었어요. 그거 없어졌어요. 수풀당이 있었어요. 모여가지고 회의를 해서 제를 지내자고 했어요.

"느이만 어떤 동네는 잘살고 어떤 동네는 못 살아야겠느냐?"

그래서 나눠서 여기[1]는 큰형님, 양지동 아씨는 둘째…… 양지동은 지금 없어졌어요. 수풀당에서 나머지 삼 형제분 모시고 해서.

삼월 보름날서부터 사월 보름날에 탄신제誕辰祭를 지내. 찔레꽃 필 무렵에 그걸 따 먹고 돌아가셔서. 수풀당에서 자기네는 삼월 보름날 한다고. 양지동은 없어지고 지금 수풀당하고 여기만 남은 건데. 삼월 보름날 찔레꽃 한창 필 때거든. 그래서 삼월 보름날서부터 탄신제를 모시고. 시월상달에는 이제 초하루서부터 초사흗날까지 삼 일 중에 날이 좋은 날 골라가지고 굿을 하고. 동네가 편하고 좋은 날이 있거든? 그날을 택해서 굿을 했는데 그냥 지정해가지고 하자고 해서 초사흗날에 해요. 일 년에 두 번 제를 지내.

원래 옛날에 왕십리에서 청량리로 넘어가는 기찻길에 아기씨당이 있었어. 그래서 사근동 사람이 그 길을 지나야 사근동으로 갔거든. 근데 그 앞을 색시가 못 지나갔대. 가마가 붙어서. 그래서 내려서 꼭 절을 해야 지나갔대. 사근동 사람들이 그래서 지금도 색시가 결혼식을 하면은 거기로 안 넘어가. 저기로, 한강으로 돌아가지. 근데 어떤 놈이 옛날이나 지금이나 장난 심한 놈들 있잖아? 그래서,

"이놈으 데가 무슨 데길래 가마만 가면 그래?"

그래서 깡패 놈들이 말 피를 뿌렸더니 영험이 없어졌어.

그리고 꼭 왕십리 사는 색시들은 왕십리 밖으로 시집을 가도 돌아온대. 아기씨가 잡고 있다고.

---

1) 여기: 행당동 아기씨당.

서낭당의 유래

부잣집이 있었는데 한 집칸 부자구 이제 딸을 하나 낳은 거야. 기가 맥힌 부잔데 딸을 하나 났는데 참 딸이 너무너무 도화 송이 같이 잘생긴 거야. 인제 부잣집이니까 딸을 얼마나 잘 길렀겠어. 아주 옛날에는 그 쪼끄마면 시집을 보내잖어. 그렇지만은 이 집이 원래 부자니까 아주 과년 차게 기른 거야. 근데 자꾸 혼처가 들어오니까는 시집은 보내야 되겠는데 아버지가 너무 남 주기가 억울한 거야.

"아유 얘야. 내가 너를 이렇게 귀히 길렀는데 어떻게 시집을 보내냐? 도저히 시집보낼 수가 없구나."

그래 얘는 뭐 옛날이니까 그냥 뭐 간다 못 간다 말도 안 하고 이제 그냥 살고 있는데, 어느 한 날 아버지가 생각하기를 '야 내가 딸을 이렇게 키워가지구 남에게 어떻게 그냥 줄 수가 없다'. 그러구서 방에 들어갔어. 들어가가주구서 인제 딸을 꼬신 거야.

"너를 시집을 보내긴 보내야 되겠는데 그냥 내가 보내기가 너무 억울하구나. 내 소청을 한 번 들어주구 네가 한번 가거라."

그래 그 딸이 너무 기가 맥힐 거 아니냐고. 그래 딸이 가만히 앉아서 생각을 하다가

"예, 아버지. 아버지 청을 들어드릴 거니 아버지가 여 나가서 외양간에 가서 덕석[1]을 이렇게 입으시구서 '음매, 음매, 음매' 이렇게 소 소리 세 번만 하고 들어오세요. 그러믄 제가 아버지 요청을 들어드리겠습니다."

인제 그랬어.

그러면 아버지가 인제 안 그럴 줄 알았는데 아버지가 과연 나가거든. 그래 문구멍으로 이렇게 내다 보니깐 아버지가 진짜 덕석을 주워 입더래요. 입더니 소 소리를 내는 거야. 너무 기가 맥히지 뭐야. 그전에는 대들보가 있어가주구 대들보에 이렇게 공간이 있었다구, 시골에. 그러는데 딸이 자기 허리띠를 풀러가지구서루 이 대들보에다 넘겨가지구 아버지 들어오시기 전에 그만 얼른 자살을 해버렸어 그냥.

그러니깐 아버지가 들어와 보니까 딸이 그냥 자살을 해 죽어버린 거야. 목을 매서. 그러니깐 이건 뭐 이것도 아니고 저것도 아니고 그냥 어떻게 헐 수가 없어서. 이튿날 장사를 지냈는데 그 동네 사람이 그 사실을 어떻게 알았던 거야. 인제 아버지두 그만 그걸 알고 자살을 해버린 거야.

그래 인자 아버지도 죽었어, 딸도 죽었어, 그러니까 이런 데, 인저 시골에 가면은 서낭이라는 게 있다구. 서낭. 그래 인제 색 끈도 달아주잖아? 딸이 청춘에 죽어서 원혼이 됐다는 걸루다가 색 끈을 달아주는 거구. 또 인자 돌을 놓는 사람들도 있잖아? 참 여자 절개가 돌보다두 더 굳었다는 거, 그걸로다 인자 돌을 놓고 가는 거야. 또 가다가 "에, 퉤!"

이라구 침 뱉고 가는 사람도 있지? 그건 아버지한테다가 "예이 이 드

---

1) 덕석: 추울 때 소의 등을 덮어주는 멍석.

러운 놈아!"이라구 인제 침을 뱉는 거야. 그래 인제 그게 원 서낭이 됐다는 거야, 그게.

그래선 지금꺼정두 그게 읎어지질 않구 시골에 가면은 서낭이 군데군데 다 있다구. 해원解寃의 서낭이야.

절과 신당에 얽힌 이야기

한국 전설 가운데는 절과 암자, 불탑과 불상 등에 관한 이야기가 많다. 절이 종교적 신성 세계와 통하는 곳이고 법당, 불탑, 불상 등이 특별한 건조물이라는 점에서 경이로운 전설이 많이 만들어졌다. 절은 외딴 산속에 위치한 특수 공간이면서 각처의 다양한 사람이 방문하는 열린 장소이기에 많은 이야기가 생겨나기도 했을 것이다. 『삼국유사』에 수록된 이야기들처럼, 절과 관련한 구비전설은 이질적 공간을 배경으로 인간사 희로애락을 색다르게 담아냈다. 유서 깊은 고찰古刹에 얽힌 창건 유래담은 구전 역사로서 문화사적 가치도 높다.

민간 하층 전승으로 마을 신당과 서낭당에 대한 전설도 주목할 만하다. 신당에 얽힌 전설은 흔히 마을신 유래담 성격을 지니며 당신화堂神話로 불리기도 한다. 내용 자체로 보면 전설에 가깝지만, 해당 신당을 모시며 치성을 드리는 사람들에게는 신성한 이야기가 된다. 특이한 점은 신당에 모신 신 가운데 세상에서 소외되거나 버려진 원혼이 많다는 사실이다. 이런 이야기는 인간사의 그늘진 구석을 성찰하며 해원을 통한 공생을 추구한다는 의미를 지닌다.

「금강산 유점사와 오십삼불 전설」은 제보자가 금강산 여행담의 일환으로 구술한 이야기다. 금강산 고찰 유점사의 창건 유래담과 화재에 얽힌 이적을 전한다. 인도에서 온 부처들이 연못의 용을 제압해 물리치고 절을 마련했다는 내용은 무속 신앙이 불교로 대체되는 곡절을 반영한 것이다. 아홉 용 가운데 하나가 남아 부처를 모셨다는 전언은 불교가 무속을 포용하는 상황을 인상적으로 보여준다.

「강화도 전등사와 나부상 유래」는 유서 깊은 고찰 전등사의 유래 및 나부상에 얽힌 전설을 역사적으로 구연한 이야기다. 제보자의 폭넓고 정확한 역사 지식이 자료에 나타나 있다. 나부상과 관련해 세간에 널리 알려진 바 외에 또다른 내용을 이설異說로 제시한 점이 특징으로, 전설의 가변성을 볼 수 있는 사례다.

「부안 내소사 창건에 얽힌 전설」은 절을 짓는 과정에서 여러 건축 기술자가 기예를 다투는 내용이 낯설고도 흥미롭다. 절이 크고 화려한 건축물이라 이런 이야기가 나온 것이다. 한 소년이 새가 되어 환칠을 했다는 내용은 허황해 보이지만, 그때 칠하지 못한 자리가 남아 있는 증거물로 전설의 경이를 현시한다. 내소사 대웅전에 목침 하나가 빠진 사연은 실제 건축물 형상과 절묘하게 맞아떨어져 상당한 설득력을 발휘한다.

「계룡산 남매탑 전설」은 신성한 수도修道 공간인 절과 그 표상인 불탑의 이미지를 잘 반영한다. 인간에게 도움을 받은 호랑이의 보은담뿐 아니라 남성과 여성이 남매의 인연을 이루어 한평생 깨달음의 경지를 구하는 동반자로 함께했다는 비일상적 선택이 관심을 불러일으킨다. 인간의 의지로 결단을 내린 탈속에 대해 생각하게 한다.

「해남 대흥사와 저승길 독 세기」에서는 살아생전의 선과 악 또는 진실과 거짓이 저승길에서 인과응보로 나타난다는 설정이 눈길을 끈다. 절에 대한 전설답게 불교적 세계관을 반영하고 있다. 대흥사에 워낙 독이 많아 헤아리기 어렵다는 데서 이런 전설이 나온 것으로 생각되는데, 독의 상징에 주목할 만하다. 이야기 속에서 독은 세상사 미련을 상징하는 듯하다. 독을 하나하나 세는 행위에서 이런저런 인생사를 돌아보며 미련을 내려놓는 모습이 연상된다.

「서울 행당동 아기씨당 전설」은 신의 좌정 내력담으로, 구연자를 포함해 해당 신을 모시는 사람들에게는 신화로 받아들여질 수 있다. 먼 나라에서 험한 곳으로 피난해온 여성들이 신으로 모셔졌다는 사실이 눈길을 끌며, 찔레꽃을 먹다가 죽었다는 비극적인 내용이 애수를 자아낸다. 사람들이 그 슬픈 넋을 거두어 신으로 모신 일은 버림받은 자들에 대한 관심과 애도라는 사회적 의미를 지닌다. 신들의 서사 속에 전승자들의 애환이 함축돼 있다.

「서낭당의 유래」에서 서낭당은 민간에서 마을 성소聖所로 여기는 곳인데, 거기 얽힌 사연이 극히 세속적이고 부조리하다. 핵심 서사는 「통영 옥녀봉 전설」과 겹치는데, 자식을 지배하고 소유하려는 욕망의 야만적 폭력성을 단적으로 폭로한다. 폭력의 가해자와 피해자가 함께 서낭당에 깃들었다는 내용은 얼핏 비합리적인 결과로 보이지만, 인간사의 어두운 그림자를 반영하는 가운데 스스로 반성하게 한다는 의미가 담겨 있다. 딸을 위해 오색 끈을 거는 행위와 아버지에게 침을 뱉는 행위가 선명하게 대비된다.

계룡산 도읍에 관한 전설

계룡산 형체가 산태극수태극이라구, 산도 태극 형체구 물도 태극 형체다. 선강후도先江後都다, 강이 먼저 나야 도읍이 된다. 태극이 이렇게 붉은 데로 돌구 검은 데로 돌구 그라잖어? 그게 무주 덕유산서 진안 마이산으로 와서 계룡산까지 산길로는 삼백 리여. 육로로는 한 백여 리밖에 안 되는디. 산길이라는 게 올러갔다 내려갔다 이리 꾸불꾸불하니께 잇수里數가 더 많이 나오지.

그렇게 양정고개라는 데서 국사봉 상봉으루 올라가서 이렇게 돌아 있단 말여, 기봉起峯이. 그게 태극 하나가 되구. 신도안 골탱이골짜기서 나가는 물이 귀석면으루 뭐 대전으루 해서 공주 금강으루 해서 강경으로 나가잖어? 그런디 그것이 월암리 무네미1)루 해서 논산으루 나간다는 거여. 그렇게 해야, 계룡산 밑으로 끊어 나가야 산태극수태극이 된다. 신도안 물이 계룡산을 안구서 이리 돌아나가구, 마이산서 온 산이 이렇

---

1) 월암리 무네미: 충남 공주시 계룡면 월암리에 무네미고개가 있다.

게 꾸부려 돌어나가고, 그래 산태극수태극이다.

그런디 이성계가 고려를 찬탈해가지구…… 그거 뭐 전쟁할 거 읎이 뺏은 거여, 그게. 우왕 때. 그렇게 해서 개성이 서울인디 뭐이구 새로운 것을 맛뵈야 할 거 아녀? 그래 고려까지는 불교를 숭상했어. 신라에서는 국사國事를 전체 불교로 하구 고려 때도 불교를 숭상했는디, 아 이성계는 등극하면서 불교를 배척하구서 유교를 숭상했거든. 그래서 고려 때까지는 중들보구서 대사大師라구 그랬는디 이조 때 와서는 '중아' 이랬어. 그러구 중은 소승小僧이라구 그라구.

그런데 이성계가 등극한 지 이 년 만에,

"도읍을 옮겨야겄다, 새 땅으루."

그래 사방으로 인제 수소문을 시킨 거여.

"풍수지리설에 어디가 좋으냐?"

그래서 권중하라는 사람이 지금 말로 뭐여, 조감도, 신도안 조감도를 그려가지구 바쳤어.

"거 산세가 영특하고, 해가 대전 쪽에서 떠서 이쪽으루 넘어가니께 해전 양지 드는 데구, 그래 양명陽明하고 건조하고 뒤에 산이 신령한 봉우리구, 거기 도읍지가 가합합니다."

인제 조감도를 그려 바쳤어. 그래 이성계가 와보구서 그렇겄다구 공사를 시켰지.

공사를 시켜가지구서 일을 이 년간인가를 했어. 처음에는 돌 운반을 허구 주춧돌부터 다듬기 시작했지. 주춧돌이 일 점 사 미터, 이 미터 이런 돌여. 그래 지금 현재 백열다섯 개가 거기 남어 있어, 주춧돌이. 나머지는 매몰되고, 누가 끌어가든 못 하는 겨, 그 많은 큰 돌을.

부역을 어디서 시켰느냐면 충청도, 전라도 사람들을 부역시켰어. 시켜가지구서 공사를 허는디 하윤河崙이라는 사람이 와서 지형을 보구서,

"물이 동쪽에서 들오구 산은 건방乾方에서 들오구, 입견소망立見所亡이

다. 서서 망하는 걸 볼 수 있는 디다."

장구지지長久之地가 안 된다는 거여, 그 풍수지리설로.

"그러구 북단北端이 너무 멀다. 나라란 중앙에 있어야는디 북단이 멀구. 여기는 정씨 터지 이씨 터가 아니다. 그러니까 도읍을 다른 데다 정해야 한다."

그라구서 이 년 십 개월 만에 중단을 시키구서 인저 한양으루 갔지. 한양 가서 지금 궁성 터에다가 대궐을 짓구 그럭한 겨.

그런디 그때 공사할 적에, 지금은 양화洋靴도 있구 고무신도 있지만 예전엔 짚신이거든. 짚신 밑에 흙이 붙어댕기잖어? 그런디 나라 공사를 허는디 흙 묻은 신으로는 못 들어가거든. 그러니께 신의 흙을 털구서 들어가, 공사하는 디를. 그래 신털이봉신터리봉이라구 있어. 봉우리가 하나 생겼어. 수많은 사람이, 부역 온 사람덜이 신을 털구 한 것이, 한없이 한 주먹씩 쏟어진 것이 봉우리가 하나 됐단 말여. 그 봉우리를 신털이봉이라고. 평지에서 봉우리가 하나 생긴 거여.

(거기가 정씨 땅이라는 건?) 그것은 경상도 어느 선비 하나가 베슬아치 노릇을 한번 해볼라구, 장원급제를 할라구 공부를 열심히 하는디 나라에서 베슬아치들이 서로 임금께 아첨만 하구 서루 모함을 하구 아주 매일 조정에서 베슬아치들이 싸우는 겨. 그라면서 사뭇 흉년이 들구 가뭄이 들어가지구서는 백성들은 굶어죽다시피 하구. 그라니께,

"아이구 이거 공부해서 소용읎다! 이게 딴사람들이 나와야지 저 사람들 가지구서는 백성 다 굶어죽겄다. 조정에서 야단하니께 하늘이 미워서 비를 안 줘가지구서 백성이 다 굶어죽는다."

그라구서 책을 팽개치구서 유람을 나선 거여, 조선팔도. 금강산에 가서, 한 절에 가서 하룻저녁 자는디 꿈에 대장이라구 하는, 장수 모습 한 사람이 나타나더니,

"몹쓸 놈들은 조정에서 싸움만 하구, 쓸 사람은 이렇게 방갓을 하구

돌어댕긴다. 당신은 여기 있을 디가 아니니께 계룡산으루 가라."

그러구서 사라졌어.

그래 이튿날 행장을 차려가지구 인자 계룡산 기슭에 지금 양정고개라는 데를 왔지. 주막에서 하룻저녁을 자는디 장수란 사람이 또 나타나.

"허 인저 제대루 찾아왔구면."

"그러니 당신 나 여기까지 유인해다 놓구서 얘기를 더 안 하니 이 무슨 곡절이냐?"

"당신이 있어야 정씨를 만나서 신도新都 도읍이 된다. 지금 저 사람들은 다 몹쓸 사람덜이니 저 사람 다 읆어지구서 새 사람이 나와서 해야 한다. 그런디 정씨가 여덟 명 나온다. 여덟 명이 나와서 패권을 잡는디 그중에서 두 사람이 남어가지구 또 싸운다. 한 사람이 남어서 그게 나라를 차지할 사람이다. 그 사람을 잘 도와라."

그러구 또 읆어지는 거여.

그래서 하루이틀 그렇게 있다가 노잣돈 떨어지구 뭐 집에 또 갈 수도 읎구 거기서 뗏집 짓구서 평생 허리가 꼬부라지고 모발이 백발 되도록 정씨란 사람들 나타나들 않네. 그래서 그 지방에서 젊은 사람들은 인재로 본 거여, 그 선비를. 이인으로 본 거여. 그래 그 말을 잘들 듣지 인자.

그런디 죽을 때에 거기 젊은 사람들 불러가지구 자기 사유를, 지나온 얘기를 쭉 했어. 인제 죽게 되니께.

"나 이런 일로 해서 여기서 죽는디 그대들은 반드시 정씨란 사람을 만날 게다. 그러니께 잘 도와서 일을 해라."

그럭하구 죽었다는 거여. 그래서 양정, 두 양 자, 정나라 정 자, 양정兩鄭. 그래서 그 고개 보고 양정고개라구. 두 정씨가 대립을 한다구.

그런디 이성계는 신도안서 떠날 적에 정씨 터라구 그라니께 계룡산에다 절을 하나 지으라구 하구서 압정사라는 현판을 써줬어. 누를 압자, 정나라 정 자, 절 사 자. 정가鄭哥를 누르는 절이다. 압정사壓鄭寺.

그렇게 해서 그때 당시 풍수지리상 하륜河崙이라는 사람은,
　"길게 못 간다. 입견소망이다. 서서 당장에 망할 걸 볼 터다."
　풍수지리설로 그렇게 했지. 그뒤로다가 거기 지방 전설에 대궐 터라
그라는 거여. 대궐 지을라구 했었으니께. 현재 주춧돌이 일 점 사 미터,
이 미터 해서 백열다섯 개가 있구.

서울의 유래

지금부터 내가 서울의 유래에 대한 이야기를 할 테니까는 들어보세요. 어찌서 각 지역의 동네 이름도 한문으로 전부 다 개성이니 고려니 신라니 이렇게 한문으로 되어 있는디, 서울이라는 이름만은 한문이 없어. 그냥 국문으로 서울이라 써. 그 이유가 왜 그러냐. 거기에 대해서 내가 얘기할게.

서울의 유래를 얘기할려면 제일 먼저 누가 등장하냐 하면은 이성계, 이성계가 나와야지. 또 정도전, 무학대사. 무학이라는 분이 고려 때 있었어. 근디 무학이가 아니라 제 이름은 모학(母學)이여. 어머니 모 자, 배울 학 자, 모학이라 이름을 지었어.

어찌서 모학이라 이름을 지었냐 하면은 고려 때 인왕산에 절이 있었는데 그 절 스님이 아침 먹고 예불을 마치고 고단해서 오뉴월 더울 땐디 그늘에 들어앉아서 쉬고 앉았는디, 비몽사몽간에 졸음이 와서 졸다 보니까 어디서 막 어린애 우는 소리가 굉장하게 크게 들려, 처량하게 어린애 우는 소리가. 어린애 우는 소리에 이 스님이 잠이 깼어. 깨가지고 인가도 하나 없는 산골짜기 산중에 어떤 어린애가 처량하게 울고 있는가 하고서는 우는 방향을 쫓아서 살살 찾으러 갔어.

찾아가 보니까 절벽 밑에 어린애 하나를, 강보에 싸인 어린애를 땅바닥에 눕혀놨어. 눕혀놓고는 날어댕기는 학 있잖아, 학? 학이 그 앞에 쭈그리고 앉아서, 어린애가 그냥 오뉴월 뜨거운 볕이 얼굴에 막 쏘아대니까 따가와서 우는디 학이 날개를 쫙 벌리고 그 얼굴에 햇빛을 가려줘, 학이.

'참 괴이한 일이고 이상한 일이다. 저 어린애가 어떠한 아이기에 날짐승이 날개를 펼쳐가지고 보호를 허고 있나.'

어린애가 막 우니까, 날개를 이렇게 춤을 추면서 바람을 일으키고 그러니께 그냥 희한한 바람이 일어나고 햇빛도 가려지고 하니께 어린애가 인제 잠이 들어서 새근새근 자고 있어.

'참 괴이한 일이다.'

그러고서는 스님이 가차이^{가까이} 갔어. 가니께 학이 뿔떡 이렇게 스님을 쳐다보더니 뭐라 그런고 하니,

"스님 잘 오셨습니다."

학이 말을 혀.

"스님이 보시다시피 나는 이 어린애를 키울 수가 없으니 스님께서 이 어린애를 보호하고 키워주시면 장차 이 나라의 큰 인물이 될 것이요. 부탁합니다."

절을 몇 번 하고 날러가버렸어.

아 그러니 어린것을 혼자 땅바닥에다 눕혀놓고 오겄어? 불제자 스님인디. 그래서 어린애를 보듬고 안고 절로 돌아와서 정성을 다 쏟아서 키워. 그래 이 어린애가 그냥 무럭무럭 참 건강하게 잘 큰다 이 말이여. 이놈 이름을 지어줘야겠다 해가지고서는 이름을 지어야겠는데 어머니가 누군지 아버지가 누군지 알 수가 없어.

"너는 어머니도 아버지도 누군지 모르니 어머니 모 자를 넣어서 모학
母鶴이라 허자."

그래가지고 "모학아, 모학아" 불렀어.

모학이가 다섯 살 먹어, 여섯 살 먹어, 일곱 살 먹어 허니께 이 스님이
불서를 내놓고 책을 읽으면은 말여, 몇 페이지를 들여다보고는 그놈을
줄줄 외워 그냥. 천재여. 그리고 스님이 글을 쓰면은 똑같이 그대로 글
씨를 써.

'야 저런 천재가 없구나.'

저렇게 영리하고 두뇌가 밝은 모학이를, 어머니가 없다고 모학이라
고 지었다 하면은 장차 좀 달라질까 싶은 생각이 들어.

'이름을 고쳐야겄다.'

어머니가 없으니께 어머니 모 자를 넣어서 모학이라고 이름을 지었
다 하면 안 될 거 아니야? 고쳐야겄다 생각을 하고 뭔 자를 넣어 고칠까
생각을 해보니께 학이 춤을 추고 있었어. 그래서 춤출 무 자 무학舞鶴이
여, 나중에는. 무학이라고 해가지고는 "무학아, 무학아" 그니께 글을 한
번도 가르쳐준 적도 없는데 그냥 모르는 것 없이 알아. 어떤 학자가 와
서 뭔 말을, 질문을 해도 학자가 말대답을 못혀, 무학이한테. 대항을 헐
수가 없어, 누구도. 그런 정도로 알어.

그때가 어느 때냐 하면 지금으로부터 육백이십몇 년 전 얘기여. 고려
국 왕건 임금님 시댄디 고려 때 임금님 밑에서 관직에 있던 이성계라고
하는 분. 이분이 고려에서 지금으로 말하면은 막 영의정이네 뭣이네 이
런 것을 허던 분이여. 그런 분들이 모이니께 나라를 저렇게 하면 안 되
겄다 이 말이여. 그렇다고 임금을 몰아내고 역적 노릇을 헐 수도 없고.

몇 분이 고려를 떠나서 이쪽 남쪽으로 내려왔어. 그래가지고 지금 양
주 땅 여기 가서 자리를 잡고 나니까 같이 내려온 분들이 이성계를 보
고,

"당신이 나라를 다시 만들어서 임금 노릇을 하시오."

추대를 받았어. 그게 이씨 조선 초대 임금 이성계대왕이여.

그래가지고 이성계대왕이 나라를 다시 일으켜서 국가를 세워야겠는데 도읍지를 어디다 정할 수가 없어. 근데 보니께 나이 한 이십 살 먹은 무학이라는 총각이 세상을 그렇게 모르는 것 없이 잘한다 싶으니까 신하를 시켜가지고 무학이를 초청해왔어. 무학이 총각이 태조대왕 앞에 가서 절을 하고,

"제가 무학이올시다."

근디 내가 한 가지 더 얘기할게 들어봐. 애초에는 춤출 무 자 무학인디 지금 역사적으로 나올 적에는 없을 무 자 무학無學이여. 그걸 알아야혀. 어렸을 때 이름은 모학이. 그다음에는 학이 춤을 췄다 해서 춤출 무자 무학이. 그다음에는 어째 없을 무 자 무학이라고 했냐? 누가 가르쳐준 적도 없고 배운 적도 한 번도 없는데 모르는 것 없이 다 잘 알아. 한번도 배운 적이 없는데 학자다 해서 없을 무 자 무학이여.

무학이를 이제 이성계 초대 임금님이 데려왔어. 와서 그냥 절을 하고 무릎을 꿇고 앉으니께, 편히 앉으라 그러구는 손수 차를 대접하면서,

"내가 다시 나라를 일으켜서 도읍지를 정해야겠는디 어디다가 도읍지를 정해서 궁궐을 짓고 들어앉아야 할지 장소를 아직 못 잡았으니 니가 모든 것을 잘 안다니께 도읍지를 좀 알아봐다오."

부탁을 했어. 그러니께 무학대사가,

"예. 제가 힘껏 알아보오리라."

하직을 하고 나와서 팔도강산을 돌아댕겨, 무학대사가, 무학이가. 어디로 도읍지를 정해야 할까 하고. 돌아댕기다가 전라도를 해서 충청남도로 해서 이렇게 돌아서 남도서부터 이렇게 올라오는 판이야.

근데 어디를 갔는고 하니 충청남도 계룡산에 왔어. 계룡산에 와서 보니께 참 좋다 이 말이여, 도읍지가. 여기다가 도읍지를 정해야겠구나 싶

어서 패찰을 내가지고 보고 있어 시방. 아 지형을 살펴보고 있는디, 아느닷없이 맑은 하늘인디 막 그냥 구름이 지고 빗날^{빗물}이 툭툭 떨어지더니 저 공중에서,

"야 이놈, 무학아! 여기는 천년 후에 정씨의 도읍터니라. 근데 어디 와서 이놈 니가 도읍지를 정할라고 이려? 당장 안 물러나!"

막 공중에서 외쳐. 그니께 무학이가 깜짝 놀라가지고,

'아 하느님이 나를 말리는구나.'

생각해보니께 그 위에 보면은 정씨의 도읍터라는 것이 나와 있어, 어느 기록에. 그것이 생각나가지고 물러나왔어. 그래가지고 계룡산에서 인제 북쪽으로 올라와. 남쪽은 죄다 헤매봤은게.

북쪽으로 올라오는데 어디까지 왔냐 하면 현재 왕십리라고 부르는 왕십리 있잖여? 서울 왕십리 거기를 왔어. 왕십리 골짜기. 지금이니까 그렇지 그전에는 산골짜기여, 거기가. 왕십리 골짜기를 이렇게 지나오다 보니까 큰 밭에서 서로 쟁기질을 하면서 일꾼들이 일을 허다가 말고 뺑 둘러서 이렇게 서가지고서는 뭣을 이렇게 들여다보고 있어. 무학이가 지나오다 보니께 저 일꾼들이 일하다 말고 뭣을 저렇게 보고 있는가 하고 이상할 것 아녀? 그래서 무학이도 가서 이렇게 어깨 넘어다 봤어. 그런게 저 땅속에서 뭣이 하나 나는 것이 있는디 그걸 들여다보고 있어.

"날 보시오. 무엇을 그렇게 보고 있습니까?"

쟁기질꾼이 쟁기질을 하다보니께 보습에 뭣이 덜커덩 하고 걸려서 뭣인가 하고 바닥을 헤쳐놓고 보니께 저 빗돌이 나왔댜. 빗돌. 무학이가 그 돌을 막 이렇게 손으로 흙을 닦아내고 보니께 아 거기 '왕십리^{往十里}'라고 써 있어. 갈 왕 자, 십 리. 여기서 십 리를 더 가그라 그 소리여, 그게. 왕십리에서 왕 자가 갈 왕 자여. 십 리를 더 가그라. 무학이 그걸 깨달았어.

'아! 여기서 십 리를 더 가보라는 뜻이로구나. 또 하느님이 날 도와주

었다.'

이렇게 생각하고는 거그서 찾아온 것이 경복궁 자리를 찾아왔어. 와 가지고 보니께 참 좋다 이 말이여. 그니께 무학대사가 이성계대왕한테 가서,

"제가 힘껏 돌아다녀서 알아본 바 도읍지를 정했으니 가보시지요."

"어디 가보자꾸나."

와서 여그를 본게 참 좋다 이 말이여, 이성계가 보니께.

"니가 도읍지를 옳게 잘 잡았다. 그러니 니가 궁궐을 맡아서 지어라."

"예!" 하고 대답을 했어. 그러고 사람을 동원해. 여기는 뭔 좌 뭔 좌, 이렇게 해가지고서는 궁궐을 짓는 주춧돌, 이렇게 기둥을 세울라면 밑에다 받치는 받침돌이 있잖여? 그 주춧돌을 여기 박고 저기 박고 전부 뺑 둘러서 박아놨어. 경복궁 집을 지을라고 하는 판이여. 아 박아놓고는 그날 저녁에 와서 잠을 자고 이튿날 아침에 일어나 가서 보니께, 무거운 놈의 큰 주춧돌을 묻어놨는디 전부 빠져가지고 여기 가 나뒹굴쳐 있고 저기 가 나뒹굴쳐 있고 그런다 이 말이여. 무학 선생이 가만히 쳐다보니께 세상에 괴이한 일이여.

'어떤 쥑일 놈이, 경복궁 짓는 나라의 일을 방해하는 놈이 세상에 있구나.'

이런 생각이 들었어.

'저 무거운 돌을 저녁내 밤중에 그냥 어떻게 파서 전부 다 이리저리 흩어 내놓고 해놨냐.'

그러니께 그냥 현상금을 걸어가지고 팔도 장사ᄇᄇ를 모집했어. 기운이 센 사람, 팔도 장사 수십 명을 모집해다 놓고 주춧돌을 다시 박아놓고는,

"너그 이 주춧돌 어떤 놈이 와서 집어 내뿌는가 저녁 내도록 지켜라."

주춧돌 하나 앞에 그냥 두 사람을 세워놨어. 그러구 그날 저녁에 자고

아침에 가서 본게 아 또 빠져 달아나버렸어. 그런게 장사들보고,

"아 이놈들아! 이거 누가 빼는가 지키라 허니께 이거 빼 집어놓은 거 잡지도 못하고 그러고 있냐!"

그러니께,

"눈 깜빡할 새 이렇게 빠져 달아났으니 어떻게 우리도 모르겠습니다. 사람이 와서 그런 것이 아니고 이러고 우리가 보고 있는데 깜짝할 터에 이렇게 빠져 달아났습니다."

아 그러니 이게 신기한 일 아니여? 그러니께 이것을 어떻게 방도가 없어. 크고 무거운 놈의 주춧돌을 박아놓으면 자동적으로 빠져서 저리 달아나니 어떻게 그걸 참 막을 거여? 그래 고심하고 걱정하고 누워서 고민하다가 답답하니께 그냥 바람 쐰다고 바깥을 나와서 돌아댕겨. 돌아다니다가 지금의 어디를 갔냐 하면 지금의 청량리 골짜기를 갔어. 청량리 골짜기, 맨 산중이야. 그 골짜기를 가니께 어떤 큰 밭에서 노인 하나가 소를 몰면서 쟁기질을 하는디, 아 쟁기질을 하면서 이 노인이 소 꼭대기를 탁 때리면서,

"이 무학이같이 멍청하고 미련한 놈의 소야, 응? 아 이리 가라면 이리 가냐? 엄한 대로 가냐? 이 무학이 같이 멍청한 놈!"

무학이가 그걸 들여다보니께 자기 이름을 부르면서 "무학이같이 멍청한 놈의 소"라고 한단 말이여. 아 그러니까 무학이가 쟁기질하는 영감님을 물끄러미 쳐다보고 이렇게 가차이 그 앞에 가서 무릎을 꿇었어.

"선생님 제가 무식한 무학이올시다. 저를 좀 도와주십시오."

근게 그 노인이,

"아 지금 소가 쟁기질하는데 말을 안 들어서도 쟁기질하는데 시방 너까지 와서 괴롭히냐?"

그러면서 막 야단을 혀, 노인이.

"그래도 선생님, 어떻게 하겠습니까. 제가 못 배우고 무식해서 그러

니 저를 좀 도와주십시오."

그렇게 쟁기질하는 노인이 무학이보고,

"너 거그다가 궁궐을 지을라 그러는디 그 터가 무슨 턴지나 알고 그러냐?"

근게 무학대사가 대답하는 말이,

"학의 터올시다. 춤추는 학, 학의 터올시다."

이런다 이 말이여. 아 그 노인이,

"아 이놈아! 그렇게 잘 알면서 멍청하고 무식하게 주춧돌을 박아놔?"

또 막 사정을 했어.

"제가 무식하고 못 배워서 그러니 어떻게 해야 할 것인가 방도를 좀 얘기해주십시오."

"너 그러면 그게 학의 터라 그러면 학의 내력을 얘기해봐라."

그 노인이 학의 터 같으면 학이 어떻게 하고 있는가 그 내력을 얘기해봐라 한단 말이여. 근게 무학대사가 대답을 뭐라고 했냐?

"무학재는 오른쪽 날개요, 뭔 재는 왼쪽 날개요, 인왕산 꼭대기는 학의 머리요, 학이 저 남산을 바라보고 내려앉은 형국이올시다."

그렇게 대답을 했어, 무학이가.

"아 그렇게 잘 알면서 이놈아, 주춧돌을 그렇게 박아?"

"그러면 어떻게 해야 주춧돌이 안 빠져나갑니까?"

"야 이놈아. 니가 아무리 큰 주춧돌을 박아놔도 큰 학이 한밤중에 훌렁훌렁 허고 한번 날라가면 주춧돌이 전부 빠져 달아난다. 그니게 학이 못 날라가게 성을 쌓아라, 학 날개쪽으로다가. 무거운 돌로 성을 쌓아놓으면 학이 무거워서 이렇게 날지를 못할 것 아니냐."

그러고는 성을 쌓으라고 말 한마디 해놓고는 소랑 쟁기질꾼이랑 어디 온데간데가 없어져버려.

'또 하느님이 나를 도우는구나.'

이런 생각을 허고 돌아와서 그날 저녁에,

'내일은 내가 밥을 먹고 일찌감치 인왕산 꼭대기를 올라가서 성 쌓을 자리를 탐사해야겠구나.'

이런 생각을 하면서 잠을 자고 이튿날 일어나서 아침밥을 먹어. 먹을려고 하는 찰나에 또 졸음이 와. 졸음이 와서 이렇게 앉아 꿈뻑 졸다보니께 꿈에 눈이 막 와. 눈이 오는 자리가 어디냐 하면 꿈에 인왕산 꼭대기를 올라와서 보니께 눈이 와. 가만히 눈 오는 것을 보니께 요렇게 눈이 뺑 둘러가면서 쌓여가지고 안 녹고 다른 데는 죄다 녹아버려.

'이거 성 쌓을 자리를 하느님이 또 일러주는구나.'

그래서 무학 선생이 꿈에 눈 안 녹은 자리를 전부 다 쫓아올라가서 그 자리에다가 전부 표시를 해놓고 그 성…… 지금 있는 성 그게 무학대사가 쌓은 성이어. 인왕산 꼭대기에 있는 성이 지금 있어. 그 성을 한 삼사 년 걸려서 쌓았어. 그 성을 다 쌓아서 완공을 해놓고 지금 경복궁 터에 와서 주춧돌을 박어놓고 보니께 그냥 그대로 가만히 있어. 안 빠져 달아나 인제.

'야 하느님이 나를 이렇게 돕는다.'

이렇게 해가지고 경복궁을 지을라는데 사향四向을 잡을라고 오향五向 어쩌고 이런 것을 또 하고 있는데,

"요기다 찾아 오향을 놓아야겠다[1]. 요기다 말뚝을 박아라."

박으라 헐 땐디 정도전이라고 하는 분이 있어. 정도전. 이분이 이성계 초대 임금님을 추대한 양반이야. 이 양반이 느닷없이 쫓아들더니,

"야 이 무식한 놈아. 여기다가 말뚝을 박고 경복궁을 지으면은 유교는 쇠퇴되고 불교만 성할 것이다. 그러면 국민이 전부 다 중이 되어버리면 농사는 누가 짓고 어떻게 먹고살 것인가? 여기 오향은 안 된다."

---

1) 오향을 놓아야겠다: 동서남북, 중앙까지 다섯 방향 자리를 잡는다는 의미다.

막 둘이 이께 시비가 붙었어. 그러니께 그냥 무학 선생이 정도전 선생보고,

"정도전 선생, 아는 척 좀 마쇼. 당신 말대로 향向을 바꾸면 칠년대한七年大旱은 뭣으로 막고, 왜적이 우리나라를 쳐들어오는디 그 병력은 뭣이로 막을 것이오?"

막 대들어. 대항을 하니께,

"야 이 무식한 놈아! 저 동대문 저거 흥인문興仁門이다 하지 말고 갈지之 자 한 자만 더 넣으면 그것이 전부 모면되는 걸 뭘 그것도 몰라? 이 무식한 놈아, 당장 안 물러가?"

아 그래서 흥인지문興仁之門이라 하는 동대문의 갈 지 자 한 자가, 정도전 선생이 일러주어서 들어간 게야. 흥인지문. 지금도 그렇게 되어 있어. 그래가지고 막 당장에 물러가라고 하니까, 무학이가 정도전 선생한테 쫓겨 재를 넘어갔다 해서 지금 무학재가 생겨났어. 무학재가 무학 선생이 정도전이한테 쫓겨서 넘어간 재다 해서 무학재고. 지금 왕십리라는 것은 그때 그 비석에 그 이름이 지금까지 계속돼서 왕십리여. 이렇게 되어 있어.

그래가지고 정도전 선생이 무학 선생을 쫓아내고 자기가 경복궁을 지은 거여. 정도전이가 지었어. 역사적으로 나오는 걸 보면 인왕산 성은 무학 선생이 쌓고, 경복궁은 정도전 선생이 지었다 이렇게 나와 있는디.

정도전 선생이 경복궁을 다 지어놓고 이제 왕궁이 되었으니까 입궁을 해야 한단 말이여, 태조대왕이 그 궁궐로. 그때에 잔치가 벌어져. 잔치가 벌어지는데 임금님이 이제 경복궁으로 왕림하는 찰나여, 그날이. 그러는 날에 무학 선생을 정도전이 초청했어. 무학 선생이 그날 거그에 참석했단 말이여. 참석을 해가지고 전부 다 예배를 끝내고 나서 무학 선생이 갈라고 하는 찰나에 정도전 선생이 쫓아가서 무학 선생 손목을 잡고,

"전일에 한 것을 이해해주시오. 전에 내가 너무 야박하게 그냥 쫓아낸 것을 이해해주시오."

그러면서 이제 사과를 해. 정도전 선생이,

"오늘 이렇게 임금님이 경복궁에 들어앉아서 정치를 하게 되었는데 도읍지 이름이나 지어주시오. 도읍지 이름을 뭐라고 불러야 할 것인가 지어주시오."

부탁을 했어. 근게 무학 선생이 뭐라고 대답을 했냐 허면,

"설울이라고 하시오. 눈 설 자, 울타리 울 자."

꿈에 눈이 와서 성 쌓을 자리를 잡아가지고 성을 쌓았다 이런 얘기지. 그 눈이 와서 일러주었다, 성 쌓을 자리를. 아 이러니까 이성계와 만조백관들이 "설울, 설울" 무학 선생의 얘기가 맞는 소리여. "설울, 설울" 할려니까 발음이 나빠.

"설 자를 서 자로 하자."

이래서 한문으로 쓸라고 하면 설울이라고 해야 혀. 그런디 설울이라는 한문은 없고 국문으로만 지금 서울이라 나오는 거야. 울타리 울 자가 재 성城 자 보고 울타리 울, 그렇게 됩니다. 흙 토 변에 이를테면 그 자가 울타리 울 자여. 그게 성城이라는 말이, 설울이라 이 소리가 그 소리여. 재 성 자를 울타리 울 그러기도 합니다. 설성雪城이다, 설성. 그게 서울이여.

서울 여러 지명의 유래

서울서 근 팔십 년을 살기 때문에 여기 풍수지리도 대강 내가 알구. 대강을 내가 얘기허지. 내가 뭐 지리학자가 아니구 전문 학자가 아니니께 들은 풍월이구, 옛날 들은 풍월로다가.

내가 지금 현재 홍제동 사는데, 이 서대문이란 문안에서 안국동이라는 데가 왜 안국동이야? 편안 안安 자, 나라 국國 자. 옛날에 사대문 안에 임금들이 살았고, 왕들이 모였을 때 편안한 나라, 편안 안 자, 나라 국 자예요. 서대문 밖으루는 상인들이 살았구.

그러면 내가 현재 사는 데부터 얘길 허게. 영천이래는 데가 있어요. 영천은 신령 영靈 자, 샘 천泉 자예요. 영천이라는 아주 건진한 샘이 있었어요. 사십 년, 오십, 육십 년 전에 있었어요. 이건 사실이에요. 그 샘에 들어가며는, 서울 서대문 안에서 애기 못 낳는 부녀들이 와서 정성을 들이며는 애기를 낳는다구 해서, 그 신령이 용허다구 해서 영천입니다. (영천이 어디에 있었다구요?) 독립문 옆에 영천이에요. 그걸 지금 허물어 뜨리구 터널을 냈어요. 신령 영 자, 샘 천 자. 샘이 영검스럽다 해서 영천이구, 그 맞은짝에 인왕산이 있어요.

옛날에 인왕산 호랭이 우르릉거린다구 그 바윕니다. 호랭이는 바위 틈에서 살지 수풀에서 안 살아요. 바위틈에 새끼를 치구. 호랭이 인왕산에서 새끼를 치구 허는데 거기 무악재라는 데가 있제. 무악재고개가 옛날에는 없을 무無 자, 죄 악惡 자, 고개 재. 지금은 모악재라구 허지만 무악재예요. 그래서 죄 없는 사람만 거길 넘어간다. 거기가 국도였습니다. 왜 국도냐? 이북으로 넘어가는 문산 고랑포 장단으루 들어가는 국도였어요. 옛날에 인왕산을 들어갈 젠 달구지 하나가 들어갔지. 지금은 국도가 됐지만 대로大路예요.

옛날 육십 년 전 감악소監獄 독립문 있을 적에 형무소 담길로다가 요런 소로小路 하나만, 사람 하나 드나드는 길이 있었지. 도로가 없었에요, 달구지 하나 드나드는. 그리구서는 사람 하나 이렇게 드나들었지. 그러구 숲이 양쪽으로 우거지구. 인왕산 고개가 무섭게 바위가 늘어 있구. 그래서 왜 노래도 있잖어? "인왕산 호랭이 우루루, 고무 공장 큰애기 울고 나간다"는 노래두 나와 있지요? 그래서 거기를 넘어가자며는 죄 없는 사람이나 넘어가지 죄 있는 사람은 거길 못 넘어간다 그래서 무악재라고 그래.

그래서 고길 넘어가서 나며는 아주 홍제弘濟했다구 해서 홍제동. 그래서 옛날 유래를 버리질 않어요. 홍, 제, 동이에요. 홍제동. 또 거기 가면 뭐가 있느냐? 녹번동이라는 게 있어요. 거기 녹번동이 또 요렇게 한가운데 가서 녹림이, 아주 수풀이 좋습니다. 그거 버리지 않습니다, 옛날 유래를. 그래서 안 버려요.

고 넘어가면 또 수색이래는 데가 있어. 왜 수색이 있느냐? 옛날에 한강 담 쌓기 전에 물이 노냥潮汐 들어왔었어요. 아침저녁으루 물이 조수를 쳐. 그래서 수색입니다. 물 수水 자, 색 색色 자, 수색이야. 그래서 그렇게까진 이름이 지어졌고, 거기 넘어 구파발이 또 있지요. 구파발이라는 건 북한산에서 전쟁을 헐 제, 행주산성 전쟁을 헐 적에 나팔 몇 번만 불며는 거기서 벌써 신호가 돼가지구 그래서 그 나팔이 구팔이라는 거 나와. 그래서 북한산성에서 신호가 아주 내려다보입니다.

삼송이라구 있어요, 삼송. 소나무 셋. 거기 제사를 지냈어요. 그래 삼송이에요. 석 삼三 자, 소나무 송松 자. 거기 지금도 삼송이라구 있어요. 그랬는데 지금 소나무는 있는지 없는지 모르겠어. 옛날에 우리네는 이 한국에선 제사지내는 걸 좋아했거든, 절하는 걸. 그래서 산제사를 지냈고, 그래서 삼송이라고 그래.

그랬고 또 이쪽으로 와서는 합정동, 신촌으로 와선 왜 신촌이냐? 새 신新 자, 마을 촌村 자. 왜 그러냐? 일정 때 일본 제국화에 들어 새로 마을을 만들었어. 새 신 자 그렇게 됐고. 그러구 또 아현동은 왜 아현동이냐? 애오개라구 그러구, 큰 고개라구 그러구 왜 그러냐? 서대문 안에서 죽은 애기를…… 그게 고개, 산이 었었어요. 그래서 애기 묻은, 애 무덤 묻는 데는 애오개. 큰 고개는 노고산이라구 있어요. 노고산이란 게 어디 있냐? 대현동이에요. 대현동에 그게 산이에요. 평지가 되었지마는 그게 대현동에 노고산이에요. 아현동이 애야. 아이 아兒 자, 고개 현峴 자. 대현동. 큰 대大 자, 고개 현峴 자, 그게 대현동.

고개 넘어가면 또 뭐가 있느냐? 동교동이 있죠. 동교동은 왜 또 어떻게 돼서 동교동이냐? 옛날에 이쪽에 마포에서 강물이 도시를 쳐요. 도시를 쳐서 들어오면은 이 물이 창천동으로 들어와, 이쪽 굴다리로. 이쪽으로 물길이 들어와요. 그러면은 여기 지금 구덩이가 지고 저쪽 마을 이쪽 마을 댕기질 못해요. 그럼 동쪽허구 서쪽허구 댕기질 못해. 그러면은 다리를 놓고 댕겨. 동녘 동東 자, 다리 교橋 자, 동교. 서교동 있지? 서녘 서西 자, 다리 교橋 자. 동교 서교, 맞죠? 그게 유래가 그렇게 나오구.

도화동이라는 데가 있었어. (예, 마포에 있습니다. 도화동이라고.) 옛날에 기생들 놀아나던 데가 도화동. 복숭아 꽃, 복숭아 도桃 자, 꽃 화花 자. 봉래동이라구 있지요? 옛날에 서울에서 관복들 짓는 바늘아치는 다 봉래동에 살았어요. 바늘 봉鏠 자에 올 래* 자. 바느질허는 사람 다 오너라. 아 인제 고만 해야지.

인천 구월동 오달기 전설

저기 남동구에 구월동 있지? 거기 오달기^{오닭이}라는 주막거리가 있었어, 옛날에. (오달기요?) 그래, 오달기. 오, 닭, 이. 그러니까 서울 가는 길목이라 사람들이 쉬고 그래야 하니까 자연스럽게 이제 주막들이 막 생긴 거지.

근데 이 길목에 맹장군이 주막을 열어. 맹장군. 성이 맹^孟이고 힘이 너무 세고 덩치가 커서 맹장군이라고 불렀어. 이게 주막이랍시고 장사를 하는데 사실 맹장군은 그냥 주막에 묵는 사람들, 그러니까 나그네들 돈 뺏고 이러는 도둑이었던 거야. 지나가던 나그네가 돈이 쫌 있어 보인다 싶으면 담날에 길가에서 딱 기다리구 있다가 "돈 내놔!" 하고 뺏는 거였지. 그놈이 변장 하나는 또 기가 막혀서 아무도 그게 맹씨인지 몰랐어. 그러니 계속 날강도 짓을 하지.

어떻게 강도짓을 했냐면 밤중에 닭이 우는 소리를 똑같이 따라 했어, 맹씨가. 예전에는 닭 우는 소리로 아침인 걸 알았거든. 나그네들은 갈 길이 머니까 이제 닭 우는 소리를 듣고 일찍 떠나고 그랬는데 이걸 또 써먹은 거지. 해도 안 떴는데 "꼬끼오!" 하고 닭 우는 소리를 내고 또 닭이 날개를 푸덕거리는 걸 표현하려고 지 허벅지도 막 이렇게 치고. 이러니까 나그네들이 깜빡 속아서는,

"아이고 새벽이네."

눈도 제대로 못 뜨고 짐 싸서 나가는 거야. 그럼 뭐 맹씨가 딱 기다리고 있다가 앞을 떡 막고,

"네놈이 가진 걸 모두 내놓지 않으면 큰일날 줄 알아라!"

쩌렁쩌렁 소리를 쳤지. 아직 껌껌한 밤인데 그 큰 놈이 앞을 막고 서서 소리를 치는데 누가 도망을 안 가? 짐보따리 던지구 걸음아 나 살려라 하고 냅다 도망가면 그 보따리 챙겨서 그냥 오는 거지.

그렇게 계속 강도 짓을 하는데, 이게 꼬리가 길면 밟힌다구 계속 이런 일이 생기니까 소문도 막 나고 마을 사람들이 이제 의심을 해. 근데 누가 그 장사한테 함부로 말을 해보겠어. 괜히 나섰다가 얻어맞고 그럴까봐 다들 뒤에서만 수군수군거렸지.

그러니까 이게 막 소문이 나니까 며느리한테도 이 말이 귀에 들어간 거야. 맹씨 며느리. 시아버지가 도둑질을 하는 걸 들었으니 이걸 가만히 둘 수가 없잖아? 며느리가 이제 막 고민을 하기 시작해.

'어떻게 이걸 못하게 한담?'

밤낮으로 생각하다 좋은 방법이 떠올랐어, 며느리한테. 며느리가 참 똑똑한 게, 무슨 방법인지 들어봐. 여느 때랑 똑같이 시아버지가 도둑질하려고 숲으로 들어가서 닭 우는 소리를 내잖아? 그럼 며느리가 이제 건너편에 가서 빨리 노래를 부르기 시작한 거지.

"닭아 닭아, 울지 마라. 맹장군 인닭아, 울지 마라."

인닭. 사람 닭이라고. 그럼 나그네가 닭 소리 듣고 새벽이구나 싶어 일어났다가도 며느리 노랫소리 들으니까,

"아이고 소문이 다 사실이구나."

그러면서 날이 꼬박 샐 때까지 방에 처박혀 있었지.

근데 이제 맹씨는 어떻겠어? 한참 닭 우는 소리를 내는데 며느리 노랫소리를 들었을 거 아니야.

'아 우리 며늘아기까지 내가 도둑인 걸 다 알고 있구나.'

막 부끄러워지기 시작해. 며느리 얼굴을 보겠어? 못 보지. 맹씨가 제 잘못 이제 반성하고 그때부터 선량하고 착한 사람으로 돌아가. 시아버지의 못된 짓을 고친 며느리를 장하게 여겨가지구 관가에서 상도 주구 뭐 그랬다는 이야기야.

근데 나중에 맹씨가 할애비가 되고 죽고 난 담에는 글쎄 애들이 막 노래로 이걸 부르는 거야. "저저, 오달기네" 이러면서. 이게 맹씨네 주막이 없어진 다음에도 막 그렇게 조롱을 받았다는 거지. (근데 오달기라는 이름은 어떻게 나온 거예요?) 아 맞아. 오달기가 오닭이라 그랬잖아? 그 며느리 성씨가 오씨야. 오씨 며느리랑 닭 이야기니까 오닭 이야기지.

철원 월정리 마을 유래

이거는 내가 살고 있었던 동네에 내려오는 전설이야. 아주 먼 옛날 옛날에 이름 모를 병으로 앓아누운 아버지와 딸이 있었는데 딸의 효심이 아주 지극정성이었지. 아버님의 병이 나을 수만 있다면 무엇이든지 다 했을 정도니까. 동네 사람들도 그 딸의 효심을 보고 다 한마디씩 했지.

"저런 딸이 없다."

"하늘에 둘도 없는 효녀다."

낮에는 먹고 살아야 되니까 일을 하고 밤에는 정안수^{정화수}를 떠놓고 기도를 한 거야.

"우리 아버님의 병환을 낫게 해주십시오. 저는 어떻게 돼도 상관없습니다. 아버님의 병이 나을 수 있는 방법을 알려주십시오."

매일 밤 그렇게 기도를 했어. 그러던 어느 날 기도를 막 이렇게 하고 있는데 백발의 할아버지가 나타났지.

"나는 달의 정령이다. 너의 기도를 듣고 감명받아서 내 너에게 아버지의 병환을 나을 수 있는 방법을 알려줄 테니 그대로 할 수 있겠느냐?"

"하겠습니다. 아무리 어렵고 힘들어도 하겠습니다."

"그러면 내가 지금부터 하는 말을 잘 들어라."

그러면서 하는 말이,

"너희 집 옆에 보면 큰 바위가 있지 않느냐? 그 바위 위에 올라보면 물이 고여 있을 것이다. 달이 지기 전에 그 물을 너의 손으로 받아서 아버님에게 먹여야 한다. 천번째 먹여야만 너의 아버님의 병환은 나을 것이다. 할 수 있겠느냐?"

딸은 그 말을 듣자마자,

"할 수 있습니다."

그러고서 집으로 가 부리나케 바위에 올라가 보니 정말 그곳에는 달이 환히 비추고 있는 물이 있던 거야.

딸은 정성스럽게 그 물을 떠서 아버님에게 먹이고, 또 떠서 먹이고…… 그렇게 천 번을 하려고 하니 얼마나 힘들겠어? 그래서 중간에 무릎이 까지고 손이 헐고 손이 다치고 손톱이 빠지고 그렇게 그렇게 어렵게 해서, 달이 지기 전에 천 번을 해야 하니. (달이 지기 전에?) 그렇지! 달이 지면, 고인 물에 달빛이 사라지면 그 물의 효과도, 약효도 떨어질 수 있으니까. 달의 정령도 달이 지기 전까지 해야 된다고 했으니까 얼마나 마음이 바빴겠어. 자기 몸이 까지고 피가 나는지도 모르면서 아버지에게 천번째 먹이니까 놀랍게도 아버님 병환이 나았던 거지.

그런데 아버님 병환을 낫게 하기 위해서 그 어린 소녀가 바위에 오르락내리락 오르락내리락 천 번을 하는 동안에 온몸에 까지고 째지고 한 상처들은 회복되지 않았고 그것 때문에 딸이 시름시름 앓다가 죽었다는 슬픈 이야기지. 그래서 바위에 고인 물, 달이 고여 있다, 달이 물에 고여 있다 해서 마을 이름도 후에 마을 사람들이 월정리[1]라고 지었던 거지.

내가 살았던 월정리에 얽힌 전설이야. 참 슬픈 얘기지. 그 참 나이들고 병들은 아빠를, 아버지를 위해서 젊은 딸아이가 희생한 거는 마음 아픈 이야기지만, 어쨌든 월정리라는 이름은 그렇게 해서 생겨난 거란다.

---

1) 월정리(月井里): 강원 철원군 철원읍에 있는 마을. 현재는 폐역이 된 경원선 월정리역이 있는 곳이다. '달우물'이라는 이름으로도 불린다.

【 깊이 읽기 】

도읍 유래와 마을 내력담

여러 사람이 모여 사는 도시나 마을은 문화와 문명이 집약된 공간이다. 도시나 마을이 언제 어떻게 생겨났는지는 주민의 정체성과 관련된다. 전국 수많은 도시와 마을에서 유래담이 전설로 전승돼온 것은 자연스러운 일이다. 많은 유래담은 지명과 연관이 있어 지속적인 전승력을 발휘한다. 지명은 쉽게 바뀌지 않으며, 마을의 이름은 호기심을 자아내기 때문이다.

도읍에 관한 유래담은 전통사회 도회지 전설을 대표한다. 오백 년 도읍지 서울에 대한 다양한 전설이 문헌은 물론 구전을 통해 널리 전승되어 오늘날에 이른다. 자연지리 및 인문지리적 특성이 이야기에 잘 반영돼 있어 문화사적 의의가 크다. 도읍이나 군현이 아닌 작은 마을에 얽힌 유래 전설도 폭넓게 전승돼왔다. 민간생활에 얽힌 애환을 담은 이야기들이다.

「계룡산 도읍에 관한 전설」은 현재 계룡시에 있는 신도안 지역에 조선왕조 새 도읍을 세우려 했던 사연이다. 계룡산이 도읍지로 낙점된 이유와 그곳을 포기한 이유가 풍수지리설과 함께 구연된다. 지명 전설 성격을 지니는 신털이봉 이야기는 계룡산 도읍 건설 당시 상황을 말해주는 흥미로운 증거물 구실을 한다. 주목할 바는 이곳이 조선의 도읍지가 되지 못한 것이 미래에 다른 장구한 도읍지를 정하기 위한 일로 이야기된다는 사실이다. 『정감록』 비기와 관련된 계룡산 정씨 도읍설이 그것이다. 이 자료는 비범한 선비에 대한 이야기를 통해 정씨 도읍설을 서사화하고 있다.

「서울의 유래」는 조선의 서울 도읍 창건에 얽힌 전설을 종합적으로 전하는 이야기다. 제보자는 전남 출신이지만 뛰어난 이야기꾼답게 서울 도읍에 관한 여러 일화를 자연스럽게 엮어 길고 자세하게 이야기를 구연했다. 도읍 건설에 얽힌 명인, 명사와 하층민의 활약상이 인상적이며, 눈울타리를 뜻하는 '설울'에서 서울이라는 이름이 생겨났다는 내용도 이색적이다. 신빙성 여부를 떠나 서울이라는 특별한 지명 덕분에 전승되고 있는 지명 유래담이다.

「서울 여러 지명의 유래」는 서울 토박이로 팔십 년을 산 여성 제보자가 전한 이야기다. 오늘날 도시 행정구역 명칭이 과거 생활상과 관련된 고유한 유래를 지닌다는 사실이 관심과 흥미를 불러일으킨다.

「인천 구월동 오달기 전설」은 독특한 조어로 이루어진 지명에 흥미로운 유래가 얽혀 있는 이야기다. 며느리가 시아버지의 악행을 바로잡고 닭 울음소리에 노래로 답한다는 설정이 인상적이다. 짐승소리와 노래의 차이는 야만과 문화의 대립으로 해석할 수 있다. 이 전설은 특이한 이름을 가진 지명에 맞춰 나중에 이야기가 만들어졌을 가능성이 크다. 인천 지역에서는 꽤 널리 알려진 전설인데 이야기 내용이 흥미롭고 설득력을 지니면 이처럼 전승력을 발휘한다.

「철원 월정리 마을 유래」는 슬픈 사연이 있는 시골 마을의 전설이다. 어린 딸이 아버지를 살리려고 지극정성을 다한 결과 본인이 죽게 되었다는 사연이 마음을 아프게 한다. 자식이 부모를 위해 희생하는 일을 어떻게 봐야 하는지가 가치관적 쟁점을 이루고 있다. 달의 정령의 출현과 바위 위에 만들어진 달우물月井이라는 환상적 이미지가 더욱 아련한 느낌을 준다.

도선 어머니 묏자리와 고시레

도선[1]이가 자기 어머니 두골을 파서 머리만 싸 짊어지고 보따리에 지고 다니는 거여. 지가 천하에 명순데 어머니 묏자리 하나 제대로 잡아 드려야 될 거 아녀. 그래 이놈 짊어지구 댕겨도 마땅한 데가 읎어.

한 군데를 가보니께 아주 큰 기와집이 하나 있는디, 그 집이 대문이 있구 대문 이짝에 사랑방이 있는데 대략 그 사랑방 불 때는, 소죽 끓이는 솥 밑이 명당이여. 도선이 뭐 다 알으니까. 거기다 어무니 해골을 묻으면은 사흘 뒤면 돈 천 냥이 생기었어. 옛날 돈으로 천 냥이면 참 벼락이지 뭐.

그 집을 가서 하룻저녁 자자구 그러니께,

"아 쉬어가시오."

근디 주인이 잘 적에는 안방에 들어가면은 좋은데, 아 사랑방에서 같이 자네. 그런디 주인보구 나가라고 할 수가 있어? 그래 밤에 해야 되는

---

1) 도선(道詵): 신라 말기 승려이자 풍수설의 대가.

데 주인 몰래 살그마니 나가서, 밤에 주인이 잠들은 사이에 몰래 가서 그 밑구녁을 파구서 어머니 해골을 묻어놓고 그냥…… 그냥 나와서 갔으면 되는디 묻어놓고 나오면서 그런단 말이여.

"사흘 뒤면 돈 천 냥은 생길 테지."

이랬어, 도선이가.

아 주인이 이걸 들었네. 그래 아침에 인제 자고 일어나니까 도선이도 갔지. 가만히 생각하니 사흘 뒤면 인제 돈 천 냥이 그냥 흘러들어오는 거야. 그게 그런 자리여. 그래 도선이 간 뒤에 주인이 파고 보니까 해골이 요만한 해골이여. 이걸 파서 놓고 제 엄니 무덤에 가서 헤치고는 엄니 유골을 거기다 묻고 도선이 어머니 해골을 그 뒷동산에다 아무데다 묻었어.

아 도선이가 사흘이 돼도 돈 천 냥이 안 생기네. 기가 맥힌단 말이여. 가만히 이 사람이 점을 쳐보니께 어머니 묘가 엉뚱한 데 가 있어. 인제 그 집을 또 찾아가는디, 주인은 도선이가 오니까 겁이 나지. 그래 대번에 고백을 한 겨.

"사실 내가 참 사람으로서 못 할 짓을 했습니다."

"그래 왜 그랬냐?"

"아 선생이 해골을 묻구서 사흘 후면 돈 천 냥이 생긴다고 하는 말을 듣고 내가 우리 엄니 유골을 갖다 거기다 묻고 선생님 유골을 갖다 저 뒷산에다 묻었습니다. 그랬더니 사흘 뒤에 돈 천 냥이 생겼습니다."

도선이 하는 말이,

"잘했소. 그 돈 천 냥은 내 복이 아니니까 도리가 있나."

그래 제 엄니 산소를, 해골을 갖다 묻은 데를 가니께 거기도 괜찮다고 그러드래. 거기도 괜찮은 자리라고.

"그러나 난 나대로 목적이 있으니께 가져간다."

그래 해골을 가지고 갔어요. 가서 전라도 김제를 찾아갔어. 그 김제평야, 평야가 굉장하잖아? 참 우리 한국에서 제일가는 평야지. 도선이가 김제평야에 가서 저 끝에다가 자기 어머니 해골을 묻고 그 근방에다 소문을 퍼트린 거여.

"이 산소에다가 제물을 차려다 놓고 제사를 지내는 사람 벼는 고이고 이 잘 되고, 안 한 사람 거는 안 된다."

아 거기다 써놓고는 소문을 냈네. 그래 근방서 제물을 차려 그 묘에다 제사를 지내는 놈은 잘 되고 안 지내는 사람은 안 되여. 그러니께 다 할 수밖에 그냥. 대번 봄철에 농사 시작해서 수확할 때까지 도선이 어머니 묘 앞에는 계속 늘어섰는 거여 그냥. 도선이 어머니는 배가 터지게 먹는 거여 매일. 그런 좋은 자리에다 자기 엄니를 모셨어요.

"그래. 수백 년이 흘러가도 우리 엄니 제사는 문제없다."

그런데 거기 사람들은 그렇게 했지만은, 아 거기서 먼 데 있는 사람이 뭘 거기까지 제물을 차려서 가져갈 수가 있어? 그러니께 밥 먹을 때 밥하고 반찬하고를 숟가락에다 떠서 이렇게 그쪽으로 던지면서, 도선이 어무니가 고쎈디,

"고씨, 흠감하시유."

이랬단 말이야. 아 근데 여기서 농사를 지어도 이쪽 있는 사람은 고씨네를 하니까 잘되구, 이쪽 있는 사람은 고씨네 안 하면 꽃도 안 피어. 그래 전부가 다 한 거야.

"고씨네."

다 했지. 시방도 해요, 시방도. 시방도 하는 사람들 있어. 그전에는 전부 들에서 일하는데 고씨네^{고수레} 안 하는 사람이 없었어. 그런 소문이 나서. 고씨네 안 하는 놈은 농작물이 되들^{되칠} 안 해.

이곡 선생과 곡자상과 고시레

실제 얘기여. 진짜로 이건 역사 기록에 남은 얘기야. 우리나라가 중국에 조공을 바칠 적에 곡물만 바치는 것이 아니라 처녀도 바쳤다는 거 알어? 그게 언제 때인지 알어? (원나라, 고려 때?) 그래 고려 말, 고려 때여. 이것을 폐지시킨 사람이 누구냐? 우리나라, 그 당시에는 한국 사람이 중국에 벼슬을, 과거를 시험 볼라며는 티오[1]라는 것이 있어. 중국에 구십 명이면은 한국은 열 명도 안돼. 그 자격을 가지고 중국에서 과거에 합격했어. 일등 합격을 안 주고 이등 합격을 줬어, 한국 사람이기 때문에. 중국 사람이면은 당연히 일등이여.

그 사람이 중국에 벼슬을 했어. 벼슬을 하면서 한국에도 왔다 중국에도 왔다가 이러고서는 중국 천자한테 상소문을 써 올렸어. 그게 지금 역사에 존재하고 있어. 처녀 공천共出이 부당하다는 것을, 그게 중국 천자가 그거 상소문을…… 상소문이 지금 말하면 진정서여. 처녀 공천을 폐

---

1) 티오(TO): 일정한 규정에 의해 정한 정원.

지시켰다.

그래서 구식 혼례를 치르는 걸 봤어? 구식 혼례를 치를라 하면은 독자상[2]을 차려, 거기에 삼색 실과를 놓아. 삼색이면은 감, 대추, 밤, 이 세 가지. 그리고 소나무 한쪽에는 대나무 꽂아놓고 촛불 켜놓고 제를 올리고서는 혼인 예식을 갖추는 거야. 독자상이라 하는 게 사실 독자가 아니라 곡자상穀字床이야. 곡식 곡 자. 곡이 누구냐. 조금 전에 내가 얘기해준 중국 가서 과거에 이등 해가지고서는 상소를 해낸 이곡[3]이여. 호는 가정稼亭. 가정 선생. 그래서 곡자상이여.

이 양반이 처녀 공천을 폐지시킬 적에 선남선녀가 마음놓고 결혼을 한다. 그 당시에는 딸을 낳으면은 남자옷을 입혀가지고 키웠어. 잡혀갈까봐. 근데 그것을 폐지를 시켰으니까는 이 훌륭한 사람 땜에 선남선녀가 결혼하면 이 양반을 모시고 결혼식을 하는 거야. 그게 소위 곡자상이여. 그건 역사에 나오는 거여.

그 양반이 한산韓山 사람이야, 한산 이씨제. 무릉서원에 있어. 거기는 그 양반 모셔놓고 제사를 지내는 곳이여. 그 양반의 아들이 고려 말의 대충신 목은 이색李穡이고. 이색은 이성계가 이조를 창업하고 불러들인, 원체 인품이 높고 국민들이 추앙을 해서 끌어들일라고 허니까 충신은 불사이군이요, 충신은 두 임금을 섬기지 않는다 해가지고 끝꺼정 거절허구 그 바람에 그 양반이 태종 방원이李芳遠한테 죽었어. 왜 죽었느냐? 이성계가 명절이면은 이색이 자기 선배니까 사은품으로 술을 하사하라구 그랬어. 거기다가 방원이가 독약을 타가지고. 그래서 강가에서 어사주御賜酒 받아가지고 먹고 거기서 돌아가신 거여. 그 양반하고 같이 서원에 모시고. 이건 역사에 나와. 이곡 선생이 처녀 공천을 중단시켜가지

<hr/>

2) 독자상: 전통 혼례를 치를 때 별도로 차리는 상. 곡자상이라고도 한다.
3) 이곡(李穀): 고려 후기 학자이자 문인. 실제로 원나라 과거 시험에서 차석으로 급제하고 처녀 공출을 그만둘 것을 청하는 상소를 올렸다.

고, 하여튼 그 양반 전설이 많아.

옛날에는 들에서 일할 적에 들밥을 광주리에다 이고 가서 먹고 그랬어. 지게로 해서 짊어지고. 들밥을 먹을라며는 먼저 이렇게 반찬하고 밥을 한 숟가락 떠서 던지면서,

"고시레!"

이게 고시네가 아녀. 곡시레. 이곡. 우리 곡^穀이다 이 말이여. 그 양반이 그만큼 훌륭했다 이 말이여. 그러니까 우리가 먹기 전에 이곡 선생한테 먼저 드린다 이거여.

(재밌네요. 곡시레인 줄 몰랐어요. 저희는 고시레로 배웠거든요.) 고시네지. 그게 원어는 곡시네고. 경상도 가며는 가시나이라 그러지. 가시나이. 그게 처녀를 보고 가시나이라고 그러는데, 가시나이의 원어는 원래 가짜 사나이. 남장해서 키웠다고. 그게 가시나이여. 가짜 사나이. 어원이 그렇게 바뀌니께 곡시네도 고시네로 바뀐 거야.

결혼식에 기러기를 놓는 이유

왜 젊은 사람들이 결혼을 허면은, 우리네 동양 사람의 풍속이 구식 결혼을 허면은 기러기를 놓구 결혼을 헌다, 그 유래를 몰르지? 어떻게 돼서 왜 허구 많은 날라댕기는 짐승이 많은데 기러기를 놓나, 그 유래를 내가 얘길해주께.

그게 시대는 어느 때냐, 이조시대에 한 선비가 과거를 보러 갈라고 나가는데 어느 산 고개를 넘을라고 하고 보니께 머리맡에서 기러기가 가옥가옥 그냥 아롱거리더라 이거야. 그래 참 이상해서 사방을 두리번거리고 보니께 해는 너웃너웃 뉘엿뉘엿해지고 큰 고목나무 밑에다 둥지를 크게 틀었는데 그 새끼들이 삐악거리면서 앞뒤에서 암기러기 수기러기가 맴을 돌면서 우는 게 이 선비 머리맡을 뱅뱅 돌더라 이거야. 그래 쳐다보니께 뱀이 그냥, 한 자도 넘는 뱀이 그 새끼를 다 잡어먹을라고 올라가더라 이거야. 그래 그것 좀 살려달라고 선비한테 애원을 허는 거야.

그래 인제 이 선비가 옛날에는, 지금은 발달을 해서 차가 있지만 그때는 행보行步로 걸었어요. 행보로 몇십 리를 걸었어요. 그때는 마적들이 많아요. 그래서 선비가 활을 미구서^{메고서} 가는 동시에, 그러니께 활을 한 번 댕겨가지고 탁 치니께 뚝 떨어졌단 말이야.

그래서 인제 그 뱀이 떨어졌는데, 거기서 그걸 싸우다보니께 날이 저 물어서 서울은 못 오구, 과거 장소에는 못 오구 어디 유숙을 해야 하는 데 유숙할 데가 없더라 이거야. 그래서 사방을 둘러보니께 어디서 불빛이 깜박깜박해. 그래 거길 들어가 보니께 여인 하나가 있어. 그래서 그 여인더러,

"내 이러저러한 사람인데 하룻밤만 유숙하고 가겠노라."

그러니께 그 여인이 반색을 하고 받아들이더라 이거야.

그래 그 자리에서 하룻밤을 쉬는데 한밤중쯤 되구서 한잠을 푹 자고 보니께, 몸이 써늘해서 보니께 여자는 간 곳이 없고 자기 몸에 자기가 활로 쐈던 뱀이 칭칭 감겨 있더라 이거야. 자기 몸에 칭칭 감고 있구선 얼굴을 맞대면서,

"니가 낮 몇시쯤에 나를 죽이지 않았느냐? 난 기러기 그거를 내가 통째로 먹어놔야 성공을 할 것인데 너 때문에 내가 영원히 성공을 못 하고 나는 원혼귀가 되고, 나는 악귀가 되고 말 것이다."

그러면서,

"이 밤이 새기 전에 저 하늘 꼭대기 저걸 치다봐라. 저 불빛을 쳐다봐라. 저 불빛을 볼 거 같으면 거기 큰 종이 매달려 있으니께 저 종에 가서 종소리만 내주면은 내 너 한을 풀어주리라."

그랬어. 그랬더니 이 사람이,

'인제는 꼬박 도리가 없구나. 인제는 할 수 없구나.'

뱀의 아가리로 들어갈 각오를 하고 있는데, 옛날에 물시계를 놓고 볼 적에 그 뱀이 자시^{子時}를 말하는 거야. 자시가 뭔 시냐? 새벽을 얘기하는 거야. 자시면은 온 만물의 귀^鬼, 마귀라고 할까 귀신이라고 할까, 잡신이라는 것이 자시만 되면 맥을 못 쳐요, 새벽이 되면. 자시 안에 활동을 해

야지. 그래서 자시 안에 저 종을 쳐라 그거여.

그러니께 자시를 기다리는데 인제 자시가 딱 될 만하니께 나도 몰르게 종소리가 나더라 이거야. 아 인제 그러니께 고만 그 소리를 듣고는 이 뱀이 그냥 나도 몰르게 스스슬슬 풀어지면서 그냥 나가더라 이거야. 그러구 나서 보니께 저녁에 만났던 그 여자가,

"죄송합니다. 미안합니다."

인사를 하고 도로 나가더라 이거야.

그러다보니께 날이 새서 보니께 자기가 죽인, 뱀 죽인 그 자리더라 이거야. 그래서 그 옆에 보니께 기러기 내외는 자기 털을 죄 뽑아서 자식들을 덮어주고. 자기들 둘이는, 부부는 입을 맞대고 두 몸을 한데다 푹 안고. 그거 치느라고. 둘이 협력해서 매달린 종 치느라고.

둘이 부부애, 자식애, 모성애와 부부애가 합친 뜻이 거기 담겼기 때문에 그때서부텀 결혼할 적이면은 기러기를 갖다놓는 원인이 그거였다. 얼마나 그게 기록적인 일이야? 전설로 나가도 될 만한 아주 그럴듯한 얘기예요.

그래서 옛날 구식 결혼하는 사람은 꼭 기러기를 앉히고, 그건 부부 합심하라고. 그래서 그렇게 근원이 좋구, 정이 좋구. 또 자기가 난 자식들 사랑하는 마음이 있으니까 따듯하게 자기 털을 죄 뽑아서 덮어주고. 그래서 결혼헐 적에 이거는 보통 짐승이 아니라는 것을 명심하고 기러기를 났다는 전설이 있어.

동짓날 팥죽을 끓이게 된 유래

　동짓날에 팥죽을 끓여먹는 유래를 아시는가 모르겠네.

　과거에 우리가 이조 오백 년을 쭈욱하니 흘러서 이렇게 살아가는 민족입니다. 그때 양반과 쌍놈은 반드시 구분되어 있었어요. 그러니까 쌍놈은 영원한 쌍놈 마을에서만 존재를 하는 거예요. 양반의 동네에서는 존재할 수 없었어. 양반과 쌍놈의 구분을 어떻게 했느냐 하면은 옷 입는 거부터서 틀렸고…… 긍게 아무리 쌍놈이더라도 자기가 재력이 있고 이러면은 갈구하는 것이 도포 자락을 쫙 이렇게 펼치고 갓을 턱 이쁘게 쓰고 행세를 하고 싶었다는 겁니다.

　그런데 더욱이 사람이 백정이야. 가축을 잡는 백정이란 거 있죠? 아주 천한 직업을 가지신 어른인데, 이 양반이 어느 날 마음에 변수가 생긴 거야.

　"내가 참 희망이라고는, 내가 가질 것은 조금씩 가졌지마는 여유도 있고 한데 꼬옥 양반의 행세를 하고 싶다."

　그래가지고 어느 장날에 가가지고 갓도 사고 도포 자락 옷도 두루마기 잘 이쁘게 해가지고, 이래 가지고 행세를 하고 싶었던 거야. 그런데 이제 자기 동네를 벗어나고 어느 마을로 돈을 조금 챙겨가지고 갔었겠지.

이렇게 어느 마을로 산 넘어서 이래 탁 내려가니까 큰 정자나무 밑에 사람들이 앉아서 장기를 두고, 뭐 먹는 거 가져와서 먹는 사람 있고, 마을 주민이 인제 이렇게 정자나무 밑에 모여서 놀고 있었어. 근데 어느 대단한 어른이, 저놈이 가깝게 걸어오는 걸 천천히 보니까 옷 입은 거는 양반인데 가깝게 올수록 걷는 폼이나 행세가 쌍놈이더라. 그 양반이 마을에서는 상당히 대단한, 입김도 세고 눈매가 아주 매스꺼웠던 사람이었던가봐. 그래서 뭐라고 말했느냐면은,

"야 이 사람들아. 이 말을 듣고 판단을 하시게. 저쪽에 지금 걸어오고 있는 사람이 한 사람 있어."

"그런데 왜?"

막 인자 뭐 여러 사람들이 이야기를 하니까,

"그 사람이 옷은 양반 옷을 입었는데, 하는 행동을 봤을 적에는 쌍놈이다."

"그걸 어떻게, 무슨 행동을 봤는데?"

"야 이 사람아. 갓을 쓰고 이런 도포 자락을 두루마기까지 이렇게 탁 이쁘게 하고 있거늘 그 행동을 자세히 못 봤어?"

그렇게 이야기를 하는 거예요. 뭐 예사롭다 봤는데 그분만큼은 아주 깊은 데를 탁 읽어버리는 거야.

그래 소, 돼지 가축을 잡는 사람은 손에 피를 항상 묻히고 이러다 보니까, 갓은 썼지 땀은 나지 하니까 이거 가지고 땀을 닦는 거야. 손등을 가지고. 그걸 보고 그 양반이 딱 지적을 한 거예요.

그래서 이제 그 사람이 가깝게 왔을 적에 정자나무 밑에 앉아 있던 어른들이 괭이고 뭐고 몽둥이고 들고 나와서 쌍놈이 양반 행세한다 해 갖고 뚜들겨 패는 거야. 그래서 결국은 그 사람이 죽게 돼요. 죽게 되는

데, 죽자마자 하늘에 변수가 생긴 거야. 먹구름이 쏴악, 맑은 날씨였는데 먹구름이 갑작스럽게 생기면서 소나기가 막 집중적으로 내리고 뇌성이 치는 거야. 그래서 이제 그 사람을 일정한 데다가 묻어버렸던가봐.

한 해가 가고 두 해가 가고 이라는데 농사가 제대로 안 되는 거예요. 그래서 고을 원님이 풍수지리학자를 모아놓은 거야. 풍수지리학자 자문을 들으려고. 그래 인제 고을 원님이 쭈욱하니 이야기를 들어보니까 어느 사람이,

"언젠가 이런 일이 혹 있었습니까?"

그러니까 말하자면은 똑 점쟁이하고 같은 역할을 했던 사람이야, 이 양반은 풍수지리학잔데.

"아 예. 언젠가 쌍놈이 양반의 행세를 한다 해가지고 동네 마을에 사시는 어른들에게 몰매 맞아 죽은 쌍놈이 하나 있었습니다."

"그러면은 대책을 어떻게 세워야 되겠습니까?"

또 물은 거야. 그러니까 처음에 여자 처녀를 바쳐야 된다고, 제물로. 그러니까 그거 원님이 딱 듣고 극구 반대하는 거예요.

"사람의 목숨은, 이 인간의 존엄성을 너무 무시하고…… 그거 이미 돌아가신 분이고 양지바르고 좋은 곳에다가 안치시켜 주며는 더 효과적이지 않느냐?"

그리고 다른 방안은 또 있는가 싶어서 총괄적으로 다 들어보는 거야, 그 고을 원님이. 그러니까 한 분이,

"소를 잡아가지고 소 피를 뿌리게 되며는 좋지 않겠습니까?"

인제 그런 거예요.

근데 큰 황소 한 마리를 키울라며는 그때만 해도 이 년이 걸리고 삼년이 걸리고 안 그랬겠어요? 그 아까운 소를 갖다가. 그러니까 이게 어처구니가 없는 거예요. 그러다보니까 인제 결국은 피를 이렇게 뿌리는 것은 소위 악귀가, 집에 악귀가 붙지 말라는 뜻에서 담장이고 대문 쪽이

고, 뭐 어떤 분은 방에도 막 뿌리잖아요?

그래서 그것을 이제 축소화시킨 것이, 동짓날 팥죽을 끓이는 것이 유
래라. 팥죽을 끓이면은 그것도 붉잖아요? 곡식을 끓여가지고 뿌리는 거
예요. 그리고 지금 보면 담장도 없고 뭐 어디 보고 간에 울타리가 별로
없잖아요? 옛날에는 싸리문도 있었고 막 그랬잖아? 시골에. 그런데 일
부러 팥죽을 이렇게 뿌리는 연유가, 유래가 바로 그 이야기입니다.

풍속 유래담

민간의 갖가지 생활 풍속이나 문화 예술에 얽힌 유래담은 특수하고 흥미롭다. 사람들이 무심코 관습적으로 행해온 행위들에 얽힌 유래와 곡절을 찾고자 하는 것이 인간의 심리이고, 이를 바탕으로 전설들이 만들어져 전승된다. 구체적인 근거가 없어도 이야기가 그럴싸하고 풍속과 잘 관련지어질 때 그런 유래담은 상당한 설득력을 얻어 전승력을 발휘한다. 서사적 사연이 결부되면 특정 풍속의 문화적 의미가 확장된다.

「도선 어머니 묏자리와 고시레」는 들에서 음식을 먹을 때 음식을 덜어 던지면서 고시레고수레를 외치는 오랜 민간 풍속에 대한 유래담이다. 도선이 어머니인 고씨를 부르는 '고씨네'에서 왔다는 것인데, 좀 억지스러워 보이는 내용임에도 폭넓게 전승된다. 들에 음식을 던지는 것은 인간이 먹고살 수 있게 해준 자연에 존중을 표하는 행위다. 여기에 산 자와 죽은 자의 교감과 공생이라는 또다른 뜻이 부여되어 의미가 확장된다. 사람이 죽어 땅에 묻힌 일은 자연으로의 복귀를 뜻하니, 두 가지 의미 지향은 서로 자연스럽게 맞물린다.

「이곡 선생과 곡자상과 고시레」는 이곡의 실제 행적과 전설적 유래담이 결합된 이야기다. 전통 혼례 때 차리는 곡자상이 이곡 선생으로부터 유래했다는 속설은 상당한 지지를 받고 있다. 가시내가 '가㒜 사내'에서 유래했다는 설은 좀 억지스럽지만, 이 또한 꽤 널리 퍼져 있다. 고시레라는 말이 이곡을 지칭하는 '곡시레'에서 왔다는 이설은 독특하다.

「결혼식에 기러기를 놓는 이유」는 「종을 쳐서 은혜 갚은 새」라는 유명한 설화가 결혼 풍속 유래담으로 연결된 독특한 전설이다. 일반적으로 까치나 꿩이 나오는데 이 이야기에서는 기러기가 등장한다. 기러기가 부부애와 자식애를 표상하는 새라는 점에서 혼례와 연관성을 갖는다. 부부 기러기가 입을 맞대고 서로를 품은 채 죽어 있었다는 내용이 눈길을 끈다.

「동짓날 팥죽을 끓이게 된 유래」는 동지팥죽 풍속에 백정의 죽음에 얽힌 사연을 결부시켰다. 붉은색 팥죽이 잡귀를 쫓는 의미를 지닌다는 건 하나의 정설이지만, 귀魁를 양반 노릇 해보려다 죽은 하층민의 원혼으로 연결시킨 것은 억지스러운 면이 있다. 팥죽으로 소의 피를 대신했다는 것도 조금 무리한 설정이다. 어떻든 통념을 깨는 상상력으로 풍속에 얽힌 의미를 새롭게 보게 한다는 데서 의의를 찾을 수 있다.

제4부 ◉

인물 전설

인물의 실제 행적이 증거 구실을 하는 전설을 인물 전설이라 한다. 실존 인물에 대한 이야기는 자연물 및 인공물에 얽힌 이야기와 함께 전설의 큰 범주를 이룬다. 인물의 존재와 행적이 특정 지역 내에서만 인지되어 한정적으로 전승될 때도 있지만, 광범위한 인지도를 바탕으로 전국적으로 전승돼온 역사적 유명 인물 이야기도 많다.

　역사적으로 유의미한 활약을 한 실존 인물은 많지만, 그들이 전부 전설의 주인공이 된 것은 아니다. 남다른 반전의 삶을 펼쳐낸 인물이나 통념을 깨는 이미지를 지닌 이인형 인물, 능력을 발휘하지 못한 채 억울하게 좌절한 인물, 역사 속 행적이 첨예한 논쟁거리가 되는 인물 등이 전설화의 대상이 된다. 인물 전설에서는 각 인물을 전형적으로 서사화하면서 역사의 이면을 핵심적으로 반추한다. 많은 이야기가 왕조의 멸망과 개국, 나라를 뒤흔든 전쟁 등 특별한 역사적 국면에 주목해 특유의 역사 인식을 발현한다.

　역사 인물 전설은 민간에서 비공식적 역사 구실을 해왔다. 문헌 기록에 비해 정보의 사실성과 신뢰성이 부족한 탓에 가치가 격하되기도 하지만, 구비전승 특유의 허구적 형상화 방식으로 민중의 역사 인식을 드러낸다는 점에서 의의가 크다. 사람들이 어떤 인물의 특정 행적을 어떻게 기억하는지, 거기에는 어떤 인식이 담겼는지 헤아리며 읽을 수 있다.

바보 온달과 평강공주

바보 온달이라구 있었잖아? 바보 온달이 평강공주하고 결혼을 해서 나중에 장군까지 됐잖아? 그러니까 어떻게 해서 했냐면 평강공주가 울면 임금이 "너, 바보 온달이한테 시집보낸다" 그랬어. 어렸을 때 울면 "바보 온달이한테 시집보낸다".

그러니께는 어렸을 때 그런 얘기를 아버지가 자꾸 했잖어? 바보 온달이 어떻게 생긴 넘인가 하구서 자기가 집을 몰래 뛰쳐나와서 찾으러 댕긴 거여, 그 공주가. 그래서는 인저 바보 온달 사는 동네까지 간 거지.

"바보 온달이 어디서 사냐?"

"저기 산밑에 집, 저 집이 바보 온달네 집이다."

그러더랴, 동네 사람이.

그래 그 집을 인자 찾아가서 보니까는 낭구하러 가서 없더라네, 바보 온달이. 낭구를 해가지구 왔는데, 긍게 아버지두 없구 어머니하구 둘이 사는데, 그 공주가 가만히 보니까 장골로 생기구 뭐 안 배워서 무식하긴 하더래도 모양이 괜찮더라 이 말이여. 그래서 자기가 공주라고 않구 그 어머니한테 얘기해갖구서는 "여기서 결혼해갖구 살겠습니다" 그렁께는 어떤 넘이 시집올 사람도 없는데 이뿐 처자가 와서 결혼하겠다니 옳지구나지. 그래서 결혼식을 하구서 살았어.

살아서 한 일 년인가 이 년인가 살구서는 대궐로 찾아간 거여. 찾아가구 해서는 사십이 넘어서 공부를 했어, 바보 온달이. 공부를 하구 거기서 인저 공부도 해가믄서 칼 쓰고 활 쏘는 걸 배웠어. 무술을 배웠다 이거여, 한마디루. 그래 결과적으로는 그 온달, 장군까지 했지 뭐. 평강공주니께는 부마가 된 거 아녀? 임금의 사위가 된 거구.

결론적으로는 바보 온달이 여자 하나 땜에 출세두 하구 했다는 얘기여. 그렁게 애들한테 자꾸 농담으루 해도 그게 얘는 의아심이 있어서 어렸을 때부텀 머릿속에 그걸 넣고 있었던 거여. 긍게 바보 온달이 얼마나 어떻게 생겼나 하구서 그걸 찾으러 온 거여. 와서 지가 자청해서 그넘하구 결혼하구. 긍게 바보 온달한테 시집보낸다 시집보낸다 했응께 임금두 결혼해가지구 한 일 년 만에 왔으니께 어쩔 수가 없는 거여.

긍게 사람은 겉모냥만 보고 판단하지 말라구 그랬어요. 그건 맞죠? 남 보면 모냥이 못생겼어두 속에 지혜가 많은 사람이 많아요.

백제의 용을 낚은 소정방

당나라 때 신라허구 백제허구 싸울 때 당나라에서 소방장[1]이가 나왔었지. 소방장이가 나와서 백제 치러 들어왔는데 백제 도읍을 강 저짝에서 이리 건너와야 되는디. 강에 배를 타구서 이렇게 건너갈라구 가운데 가면은 홀랑 뒤집어서 사람이 빠져서 못 가고 그럭하는 거여. 그렁께는 강 이짝에서 몇만 명이 지키고 건너갈라고 하는데 못 건너가니까……

그렇게 거기서도 동네 사람들도 만나면 똑바로 일러주니께 그게 망허는 거여, 한마디로.

"아무래도 이 강에 백제를 돕는 용이 있나보다."

그렇게는 거기 인자 거기 시민헌테 물어본 거여. 긍게,

"맞다. 백제를 돕는 용이 있다."

백제 임금이 저녁에는 용이 돼가지구 물에서 지키고 했다는 것도 있

---

1) 소방장: 소정방(蘇定方). 백제를 멸망시키는 데 결정적 역할을 한 중국 장수. '소방장'은 구비 전승 과정에서 와전된 이름이다. 참고로 제보자는 충남 공주 출신으로, 고향에서 이 이야기를 들은 것으로 추정된다.

는디, 그건 몰르는디, 용이 있었던 것은 틀림없나봐. 긍게 당나라 소방
장이가,

"그래 용이 뭘 좋아하냐?"

"말고기를 좋아한다."

용이 좋아하는 고기가 뭐냐 헌게 말고기를 좋아한대서 말을 한 마리
잡아가지구서 낚시를 하나 해가지구서는 강을 건넜어요.

강을 건너면은 부여 고란사皐蘭寺라는 절이 있다구. 고란사. 가봤을지
도 몰라. 관광허구 학생들이 견학도 가구 허는디. 고란사 바로 거기서
한 십 미터쯤 바위가 하나 있어. 물에 나와 있는 바위가, 쪼그만 바위가
있어[2].

그래 소방장이가 건너와서 그 바위에 앉아서 말을 잡은 것을, 낚싯밥
을 껴서 집어넣었어요. 집어넣는디 용이 덥석 물었네. 그래 용이 물었으
니께 채가지구 용전[3]이라는 데로 떨어졌어. 용전이라는 데로 떨어졌는
디 용 썩는 냄새에 삼 년 동안을 사람이 못 살았대. 마을이, 용전리가 있
어요. 그 용전고개로 넘어 댕기는데, 지금 도로가 산밑으로 났지. 소방
장이가 무릎을 꿇고서 이걸 채가지구 바위에 무릎 꿇은 자리, 자국이 있
어. 무릎 꿇은 자리가 있어.

그러는데 이미 쳐들어왔잖아. 소방장이가 대궐로 쳐들어왔는디 왕이
있는 디를 신발을 신구서 벗지도 않고 투구를 쓰고 활을 메고서 왕 앞
에 들어온 거여. 공주에서 거기가 구십 리거든, 부여가. 그러니께 아무
리 적군이래도 왕 앞에 그렇게 한다고 공주에서 누가 활을 쏜 것이 뒤
통수 맞었어. 공주에서 활을 쏜 게 뒤통수를 맞었대.

부여에 가면 탑을 하나 세웠어. 공원인가 어디다 세워놨는디 뒤통수

---

2) 물에 나와~바위가 있어: 이 바위를 용을 낚은 곳이라 하여 '조룡대(釣龍臺)'라고 부른다. 조룡
대에 얽힌 전설은 부여 인근에서 널리 전승된다.
3) 용전(龍田): 용이 떨어진 밭이라 해서 이런 지명을 갖게 된 것으로 추정된다.

에 이렇게 구녁을 뚫어놨어. 뚫려 있다고, 이거 돌로 만들은 게. 이게 소방장인디, 소방장 뒤통순데 그게 공주에서 활을 쏴서 뒤통수를 맞어서 구녁이 뚫어진 거다 이거여. 그랬다는 얘기여.

그래 부여 가면 거기 있다구. 공원 있는 디 가면 소방장이 돌로 만들은 게 있어요. 탑이 하나 있어, 돌탑. 돌로 만들은 거 세워논 게 있어 거기. 백제를 쳐서 이겼다고 해서 거기다 돌로 세워놨어. 근데 뒤통수가 구녁이 뚫렸어. 이게 왜 구녁이 뚫렸냐 하니까 그런 얘기를 허더라고. 그런 일이 있었다구.

해골 물에 도를 깨우친 원효대사

신라 때 가장 유명했던 스님, 원효대사. 원효스님. 이런 사람들은 완전히 도인이거든. 원효대사는 뭐 당나라에 불경 공부하러 가다가 안 가고 돌아온 사람이거든.

그때 그 일행이 누구냐면 의상대사라 있어요. 의상대사. 그 역사도 있지요. 의상대사하고 원효대사하고 두 양반이 당나라로 가다가 해가 저물어. 요즘은 뭐 비행기 타고, 뭐 차 타고 가지만 그때 그 시절에는 걸어갔거든. 산을 넘고 물을 건너 가다가 일몰이 돼서 계곡에서 인제 야숙, 야영을 하는 거지.

자는데 목이 말라서 그 참 초승달이 요요한 달밤인데 샘을 찾으니 샘이 없어. 어디 가다 보니 물이 달빛에 비치는 게 있어. 이 산중에서 귀한 물이 있거든. 가서 뭐 덮어놓고 목이 타니까 떠 마시고 한 반쯤 마셨겠지. 마시고 와서 자고 그 이튿날 길 떠나기 전에 마저 마시려고 그 자리에 가보니 그 독아지˚가, 아이고 해골바가지라. 사람 해골바가진데 거기에 소낙비가 맞아가지고 물이 고여 있던 것이라. 거기 또 눈 떠보니

구데기가 들썩들썩하거든.

"아차! 어제 저녁에는, 그 자정에는 참 그렇게 맛있고 내 갈증도 해갈시켜주고 좋았는데 나중에 와보니까 도저히 먹을 수가 없구나. 이것은 그릇의 탓이냐, 물의 탓이냐? 내 마음의 탓이다!"

거기서 도를 깨친 사람이야.

"내 마음이 몰라서 그렇지, 내 마음이 이게 이 탓이지, 그 밤에는 모르고 먹으니까 그렇게 맛있고 좋았는데 나중에는 먹을 수가 없으니, 맨 그 그릇이고 그 물인데도 나중에는 못 먹으니 내 마음의 탓이다. 내 마음만 비우면은 관계없다."

이런 골자를 터득했다고. 거기서 도를 깨우치고,

"아 자기 마음에 달렸구나. 모든 것이 자기 마음에 달렸구나."

중국 당나라 가다가 포기해버리고 돌아온 사람이라. 수련을 하고 돌아온 사람인데 그 도라는 게 뭐 멍청한 사람은 한 달을 기다려도 안 터져. 머리가 돌아가는 사람이 터지지 둔한 사람은 안 터져요.

최치원 출생 전설

　최치원의 전설이 여기 내초도[1]에 있어요. 그 섬에 어떤 전설이냐 하면은, 그러니까 내초도 인근 어떤 시골 고을에 원님이 계속 오는 거야. 근데 서울에서 원을 뽑아서 여기 옥구沃溝 내초도에 있는 고을 원님으로 부임을 하면 그날 저녁에 부인이 없어지거나 죽어버리는 거야.

　그러니까 처음에는 그러려니 했는데 몇 차례 보내도, 대여섯, 여덟 번짼가 그렇게 보냈는데 이제 고을 원을 안 가려 해. 내초도에 거기 가면 자기 부인도 잃어버리고 자기도 어떻게 될랑가 모르니까 불안하잖아요. 그랬는데 그때 당시에 한양에서 아주 놀고먹는 깡패 두목 같은 그런 사람이 딴사람 안 갈라 하니까 놀러갈 셈 잡고 여길 온 거야. 왔는데 자기 부인도 같이 왔을 거죠. 이제 융숭하게 저녁밥을 먹고, 상다리가 부러지게 한창 먹고 있었는데 거기서 심부름하는 사람이 귀띔을 해주는 것이

---

1) 내초도(內草島): 전북 군산시 북서부에 있던 섬. 현재는 간척 사업으로 육지가 되어 내초동이 되었다. 금도치굴에 최치원 전설이 얽혀 있다. 금도치굴은 선유도에도 있으며, 거기도 최치원 이야기가 전해온다.

뭐냐면은,

"당신, 저녁에 당신 마누라가 열두시를 못 넘길 것이다. 닭 우는 시간까지 견디지도 못할 것이다. 다른 원들도 계속 그랬는데 당신 잘 지키시오."

그런데 이 사람이 잘 지키려고 한 게 아니라 술만 몽땅 먹고 자기 부인 허리에다가 긴 실타래를 갖다 걸어놨어. 그런데 닭이 우는 새벽에 갑자기 실타래가 막 풀리기 시작하는 거야. 풀리기 시작하는데, 얼마 풀렸는데 실이 거의 끊어지게 생겼어. 엄청 멀리 간 거예요. 그때 끊어지면 어쩌나 했는데 마침 그쳤어. 끊어진 상태에서 그친 거야.

졸래졸래 따라서 샥 들어갔더니 동굴 안으로 들어간 거예요. 동굴 안에 들어갔는데 무서워서 못 들어갈 것 같아. 그래서 이제 거동을 밖에서 살핀 거야. 근데 무슨 물체들이 왔다갔다하는데 그게 짐승인지 사람인지 모르는 거야. 짐승인지 사람인지. 그래가지고,

"하 저게 뭔가?"

자세히 보니까 돼지도 아니고 사람도 아닌 게 왔다갔다하는 거야, 그 동굴 안에서.

그런데 저 동굴에 들어가고 싶은 거야. 자기 부인이 끌려갔으니까 들어가려고 할 거 아니에요? 그래서 이제 열심히 동태를 살피니까 거기에 어떤 뭐 사람 같은 게 하나가 나오는데 보니까 사람이야. 그래서 이제 물어본 거야.

"저 속에 도대체 뭐 있냐?"

그러니께,

"당신 들어가면 큰일난다. 까딱하면 문제가 생길 거다. 죽을 수도 있다."

그러니께 들어갈 수가 없는 거야. 아무리 담력이 커도. 그런데 이제 술 먹었잖아요?

"에라 모르겠다."

들어간 거야.

"에라 모르겠다. 죽으면 죽으리다."

갔는데, 가다가 보니까 뭐 다 여기 심부름하는 사람처럼 있는데,

"여기 이 사람 어디 깃털을 하나 뽑으면은 힘을 못 쓴다. 저 괴물이 힘을 못 쓴다."

그러는 거야. 그래서 이제 그 깃털을 뽑으려고 가서 어떻게 하다보니까 기회가 생겼어. 그래서 깃털을 딱 뽑고 실을 잡아당겨보니까 그 안에 그동안의 원 마누라들이 다 있는 거야, 그 안에.

영롱한 그런 빛을 가진 짐승인데, 그걸 뽑으면 힘을 못 쓴다고 해서 그걸 빼버렸어. 어쩌다가 뺐는데 진짜 푹 하니 쓰러지는데 돼지도 아닌 사람이었다고.

그런데 그게 최치원崔致遠 선생님의 돼지 최씨라고 하는 전설이 있어요. 최씨들의 별명이 돼지 최씨라고. 너네너희네는 돼지의 자손이라고 그래요. 우리는 단군 자손. 말하자면 곰이 이제 사람이 됐다는 그런 전설인데, 거기는 돼지가 말하자면 사람이 되었다 해서 최치원[2].

그런데 그 부인이 이제 아이를 낳았는데 굉장히 영리한 거야. 그래가지고 중국으로 건너가서 과거 급제하고 벼슬을 하고 여기 와서 자천대[3]라고 하는, 빨간 산에 정자가 하나 있는데 거기서 책을 읽고. 신시도[4] 대각산에 월영月影臺라고 있어요. 최치원 선생이 거기서 책 읽는 소리가 당나라까지 들린다는 거예요. 그런 전설 이야기. 나중에 최치원 선생이 정읍에서 고을 군수도 하고.

2) 거기는 돼지가~해서 최치원: 그때 돼지 괴물에게 납치돼간 여자가 최치원의 어머니였고 돼지 사이에서 최치원을 잉태했다고 한다.
3) 자천대(紫泉臺): 전북 군산시 옥구읍에 있는 누정.
4) 신시도(新侍島): 전북 군산시 옥도면에 있는 섬.

이 최치원 설화는 경주에도 있고 내가 다녀보니까 함양에도 있더라구요. 우리 지방 곳곳에 최치원 선생님 사당이 많아요. 그래서 최치원 선생님이 학문을 가르쳤던 제자들이 최치원 선생을 기리는 사당이 많죠. 서원도 많고. 이제 그런 것들이 이야기가 되면서 설화가 맺어지는데 그것 참 재미있는 얘기죠.

멧돼지 자식 최고운

최고운崔孤雲 선생 본이름이 최치원이여. 최치원 선생이 어느 때 분이냐 허면 신라 말기 때 분이여. 신라국에서 문장으로, 학자로 유명한 최치원 선생이라는 분의 얘깁니다.

최치원의 아버님 성함이 휘자가 최충이여[1]. 최충이라는 분이 신라 때 관직에 있었는데, 신라왕이 문창령이라는 곳으로 현령 발령을 냈어. 지금으로 말하면 군수라 이 말이여.

"니가 문창령이라는 데 가서 군수, 현령을 해라."

발령장을 받고는 일개 군수가 됐으면 기뻐해야 할 일거든. 그런디 이분이 집에 와서 걱정 근심을 허면서 끙끙 앓고 드러눴어. 그런게 마누래가 볼 때 이상해. 어째서 현령으로 발령을 받은 그분이 영광스럽게 생각을 안 허고 왜 저렇게 심회를 허고 우울증에 잠겨가지고 고통을 허고

---

1) 최치원의 아버님~휘자(諱字)가 최충(崔冲)이여: 최충은 고려시대 사람이며, 실제 최치원의 아버지는 최견일(崔肩逸)로 알려져 있다. 『최고운전』에 최치원의 아버지가 최충으로 돼 있는데 이를 바탕으로 이야기를 구연한 것으로 생각된다.

있는가 내막을 몰라. 하도 궁금해서 그 마누래가 남편한테 가서,

"여보, 나리. 아 임금님이 발령장을 내서 발령을 받았으면 기뻐해야 헐 일이지, 왜 그렇게 심회허고 고통을 허며 걱정 근심 속에서 누워 계시오?"

물으닝게 그 남편이 허는 소리가 뭐라고 말대답을 허냐며는,

"역대 그전에 문창령으로 발령난 사람은 거기 부임을 하며는 열흘 이내에 마누래가 행방불명이 돼버려. 그러니 내가 당신을 버리고 갈 수도 없고, 같이 가며는 또 당신마저 그 사람들마냥으로 그런 일을 당헐까 두려우니 그래서 내 걱정을 허고 있소."

그 마누래가 가만히 생각해본 게 과연 걱정될 일이여. 전직 문창령 현령들이 가기만 부임해서 가며는 마누래가 열흘 이내에 행방불명이 된다니 자기도 두렵다 이 말여. 그런데 이 마누래가 가만히 그날 저녁 잠을 못 자고 생각을 해보니 그렇다고 왕명을 거역헐 수도 없는 일 아니냐 이 말여. 어떻게 해야 방법이 있을까 생각헌 끝에 무슨 생각을 했는고 허니, 옛날 누에고치를 만들어가지고 질긴 명주실을 이만큼 샀어. 사서는 연자세[2] 같은 데다가 감어놓고서 선반 위에 딱 놓고는 자기 남편 보고,

"갑시다. 현령으로 부임을 해서 거기 가서 살면서 내가 이 명주실 꾸리를 언제든지 허리춤에 차고 있을 참이여. 만일 전직 현령의 부인들같이 유고 시에는 내가 이 명주실을 차고 끌려가며는 실이 따라올 거요. 그때 이 명주실을 찾아와서 내 행방을 찾아보시오."

이럴 정도로 마누래가 그 남편에게 얘기를 혀. 그러니께 그이가 왕명을 거역헐 수도 없고 마누래의 뜻대로 그렇게 만들어가지고 문창령 현령으로 발령이 났어.

---

2) 연자세: 하늘에 날리는 연줄을 감는 얼레.

발령을 가가지고 근무중에 있는데 참 칠팔일 있으니께 하인들이 막 몰려오더니 마님이 행방불명이 됐다는 것이여. 그러니께 최충 문창령 현령이 젊은 장정들을 막 동원시켰어. 지금으로 말허면 군졸이여. 막 동원을 시켜가지고 집으로 와서 본게 명주실 꾸리가 풀려나갔어.

"명주실 꾸리를 따러서 한번 가보자."

그 장정, 기운 센 젊은이가 명주실을 감어가면서 풀려나간 디로 따라가봤어. 아 긍게 큰 바다가 나오는디 바닷속으로 들어갔다 이 말이여, 명주실 끝이.

"배를 한 척 불러오니라."

배를 타고는 그 바다를 건너간 거여. 명주실을 이렇게 잡아댕겨서 바다를 건너갔어. 건너가서 보니께 큰 돌산이 나오는디 명주실 꾸리가 돌산으로 올라갔다 이 말이여. 그렁게 군졸들을 거느리고 명주실을 따러서 그 산 명주실 간 데로 쫓아 올라갔어. 올라가다보니께 중간쯤 가지고 큰 절벽이 있는데 돌 절벽 속에 뭔 문이 문짝 그렇게 있어. 근디 문사이로 명주실이 들어갔다 이 말이여. 그러면 이 문안에 반드시 굴이 있을 텐데, 돌 절벽 속에 문처럼 저런 것이 있어서 새로 들어갔응게 자기 마누래가 이 문안에 들었다 이 말이여.

아 그러니 이놈의 문을 밀어도 소용없고 잡어댕겨봐도 안 열리고 그냥 절벽이여. 그렇게 데리고 간 인원들을 시켜가지고 그 밑에 부락민들을 동원했어. 막 올라가가지고 이 절벽에 가서 이런 문이 있는데 이 문을 어떻게 해야 여는 방법이 있는가 하고 물었어. 물으닝게 부근에 사는 노인 한 분이,

"절대 이 문을 사람의 힘으로는 열고 닫고 할 수가 없는 문입니다. 그런데 사흘 만에 한 번씩 오후 해 질 무렵 되면 문이 열립니다. 어저께 오후에 문이 열렸응게 내일모레나 문이 열릴 것이오."

그 소리를 듣고 거기 지켜서 하룻저녁 자고, 이틀 저녁 자고 사흘이

되얐어. 그 문이 자동적으로 열린다는 그 노인의 말을 믿고 지켜서서 보고 있는데, 대체 사흘 되닝게 해 질 무렵에 어두껌껌한데 문이 삐식이 열려. 그렇게 인부들이 문이 열리며는 못 닫히게 큰 돌을 갖다 싸놨어. 싸놓고는 그 안에 굴이 있는데 젊은 장정들을 거느리고 굴 안으로 가만가만 들어가봤어. 한참 들어간 게 이만허게 너른 장소가 나오는데, 아 돌 새에서 걍 물이 평평 쏟아져. 그래가지고 물이 이렇게 떨어져가지고는 폭포가 있는디 괴여가지고 그렇게 흘러서 밖으로 나간다 이 말이여. 그러면 물이 괴어 있는 장소에서 여자들이 머리를 막 감고 손을 씻고 발을 씻고 그런다 이 말이여.

그러니 최충이 가만히 보니께 저 부인들이 틀림없이 전직 현령으로 왔다가 붙잡혀온 현령의 부인들이로구나 이렇게 짐작이 갔어. 가만가만 가서는 머리를 감고 발을 씻는 한 부인보고 물었어.

"아 부인들은 어떻게 돼서 여그 와서 살면서 이 굴속에서, 암흑 속에서 이렇게 계시오?"

물으닝게,

"도둑놈, 백돼야지같이 생긴 도둑놈이 우리를 붙잡아다가 시방 이 지경을 당허고 있소. 백돼야지같이 생긴 이런 놈이 우리를 어떻게 감쪽같이 업어가지고 와서 일 년 된 사람, 이 년 된 사람 시방 이렇게 모다 여기 갇혀서 그놈한테 하자는 대로 하고 살고 있소."

"그러면 한 삼 일 전에 낯모르는 여자 한 분이 온 일이 있지요?"

"예예, 그랬지요."

"그 부인은 안 뵈는디 어디 가 있소?"

긍게 한 손을 가리키면서,

"저그 있소."

아 근데 손 가르킨 데를 보니께 자기 마누래가 요러고 무릎을 괴고 당겨 앉어 있는디, 대체 먼 데서 보니께 꼭 멧돼지, 하얀 백돼야지같이 하얀 놈이, 머리도 하얗허고 돼지같이 생긴 놈이 자기 마누래 무릎을 딱 베고 이렇게 누워 있어. 그렇게 최충이 이놈한티 막 접근을 허며는 자기 마누래를 때려죽여버릴란지도 모르고 말이여, 어떻게 해야 저놈을 잡을 수가 있냐 이걸 시방 생각허는 중이여.

그때 당시에 최충의 부인이, 멧돼지 같은 놈이 자기 무릎을 베고 이 러고 누워서 피곤에 지쳐가지고 잠이 들었어. 근디 저쪽에 뭐 인기척이 나서 처다보니께 자기 남편이 장정들 몇을 데려다가 세우고 서 있다 이 말이여. 거기서 용기를 얻었어, 최충의 부인. 용기를 얻고는 자기 허 리춤에 가서 은장도를 하나 차고 있는디 그 은장도를 가만히 끌렀어. 끌 러가지고는 자기 무릎을 베고 이렇게 누워서 씩쌕씩쌕 곤허게 잠이 든 멧돼지 같은 불량헌 도둑놈을 걍 여그 오목가슴을 팍 찔러버렸어.

그래 꽥허고 소리지를 것 아니여? 목을 찔러버링게? 소리를 지르는 소리를 듣고 저기 서서 그 광경을 보던 최충 일행들이 막 쫓아와가지고 도둑놈을, 그놈을 인제 여기다 칼로 찔렀웅게 피를 토허면서 쓰러질 거 아녀? 걍 발길로 차고 모가지를 누르고 해가지고 죽여버렸어. 그러고는 전직 현령들의 부인들을 전부 다 모아서 데리고 자기 부인허고 같이 나 왔단 말여.

그래서 전직 현령들한테 전부 통보를 해가지고 그 부인들을 보내드 리고 자기 마누래허고 전과 같이 참 따숩게 정을 나누면서 살고 있어. 아 그런디 자기 마누래가 한 서너 달 되니께 태기가 있다고 배가 이렇 게 불러져. 그러면 최충이 가만히 날짜를 계산해보닝게 틀림없이 그 멧 돼지 같은 놈허고 지낼 적에 생긴 자식 같어. 긍게 저눔의 뱃속에 든 자 식이 내 자식이 아닌가 생각을 혀.

그러다가 십 삭이 되야가지고 자기 마누래가 어린애를 낳는디 그 난 어린애가 누구냐 하면 최치원이여. 그래 치원이라고 이름을 졌는디, 이 아버지가,

"이건 내 자식이 아니라 니가 붙잽혀가서 그 굴속에서 백되야지 같은 놈허고 난 자식이다. 그러니 이게 내 자식이 아니다."

아 그렇게 그 부인은,

"그건 당신의 짐작이고. 내가 생각할 적에 틀림없이 당신의 자식이요."

그 부인은 인정을 허는디 남편은 내 자식이 아니라고 인정을 안 해. 내 자식이다, 아니다. 아 이러다가 보니께 신라 전국에 최치원이 서자다 아니다 여론이 그래서 생겨난 거여.

그래가지고 최치원이가 돌이 되얐어. 돌잔치를 헐라고 마누래가 막 음식을 장만허고 사람들을 초청허고 그려. 그 현령이 퇴근해가지구 집이를 와보닝게 내일이 최치원이 돌날인데 돌잔치 헌다고 장만을 헌다 이 말이여. 보기에 뇌꼴스러우니까^{아니꼬우니까} 자기 마누래보고,

"이건 내 자식이 아니여. 근디 돌잔치를 내 집이서 허다니 내가 그러면 볼 수 없어."

그러고 막 하인들을 불러들여. 긍게 하인들이 와서 늘어섰어.

"이 어린것을 방주에 싸가지고 바다 건너가서 그 절벽 밑에, 백되야지 같은 놈 죽은 절벽 밑에다가 내버리고 오니라."

아 명령을 허닝게 그 하인들이 어떻게 헐 것이여? 인제 내일이 돌인디 한 살 먹은 어린 최치원이를 포대기다가 싸가지구선 바다를 건너가서 멧되야지 같이 생긴 놈 마누라 붙잽혀갔던 굴 그 앞에다가 눕혀놓고는 와버렸어. 아 그렇게 그 소문을 들은 그 밑에 사는 여자분들이,

"세상 그 마누래가, 여자는 안다. 멧되야지 같은 놈을 붙어가지고 난 자식인가 본남편하고 난 자식인가 이것을 여자는 확실히 아는 것인디, 그 현령은 자기 부인의 심정을 모르고 어린것을 갖다 내버렸다."

여기에 불만을 품어, 여자들이. 그래가지고 그 부근에 살고 있는 여자들이 최치원이를 데리다가 젖도 멕이고 뭣도 멕이고 이 집이서 데려가

고 저 집이서 데려가고 해서 큰 사람이 최치원이여.

최치원이가 그렇게 거기서 두 살 먹어 세 살, 네 살 먹도록 그 동네에서 커가는데 옛날에는 학교가 없고 어린 자식들을 서당에서 글을 가르쳐, 한문을. 최치원이는 누가 서당을 보내줄 사람도 없어. 근디 이 집에서 조반 얻어먹고 저 집이서 점심 얻어먹고 걸객질을 허면서 낮에는 서당에서 선생님이 아이들 가르치는 데를 옆에서 이렇게 보면서 공부를 혀. 글이 어떻게 밝던지 선생님이 다른 애들 가르치는 것을 걍 모르는 것 없이 한 가지 것을 가르쳐주면 두 가지, 세 가지를 터득을 혀. 그렇게 알어.

그럭저럭 여섯 살을 먹었어, 최치원이가. 그래가지고 여섯 살 먹던 해에 참 글을 읊었어. 자기가 애초에 버려진, 그 멧돼지 죽은 굴 앞에 가서. 자기를 거기다 버린 자리니까 자기의 친 고향은 그 굴 앞이라 이렇게 생각을 혀. 그러고는 그 굴 앞에 가서,

'나를 우리 아버지가 여그다가 이렇게 눕혀놓고 버렸다. 거기가 여그다.'

이렇게 서서 공중을 쳐다보닝게 하얀 구름 한 점이 뭉클뭉클 이렇게 떠댕긴다 이 말이여. 공중에 가서 구름 한 점이 뭉쳐가지고 요리저리 떠댕기고 있어. 그것을 물끄러미 쳐다보다가 최치원 선생이 뭣을 생각했냐?

'공중에 떠 있는 저 구름이 내 신세와 똑같다. 부부도 없고 일가친척도 없고 얼매나 외로울꼬?'

이걸 생각허고 자기 호를 고운孤雲이라고 지었어. 외로울 고 자, 구름 운 자.

아 이러는디 최치원 선생이 그 절벽 높은 데서 이태백의 시를, 서당에서 선생이 설명허는 소리를 듣고 그 시를 산꼭대기서 혼자 읊어. 이 소리가 바람에 날려서 중국 천자 귀에 들어갔어. 어린애의 청으로다가 이

태백의 시를 읊는 소리가 바람결에 들려왔다 이 말이여.

중국 천자가 조그마헌 신라 같은 나라에 저렇게 천재소년이 있구나 허는 걸 생각했어. 그 어린 성음으로 이태백의 시를 읊는 소리를 듣고 신라라는 소국에 저런 인물이 있구나 허는 것을 알고는 중국에 학자들을 모았어. 모아가지고는,

"자네들이 신라국에 가서 이태백의 시를 읊는 한 소년을 찾어가지고 어느 집 몇 살이나 먹었으며 어느 정도 배웠으며 누구 자식인가 이걸 좀 알어보고 오니라."

그래가지고 중국에서 학자들이 나왔어. 나와가지고 막 수소문을 혀. 긍게 저 산꼭대기 절벽 밑에 혼자 누워서 밤낮 시를 읊는 고운이라고 허는 어린애, 외로울 고 자, 구름 운 자, 외롭게 떠 있는 구름 같은 외로운 소년의 시여. 긍게 중국학자들이 거그를 찾아갔어, 그 산꼭대기를.

내 여기 그 시를 적어왔어. 시를 적어왔는데, 봐. 얘기 들어봐.

중국 선비가 최고운을 만나가지고 글을 읊었어. 중국에서 넘어오는데 압록강에서 배를 타야 넘어올 거 아니여? 배를 타고 넘어오는데,

"돛대는 파저월[棹穿波底月]이요."

이렇게 중국 선비가 글을 읊었어. 배를 타고 오는데 배 젓는 돛대가, 파도 속에 하늘이 비칠 것 아녀? 파저월이요, 하늘을 막 꿰뚫고 오더라 이 말이여. 돛대가 하늘을 찌르면서 왔다, 이렇게 글을 읊었어. 최치원이가 그 소리를 듣더니,

"선압수중천[船壓水中天]이라."

그렇게 또 글을 지었어. 배는 물속에 있는 하늘을 꽉 누르고 오더라 이 말이여. 긍게 중국 선비들이 세상에 그 글에 답시[答詩]를 허는디 이렇게 알맞는 글이 없다 이 말이여. 과연 이게 신동이로구나, 그렇게 생각을 했어. 그러고 또 옆에 있던 시인, 중국서 온 선비가 뭐라고 했는고 허니,

"수조부환몰[水鳥浮還沒]이요."

물새가 공중에 떴다가 도로 물에 잠기고 그러더라. 이렇게 인제 글을 읊었어. 그러닝게 최고운이 인제 답사를, "구름은 뭉쳤다가 바람이 불면 갈러지더라" 이렇게 글을 지었다 이 말이여.

"채운단절연彩雲斷絶連이라."

끊어졌다가 다시 이어지더라.

아 이러니 중국에서 온 선비들이, 그 학자들이 다시는 이 어린애보고 뭔 글을 얘기할 수가 없어. 까딱허다가 자기네들이 답변을 못허면 큰 망신을 당허게 생겼응게 여기서 걍 중지를 해버렸어. 중국 학자들이 다시는 최고운이 앞에서 뭐 문자 써서 얘기를 못 허고 알았다 허고 걍 건너가버렸어, 중국으로. 그러다보닝게 중국 학자들이 가면서 칭찬을 헐 것 아녀?

"여섯 살 먹은 네가 이렇게 천재로구나."

이렇게 칭찬을 해주고 가니게 거기서 최고운이 용기를 얻었어. 용기를 얻어가지고 이게 참 신라 서울로 갔어. 서울로 가다가 보닝게 그때 신라국에 판서라는 사람의 딸이 있어, 여기 내력을 보면. 그런디 그 얘기를 허자며는 앞으로 길어. 그렁게 오늘은 여그서 끝내야겠구먼. 내가 가야 되여.

근디 최치원이가 결국 가서는 신라에 영상領相의 딸허고 결혼을 했어. 영상의 딸허고 결혼을 한 내력이 이다음에 나오는디, 어떻게 되야서 영상의 딸허고 결혼허게 되얐냐 허며는 영상 집 하인으로 들어갔어. 하인 노릇을 하면서 영상 딸을 자기 아내로 삼은 내력이 나와, 이다음에.

최고운 선생 이야기

    우리나라 성균관에서 유학자 제사를 지내는 거 알지? 그러면 우리나라 학자 중에 공자 맹자를 제쳐놓고 누구를 제일 위로 모시고 제사를 지내는 지 알아? 고운 선생. 최고운崔孤雲. 이름은 최치원. 호가 고운이여. 높을 고 자[1], 구름 운 자. 최치원 선생을 제일 상위로 모시고 제사를 지내는 이유가 있어.

    최치원 선생이 어려서는 남의 집 대감네 집 사환으로 지냈어. 사환이 심부름꾼이여. 그런데 대감이 끙끙거리고 앓아. 조석朝夕을 못 먹고. 그래서,

    "왜 그러십니까?"

    그러니까는 중국서 문제가 왔는데[2] 이걸 풀어서 해답을 보내야 허는

---

1) 높을 고(高) 자: '높을 고(高)'는 '외로울 고(孤)'의 착오다. 잠깐 착각해 말이 잘못 나온 것으로 여겨진다.
2) 중국서 문제가 왔는데: 이 자료에는 구체적 내용이 빠져 있는데, 다른 자료들에 의하면 중국에서 단단히 밀봉한 돌함을 보내서 거기 무엇이 들었는지 맞추라 했다고 한다.

데 정부에서 문제를 못 푸는 거여. 그러니까 앓는 거여.

"그것 가지고 뭘 그렇게 식음을 전폐하시고 고민을 하십니까?"

아 기가 차거든. 심부름꾼이 그러고 얘기하니까. 그래서,

"니가 방법이 있느냐?"

"알지요."

"그거 말해봐라."

그러니까는,

"지필묵紙筆墨 준비해주시오."

그러니까 기가 찰 거 아니야, 대감이? 아 심부름하던 사환이,

"지필묵 준비해주시오."

지가 준비해야 할 놈이. (일동 웃음)

그리고 글귀를 쓰는데,

"단단석중물團團石中物."

단이 뭐냐면 단체라는 한자야. 돌 석 자, 가운데 중 자, 만물 물 자. 단단한 돌 속에 있는 물건.

"반황반옥半黃半玉."

반은 황금이고 반은 옥이라. 그리고 그걸 딱 놓거든. 그러니까는 대감이,

"야 이놈아, 글귀가 짝을 맞춰야지."

그러니까 대감 욕심도 많아. 이놈만 가지고 충분헌데 짝을 맞추라고 그러니.

"야야지시조夜夜指時鳥."

밤 야 자, 밤마다. 지시조, 때를 가리키는 새가,

"욕명미명欲鳴未鳴."

하고자 할 욕 자, 울 명 자. 울고자 하나. 아닐 미 자, 미명, 울지를 못해.

"단단석중물은 반황반옥."

이 돌 가운데 있는 물건은 반이 옥이고 반이 황금이다. 계란이여, 계란! (아아.) 돌을 구멍을 뚫어가지고 계란에 솜을 싸서 거기에 넣어서 감쪽같이 봉해가지고 보낸 거여. 그러니 옛날에는 교통이 불편했을 적에는 여기서 중국 한번 다녀오려면 이십 일 이상 걸려.

"야야지시조가 욕명미명."

밤마다 때를 가리키는 새, 그거 뭐여? 축시丑時면은 계명鷄鳴이여. 축시면은 닭이 울어. 옛날에 시계가 없을 적에는 그걸로 시간을 쟀어. 축시는 두 시부터 네 시까지가 축시여. 축시에 계명이여. 밤마다 우는 새가 울고자 하나 울지를 못해. 병아리는 울지를 못해.

그러니까 깜짝 놀라서 중국 사람이 그걸 빼보니까는 속에다 계란을 쌌기 때문에 이미 병아리가 된 거여. 이십 일 넘어야 병아리가 나와. 그러니까는,

"한국에 이렇게 꿰뚫어 보는 영웅이 있다는 말이냐?"

이 말이야.

그래서 최치원 선생의 문장도 대단했지만 그런 일화가 있어. 믿거나 말거나야. 이건 아는 어른들도 몇 없어.

삼국시대와 통일신라시대의 인물 전설

역사 인물에 대한 전설은 단군이나 주몽 등 신화시대 주인공들부터 근현대 인물에 이르기까지 시대적 폭이 매우 넓다. 현재적 구술 속에 수천 년 역사가 담겨 있는 셈이다.

삼국시대와 신라시대 인물에 관한 이야기는 『삼국사기』나 『삼국유사』 등 역사 문헌에 다양하게 기록돼 있다. 하지만 구비전승되어 생명력을 이어온 이야기는 그리 많지 않다. 역사 기록자와 설화 전승자의 세계관과 관심사의 차이 때문일 수도 있고, 워낙 오래된 과거의 이야기라 전승자들에게 의미 있는 현실감을 주지 못했기 때문이라고도 볼 수 있다. 긴 세월을 지나오면서 전승된 인물 전설은 그만큼 귀중하다.

「바보 온달과 평강공주」에서 바보 온달은 하나의 보통명사처럼 인지될 정도로 유명한 인물이다. 이야기의 핵심은 바보가 장군이 된 인생 역전에 있다. 이를 가능하게 한 주역인 평강공주가 실제 주인공이라 봐도 좋다. 화자가 이야기를 기억하고 구연하면서 구체적으로 어떤 부분에 주목하여 어떤 인식을 드러내는지 유의해 살펴보자.

백제의 멸망이 천오백 년 가까이 되고 소정방이 이름도 낯선 중국 장수임에도 「백제의 용을 낚은 소정방」이 지역 내에서 구비전승되고 있다. 소정방이 주민이 무심코 한 말을 놓치지 않고 신성神聖을 파괴했다는 전언에 담긴 반성적 인식은 가볍지 않다. 마을에 떨어져 죽은 용 썩는 냄새가 몇 년을 갔다거나 공주에서 쏜 활에 맞아 소정방 뒤통수가 뚫렸다는 허구적 내용의 뜻도 헤아려볼 만하다. 그릇된 역사를 가슴 아프게 기억한다는 의미와 침략자에 대한 복수 의식 등을 읽어낼 수 있다.

「해골 물에 도를 깨우친 원효대사」는 원효에 대한 유명한 전설이다. 원효는 삼국과 통일신라의 여러 고승 가운데서도 많은 이야기가 구전되는 인물이다. 해골 물에 얽힌 깨달음에 대한 사연은 원효의 상징성을 보여준다. 종교적 구도求道에 있어 고차원의 추상적 논리가 아닌 일상적이고 구체적인 깨우침을 중시하는 서민적 면모가 드러난다.

고운 최치원에 대한 전설은 역사 기록과 소설 『최고운전』을 바탕으로 한 경우가 많은데, 「최치원 출생 전설」은 옥구 내초도라는 지역에 얽힌 구비전설이라 눈길을 끈다. 이 자료는 지역적 현장성에 가치가 있다.

「멧돼지 자식 최고운」은 최치원의 출생 및 성장에 대한 기이한 내용을 자세하게 풀어낸다. 이야기꾼의 생생한 묘사가 문학적 흡인력을 발휘하고 있다. 최치원이 하얀 멧돼지의 자식이라는 것은 자연적 신성神性을 암시한다. 괴물돼지로 표현된 야생적 힘이 지능과 문해력이라는 문화적 힘으로 바뀌는 점을 주목할 만하다.

「최고운 선생 이야기」는 최치원의 특별한 예지력을 잘 보여주는 흥미로운 일화다. 상식을 뛰어넘는 신이한 인지능력과 함께 고관대작이 못 푼 문제를 하인이 보란듯이 해결해낸다는 반전에 담긴 반통념적 인식이 눈길을 끈다.

궁예에 얽힌 전설

　궁예라는 게, 궁예왕이 고려 말기^{신라 말기} 왕건 태조 시절일 거요. 궁예왕이 이제 철원^{鐵原}에다 도읍을 했어요. 철원에다 도읍을 하구서 궁예왕이 우리나라 왕 노릇을 하면서……

　궁예왕이 첫 애기 난 부인네들 젖을 베어다 먹었다구. 첫 애기 난 산부^{産婦}의 젖통을 베어 올리라 해서 베어다 가선 먹었다구. 그게 아마 좋은 약이라구 하니깐 아마 그랬겠지.

　자꾸 그렇게 중간중간 베어다 먹으니까 나라 백성들이 들고 일어난 거야. 이놈을 두었다가선 안 되겠으니까 이놈을 없애버리겠다구. 그래 궁예왕을 없앨라구 쫓아댕기는 거야. 댕기는데, 그때는 궁예왕이 숨어 댕기게 됐다 이거야. 철원 궁터에 있지 못하구 숨어서, 어떻게 뭐 하여튼 쫓겨나서 숨어 댕기는 거지. 아주머니네들은 치마 앞에다 돌을 싸 들고 댕기면서 돌로 때릴라구, 돌을 싸서 행주치마에다가 싸 들구 댕기구. 남자들은 또 그냥 들구 댕기구.

　그래가지구 도망해서 강씨봉에 와서…… 궁예왕의 부인이 강씨라구. 그래서 부인과 궁예왕이 거기 와서 숨어 있어. 그 궁터 자리가 시방도 다 있대. 난 가보지는 않았어.

근데 거기 강씨봉에서 이제 쭈욱 타고 국망봉. 여기 산을 국망봉이라구 하거든. 국망봉이 왜 국망봉이라고 이름이 났는가? 그때에 이름이 난 것이라 그거야. 강씨봉은 강씨 부인이 와서 숨어 있어서 궁터를 이뤄놔서 강씨봉. 또 여기 나와선 철원을, 자기 있던 그 나라 터전인 철원을 바라보기 위해서 국망봉國望峯에 나와서 저리 바라봤다고. 거기 높으니까 철원을 빤히 쳐다보려구.

그래 인제 그렇게 쫓아댕기면서 하다 어떻게 이제…… 저기 저짝이, 여기서는 난유리 뒷산, 그 뒤에 저짝 철원 지포리. 지포리가 여기 있구, 이짝 산이지. 각후산各屹山이라구, 각후산 각후봉이구. 밑에는 울음성이라구, 울음성이구. 그때 궁예왕이 거기 들어간 줄 알구서 국민들이 또 잡을라구 쫓아가니까 도망가서 저 각후산에 울음성. 이렇게 산이 둘러싸여 있는 속에 들어가 숨어 있는 걸 국민들이 가서 돌로다 묻어서 뭐 거기 묻혀 죽었다, 이제 그런 얘기가.

그래 궁예왕이 여기 와서 이제 강씨봉이란 게 생겼구 국망봉이란 게 생겼구. 궁예왕의 부인이 강씨구. 그래서 강씨 부인이야, 그래서.

신숭겸 장군과 용마

신숭겸 장군이라고 그분이 평산 신^申가 시조야. 우리 시조 할아버지인데, 그분이 나시길 전라남도 곡성 목사동 구룡리에서 나셨어. 거기 가면 용산단^{龍山壇}이라고, 나신 자리에 사당이 있어.

당시에 나라가 어지러울 때인데, 신장군이 무예를 연마하셨단 말이야. 그런데 그 시절에는 장군이 되려면 뭐가 필요해? 말이 필요하지. 신장군이 어느 날 근처 개울가에 갔는데 그 천^川에 말이 있더라는 거지. 말생김새가 용마고 준마야. 영웅은 서로를 알아본다고 그 말도 신장군을 알아보고는 요즘 말로 파트너가 되는 거야. 그래서 신장군은 곡성에서 말과 함께 무예를 수련해. 활쏘기도 하고 말타기, 창술 다 연마하는 거지. 그래서 곡성에 가면 신장군의 말을 매어놨다는 비석도 있고, 신장군이 말을 타고 이 봉우리에서 저 봉우리로 넘어다녔다고 해서 신장군봉도 있어.

그렇게 무예를 연마한 신장군이 애꾸눈 궁예한테 발탁이 돼. 그곳에서 장군을 하는데, 보니까 궁예가 초심을 잃고 폭군이 된단 말이야. 그러니까 당시 밑에 또 그 유명한 태조 왕건이 계셨거든. 그분을 옹립하자해서 주위 동료들과 함께 혁명을 하는 거야. 나라를 엎어서 궁예를 내리고 왕건을 왕으로 세워. 신장군이 공신이야. 그러니까 태조 왕건에게서 큰 신뢰를 받았겠지. 이후 전투에서도 신장군이 무척 활약을 해. 그분이 특히 궁술에 능해서 날아가는 새의 날개를 정확히 맞춰 쏠 수도 있는 분이었으니까.

그러다가 대구에 공산公山이라고 거기서 후백제 견훤하고 왕건 군하고 큰 전투가 붙었는데, 왕건 군이 포위를 당한 거야. 위기인데 이때 신장군이 나서서 왕건에게 말하길,

"전하하고 저하고 용모가 비슷하니 저하고 옷을 바꿔 입읍시다."

그렇게 둘이 옷을 바꿔 입고 신장군이 대신 왕건 행세를 하고 적진으로 나아간다고. 그때 왕건은 몰래 빠져나가는 거고. 왕건이 빚을 진 거야. 그 전투에서 신장군은 용맹히 싸우다 전사를 해. 근데 견훤 군은 보니까 신장군을 왕건으로 알고 목을 벤 거야. 견훤에게 보여주려고. 근데 견훤이 보니까 왕건이 아니거든. 아차 속았다 싶은 거지.

한편 왕건은 친애하던 수하가 죽어서 비통해. 자기를 대신해 죽었으니 위왕대사爲王代死라고 하거든. 왕을 대신해서 죽다. 그래서 신장군의 시신이라도 장례를 후히 치러야 한다. 다행히 신장군의 몸에 큰 사마귀가 있어서, 비록 목 없는 시신이지만 몸뚱아리를 찾아서 묘를 써줘. 원래 왕건이 자기가 들어가려고 잡은 풍수가 좋은 묏자리인데 신장군의 묘를 써줘. 또 머리가 없으니까 황금으로 머리를 대신 만들어서 묘를 썼어. 혹시 도굴꾼들이 황금을 탐낼지도 모르니까 옆에 가묘假墓 두 개를 만들어서 총 세 개를 만든단 말이야. 어떤 묘인지 모르게.

그런데 한편 신장군이 아끼던 용마가 있었잖아? 수급首級이 왕건의 것이 아니니까 견훤이 실망하고 버린단 말이야. 그걸 용마가 주워. 자기 주인의 머리를 입에 물고 공산 대구 땅에서 고향 곡성까지 가. 그 먼 거

리를 말이 주인 머리를 물고 돌아가는 거야.

곡성에 태안사泰安寺라고 큰절이 있어. 그 절에 가서 신장군의 수급을 갖고는 우는 거야. 이상하게 여긴 스님이 보니까 말이 신장군의 수급을 들고 온 거야. 같은 고향 사람이니까 신장군을 스님도 아는 거야. 말도 신장군의 머리를 알 만한 사람을, 장례 치러줄 사람을 찾으려고, 또 고향이니까 태안사로 들고 간 거지.

그리고는 말이 대구에서 곡성 땅까지 그 먼길을 왔잖아? 신장군의 머리를 전달하고는 푹 쓰러져서 그대로 죽어. 사람으로 치면 초인적인 힘으로 탈진해서 죽은 거야. 그러니까 스님이 이를 슬피 여기고는 태안사 뒷산에 신장군과 말을 함께 묻어. 거기를 장군단이라고도 하고 말무덤이라고도 해. 그 이후로 지금까지 천 년 넘는 세월을 태안사 스님들이 제사를 지내준다고 하더라고.

태안사 입구에 오래된 공적비도 있어. 신숭겸 장군 공적비인데 이상하게 신장군이라 안 하고, 예전에 한 번 나도 본 적 있는데 신선생이라고 써져 있더라고.

그런데 이게 하나 더 말해주자면, 신장군이 말과 인연이 묘한 거라. 머리 무덤은 고향에 있고 몸뚱아리 묘는 강원도 춘천에 가 있는데, 그후로 한참 뒤에 일제 때 왜놈 순사가 춘천을 말을 타고 지나가는데 말이 꼼짝을 안 하는 거라.

"이상하다."

순사가 마을 사람들을 수소문하니,

"아마 산에 신장군이라고 높은 분 묘가 있는데 그분 때문인가보다."

그래서 왜놈 순사가 진수성찬으로 제사를 지내서 진노를 풀고서야 말이 그제서야 움직였다고. 옛날에는 말을 타고 가면 예의가 아니거든. 하마下馬를 해서는 말을 끌고 춘천을 지나갔다고 해. 말들 세계에서도 신장군이 유명하나보지? 여하튼 준걸에 준마야.

여우 자식 강감찬의 재주

진짜 내가 한마디 해볼게 들어보시우. 강감찬이라는 사람이 여우한 테서 태어난 사람이야. 강감찬 아버지가 어딜 갔다 오는데, 참 이쁜 여 인네가 껴안는다 이거야.

"나와 함께 자고 가자."

그래 강감찬 아버지가 이상하니까 처음에는 사양을 했지.

"안 된다."

그니깐,

"아 괜찮다."

그래가지곤 강감찬 아버지가 그 여자와 관계를 헌 거야. 했는데 그 여 자가,

"애가, 내 뱃속에 당신 아이가 들었으니까, 열 달이면 열 달 그 날짜 를 꼽아가지고 여기로 다시 돌아와라."

이제 참 관곌 하고 얼마 후에 참 그 날짜를 꼽아가지고 있다가 그 장 소엘 갔어. 그 관계한 장소를 가니까 아 요만한 쥐새끼 같은 뭐 사람이

있단 말이야. 그래 그걸 안고 왔어요. 안고 왔는데, 점점 자라는데 쬐꼬매조그마해. 쬐꼬매. 근데 맨날 강감찬 아버지가 가기만 하면 따라댕겨, 요 놈의 아이가. 그저 어디든지 몰래 가면 어떻게 하든지 따라온단 말이야, 강감찬이가.

그런데 어딜 가니까 온통 사람이 백절백차일 치듯 했는데, 동네에 큰 잔치처럼 벌어졌는데 야단이야. 강감찬 아버지가 가만히 가서 보니까, 아 이건 이상스럽게 똑같은 남자가 둘이 생겼어. 똑같은 남자가 둘이 생겨가지고 마누라 하나 가지고,

"내가 진짜 영감이다."

또 이 사람은,

"내가 진짜 영감이다."

아 이러구선 서로들 싸우지 뭐야. 인제 그러며는 그 동네 사람들이,

"그럼 그렇게 서로가 잘 알면 이 집에 뭐가 있고 뭐가 있는 걸 잘 알 거 아니냐?"

그래 나부터라도 그렇게 물어볼 거지. 그니까,

"글쎄 그렇겠다."

근디 그 진짜 영감은 대강만 알지 이놈의 집구석에 암만 수십 년을 살았어도 뭐가 있는 걸 자세히 모른다는 얘기야. 근데 이 가짜 영감은 영락없이 젓가락이 몇 개, 숟가락이 몇 개, 영락없이 알거든. 그니깐 동네 사람들이 진짜 영감보고,

"너는 가짜고 이게 진짜다. 어떻게 수십 년을 살면서 그래 뭐가 집에 있는 걸 너는 왜 모르느냐? 이 사람은 이 집에 뭐가 있는 걸 다 아는데 너는 왜 모르느냐?"

이게 동네 사람들이 그런단 말이야. 그니깐 결국은 이 진짜 영감이 쫓겨나가게 생겼어, 진짜 영감이.

근데 강감찬이가 가만히 보니까 쥐가 아주 수십 년 먹어서 둔갑을 한

거야. 둔갑을 해가지고 가짜 영감이 그 영감 노릇을 하는 거야. 그니까 강감찬이가 가만히 보니까 쥐거든. 이건 사람이고, 잘 아는 영감은 쥐야. 수십 년 먹은 쥐야. 쥐가 둔갑을 해가지고 그 집 주인 행세를 하는 거지.

그니깐 아버지 뒤에 강감찬이가 숨어 있다가 별안간 꽹이^{고양이}, 꽹이가 되어가지고 물어박질러서 퇴치를 하니까 수십 년 먹은 쥐지 뭐야. 강감찬이가 여우한테서 태어났는데 둔갑을 한 거야. 강감찬이가 참 재주가 무궁무진한 사람이야. 퇴치로 죽이니까 쥐지 뭐야. 강감찬이가 재주가 그렇게 무궁무진해요.

백여우를 퇴치한 강감찬

옛날에 참 강감찬 시절인데, 젊어서 어디를 가니까 산고개를 넘는데 수풀 속에서 펄러덕펄러덕 하는 게 허연 옷들이 있고 누런 뭐 짐승털이 있는데, 자세히 보니까 그 뒤에 쫓아오던 마누라[1]가 없어졌어요. 강감찬이 뒤에 마누라가 뒤쫓아왔거든. 이렇게 보니까 마누라가 없어졌는데,

'수풀 속으로 들어간 게 틀림없다. 내가 누구한테 속아오지 않은 사람인데 너한테 속을 줄 아냐?'

그러구선 수풀 속을 가만히 바라보니까, 여우가 재주를 몇 번 팔다닥 팔다닥 넘더니 또 사람이 된 거예요. 뒤에서 쫓아와서 강감찬이 보고,

"어디 가냐?"

"어디까지 간다."

"아 동행하면 잘됐다."

---

1) 마누라: 이 이야기에서 구연자는 '마누라'를 아내가 아닌 여자를 뜻하는 말로 쓰고 있다.

그러면서 뒤에 따라오는데, 앞엔 안 서고 꼭 뒤에만 따라오거든. 그러더니 어느샌가 수풀 속에 들어가서 재주를 넘고 그러더니 완전히 하얀 마누라가 다시 돼서 나오는 거예요. 그래 강감찬이,

"어디 가냐?"

그랬더니,

"아무네 혼인이 있어서 청첩을 받아서 간다."

"그 뭐 친척 간이 되냐?"

"아 친척은 아닌데 이웃사촌이라 가깝게 지낸다."

"거기 같이 가자. 나도 잔치 먹을 일이 있어 간다."

"아 그럼 잘됐다."

그래가지고 마누라는 안으로 들어가고, 남녀가 유별하니까 남자는 사랑방으로 들어가고, 강감찬이는.

사면에서 점잖은 친구도 있고 지금으로 치면 뭐 학계에서 유명한 사람들도 오고 그래서 그 얘기를 다 했거든.

"지금 안에 웬 마누라가 하나 들어갔는데, 여기 친척이라고 이웃이라고 그랬는데 이웃 사람도 아니고 여우가 변신한 거야. 그러니까 내 말 명심하고."

잔치 끝나고 주인보고 이리 좀 나오라고 해서 여우라는 걸 강감찬이가 다 얘길 해줬어요.

"이따 저녁때 간다고 하면 절대 보내지 마라. 내가 그때 가가지구서 지시를 할 테니까 보내지 마라. 놓치지 마라."

그래 저녁때 일모^{日暮}가 거반 되니까 잔치가 파해서 죄다 제각기 갈 거 아니야? 근데 여우는 안 간다 이거야. 그래 강감찬이가,

'니가 끝을 보구서 갈 모양이구나.'

그래서 그때 젊은 사람 장정 수십 명을 모아가지고 쇠스랑 작대기니 뭐구 죄다 모아가지고 포위 작전을 했어, 그 잔치 집을. 어디로 샐까 하

고, 보통 여우가 아니니까. 도술 부리는 여우니까. 뭐 여우로 변신해서 사람한테 띄지도 않고 그럴 재주를 가졌는데 나오지도 않고 그러니까 끝을 봐야 할 거 아니야?

거 할 수 없이 도술을 부려가지고선 호랭이가 되었어. (강감찬이가?) 어. 호랭이가 돼가지고 안으로 내빼니까 잔치꾼들, 그냥 동네가 쓰러지지 뭐야. 그냥 집덩이 같은 호랭이가 어흥대고 들어가니까. 그 여우가 된 놈을 강감찬이가 물어박질렀어. 호랭이니까 까짓거 여우를 물어박지를 못해? 사람을 물어서 태기^{패대기}를 쳤는데, 앞마당에 태기를 쳤는데 벌써 꼬리가 아홉 개 달렸기 때문에 여우라는 거야.

그래 주인은 얘기를 해주었는데도 그걸 못 믿구선,

"잔치꾼을 물어박질러 타살을 했다."

그런데 물어박지르니까 꼬리 아홉 개 달린 여우가 앞마당에 자빠졌으니까,

"아직도 나를 탓하냐?"

그때 홀러덩홀러덩 재주를 넘고 손을 꿈적꿈적하니까 강감찬이가 된 거지, 호랭이가.

"봐. 나도 그런 재주를 다 가지고 있기 때문에, 내가 이 집 운을 막기 위해서 일모토록 여기 있었어. 그런데 나를 탓하겠냐?"

"아닙니다. 이 촌 무지랭이^{무지렁이}가 선생님을 몰라뵙구선 죄 많은 짓을 저질러서 죄송합니다."

강감찬이가 호주머니에서 약을 슬슬 꺼내서,

"이거를 신부에게 맥여라."

약 세 알을 내줘, 환약을.

"이걸 한꺼번에 먹습니까?"

"아니다. 한 십 분씩 있다가 세 알을 다 내줘라. 그러면 소변이 마렵다 그럴 테니까 요강을 갖다주면서 신부 혼자 보게 해라."

그렇게 지시를 하구서 사랑으로 나왔어요.

"난 가야 한다. 이제 내가 헐일을 다했으니, 여우까지 잡았으니까 거 신부가 소변보면 요강을 자세히 관찰해봐라. 그냥 소변이 아니구 이상스런 게 나올 테니까 관찰을 해봐라."

"아 종말을 보고 가십시오."

"아 나도 바쁜 사람이니 가야 한다."

그래 주인한테 작별을 하구서 그 집을 떠났는데, 그래 소변본다고 그래서,

"소변 다 봤니?"

다 봤다고 그러니까 신부 어머니가 요강을 보니까 쥐새끼 다섯 마리가 있어, 요만한 놈의 쥐새끼가. 이게 여우새끼란 말이야. 그렇게 도술이 능통한 놈이 여우야. 금방 신부와 관곌 해가주구선 제 새끼를 신부한테다 넣었다 말이야 벌써. 근데 사람 같으면 석 달이니 입덧이네 그러지만 여우는 며칠 안에 낳는 거 아니야? 뭐 이십오 일 만에 낳기도 하고 삼십 일 만에도 낳고 그런단 말이야.

근데 이게 도술을 여우가 부렸으니까 아주 조생아지 뭐야. 일찍 낳게 만들었는데. 여우란 놈이 잔칫집엘 다니면서 자기 새끼를 그렇게 장려한다 이거야. 어디든지 가며는 신부하고 관계하고 신부를 여우새끼를 배게 맨들어놔. 강감찬이가 그걸 막기 위해서 어디든지 신부집에서 만일에 하얀 마누라가 쫓아오면 노다지 길을 밟아 그걸 제거를 시켰는데 그래도 아마 백분지일이나, 백 명에 하나는 속겠지. 그거 일일이 다 쫓아다니면서 제거할 수 없다는 얘기야.

인동마을 모기 없앤 강감찬

옛날에 외갓집 동네에 원등[1]이라고 있는데, 내가 어렸을 때는 원등이라고 불렀는데 요새는 인제 그 뭐냐 인동마을이라고 옛날 불르던 이름으로 불른가봐. 옛날에는 그냥 원등이라고 불렀는데 요새는 인동마을이라고 부른대.

인동마을에, 거기는 나무도 많고 또 하천이 굉장히 넓어. 또 거기가 뭐라 그까? 이케 강물처럼 흐른다 그르까? 그러는데 거기가 인제 면 소재지라 그래. 면 소재지. 그래가지고 면사무소도 거기 있고 농협도 있고 시골에서 저기 뭐야, 우체국도 있고 학교도 있고 면 소재지라 제일 크지. 제일 크다고 봐야지. 그래서 사람들이 옛날에 거기서 많이 살았지. 지금도 거기를 중심으로 해서 살아.

근데 거기는 산보다는 뭐 평야가 넓다 그래야지. 나무가, 아주 오래된 나무들이 많아가지고 거기 지나가면 가로수처럼 큰 나무들이 많아. 그

1) 원등: 전남 곡성군 삼기면 원등리. 삼기면사무소 소재지로, 인동마을이 그 안에 있다.

래서 시원해. 여름에 거기 가면은 큰 내에 물도 흐르지, 나무도 크지. 그러니까 거기 가면 진짜 시원해. 그래갖고 유독 연못과 하천이 많아서 전국 어디에도 습하기가 이곳보다는 습하지가 않아. 거기 큰 내가 있으니까. 물기가 많으니까 아침에는 안개도 많고 여름철엔 비가 자주 오고 해도 뭐 하천이 크니까 물이 범람하거나 넘치거나 그러진 않아. 굉장히 넓으니까.

근데 인제 옛날부터 내려오는 얘기가, 현종 시대에 판관이라는 사람이 있는데 고려의 명장 강감찬이라. 강감찬 장군이라고 들어봤지? 강감찬 장군! 강감찬 장군이 우연히 여기 인동마을을 지나가게 됐는데, 인제 장군이 가야 할 길이 너무 먼 거야. 그래가지고 밤이 너무 늦어져가지고…… 밤에 인제 산엘 가니까 위험하겠지. 또 먼길을 왔으니 배가 고프겠지. 배가 고프니까 끼니도 해결해야 되고 그래서 강감찬 장군이 인동마을에서 하룻밤을 묵어가기로 한 거야.

인제 작은 마을이라 주막이 없고, 강감찬 장군이 가장 높은 데 있는 집을 찾아가서 저녁을 좀 달라고 그러니까 그 집에서 밥을 줬대. 원래 전라도 인심이 후하잖아. 강감찬 장군이 식사를 잘하고 인제 자야 될 거 아냐? 인제 밤이 늦었으니까.

마을에 빈집으로 갔대. 그니까 피곤하니까 하룻밤을 거기서 자기로 하는데, 잠자리에 누웠는데 한 삼십 분 즈음 지났을까? 장군의 귓전에 이상한 소리가 들리는 거야. 그래가지고는 피곤한데도 자꾸 잠에서 깬 거야.

'도대체 뭔 소리길래 이렇게 이상한 소리가 난가?'

그러고 일어나봤더니 눈을 떴을 때 위에 웬 어여쁜 여인이 눈웃음을 치면서 장군에게 인사를 하더래. 자신을 마을에 사는 처녀라고 소개하면서. 인제 장군이,

"너 어디 와서 이렇게 앉아 있나? 얼른 가라."

막 쫓았대. 근데도 가지를 않더래. 장군이 화가 날 거 아냐? 잠도 자야 되고 그러니까는. 가지도 않고 그러니까 화가 나가지고는, 원래 강감찬 장군이 거란이 십만 대군을 이끌고 쳐들어왔을 적에 상원수가 되어 적을 무찔렀을 때처럼, 가래도 안 가니까 그 아가씨한테 칼로, 보통 사람이 아닐 거라 생각하고 탁 쳤대. 근데 흔적도 없이 사라져버리드래, 그 여인이.

'이상하다 왜 그럴까?'

그래가지고 여기저기를 봤더니 칼로 벤 그 여인 자리에 모기들이 그렇게 많드래. 모기떼래. 그래갖고 장군도 보니까 자기 몸에 모기가 여기저기 막 물었더래. 안 물린 곳이 없어서,

"네 이놈들! 여기가 어디라고, 응? 함부로 여기를 들어오냐!"

그러면서 큰소리를 쳐가지고 모기를 다 쫓았대.

강감찬 장군 목소리가 얼마나 크길래 그 많던 모기들이 다 물러가가지고, 해마다 마을 사람들이 모기 때문에 고생을 했는데 모기가 안 나타나가지고 마을 사람들은 그후로 모기에 뜯기지 않는다고. 모기한테 뜯기면 되게 가렵잖아? 한 번씩 물리고. 한 번이 아니지. 모기떼가 많으니까. 그 장군이,

"네 이놈들! 물러가지 못하겠냐! 그만두지 못하겠냐! 어서 썩 꺼져라!"

마을 사람들이 모기 때문에 고생했는데 모기가 그후로 안 나타나니까 마을 사람들은 강감찬 장군한테 항상 감사하는 마음을 가진대. 그런 얘기로 대대로 내려오는 게 있었단다.

포은 정몽주와 송악산 신령

오늘은 정포은鄭圃隱 있지? 고려의 정몽주, 그분 얘기를 좀 할까 이래는데.

애초에 정포은이 자당慈堂이 포은을 임신하고서 꿈을 꾸니까 누군가가 와서 난초를 한 떨기 갖다주더랴. 그렇게 하고서 참 날짜가 차서 낳았는데 이름을 처음에는 몽난夢蘭이라 지었거든. 난초 난 자를 넣어서. 그때는 참 어려서부팀 애기가 참 준수하고 잘 자라고 그러는디. 이제 방에서 엉금엉금 기어다닐 땐디, 어머니가 이제 졸음이 와서 낮잠을 자는디 꿈을 꾸니까 뒤꼍 배나무에 큰 용이 슬슬 기어올라가거든. 용트림을 치고. 그래서 깜짝 놀라 깨가지구 보니께 몽난이가 거기를 기어올라간 거여, 배나무를. 그래서 이름을 다시 바꿔서 몽룡夢龍이라 지었거든. 그랬다가 그뒤에 이제 참 몽주夢周라고 이름 지어서 정몽주라고 지었다 그래.

이거 뭐 중간에 이런 얘기 저런 얘기들이 많이 포함돼 있지만서도 그거 다 외우질 못하고, 정몽주가 장성을 해서 공부를 하는디 공부 또한 잘햐. 아주 참 일취월장하고. 뭐 선생님이 한 자 가르쳐주면 열 자를 납득할 수 있을 정도로다가 잘하고 그러는디. 그분이 인제 재상 자리에 올라가지구서 정치를 하고 있는데 한번은 어떤 사람이 찾아와서,

"포은 대감을 좀 뵙자."

그래,

"들어오시오."

맞이하고서,

"무슨 일로 왔습니까?"

"아이고 기맥힌 산신을 잡았습니다."

그래 무슨 일이냐고 그러니께,

"아 덩치도 크도 않고 짝달막한 소년 비슷한 그런 사람이 오더니 소금을 좀, 배가 고픈데 소금을 좀 먹게 해달라고……"

그러더란 거여. 근데 그 당시 소금이 그때는 등짐으로다 져 날르고 참 소금이 귀했다는 거여, 소금이 굉장히. 소금 구하기가 힘이 들구. 그래서 옛날 고구려 때도 미천왕이 어려서 이름이 을불인데 을불이가 소금장수를 하러 다녔잖어. 그래서 나중에 왕이 되구. 이런 뭣이 있었는데 고려시대에도 소금이 굉장히 귀해서, 아마 그때는 또 은이 더 큰 보화지. 지금은 금은보화라고 그러는데 옛날에는 은금보화야. 그래 "은하고 바꿀 수 있는 것이 소금이다" 이런 소리가 나오다시피 그랬었는데……

그 소금장수는 그저 한강 물을 역수逆水로다가 운영을 해가면서 배로다가 소금을 실어날라서 송도 개성 사람을 들여 먹이는 소금장수였는데, 고까짓 게 쪼끄만 놈이 그 소금을 먹겠다고 그러니께 먹어봐야 얼마나 먹으랴 싶어서,

"아 저 곳간에 가서 먹어라."

그러니께,

"좀 많이 먹어도 괜찮습니까?"

그러더랴. 그렁께,

"아 먹고 싶은 만큼 실컷 먹어라."

그 문을 닫고 들어갔는디 영 안 나오더라는 거여. 그래서 얼마 후에 가서 문을 열고 보니께 그 소금 한 곳간을 다 먹었어. 그래 깜짝 놀라면서,

"이거 나 망했다."

그러면서 야단을 하고,

"어떻게 하면 좋겠냐?"

그러니께,

"포은 선생님한테 말씀드리시오. 이제 나는 이 길로 갑니다."

그러고 갔다고.

"그래서 찾아왔습니다."

그라니께 포은이 그 소릴 듣더니 의자에 앉았다가 뚝 떨어져. 벌떡 자빠진단 말이야. 그라니께 그 밑에 하인들이,

"아이 대감님, 무슨 일입니까?"

"큰일났구나. 그게 보통 사람이 아니구 송악산 신령인데, 송악산 산신령인데, 산신령은 소금을 먹어야 죽어. 그래 이 소금을 먹고 가시니 산신령은 죽을 거다. 그럼 송악산 정기를 받아 태어난 것이 고련데 송악산 산신령이 죽었을 때 고려는 얼마 안 있어 망할 거다."

벌써 이렇게 예견을 했던 양반이 정포은이거든.

고려시대 인물 전설

고려시대는 지금으로부터 육백여 년 내지 일천백여 년 전으로 오랜 옛날이다. 『삼국사기』나 『삼국유사』 같이 당대 인물 전설을 담은 유명한 역사서가 있는 것도 아니라서 오늘날 사람들은 고려시대 인물을 잘 알지 못한다. 그럼에도 개국과 국난, 나라의 멸망 등과 관련한 고려시대 인물에 관한 전설이 꽤 구전되어 현재에 이르고 있다.

「궁예에 얽힌 전설」에서 궁예는 미륵을 자처한 혁명가 이미지와 폭군 이미지가 결합된 독특한 캐릭터로 나라를 세우고 비참한 최후를 맞은 기구한 내력 때문에 많은 전설이 전승돼왔다. 전승자가 나타내는 양가적 관점이 특징적이다. 궁예의 행적과 그에 대한 평가는 부정적인데, 국망봉이나 울음성 같은 지명은 애수를 불러일으킨다.

「신숭겸 장군과 용마」는 고려 개국공신 신숭겸의 영웅적 충절을 서사화한 전설이다. 신숭겸에 대한 구비전설은 그리 흔한 편이 아닌데, 화자가 용마에 얽힌 사연을 오롯이 구술한 점이 눈길을 끈다. 이 자료는 구연자가 속한 성씨의 시조에 관한 내용으로 성씨 시조 신화의 면모를 지니고 있다.

「여우 자식 강감찬의 재주」는 고려시대 문관이자 장군인 강감찬을 이인으로 표현하고 있는 전설이다. 강감찬은 사람으로 변한 쥐의 정체를 한눈에 알아보고 고양이로 변신하기도 하는데, 이야기는 그의 신이한 재주와 그가 본래 사람과 여우 사이에 태어났다는 내력을 결부시키고 있다. 강감찬이 사람과 동물의 두 세계에 속한 존재라 남다른 능력을 지닌다는 설정이 특징적이다.

「백여우를 퇴치한 강감찬」은 강감찬에 관한 여러 전설 중에서도 널리 알려진 것이다. 이 자료는 강감찬이 호랑이로 변신했다는 독특한 화소를 포함하는데, 둔갑 능력은 그가 여우의 자식이라는 앞 이야기 내용과 연결된다. 여우의 자식이 여우를 퇴치한다는 점이 인상적이다. 여우의 비밀스러운 내막을 알기에 그것을 제어하는 것이라 할 수 있다.

「인동마을 모기 없앤 강감찬」은 모기 퇴치담이다. 모기는 미물이지만 사람을 괴롭히는 해충인데다 쉽게 몰아낼 수 없는 존재라 모기를 퇴치한 일은 신이한 행적이 된다. 모기가 예쁜 여인으로 변신해 강감찬을 유혹했다는 화소가 눈길을 끈다.

「포은 정몽주와 송악산 신령」은 고려 멸망에 대한 전설이다. 이야기에서 고려를 지키던 산신령이 소금을 먹어 죽음을 자처했다는 내용이 관심을 끈다. 나라의 운명을 수호신과 연결시키는 사고는 일반적이지만, 신의 자살은 흔히 볼 수 없는 이채로운 화소에 해당한다. 신이 작은 소년의 모습을 하고 나타났다는 점도 인상적인데, 고려왕조의 세력이 그만큼 쇠했다는 뜻으로 볼 수 있다.

이성계가 성공한 내력

　오백 년 전인데 이성계씨라고 이李간데 젊어서 산에 들어가서 도를 갖다가 믿었는데 천일기도를 했어요. 천일기도를 허믄 삼 년이지. 천 일 갓다 기도해가지구 임금을 해먹은 거여. 근데 그것이 말허자면 길다구.

　어떻게 됐느냐 같으면, 천일기도 끝나는 날 저녁에 한 사람이 산길을 걸어댕기다가 어디서 잤느냐 하면 묘에서 잤어. 묘에서 자는데 시방은 다 허사虛事라 그러지만 혼이 있어요. 묘에서 자면 호랭이도 안 물어간대. 임자가 있어가지구. 그래 여름이던지 드러눠 자는데,

　"여보게, 여보게."

　소릴 지르거든.

　"저 뭐야. 이성계씨 오늘 도道 마친 날 아닌가?"

　"아 그렇지."

　"근데 우리 거기 가서 구경이라도 좀 허세."

　그러더래. 그러니까,

　"아 나는 갈 새 없고 자네나 갔다 오게. 우리집은 손님이 와가지구 난

못 가겄네."

그러더래.[1]

그러고 먼동 틀 때, 아마 아침 네시나 다섯시 돼서 왔던 거여.

"그래 성적이 좋던가?"

"아 성적은 참 좋대!"

이 사람이 잠에서 깨서 다 들었단 말이야, 그 얘기허는 소릴. 그 혼들 얘기허는 소릴.

"그래 뭘 갖다 해야 성공헐까?"

"첫째는 두란일 만나야 성공을 허구, 또 둘째는 사람을 백 명 살인은 쳐야 성공을 허겄대."

그러더래.

그래서 이 사람이 다 잘 들었어. 다 잘 듣구서 이거를 가서 일러주면 저도 잘살게 해주겠지 허고 거길 찾아간 거야. 그래 어디로 해서 어디로 길 가는 것꺼정 다 알으켜주드래. 그래 인제 날이 밝은 다음에 일어나서 그 집을 찾아갔어요.

그 집을 찾아갔는데, 이 사람이 산에 가서 삼 년 동안 살았으니깐두루 민간 있는 데로 내려가려고 보따릴 싸더래. 보따리를 싸서 가니깐두루 가서 찾은 거야. 일러줄라고. 가서,

"난 아무갠데 오다가 오다가 내가 들으니깐두루 그런 얘기들을 해. 그래서 내가 일러줄라고 왔어요."

"아 고맙다. 뭔 소리를 일러주겠나?"

그렇게 물으니깐두루,

"첫째는 두란일 만나야 되구, 둘째는 사람을 백 명을 죽여야 성공을 하겠다고 합디다."

1) 이 대화는 무덤 속 혼들이 주고받은 것이다. 이어지는 대화도 마찬가지다.

"아 그러냐?"

뭐 그래서 한몫이래두 줄 줄 알았더니 보따리를 부스럭부스럭허더니 장도칼을 이만한 거 하나 그냥 꺼내는 대로 가서 일러준 사람 모가지를 뎅강 자르는 거야. 그 사람은 좀 혜택을 볼라고 허다가 가서 일러주기만 허구 죽었지 뭐야. 그거 그렇게 했다는 게 소문이 나면 나라에서 잡아다 죽였거든. 그래가지구 소문날까봐 그 사람을 죽여야 크게 해먹으니깐두루 그래 죽였어[2].

그래 이성계가 삼 년 동안 거기 가서 밥 해 먹고 있던 보따리를 꾸벅꾸벅허구 짊어지구 내려왔단 말이야. 근데 여름 하절^{夏節}이던지 한 여자가 방아를, 발방아^{디딜방아} 혼자서 뛰거든. 여름에 보리 쪄서 먹을라고 여름에 인제 보리방알 찧는 거야. 보리방아를 혼자 찧는데, 뭐야 방아를 찧다가 인제 세워놓구,

"야 두란아!"

불르더래.

"어머니, 왜 그러세요?"

그러니까,

"거 비 한 자루 갖다다오."

인제 쓸어놓을라고.

그러니깐두루 이놈이 조금 있으니까 그걸 개 목에다 끈을 매고 걸어 준 거야. 그러니 크게 될 놈이지 뭐야, 그놈은. 걸어놓곤,

"어머니, 개 부르세요."

그러니깐 "워리, 워리!" 허구 불르니깐 개가 쩔렁쩔렁 가니깐두루 비를 갖다 달구 왔단 말이야. 그래서 비를 갖다 전해주고 그러드래.

그래 인제 이성계씨가 본 거야. 이걸 본 거야.

---

2) 그래 가지구~그래 죽였어: 왕위를 넘보는 일이 세상에 소문날까봐 후환을 없앤 행동이다.

'어 니가 크게 될 놈이로구나.'

그래서 인제 그러고 난 뒤에 그걸 보고서,

"야 두란아, 너 나허고 같이 가자."

그러니까 서슴지 않고 "예!" 허고 따라나선 게야. 인제 비서, 종이나 심부름꾼 데리고 가는 거지.

그러구서 어떤 고갤 갔다가 여름이니깐두루 홀홀 허고 가지 뭐야. 아 그런데 가다가 잔디밭에서,

"두란아, 좀 쉬어가자."

그러고 가만히 보니깐두루 뭐 빨래를 제대로 해 입었을 거야, 뭐야? 이가 득실득실허거든. 이성계가 크게 될 사람이니깐두루 사람을 어떻게 백 명을 죽여? 그니까 이를 잡아죽인 거야. 이를 갖다 잡아죽이기를 시작헌 것이, 이를 아흔아홉 마리 잡아죽였어. 이를 아흔아홉 마리 잡아죽이구 나서,

"야 두란아, 인제 우리 가자."

거기서 한 십 리 되는 큰 고개를 갖다가 넘어가니까 힘들지 뭐야? 홀홀 허고 넘어가다 보니깐 그지^{거지}가 하나 올라오는 거야. 그래 그지를 거기서 때려죽였어. 보니깐두루 살인이 백^百이 찬 거야. 살인이 백이 찬 거야.

그지를 하나 때려죽이고 두란³⁾이허고 같이 댕기는데 싸움허는 연습만 둘이 댕기며 허는 거야. 활 메가지고 활만 날마다 둘이 그냥 쏘는 거야. 그래 나중에 그걸 잘 배우니깐두루 뭔 연습을 허느냐 걸으믄 그때는 다 질뎅이^{질동이}로다 물을 여다^{이다} 먹었거든. 물뎅이 이고 가는 거를 이성계씨가 쏘면 구녁^{구멍}이 뚫어질 거 아니야? 쏘면 두란이가 물 나오기 전에 거길 활 끝에다 진흙 칠을 해가지구 그걸 막았어. 그래 재주가 얼

---

3) 두란: 퉁두란. 여진족 출신으로 이성계의 부하가 되어 이지란이라는 이름을 갖게 된 무관이다.

마나 좋아?

　그럭저럭 인제 두란이 데리구서 그렇게 지나가는데, 아 외국서 그냥 한국을 먹을라구 군대들이 그냥 돌격허지 뭐야. 나라에서 인제 데려다가,

　"너 저거 물리쳐라."

　그래 거기서 이성계씨가 대장 노릇을 허구 싸움을 해가지구 인제 많이 물리쳤어. 싸워가지구 공이 많고 그러니깐두루 인제 임금을 시켰어. 임금을 시켜가지구 임금을 갖다가 그 양반이 들어가서 인제 해먹거든.

이성계 부자와 함흥차사

그래가지구 이성계가 되고, 그담에 이방원이 큰아들 왕으로 우선 앉히구서 세번째 형을 내보내고 자기가 차지한 거 아녀. 그러니까 이 꼴 저 꼴 보기 싫어서 이성계가 함흥으루 가서 있는 거여. 함흥에 왜 가 있었냐 하면 자기가 장수로서 진지를 구축하고 있을 때 거기 있었거든.

그래 함흥에 가서 지내고 있는데, 방원이가 왕으로 있으면서 제 아버지를 모셔 와야 되는데 안 오는 겨. 그래 함흥차사咸興差使라는 얘기가 있잖어, 함흥차사? 강을 건너서 이성계 있는 데로 가. 가면서 그 사람은 돌아오지 못하구 거기서 죽었어. 함흥차사야 그래. 함흥에 가면 돌아오지 못한다. 함흥차사.

근데 한 신하가,

"제가 갔다 오겠습니다."

그랬어. 근데 새끼 딸린 말을 하나 데려갔어. 말을 타고 가는데 새끼를 강 이짝에다 떼어놓구 어미만 타고 건너갔어. 강을 건너갔어요. 새끼가 저 강 건너 떨어져 있으니께 어미가 소리를 질르는 거여 사뭇. 그러

니까,

"저 말이 왜 저렇게 소리를 질르느냐?"

"새끼를 강 건너다 떼어놓고 와서 소리를 질르는 겁니다."

그래서 이성계가 자식한테로 돌아가야 되겠구나 하는 생각에서 돌아왔어. 그 사람 안 죽고 돌아왔어.

이성계가 돌아오는데, 이성계가 활을 잘 쐈어. 장군이구 활을 아주 굉장히 잘 쐈대요. 주몽 나오는 그 드라마모냥 활을 잘 쐈나봐. 그래서 인자 아버지를 맞이하는데 치알[편의]을 쳐놨어. 마당에다 치알을 쳐놓구 방원이가 앞에 가서 섰는 거여. 치알 받침나무가 넓은 나무였었대. 넓은 나무를 반으로 쪼개가지구 앞쪽은 동그랗구 뒤쪽으로는 납작하게 돼있어. 그러니까 저짝에서 활을 쏘면 한 발짝만 디디면 나무 뒤에 가 숨는 거여.

그래 인자 자기 활을 안 메구 그 옆에 부하들이 활을 메고 이렇게 오는데 거리가 어느 정도 맞으니까는 이성계가 활을 싹 걷어서 쐈어요. 쏘니께 방원이가 한 발짝 탁 들어섰지. 화살을 땡기는 순간에 뒤로 숨었어. 안 맞고 나무판에 탁 맞아서 꽂힌 거지. 그래서 안 죽었지.

그게 이성계는 자기 친한 친구 정몽주를 아들이 죽였다고 해서 꼴 뵈기 싫어서 함흥으루 갔던 거여. 뵈기 싫어서. 함흥으루 갔었는데 아버지를 모셔야 되는 입장에서 가면 죽고 가면 죽고 해서 함흥차사가 일어난다 이거야.

그러니까 거기서두 방원이 밑에 신하도 영리한 사람이 있어. 그래 틀림없이 아버지가 잘못하면 활로 쏴서 죽일 것이란 걸 알구 그렇게 시킨 거여. 그래서 치알 받침나무를, 이렇게 큰 통나무를 뚝 잘라가지구서는 반으로 쪼개서 세우고서 뒤에 숨게 만들었다는 거여. 활받이가 됐던 거지, 한마디로. 그래 방원이가 안 죽고 왕 노릇을 제대로 해먹은 거여. 이씨 왕조가 그렇게 된 거여.

황희 정승과 농부

황희 황정승께서 인제 등청(登廳)을 하시는 길에, 상경을 이렇게 쭈욱 허
시다가 뭐 이렇게 다 농촌 아녜요? 가시다 보니까는 농부가 큰 황소 두
마리에 쟁기를 메어가지구 밭을 이렇게 갈다가 더우니까는 그늘에 앉
아 쉬더래요.

그래서 황정승이 이렇게 쭈욱 가시다 보니깐 그 참 소가 이렇게 두
마리가 가는데, 아무가 생각을 해도 과연 일을 잘하겠죠? 근데 궁금한
게 있어, 정승께서. 뭐이 궁금했냐 하면은 소가 똑같다고 허더래도 어느
소가 힘이 세고 어느 소가 힘이 약하냐고 하는 거. 그래서 그거를 이제
자기가 한번 터득을 할라구 말에서 내려가지구 그 농부한테로 가셨대.

가서서 그러니깐 이 양반이 배례를 하구,

"어쩐 일이십니까?"

"아 그게 아니라 내가 하나 궁금한 게 있어서 묻는데 좀 자세하게 일
러주시오."

"그, 뭘 말씀하십니까?"

그러니까는,

"이 소가 두 마린데 어떤 소가 힘이 셉니까?"

이걸 물으시더래. 그러니깐 이 농부가,

"이리 오십시오."

그리고는 (귓속말하는 시늉을 하며) 여기 귀를 이래 해가지구, 귀를 이렇게 대구,

"아무, 어떤 소가 힘이 셉니다."

그니깐 이 냥반이 무릎을 탁 친 거야.

"까닭이 뭐요? 왜 나를, 내 귀에다가 갖다대고 살며시, 슬며시 얘기하시오?"

"에이 다 아시면서 왜 그러십니까?"

정승이니깐 다 아실 거 아니요, 이 말이야 농부는.

"아니, 그렇습니다. 진짜 참말씀을 드리는 건 어려운 게 아닙니다. 짐승이나 사람이나 같이 놓고 봤을 때 내가 어느 소가 참 잘한다, 힘이 세다 못하다 하면은 그 소들이야말로 얼마나 기분이 좋지 않겠습니까?"

이 말이에요.

"그러니깐 짐승이라도 아껴야 됩니다. 귀가 다 있습니다."

이 말이야. 듣는다는 거야. 그래서 거기서 문득,

"아 과연 내가 알 게 많구나, 아직도!"

황정승이 그러면서,

"참 대단한 걸 내가 참 배웠습니다."

크게 사례를 하구 이렇게 등청을 하셨다는 말씀을 들었어요.

그러니깐 미물이나, 이런 동물이나 사람이나 누구를 이렇게 편견 한다는 건 좋지 않다 이런 얘기야. 그런 말씀을 들었어요.

신사임당 행적

옛날에 이율곡[1] 선생님이 결혼을 했는데, 아 자기 마누라가 기가 막히게 예쁜데 결혼 처음 해놓으니까 자기 마누라하고 떨어지기가 싫어. 근데 부인이 있다가,

"여보. 당신, 과거 초시 그걸 봐야 됩니다."

그 말이야. 가라고.

그래가지고 인제 날짜를 구해서 가서 과거 시험을 볼라면, 서울에 올라면은 시간이 많이 걸려. 많이 걸리고 와서 또 준비를 해야 되고 그러니까 미리 가라구 그랬는데.

아 인제 그러니까 하루는 자고 일어나서 부인이 있다가 도시락 같은 걸 싸가지고 갔다 오라구 그러니까 나갔어. 아침에 일찍이 나갔는데, 아직 해도 덜 떨어졌는데 뭐뭐 과거 무슨 개선장군이나 된 거처럼 두루마기를 훨훨 날리면서 집에 들어온다 그 말이야.

---

1) 이율곡: 맥락상 이율곡의 아버지를 뜻한다.

"여보시오? 왜 당신 왔소?"

"아이 그런 거 아니라 저저 무슨 대관령인가 굽이굽이가 아흔아홉 굽이라 그러는데 어떻게 무섭고 길도 나쁘고 그래서 왔노라."

그러니까 부인이 있다가,

'이 사람이 내 품이 그리워서 왔구나.'

그래가지고 인제 그날 저녁에 왔으니까 그냥 자고 가게 허느라고 허고 며칠 후에 다시 도시락을 싸서 일찍이 보냈단 말이야. 아 가니까 또 와. 이거 오니까 또 보냈어. 그래 또 와. 그러니까 뭐라고 헌고 허니 나중에는…… 신사임당 허면은 경상도가 됐든지 전라도가 됐든지 제주도가 됐든지 우리나라에서 신사임당 허면은 (엄지를 펴 보이며) 요거라 그 말이야. 그렇게 인제 훌륭허게 된 이유가 뭐이냐 허면은 그 사람이, 이율곡 선생의 아버지가 이원수야. '이 원수 같은 놈아!' 그 원수가 아니고, 으뜸 원元 자, 물가 수洙 자 해서 이원수라[2]. 그래 인제 이원수를 인제 보냈는데 하루는 가니까 다섯번째 왔는데 오니까 뭐라 그런고 허니,

"여보! 당신, 인제 나가시오. 내가 자살하고 싶은데 양반 처지에 그럴 수는 없고 나는 지금부터 머리를 깎고 절로 들어가겠소. 당신은 당신 갈 자리 가시오."

아 그러니까 어쩐고 허니 이원수란 사람이 인제 잘못했다고 싹싹 빌고 말이야.

"이번엔 절대 안 그런다."

오후가 됐는데,

"인제 지금 간다."

아침에 일찍 내보내도 무서워서 못 간다고, 아흔아홉 굽이라고 못 가

---

2) 이 원수~해서 이원수라: 이율곡의 부친 이원수는 실제로 물가 수(洙)가 아닌 빼어날 수(秀)를 쓴다.

던 사람이 해도 덜 떨어졌는데 간다고 말이야. 그때부터 나가가지고는 저기서 초시 과거 합격을 했어.

그런 신사임당 같은 훌륭한 사람이, 왜 그 사람이 그렇게 훌륭하게 됐냐? 그래가지고는 결국은 나중에 아들을 낳은 것이 누구를 낳았냐면 이율곡 선생을 낳은 거야. 근데 이율곡 선생이 나와가지구 커서 세계 석학이 되어버렸다 그 말이야. 그러니까 그렇게 만들도록까지는 신사임당의 힘이 컸다, 그래서 여성의 대표로 뽑을 수 있다고 허는 것을 얘기한 거를 이걸로 끝! (청중 웃음)

이율곡을 살린 나도밤나무

저거 나도밤나무 이야기 알아요? 내 그거 이야기 하나 할게요. 다 잊어먹었는데 그냥 빼먹으면서 할게요. 저기 덕수 이씨 이율곡 선생님 아시죠? (아 이율곡 선생님이요?) 이율곡 할아버지, 이충무공, 다 덕수 이씨라구요. 우리 시댁도 덕수 이씨라라구요.

그러는데 이율곡 할아버지가 강원도 강릉 오죽헌에서 나셨잖아요? 출생지가 거기라구요. 그런데 이율곡 할아버지를 인제 어려서 낳았는데, 옛날에 뭐야, 저 바랑 지고 절에서 이렇게 스님들이 부락으로 댕기면서 시주하라고 댕기구 그랬잖아요? 그러는데 어느 날 하루는 스님이 오셔서 시주를 하라고 그래가지구 이율곡 할아버지의 어머니가 쌀을 떠다가 드렸대. 그랬더니 그 스님이 하는 말이,

"아휴 이 댁에 아주 중한 자손을 낳았는데 그 자손을 잘 키워서 훌륭하게 될 사람인데, 훌륭하게 성장을 할라면 밤나무를 백 두그루를 심으시오."

그랬대.

"그래야만 잘 성장을 해서 큰 사람이 됩니다."

그래서 인제 밤나무를 정말 백 두를 심었대요. 그래가지구 이율곡 할아버지가 몇 살인가 이렇게 자랐는데, 거기 강원도도 산골이니까 어느 산비탈밭에 가서 부모님이 일을 하시는데, 밭 옆에다 애기를 재워놓고선 일을 하는데 호랑이가 나타나가지고 막, 저쯤 애기가 자고 있으면 이만침 와가지구 막 발로 땅을 파고 막 고함을 지르고 그냥,

"으흥!"

소리를 지르고 그러는 거야, 호랑이가. 그래가지고 이율곡 할아버지의 아버지 어머니가,

"왜 이렇게 저기하신 짐승이 낮에 나타나서 이러느냐? 썩 물러가라."

그러니깐, 그래도 물러가질 않고 이율곡 할아버지를 자기가 데리고 가야, 업고 가야 한다고 그러더래. 그래서,

"아이 왜 그러냐?"

그랬더니,

"밤나무를 백 두를 심었으면 내가 이율곡 할아버지를 못 업고 가고, 백 두에서 하나라도 빠지면은 내가 업고 간다. 산에서 산신령이 허락을 그렇게 했다."

그러더래, 호랑이가. 그것도 옛날 말이지, 호랑이가 말을 했겠어? (청중 웃음) 그래서,

"아이 그럼 그래라. 밤나무를 심었으니까 세봐라."

그랬대. 그래 가서 이제 밤나무를 그 호랭이하구 이율곡 할아버지 부모님이 가서 이렇게 하나둘 세는데 아흔아홉 개밖에 안 되래. 백 개째 한 나무가 모자라는 거야. 그러니까 모자라면 인제 잡아먹어야 하잖아, 그 호랑이가? 그래서,

"백 개째 한 나무가 없으니까 잡아먹겠다."

그랬대. 그랬더니 그 옆에 있던 그건 밤나무도 아니고 도토리나무라

고, 시방 말하자면. 그런데 밤나무는 아닌데 그 나무가 있다가 말을 했다는 거야.

"나도 밤나무다!"

그랬대. (청중 웃음)

그러니까 하나가 모자라서 이율곡 선생을 잡아먹는다고 그랬는데 옆에 나무가 나도 밤나무라고 그랬으니까 백 나무가 된 거 아녜요? 그래가지구 이율곡 할아버지를 호랭이가 못 데려갔대.

그래가지구 이렇게 성장하셔가지구 크게 돼서, 이율곡 할아버지는 문관이지. 이순신 장군은 무관이구. 그렇게 돼서 밤나무가 사람을 살린 거래요. 그래서 이율곡 할아버지는 나도밤나무[1]가 살려줬대. 밤나무가 아니고 도토리나문데, 하나가 모자라서 저 훌륭한 사람을 잡아먹는다고 그러니깐 옆에 도토리나무가 "나도 밤나무다" 그래서 백을 채워줬대요.

전에 우리 아버님이 만날 그런 이야기를 하시더라구. 이율곡 할아버지는 나무가 다 알아보고 그런 할아버지다, 그렇게 얘기를 하시더라구.

---

1) 나도밤나무: 실제로 이런 이름의 나무가 있다. 밤나무와는 다른 낙엽 교목인데, 잎사귀가 밤나무와 닮은 면이 있다. 특이한 이름 때문에 이런 전설이 생겨난 것으로 추정된다. 이율곡 관련 일화 때문에 나무가 이런 이름을 갖게 되었을 가능성도 완전히 배제할 수는 없다.

이토정의 기이한 행적과 죽음

근디 이 세상에는 참말 같은 그짓말두 많구 그짓말 같은 참말두 많어. 그래서 참 아는 이는 알지. 아는 이는 알지만 천기누설이 되니께 그런 얘기를 함부루 안 하구, 또 하더래두 곧이를 안 들어.

토정[1] 선생님은 세상일을 훤히 알어서, 토정비결이라구 있지? 토정비결을 내놨어. 토정비결을 보며는 삼 년 후에 몇 달 메칠날 누구는 죽는다. 정월 초하루에 보면 그렇거든. 누구는 몇 월 메칠날 과거에 붙는다, 무슨 경사가 있다, 애사哀事가 있다, 참 뭐 꼭꼭 들어맞네.

운수가 나쁜 사람이 많지 좋은 사람이 더 많은가? 그래 이게 토정비결 땜에 삼 년 후에 죽는다는 게 꼭 죽으니께 일도 안 하지, 짜증만 부리구 사뭇 하지, 아 정치를 할 수가 없어. 중앙에서 대관大官 지내는 사람들두 삼 년 후에 죽는다구 그러니께,

"아이구 까짓거, 내가 벼슬해서 뭐하느냐."

---

1) 토정(土亭): 이지함(李之菡)의 호. 이지함은 16세기 학자이자 기인으로 『토정비결』을 썼다.

이렇게 거시기하지. 그러니께 토정 선생더러 이 비결을 고치라구 그랬어. 고쳐서 혹 맞게두 만들구 혹 안 맞게도 만들어놓구. 그래 지금 보는 토정비결은 혹 맞기두 하구 안 맞기두 해.

그런디 수원 한나루라는 데가 터지면 거기 사람 수만 명이 죽게 생겼단 말여. 그러니께 저 시골은 오 일 가서 장날 있잖어? 장날이 들오면은 막 강연을 다니면서,

"여기들 전부 뜨시오. 아무 날 아무 시에는 이 바닷물이 터져서 들와 가지구 다 죽습니다."

그러니 다들 미친 사람이라구 그라지. 그러니께 할 수 없이 거북이가, 그 큰 동네 뒤에 돌거북이가 산 올러가는 데 있는디,

"몇 날 메칠날이먼 거북이 콧구녕에서 피가 나옵니다. 그날은 다 피해야 합니다."

아 돌팍[॰]으루 만든 거북이가 코에서 피 날 이치가 있어? 그러니께 미친 사람이라구 안 믿는 사람은 안 가보구 몇몇 사람은 날마다 가서 한 번씩 그 거북이 콧구녕을 들여다보구 와, 돌거북이 콧구녕을. 그라는데 수원 한나루 터질 적에 개 피를 구해가지구 와서 거북이 콧구녕에 빨갛게 칠해놨거든. 거 믿는 사람들은 가보니께,

"아이구 거북이 콧속에서, 코에서 피 난다."

돌거북이 코에서 피 날 적에는 변^變 아녀? 그래 말짱 이사했지.

그랬는디 막 물이 터져 들오는디, 산꼭대기루 올러가는디, 거기 인저 등짐장수가 있거든. 등짐장수 등짐을 이렇게 받쳐놓구서는 지게 밑에서 낮잠을 쿨쿨 자구 있어.

"아이 여보! 지금 어느 시간인디 이라느냐? 여기까지 왔으니 더 올러가야 산다."

"알지도 못하는 놈이 별 잔소릴 다 한다."

그 시간은 금방 되네. 아 그라니까 그냥 탁 터져서 들오는디 그 등짐

장수 지게 받쳐논 지게 촉까지 거기로만 가서 싹 지나가더랴. 그러니께 토정 선생두 알었어두 경계가 거기까진 줄은 몰렀어. 작대기 받쳐논 디. 등짐장수는 더 알지.

그런디 제자가 벼루를 하나 선물로 사왔는디 토정 선생이 보니까, 그 양반은 연구만 하면 되니까, 요게 아무 날 아무 시면은 깨져, 벼루가. 그러면 그 돌로 만든 벼루가, 아무 시간에 책상에다가 가만히 놔두는 게 깨진다는 게 말이 되여? 그러나 추수법推數法으로 맞거든. 그러니께 그 시간을 한번 기대해보느라구 토정 선생이 이렇게 들여다보구 있는디, 그 시간이 금방금방 되야. 그런디 큰사랑에서 어르신네가,

"아무개야, 외삼춘 오셨다."

아 그러면 그전 같으면 외삼춘 오셨다구 그러면 듣기가 무섭게 얼른 뛰어나가서 외삼춘보구 인사해야 될 거 아녀? 그 시간이 금방 되니께 고것만 들여다보구 있거든.

"아 이놈아, 외삼춘 오셨어."

"예."

아 대답만 하구, 나와야지. 그러니께 속이 상하니, 그전인 그런 일이 없었는디 두 번 세 번을 해두 그러니께, 담뱃대 들구 이렇게 나와보니께 아버지가 들어가도 쳐다도 안 보구서 벼루만 이렇게 들여다보구 있단 말여. 그러니께,

"네 이눔아! 그눔 벼루에서 돈이 나오니 금이 나오니? 애비아비가 들어와두 쳐다두 안 보구 그려?"

그 담뱃대 요만한 걸루 그 벼루를 냅다 때리니께 덜컹 하니께, 그 시간이 되니께 부서지더랴.

그러니까 토정 선생은 뭘 연구를 했으면 그렇게 알았는디 그래두 다 알든 못하는겨. 그러니까 토정 선생님이 지네 생즙을 평생 잡수셨거든. 지네 생즙 잡숫구서는 밤 생률生栗을 자시는디. 아산 군수를 가서 계신

디 아산 군수로 가는 양반이 도포도 옳이 내려왔어. 그러니께 그 백성들이 도포를 해드렸거든. 그런디 그 이방 호방을 데리고 댕기면서,

"산 구경 가자."

그라거든.

"너 이 돌멩이 들어봐라."

아 돌멩이 들어보면 누런 금덩어리가 있단 말여.

"덮어봐라."

또 어디 가서는,

"여기 저 돌 들어봐라."

그럼 엽전이 이렇게 단지루 하나 묻어 있구.

그래 그 관속들이 생각하니께 그놈만 즈이^{저희}가 파서 나눠 가지면 부자가 되겠는디 이 양반이 환히 알으니께, 안 봐두 아니께,

"저건 아무 거시기가 파갔지. 아무 거시기가 파갔지."

다 알으니까 이 양반을 죽여야 되겠거든. 그러니께 으레 아침에 출근을 하면 동헌에서,

"지네 생즙 가져오너라."

그래서 지네 생즙을 한 사발 잡숫구서는,

"밤 들여라."

그러며는 밤 생률 들이면 그놈 몇 개 잡숫구 이렇게 평생 지네 생즙을 장복을 허시는디. 그러니께 죽이야겠으니께, 상전을 죽이야겠으니께 어특햐? 그래구서는 지네 생즙을 한 사발 잡수셨는데 밤 들여노라구 그러니께 미루나무를 하얗게 밤처럼 깎아서 한 접시 들여갔단 말여. 아 깨물으면서, 나뭇대기^{나뭇조각} 깨물으면서,

"밤, 밤, 밤, 밤……"

그러면서 돌아갔다는겨. 토정 선생이 그리 알어두 당신 돌아갈 거를 몰렀댜. 깨물으면 나뭇대기, 나뭇대기. 그러니께 밤 가져오라구 "밤, 밤,

밤, 밤" 하다 지네 독에 그냥[2]. (그렇게 잘 아는 양반이 밤 가져온지 미루나무 가져온지 그것두 몰랐다구 하대.) 아이 누가 그런 의심을 했나? 의심을 했으면 알았지. (그게 때가 그 냥반 그만큼 때가 돼논게 그런 거지.)

---

2) 그러니께 밤~독에 그냥: 생밤이 지네 독을 해독하는데 밤을 못 먹어서 죽었다는 뜻이다.

조선 전기 인물 전설

고려가 멸망하고 조선이 개국하여 나라의 틀을 잡아가던 조선 전기 인물에 대한 전설을 모았다. 이 시기 전설은 이성계와 이방원을 주인공으로 한 역성혁명 및 왕조 개창에 관한 이야기들이 한 축을 이루며, 황희와 맹사성 같은 정치가에 대한 이야기와 수양대군의 계유정난과 단종의 죽음에 얽힌 전설 등이 널리 전승돼왔다. 이성계나 이방원에 관한 전설은 조선왕조의 정통성과 연관된다는 점에서 주목할 만하다. 그 외에 황희나 신사임당, 이율곡, 이토정에 대한 전설은 인물별 개성이 두드러진 편이다.

「이성계가 성공한 내력」은 이성계가 새 나라를 세울 수 있었던 맥락을 야사野史 형태로 전하는 이야기다. 이성계가 퉁두란을 부하로 삼았다는 것 이외의 구체적 사연들은 허구적 면이 짙어 사실史實로서 가치를 지닌다고 보기는 어렵다. 중요한 바는 이성계의 성공에 대한 이야기 전승자들의 평가다. 그가 천운을 얻은 존재이자 비상한 능력자라는 인식과 자기 성공을 위해 사람을 함부로 죽인 냉혹한 사람이었다는 인식이 교차하고 있다.

「이성계 부자와 함흥차사」는 조선 개국의 주역인 이성계와 이방원 부자의 갈등에 얽힌 유명한 이야기다. 나라를 책임져야 할 사람들이 사사로운 일로 대립하면서 죄 없는 사람을 죽이는 비합리성과 함께 신하의 지혜와 문제 해결력이라는 긍정적 요소가 담겨 있다.

「황희 정승과 농부」는 조선 초기 명재상으로 알려진 황희 정승에 대한 유명한 일화다. 나라를 다스리는 최고 재상보다 더 생각이 깊은 하층민의 지혜를 부각하며, 백성의 지혜를 존중하는 것이 치자의 도리임을 드러내고 있다.

「신사임당 행적」은 사대부 여성으로서 역사에 큰 이름을 남긴 신사임당에 대한 이야기다. 냉철한 의지와 효과적 독려로 철없는 남편을 성공적으로 이끈 사연이 눈길을 끈다.

「이율곡을 살린 나도밤나무」는 조선왕조의 대학자이자 명재상인 율곡 이이의 출생과 성장에 관한 유명한 전설이다. 나무가 자발적으로 나서서 호랑이의 가해를 막아냈다는 설정이 독특하다. 이율곡이라는 인물의 자연 친화적 신성성을 부각하고 있는데, 평범한 백 그루 밤나무와 나도밤나무를 조선 백성의 은유로 볼 수 있다. 밤나무 골짜기라는 뜻을 지닌 율곡栗谷이라는 호와 이야기 내용이 절묘하게 부합하는데다 그럴싸한 나도밤나무 유래담까지 있어 널리 전해진 것으로 이해된다.

「이토정의 기이한 행적과 죽음」에서 토정 이지함은 조선 전기 기인奇人으로 그와 관련한 많은 설화가 문헌에 남아 있고 구전으로도 여러 전설이 전해온다. 이 자료는 이토정의 행적 가운데 흥미로운 몇 가지를 종합한 이야기다. 신이한 예지력도 인상적이지만, 자기가 죽을 운명을 알지 못했다는 반전에 큰 묘미가 있다. 세상의 이치를 아는 일보다 주변 사람들의 마음을 아는 것이 더 어렵다는 인식이 이야기 속에 담겨 있다.

뜻을 펼치지 못한 송구봉

송구봉[1] 그분 역시두 참 훌륭허게 난 분인디 그때 써주들 않아가지구서, 정부에설랑 천인賤人은 써주들 않았으니까. 암만 훌륭헌 거시기 났어두.

송구봉 역시두 참 특이하게 나가지구설랑은,

"나를 선봉대장을 주며는 석 달 평정을 하겄다."

그랬대유.

"왜적을 석 달 안에 다 무찔르겄다."

그런디 그 허언이라구 해가지구설랑은 뭐 조정 대신들이 그 사람 베슬을 줄라구 해야지. 그런 선봉장 같은 걸 줄라구 해야지. 그래서 그냥 정산이라는 디 거기 가설랑 가만히 피난만 했지. 그 근방이는 왜적이 들어가들 못했다니깐. 그 냥반 있는 데.

내 얘기 듣기는 조정에서 선조대왕이 송구봉을, 이렇게 특이허게 났

---

1) 송구봉: 구봉(龜峯) 송익필(宋翼弼). 조선 중기 서얼 출신 유학자.

다고 그러니까 불른 거유. 그 나라에 거시기를 맽길라구, 군관 같은 걸 맽길라구 그랬나. 그래 딱 허니 소를 타구, 항시 송구봉 소를 타구 댕겼다니까 소를 타구서 딱 대궐을 들어가지구선 탁 눈을 감구 댕겼대유. 눈을 뜨질 않구 감구 댕기는디, 만일 눈을 뜨며는 저런 개 같은 것이 그냥 호랭이 본 것처럼 그냥 다 도망가버린다니께는. 눈에서 불빛이 그냥 왔다갔다해가지구서.

그래서 이래 참 문답을, 선조대왕하구 송구봉하구 이렇게 문답을 하구 있는디, 나라 형편과 왜적이 어디까지 쳐들어와서 어떻게 하겠다구 그 논란을 하구 있는 참인디 눈을 딱 감구서 이렇게 얘기를 하는 거여, 임금 앞에서. 그러니께,

"우째 눈을 감구선 무슨 답변을 하느냐? 눈을 떠라. 눈을 뜨구서 얘길 하라."

그러니께,

"소인이 만약 눈을 뜨며는 옥체가 경동驚動할까 무서워서 외람스럽게 눈을 못 뜨었습니다."

그러니께 임금이 깨딱 놀랄까봐 못 뜨었다는 얘기여.

"놀래기는, 사람 눈이 얼마나 거식했기에 놀래겠냐? 떠봐라."

아 고개를 들구선 눈을 딱 뜨구설랑 눈방울을 한번 둥굴리니께는 임금이 새삼 호랭이 본 거 한가지라구. 그러니께는 뭐 놀래가지구설랑은 참 기척을 못 하잖여. 눈 딱 감으니께 그때서 임금이 정신을 차려가지구설랑 답변했다는 거쥬.

그렇게 참 무섭게 대장감으로 났어두 그 병권을 갖다 맽기들 않아가지구서 그렇게 오래 팔 년 동안 싸웠다는 거쥬. 그분에게 도원수를 줬든가, 대장을 삼었으며는 쉬 평정을 하구, 사람두 이렇게 죽지 않구 할 건데.

그러니께 왜눔들이 소서행장小西行長, 고니시 유키나가 쪽에설랑은 송구봉이란 사람이 그렇게 훌륭허게 났으니까는 그 사람이 만약 대장 지위를 맡

느니 하면 전황이 불리허다구 생각해가지구선 자객을 그 뒤로 쫓아보냈어요. 만약 돌아올 적에 매복하구 있다가 베어 죽이라구.

그래 소를 타구서 이렇게 느릿느릿 가니깐 날랜 장수 둘이 말을, 지^자기는 말을 타구설랑은 뒤를 쫓어가서 앞뒤서 포위를 해가지구설랑은 막 덤벼드는 거유, 칼을 빼가지구. 그러니께 이분은 칼도 안 가지구 그냥 맨손으루 소를 타구 댕겨. 대궐을 댕겨 나오니까는. 그러니께 저들을 어떻게 허냐면 맨손 가지구. 두 놈이 다 말에서 떨어져 죽었유 그냥.

그라구선 참 베슬을 이제, 군문軍門을 맡기지 않으니께 그냥 왜놈들이 한숨을 쉬고 맘대로 전란을 거시기 치렀다는 거유. 임진왜란. 제멋대루.

송구봉이 병란 다 치른 뒤에 아들이 구 형젠데 구 형제 아들을 다 불러가지구설랑, 배를 여덟 척 지어가지구 팔 형제 아들을 배 한 척에다 식구 태우고 태우고 이렇게 해가지구 서해 바다로 띄웠다는 거유.

"나같이 이만치 난 사람두 이 나라에서는 써주들 않아서 암것두 못하구 그냥, 명예두 남기지 못하구 가는디 너희들은 여기 있어 봤자 아무 소용이 읎어. 그러니께 서해 바다루 띄워줄 티니께 가구 싶은 대루 가거라. 중국으루 들어가든 어디 월남으루 가든 네 가고 싶은 대루 가거라."

그렇게 배 여덟 척에다 아들 팔 형제를 띄웠다는 거유. 하도 원통해서. 그라구서 아들 하나만 딱 남기구서,

"너는 조상도 있으니께, 조상을 위해야니께 한 놈은 있어야여. 그렇지만 앞으루 있어 봤든 별수읎을 게다."

이럭하구서 그분도 그 예언 하고 아들 다 띄워보내구서 참 작고하셨다는 거유.

만고충신 김덕령

김덕령이는 전라남도 지금 말하자면 광주, 광준데 이 사람이 그때 뭐이 병사兵使라, 병사. 요새 말하자며는 어디 무슨 사단장이나 뭐 군단장쯤 되지.

그런데 이 양반이 힘이 장사라. 힘이 장사고 무술도 쓰고 이랬지마는 호랭일 한 마릴 잡고 다 이렇게 했는데, 김덕령이 어머니가 죽었어. 예전에 어머니가 죽든지 아버지가 죽으면, 친상親喪을 당하면 하야해서 벼슬자리 내놔야 돼요. 그래가지구선 임진왜란에 전쟁중인데, 무관武官인데 어머니가 죽었으니까 그 무관 자리를 내놔야 되거든. 내놔가지구선 낙향을 하고 자기집에서 상주가 돼가지구선 삼년상을 꼭 그러고 있었거든.

그래가지구선 그게 화근이 돼가지고,

"왜 나라가 이렇게 어지러운데 너는 말이야, 삼년상을 드린다고 말이야, 어머니 상을 당했다구 해서 집에 들앉아가지구선 전쟁두 안 하구 그리 있었느냐?"

그래서 역적으루 모함을 했지. 그래가지구서 김덕령이가 죽었잖어? 전쟁도 제대로 못 했지, 김덕령이. 장사고, 천하장사고, 호랑이도 꼼짝 못해, 김덕령이 앞에선. 그랬는데 김덕령이가 어머니 상을 당해가지구선 전쟁을 못 하고, 자기가 병사로 있던 자리도 치우고 나중에 그것이 문제가 돼가지고 역적을 받어. 역적 소리를 들었단 말여.

(그런데 그때 무슨 만고충신이라는……) 그래서 죽을 때 하는 말이, 자길 죽일라 카니께 워낙 힘이 세노니께 암만 장수가 열이고 스물이고 와서 그 사람한티 꽉꽉 해도 한번 이렇게 하면 뚝 떨어져버려. 그래가지고 말로는 김덕령이 여기다가 비눌^{비늘}이 있다더구만. 그래서 이 비눌을, 여 복성치^{복숭아뼈} 옆에 비눌만 때리면 죽어요. 그 외는 이 사람은 죽질 않아. 그렇게 명장이라. 그런데 김덕령이를 딱 붙잡어놓고선 그래 죽일라고……

김덕령이가 하는 말이,

"나를 왜 죽일락 합니까?"

"너는 역적, 나라에다가 역적을 했다. 아무리 니가 어머니가 돌어가셨다 해도 나라가 이렇게 어지럽고 임금이 지금 다 피난을 가고 이러는 입장인데, 워째 니가 어머니에 효도한다 카면서 그리 할 수가 있느냐? 너는 역적으루 죽이야 되겠다."

그러니께,

"그렇다며는 한 가지 소원만 들어주시면 저 죽겠습니다."

"뭐냐?"

"만고충신^{萬古忠臣} 김덕령^{金德齡}이라고 하나 적어주쇼."

김덕령이가 그래 말했거든. 그래가지고,

"적어주마."

'만고충신 김덕령' 해가지고 글자를 써주니께두루,

"그렇다면 여기다가, 복성치에다 복상나무^{복사나무} 가지를 가져와서 여기다 쳐주쇼."

그래서 복상나무 가지를 비눌 있는 데다 쳐서 죽었지. 그런 말이 있어.

(옛날에 그 비늘 달린, 날개 달린 장수 얘기 많은데요.) 김덕령이는 날개가 안 달리고 비눌이, 여 복성치 옆이다 비눌이. (그래서 복사나무 가지를?) 어. 숨을 쉬어도 이런 입으루 숨을 안 쉬고 비눌, 여기서 숨을 쉬고 그런다고.

신립 장군과 처녀의 원혼

이번에는 저 신립(申砬) 장군, 먼저 누가 신립 장군 얘기를 하기는 하던
구만서두 거 신립 장군 근본적인 얘기와 패망한 얘기, 이걸 좀 해볼까?
(예예.)

신립 장군이 권율 장군의 큰 사우(사위)여. 어떻게 인연을 맺는다는 것
이 권율 장군이 사람은 좀 볼 줄 아는 사람이라. 거 사윗감을 하나 골르
는디 신립 장군을 만나서 사위를 삼게 됐단 말여. 근데 그 집이 가난했
어. 가난했던 고로 권율 장군네 집에 가서 말하자면 데릴사위 겸으로 들
어가서 이렇게 하구 지내는 터인데. 하루는 눈이 잔뜩 쌓인 날 참 무장
을 하구 그렇게 하구서는 서울 올러가서 삼각산 상봉에 올라가서 서울
을 내려다보고 한번 심한 호흡을 대면서,

"이 천하가 이렇게두 편안하구 즐겁구 한데 이 나라가 머지않아서 난
리가 또 터진다니."

그러구서 한탄도 하구 그라구서는 이리저리 돌아댕기다가, 아 그만
날이 저물었네. 겨울날에 눈이 한 길이나 쌓이고 한디 아무리 기운 센

장수지만서두 날까지 어두니 참 갈 길이 막막하거든. 인제 겁도 나구.

그래서 이리저리 헤매다가 보니께 날은 점점 어둡고 인가도 찾들 못허구 걍 허둥지둥허다가 한 곳을 다다르니께 참 큰 와가^{瓦家} 기와집인데 거기서 불빛이 새 나오거든. 그래서 가서 보니께 참 굉장히 큰 와가여. 거기 인저 문을 두드리구서는 주인을 찾으니까 저 참 아리따운 처녀 하나가 나오는디, 그 처녀를 붙들구서는 통사정을 한 거여.

"내가 사실은 이만저만해가지구, 이렇게 산을 헤매다가 길을 잃구서 오늘 집으로 귀가를 못하게 되구 그러니 여기서 좀 쉬게 해주시오."

그러니께 처녀가 하는 말이,

"하룻저녁 묵어 가시는 건 좋은데, 이 집이 흉갑니다. 흉가라 깨딱 잘못하면 귀공자까지 피해를 볼런지 모르지 다른 데로 가보십시오."

참 그래두 일국의 도원수의 사위요, 또 자기두 그런 직책을 물려받을 야심을 가지고 있는 사람이, 흉가니께 물러가라 그라면 자기 역시도 좀 졸렬한 사람이 되지 않나 그래가지구선,

"아 어디 워째서 흉간가 그 내력 좀 알아봅시다."

그러니까 이 처녀가 일단 들어가시자구 그래서 들어가서 얘기를 하는디, 그 집이 굉장히 잘사는 부자였더래는 거여. 부잔디 그 할아버지, 아버지, 머슴들 죽 이렇게 옹기종기 살구 그라는디 그중에 머슴꾼 하나 둔 놈이 아주 술버릇이 지랄 같어. 그래가지구 술 먹구 들어와서 일도 않고 드러눠서 낮잠을 자는데 잘라면 어디 가서 자느냐면 꼭 그 주인의 딸 그 방에 가서 펼쳐 드러눠서 자네. 그라면서,

"내가 차세대에 이 집 주인이다. 나를 사위 안 삼으며는 사윗감도 없다."

그라면서 몽니를 사뭇 부린단 말여. 그러니까 이 주인들이 처음에는 착한 사람들이구 그러니까 그저 그렇게 하지 말라구 타일르구 달랬으나 하도 이놈이 이틀이 멀다 하고 그런 행패를 부리니까, 하루는 아주

참 주인인들 오죽이나 참 답답하고 속이 상했으면 그럴까, 술 먹고 들어와서 펼쳐 자는 놈을 도끼를 가지구 쫓아들어가선 대가리를 패가지구 죽였단 말여.

이것이 복수귀復讐鬼가 돼가지구 그냥 처음에는 그 할아버지 영감을 잡아가더니 고담에는 그 아들을 잡아가, 식구를 모조리 하나씩 잡아가. 하룻저녁에 하나씩, 며칠 저녁에 하나씩 잡아가는디,

"인자 오늘 저녁에는 제 차렙니다. 제가 마지막으로 남은 이 집의 유일한 식군데 깨딱하다가 귀공자께서도 이 집 식군지 알고 잡혀가게 될는지 모르니 제발 다른 데로 가세요."

그라니께 신립 장군이,

"하 이런 못된 눔이 있나? 지가 잘못한 것은 생각 않고 지가 억울하게 흉기에 맞아 죽은 원한만 생각을 하구서 복수귀가 돼가지구 그란단 말여? 걱정 마시오. 내가 물리쳐주리다."

그라구서 그날 저녁에 촛불을 찾어가지구 방이고 다 촛불을 그냥 켜논 거여. 원래 부잣집이구 그러니께 초를 써두 참 대초루다가 좋은 놈을 갖다가 쓰는 그런 집이니까. 그렇게 해서 쓰는데,

"자 이제 그 복수귀가 오는 시각이 언제요?"

그라니께,

"자정이면 꼭 옵니다."

그래 인제 자기도 그 처녀는 아랫목에다 뉘고서 그 옆 문 앞에 딱 앉어가지구서 그 시각이 오기를 기다리는 거지. 근데 아닌 게 아니라 자정이 딱 되니까 문이 덜렁덜렁하더니 활짝 열리면서,

"이년 나오너라! 아주 갈기갈기 찢어 죽이리라."

그라니께 신립 장군이 문을 팍 열면서 저 귀신을 쫓는 축귀 경문을 갖다 외우고 눈을 부릅뜨고 야단이니께 그때서는 그 복수귀가 한참을 쳐다보더니,

"장군님. 장군님하구 저하구는 아무 원한도 없습니다. 그저 저년만 내주시며는 고이 물러갈 테니께 저년만 내주십쇼."

그러니까 신립 장군이 소리를 높여서 호령을 하구 경문을 외우면서 옆에 있는 활을 들어가지구서는 그 머리를 향해서 정통으로 쐈는데, 뭐 맞은 뭣이도 없구 쓰러진 것도 없구 그 화살은 가서 대문 빗장을 가서 탁 맞췄단 말여. 그라구서는 끝났어.

끝나서 옆에 그 처녀를 본께 벌써 짝 빳빳하니 늘어졌지. 이제 물을 끓여다 멕이구 사뭇 사지를 주물르고 이렇게 해서 살렸단 말여. 살리니께,

"장군님 덕택에 저 오늘 하루는 목숨을 보존했습니다. 그러나 복수귀가 내일 저녁에 또 올 겁니다. 어차피 저는 죽는데 장군님 어떡하실랍니까?"

"어떡하다니, 나는 이미 결혼을 한, 처자식이 있는 사람이구 그러니 나한테 그런 질문을 하며는 큰 욕을 뵈는 거다."

"그럴라며는 뭐허러 저를 살렸습니까? 저를 살리지 말구 그냥 죽게 내주지 왜 살렸습니까?"

"그 못 한다."

그때 권율 장군네 집에 가서 얹혀 있으면서, 처가살이 노릇을 해가면서 이렇게 지내는 사람이 소실小室을 얻어서 앞세우고 들어간다는 건, 참 그건 여간 배짱 가지구 못 하는 일이거든. 그라니께 인저,

"그러면 내가 집에 갔다가 식구들하구 상의를 하구 이렇게 하구서 낼모레 또 오겠다."

그러니께 사람으로서 그 남자의 생각도 해줘야지 자기 입장만 내세울 수도 없는 거란 말여, 더군다나 여자의 신분으루. 또 부잣집 외동딸루다가 고이고이 글만 읽은 사람이 인의예지라는 것을 통 모르고 자기 욕심만 부리고 생떼 쓸 수도 없구. 그러니께 쫓아나오면서,

"제발 그럼 갔다가 또 오십시오."

그라구서는 시름없이 고개를 떨구고선 그냥 들어가는디, 그 참 들어가는 뒷모습을 쳐다볼 적에 신립 장군두 참 안됐다는 동정지심이 가기도 하더라는 거여. 생각 같어서는,

"그러면 나 따라가자."

데리고 오고 싶은 생각이 간절했지만, 역시 참 권율 장군이 보통 양반이 아니구 어디 갔다 오면 벌써 사람 관상부터 보고 이렇게 하는 분이구. 그 어려운 분한테 참 소실을 앞세우고 들어가서,

"저 소실 데려왔습니다."

그런다는 건 참 그 보통 배짱 가지구두 못 하지. 맹호 같은 신립이래도 그 짓을 하기가 차마 어려워서 그냥 돌아서서 막 동구洞口를 나오는데 목이 째지는 듯 비명소리가 들려오는데 보니까 이 처녀가 지붕마루에 올러가가지구,

"장군님, 내 신체까지두 묻어주고 가시우."

그러구서는 그냥 뛰어내린단 말여. 그래서 신립이가,

"가만있어라. 내 쫓아갈 테니까 가만있어라."

그란께 벌써 뛰어내려가지구 죽었어. 그래 이제 껴안고,

"내가 쫓아오는데 왜 죽었느냐?"

그라면서는 참 안타까워하다가, 그러나 할 수 있어? 그냥 참 땅을 파구서 묻어주구 그렇게 하구서 인제 집을 왔단 말여. 집에를 와서 사랑에 들어가 자기 장인한테 배알을 하니께 턱 이렇게 보더니,

"어허 너 뭐 어디 가서 무슨 일 저지르고 왔느냐?"

그러니 뭐 꼼짝 못하고 고백할 수백이. 그란께,

"에이 못생긴 눔. 남자가 열 계집을 얻은들 그게 무슨 흉이 된다고 그두고서 오다가 자결해 죽게 만드느냐? 큰일났다. 너는 이미 그 여자의 훼살毁煞이 얼굴에 벌써 비쳤어. 그래가지구 너 어디 가든지 무슨 큰일

을 도모하기는 다 틀렸어. 그러니께 참 안타까운 일이다."

그라면서 탄식을 헌단 말여. 딸 셋 됐다가 인제 맏사위라고 좀 얻어서 자기보담 더 훌륭한 인재를 만들라구 했는데 저 지경이 돼서 저건 이미 버린 자식이다 생각을 하구 그때서부텀 아주 체념을 해버린 거여. 그라구서는 인제 참 오성 대감을 사위로 맞이하구, 정만복이를 사위로 맞이하구 이렇게 그 두 사위들 덕은 봤어도 신립 장군은 아주 포기를 하구서 말았는데.

그 당시 임진왜란이 일어나기 얼마 전에 여진족 중에 나탕개라는 장수가 하나 나가지구 그 사람이 함경도 땅을 밟어가지구 평안도로 내려오면서 항복을 하라는겨. 그래서 조정에서도 걱정을 하구 어떻게 해야 나탕개를 잡을 인재를 구할 수 있는가 참 고민을 하는데, 권율 장군이 혹시나 자기 사위 신립을 내보내면 그걸로 인연해서 그 여자의 훼살을 면할 수 있을라나 해가지구 신립 장군 보고 나가서 싸우라고 그래.

그래서 만난 곳이 뭐 흥남興南이라나, 지금으로 아마 원산 그 부근 어떻게 됐던 모냥이여. 거기서 맞서 싸우는데, 나탕개도 참 유명한 장수여. 그렇게 호락호락하게 신립이한테 넘어갈 장수가 아니란 말여. 한나절 내 칼싸움을 하고 싸웠어도 승부가 안 났어.

그렁게 신립도 장군은 장군이지 정말. 그래 싸우다가는 신립이가 꾀를 내기를, 자기가 근력이 부족해가지구 지친 양 몸을 비틀고 고개를 떨구면서 뒤로다 슬그머니 드러누우니께 나탕개가 요때다 하구서는 칼을 가지구서는 공격해 들온단 말야. 그때 신립이가 몸을 불끈 일으키면서는 나탕개 가슴을 창으루다가 찔른겨. 그란께 나탕개가 말 위에서 뚝 떨어지구, 그때를 놓치지 않구 신립이는 나탕개의 목을 쳐서 껴들구서 들왔어. 그래 정부에서,

"참 그 유명한 나탕개를 그렇게 권모술수를 써가지구 물리치구 이렇게 한 신립이 훌륭하다."

그래가지구 벼슬도 높은 벼슬로다 올려주구. 그렇게 하구서 있으되 권율 장군은 처녀의 원혼귀가 이 사람의 앞날을 가로막을 것이다 하는 것을 염두에 두고 참 걱정을 했던 모냥이대.

그런데 임진왜란이 툭 터지자 바다는 이순신과 원균을 맡기기로 하고 신립은 육전陸戰에서 좀 승리를 해보라구 해서 보낸 것이, 문경새재 거기루다가 내보냈다는 거여. 거기 방어사로다가 내보냈는디, 처음에는 신립 장군도 문경새재 거기다가 매복을 시켜가지고 올러오는 일본군을 섬멸하리라 하구서 진을 쳤다는 거여. 진을 쳤는데 홀연히 지붕에서 떨어져 죽은 처녀가 나타나더니,

"장군님, 참 잘 오셨습니다. 여기서 장군님이 생사를 걸어야 되는데, 이번이 참 중대한 전투이구 하니께 정신 바짝 차리구, 전번에 나탕개 승전에 비할 것이 아니니 소녀의 말씀을 참 무겁게 알아들으시구, 이 협소한 문경새재 산에서 싸우다보면 말이 걸리구 군사들이 숲에 걸려가지구서 전투를 제대로 못할 테니 여기를 버리고 저 뒤 넘어 탄금대를 등지구서 그 들판에다가 학익진을 치시오. 그라며는 몰려오는 왜군을 다 섬멸할 수 있을 겁니다."

신립이 가만히 생각해보니께 그것두 그럴 듯 싶거든. 그러니께 이 군사들이구 참모들은,

"여기서 복병해 있다가 일본군을 물리쳐야 됩니다."

그렇게 충성을 해도 신립이 말을 안 듣구서는 후퇴해라 이거여. 후퇴하구서는 그 들판에 갔다가 학익진을 쳤는데 일본 놈들도 문경새재 그 고개를 상당히 겁을 내구, 여기서 잘못하면 우리가 복병한 군사들한테 크게 패하리라구 겁이 나서 참 무한 경계를 해가며 올라오니께 조끔씩 조끔씩 올라와 봐도 영 사람은 구경 못 하겠구 그렇거든. 그러니께,

"이게 무슨 함정에 빠지는 거지."

이제 생각을 했다가 고개를 올라와 보니께 웬 허허벌판 들판에다 사

람이 옹기종기하구 거기다 진을 치고 있거든. 그러니께 일본 장수들도 참 다 유명한 장수들 아녀? 저게 학익진이다 그래가지구서는 정면으로 다가 이렇게 쳐들어왔으며는 학이 날개를 오므리는 식으로다가 꼭 오므려가지구 섬멸시켰을 텐디 학의 양쪽 날개를 뚝 분지를 식으루다가 협공을 했단 말여.

그래가지구 조선 군사들이 인자 조총을 쏴가며 그렇게 들오는 군대를 당하들 못허구 다 망하구 신립 장군마저도 혼자 활을 쏘고 그 야단하면서. 말에는 참 웃지 못헐 얘기지.

"저놈들은 시커먼 부짓대^{부지깽이}를 가지고 쳐들어오니 나는 장대를 가지구 가서 저놈들을 다 때려죽이리라."

그러구서는 뭐 장대를 가지구서 쫓어가다가 총을 맞어 죽었다는 그런 얘기두 있구. 또 어떤 책을 읽어보며는 탄금대에 올러서가지구서는 종일 활을 쏘구 일본 놈들의 조총에 맞구 그렇게 하다보니께 몸에 모두가 가열돼가지구 땀도 나고 그러니께 탄금대 밑 강에 쑥 빠져가지구서는 몸을 식혀가지구 올러와서 또 활을 쏘구 그 짓을 하기를 여러 번 하다가 결국은 일본 놈들이 쏘는 조총을 맞어가지구서는 탄금대에 마지막 기어올러오다가 그만 비명을 일으키면서 맞어 죽었다는 그런 얘기가, 그게 그전 잡지책에서 본 건데 아마 그 얘기가 맞을 거여.

신립 장군 얘기는 고렇게 해서, 죽었으니께 뭐 더이상 뭣이 할 것두 없구. (그 여자가 원귀가 돼서 해코지를 한 거네요?) 그렇지, 죽은 처녀가. 그랬다는 거여.

신립 장군과 기치미고개

　여기서 인제 이천에서 서울로 가자면 기치미고개라 그래, 기치미고개. 그 유래가 왜 어떻게 기치미고개가 됐냐면 옛날 그 얘기를, 신립 장군이라는 얘길 들었어? 신립? (예. 신립 장군요.) 어. 신립 장군이 그때 왜놈허구 싸웠을 거야 아마.

　신립 장군이 죽어서 아무것도 못 찾았어. 자기 투구허구 뭐 신발인가 허구 뭐 옷가지 몇 개허구 뭐 그것만 찾았대. (시신을 못 찾구요?) 어. 그래서 인제 그것을 가마가 아니고 이렇게 인제 가마처럼 쭉 맹글어가지고 쬐그만 거 있어. 뭐 이런 거 담아갖고 댕기는 거, 짊어넣어 댕기는 거. 그것을 인제 거기다 넣구서 둘이서 앞뒤로다 가지구 오는 거여. 말하자면 그 혼이래두 갖다 여기다 묻는다구. 모셔야 된다구 해서 가지고 오는 거여. 부하들이 인제 가지고 오는 거여. 자기 장군은 죽었으니까.

　그래서 여기서 인제 올라가다가, 신립이 전라도 쪽 와서 죽었을 거여 아마. 왜놈들허구 싸우다 전라도 쪽에서. 그 가다가 고개를 넘어가는 거여. 광주廣州로 가야 되니께 고개를 넘어가는 거여.

"장군님, 고개 넘어가요."

그러니까 그 속에서 기침을 허더랴. 기침. (가마 안에서 기침 소리가 난다구요?) 응. 그래서 기치미고개여 그게, 여기가.

그래서 이 고개를 넘어 신둔면이라고 있어. 신둔면사무소에서 또 고개를 하나 넘어가면 거기서부터 광주 땅여. 거기 동원대학 짓고 헌 데. 또 그 고개를 또 넘어가면서,

"장군님, 고개 넘어가요."

그러니 아무 소리가 없더래, 거기서.

"야 여기서 이제 넋이 나갔다."

그래가지구서 그 고개, 넋고개에서 쪼끔 내려가서 광주 쪽 곤지암 쪽에서 더 내려가서 거기 묘가 있다고 하더라구. (아 그래서 그쪽에 묘를 썼대요?) 응. 여기서 넋이 나갔으니까 거기 묘를 썼다는 얘기여. 그래서 여고개가 기치미고개고 넋고개고 그렇대.

왜란 때 억울하게 죽은 영규대사

처음에 영규대사[1]가 그러니께 애초에 묘향산에설랑은 영규대사니
사명대사. 서산대사가 선생이구. 서산대사의 제자니까. 영규대사두 그
렇구 사명대사두 그렇구. 각 중을 대사 절에서 파견하는 거유.

"난리가 나니께, 하여간 중도 나라가 있어야 중 노릇두 하는 거니까,
승병이라도 일으켜서 왜적을 막아라."

그래서 영규는 그 명을 받고, 서산대사 명을 받어가지고 갑사[2] 와서
은닉하고 있었지. 난리 나기 몇 해 전에 갑사 와설랑은 목꾼이라구, 목
꾼이라는 거는 절에서 나무해다 주고 불 때주고 그럭하는 게 목꾼인디,
그러니께 머슴살이를 그렇게 갑사 절에 와서 머슴살일 하고 있었죠. 그
래 그때 당시만 해도 중이 뭐 몇백 명 됐다니까는. 경지가 컸구.

---

1) 영규대사(靈圭大師): 조선 중기 충남 공주 출신의 승려이자 승병장으로, 호는 기허(騎虛)다.
서산대사의 제자로 임진왜란 때 승병을 규합해 의병장 조헌(趙憲)과 함께 청주성을 탈환하고 금
산성 전투에서 왜군과 싸우다 부상을 입고 죽었다.
2) 갑사(甲寺): 충남 공주 계룡산 기슭에 있는 절.

아 그랬는디 보통 사람이지 뭐. 특이하게 생긴 것두 아니구. 그러니께 거기서는 뭐 목꾼이니께 중들도 하시^{下視}하고, 뭐 대우도 별로 잘 안 해 주고 이렇게 했는디. 날마다 나무하러 가면 그 참 몽뎅이^{몽둥이} 하나씩을 해다가, 매끈허게 다듬어서 몽뎅이 하나씩 해다가 그 절 대청 밑에다 갖다 넣는 거유. 그래 뭐 얻다 써먹을라구 그라는지, 장작처럼 갖다 넣으니까 보통 그런가보다 알았는디.

결국은 참 난리가 나가지구서 왜적이 부산을 함락하구 이렇게 상륙해가지구설랑 금산^{錦山}까장 쳐들어오게 되니깐, 그래 영규가 추측을 해 보니깐 금산까장 왜적이 쳐들어온 것이 완연하게 이렇게 생각이 들어가니까 그때서 영규가 나와가지구서 그때 말인즉은 뭐 짐대[3]를 올러갔다구 그라는디, 그 몇 길 되는 정자나무를 뛰어올러가가지구서 막 호령을 했다는 거유, 중을 보구서.

"대사들은 다 나와라. 노승만 남고서 젊은 대사들은 다 모여라. 시방 왜적이 쳐들가지구 미구에 금산을 함락하게 됐으니까, 우리 중도 역시 나라가 옰으면은 중도 존재 못 하는 거여. 그러니까 우리도 역시 나가서 왜적을 막자."

그러니께 중들이 뭐 불도만 닦지 누가 전쟁 나가서 싸울라구 해유? 그러니께,

"우리는 불도만 닦구 거시기만 하는 게지 살생을 할 순 옰다. 사람을 죽이구 뭐 살생할 순 옰다."

그러니께,

"살생 역시도 국가가 있어야 중도 있어가지구서 도학^{道學}도 피고 그라는 거지, 나라가 멸망하구 왜적이 다 창궐하며는 니들이 무슨 소용 있니? 왜놈의 노예뱅에 더 되느냐? 그러니께 나와라. 만약에 내 명령을 들

---

3) 짐대: 마을 사람들이 계룡산 갑사에 있는 철당간을 일컫는 말.

지 않으면 대칼에 목을 쳐서 다 죽일 테니까. 내 말에 순종하는 놈은 이리 나오구, 내 말을 거역하는 놈들은 뒤로 다 물러서라."

거기서 막 나무 위에설랑은 고함을 쳐지르니까, 아 쳐다보니께는 그전에는 그렇게 우람차게 안 생겼는디 그땐 쳐다보니께 참 늠름하게 대장 지위로 생겼다 그거여. 그러니께 뭐 그냥 말을 안 들으면 쳐죽이게 생겼으니껜 다 복종한다구 그러니껜 딱 나무에서 사뿐히 내려서더니만서도,

"그러면 우리는 무기가 읎어. 무기가 총칼도 하나두 읎으니까 저 대청 밑에 나무몽뎅이가 들어 있을 게다. 그거라도 가지구서 전투에 나가야지 도리 읎다."

그래서 딱 하나씩 들어보라구 그러니께 중 숫자대루 딱 맞게 해다 넣어놨드라면 그래유.

그 들려가지구서 중봉重峯 조헌趙憲 선생을 만나가지구서, 그는 참 모사謨士가 되고 또 영규는 선봉장이 되구 그렇게 해가지구설랑 충청 감사가 공주 영문에 있으니까는 거기를 들어간 거유, 둘이. 조헌 선생하구 영규 대사하구. 승병을 거느리구, 몇백 명을. 거기서두 근방에서 의병으루 같이 동반하겠다는 사람은 다 합세하구 그렇게 해가지구서 조헌 선생 따르는 장사壯士들두 다 모이구 이렇게 해가지구설랑은 참 몇백 명이 됐던가 이렇게 해가지구서 감사한테 가가지구서 관군을 달라는 거지, 관군을.

"시방 금산성이 위험하게 생겼으니까, 우리 승병 가지구선 당하들 못해, 왜군을. 그러니께 관군을 합류해서 관군을 주며는 성공을 허겠다."

무기도 관군 가지구 있구 그러니까. 그러니께는 감사 말이,

"글쎄 그렇게 내 맘으루서는 그렇게 하구 싶어두 나라 어명이 읎어서는 못 한다. 나라에 명이 있어야만 군사를 내주구 들여주구 하지 어명 읎이 나 혼자로는 맘대루 그걸 이용을 못 한다."

그러니께나 사정사정 해봐두 영 못 주겠다구 그라니께는 그담에 승병만 거느리구, 뭐 참 일반 장정들도 거기 합류하는 사람 다 데리구설랑은 금산 싸움에 가서 싸움을 한 거쥬.

왜눔들이 싹 허구 금산에 쳐들어와가지구서 있는디, 조헌 선생은 평지에다 진을 치자고 그라구, 영규는 평지다 치며는 암만 습격 당해가지구 지니께 산이다 치자구. 그라니께 조헌 선생은 양반이요 영규는 중이니까 그 권리에 몰렸던지, 워쨌던지 할 수 읎이 들에다 진을 친 거쥬. 진을 들에다 치니께는 영규 말이,

"서원터 보는 양반하구는 할 수 읎다. 저런 분하구 내가 일을 시작했으니 전사뱅이 할 게 더 있겠느냐."

뭐 그분 아예 죽기로 작정하구서 전쟁에 나온 거니까는, 조헌 선생은. 거기서 성공을 해봤든 뭐 그게 의병 나왔으니 별 거시기가 읎거든. 나라에 무슨 참 관군도 아니구 나라에 대장도 아니구 의병장인디. 그래서 전사만 하며는 참 나라에서 훌륭하게 사후에 베슬도 주고 이렇게 하는 거니까.

그 뭐 싸움을 하는디 아니나달러? 왜눔들이 산에다 진을 치구서는 밑에 내려다보구서 습격을 해서 쳐들어오니까는 하는 수가 있어야지. 바닥에설랑은 뭐, 산에를 기어올러가서 싸울 수도 읎는 기구. 그래서 할 수 읎이 거기서 전몰을, 전부가 거기서 전사를 해버렸잖여. 조헌 선생두, 거기서 조헌 선생 부자가 전사하구, 또 인제 승병들 다 거기서 죽구. 칠백의총七百義塚이 거기 있는 거 아녀?

그래서 영규대사만 어떡했든 참 빠져나온 거지. 빠져서 나오는디, 그 창으로다 배를 찔려가지구설랑 창새창자가 삐죽삐죽 나오더라는 거유. 배를 찔려가지구서. 그 창새를 거머쥐고설랑은 금산서 하여간 논산 여기 풋개라는 디가 있는디 거기를 당하니께는 소내기소나기가 와가지구선 흙탕물이 나가는데 그리로 해가지구서, 어쨌든 공주 들어가서 자기 단

신으로다가도 감사를 죽이구 죽는다구, 그 맘 먹구선 이렇게 거기서, 금산서 논산까장 창새를 안구설랑은 장사니께 거기까지 왔다는 기지.

그래설랑은 그 강물을, 황토물 나오는 강물을 헤쳐가지구설랑은 참 건너니까는 뱃속으로 전부 황토물이 들어가가지구 그래서 가다가 그냥 공주를 못 대구서 저 무네미라는 데 거기 가설랑은 참 죽었다는 거지유, 영규대사가.

그래서 인제 다 전란 이후에 영규대사가 그런 공을 세웠다구 그래서 거기다 비각을 짓고 그 중이래두 화장을 않구서 유평 뒷산에다가 묘를 이렇게 써놓랑구 중들이 봄가을로 가설랑은 제물 차려가지구서 제향 차례 이렇게 지내쥬.

그후로 참 이조 적에도 여기 이 길이 순전히, 전라도 관행렬이 순전히 이 길로 댕겼으니까. 무네미 앞으루 이렇게 공주로 해서 서울을 댕겼으니까. 과객꾼이구 무슨 베슬해가지구서 군수가 났다든지 하면 다 이 길로 지나는디 관행차가 영규대사 비각 앞에를 지나가들 못했다는 거지유. 그분들은 말 타고 가마 타고 이력하구서 가는디 만약 하마下馬를 않구, 가마에서 내려서 그 앞을 안 지나가면 말 다리가 붙어가지구서, 말굽이 붙어가지구설랑은 그 앞에서 말이 움직이들 못하구 사람 역시도 가마에서 하마를 안 하면 가마꾼들 발이 들어붙어가지구서는 움직이지 못하구. 이렇게 해가지구서 거길 지나들 못했다는 거유, 내리지 않으면. 아무 참 대관大官들이 지나가는디 그냥 타고 가면.

그래설랑은 그짝으루다 동네 안쪽으루 돌아서, 비각을 비껴서 이렇게 댕겼다는 거유. 그 옛날에 중하구 이런 거시기하구는 차이가 있어가지구 중은 별로 대우를 안 해준 모냥유, 이조 적에는. 그래설랑은 시시하게 생각한다구 그래선 영규 혼이 자기는 국가를 위해서 그런 일을 했는디 참 능멸한다구 그래서 그 혼령이 이력한다구 그런 전설이 내려오는 거지유.

요기 육이오사변 적에두 거기 영규대사 비각 옆댕이에 주막집이 있었는디 바로 비각하구 붙어댕기다시피 했지 뭐. 폭격을 해가지구설랑 거기 정자나무두 있구 한디 그 집이 홀딱 타버렸지 그냥. 그 집 폭격 맞어가지구서. 그라구 그 사람네 담하구 담 안에까지 싹 탔는디, 고 옆댕이가 영규대사 비각인디 비각은 하나 끄슬리도^{그슬리지도} 안했다구. 고 옆댕이가 바루 거시긴디, 그 집만 홀딱 타구 담까장 다 탔어두 그게 붙어댕기다시피 한 비각이라는 것은 끄슬르두 않구 고대루 남어 있다구. 그래서 그거 별일이라구들 이러구 이 지방 사람들이 그런 얘기를 했지. 시방두 영혼이 있는개비라구.

삼각산 신령과 이여송

이여송李如松이 아버지가 한국 사람이야. 한국 사람인데 중국 사신으루 들어갔다가 중국 명나라 황제가 잘 보구서 높은 벼슬을 주고,

"가지 말어라. 여기서 같이 살자."

그라는 바람에 거기서 주저앉아서 참 벼슬을 하구 거기서 아들 오 형제를 낳았는 것이 오 형제가 다 장군이여. 다 장군인디 큰 사람이 여송이구, 둘째가 여백如柏이구. 뭐 그 이외에는 잘 몰르는 거구만서두. 근데 그 할아버지 묘가 강원도 어디 있다대, 이여송이 할아버지가.

근디 나와서 이놈이 전쟁에서는, 속담에서 하는 말로 염불에는 맘이 없구 잿밥에만 맘이 있다는 식으루 전쟁을 해서 왜군을 물리치구 하는 것은 저참저쪽이고 의례적으로 하는 척만 했지, 사실은 우리나라를 깔보고 자꾸 짓밟고 하던 놈이 이여송이여.

그래서 이 쪼끄만한 나라에 명산이 많어가지구 인재가 자꾸 나고 그런다구 그래가지고 군사를 끌구 다니면서는 명산이라는 명산은 다 쫓아댕기며 주령主嶺을 끊어놔. 산 주령 거기다가 인제 쇠말뚝도 해 박구,

군사들 데려가지구 파서 주령을 잘르기도 하구. 그러다가 어떻게 공교롭게 저희 할아버지 묘지에 주령을 짤라버렸네. 그래가지구 이 오 형제가 다 조선에 와가지고 밑으루 삼 형제가 왜눔들한테 다 전사해서 맞어 죽구. 이여송이하구 둘째 이여백이가 남었는디.

이여백이가 그랬다는 거여. 저 경상도 안동 거기서 어느 냇물을 지나다가 보니께 산세도 괜찮구 참 훌륭한디,

'그, 이상하다.'

그러구선 내려가지구 냇물을 찍어서 맛을 보니께 물맛이 다르거든. 그러니께,

"여기서 북으로 십 리 밖 안쪽에 명산이 하나 있을 거다. 거기다 내 목을 갖다 묻어라."

그랬다는 건디, 거기를 찾아들어와 보니께 벌써 우리 안동 권씨 시조 권행[1], 그 양반 묘가 거기 떠억 묻혀져 있거든. 그래서 할 수 없이 그냥 포기했다는 거지.

그런디 나쁜 짓을 하도 하구 돌아댕기니께 이여송이헌테 나타난 것이 삼각산 신령이 나타났다는 거지. 그래서 삼각산 신령이 야단을 쳤다는 거지.

"너 이놈! 남의 나라에 와서, 남의 나라뿐 아니라 네 아버지의 조국이요, 너희 할아버지가 묻혀 있는 이 산이거늘 이 강토 주령이나 끊고 다니고 그런 행패를 부리느냐!"

그러니께 이여송이가 칼을 냅다 뽑아가지구선 후려칠라구 그러니껜 삼각산 신령이 펄쩍 뛰어가지고 칼등어리에 서서는 호령을 하더라는 기여. 그래 다시 칼을 또 움직이면 훌떡 뛰어가지구서는 이여송이 어깨에 가서 또 호령을 하구. 그래서 인제 이거 안 되겠다구 싶어서,

---

1) 권행(權幸): 고려 초기 공신.

"저는 인제 아무 짓도 않구 갈라니께 좀 물러서시오."

그러니께,

"가기는 어딜 가느냐?"

야단을 치고,

"갈라면 가봐라."

그래 갈라고 말을 모니께 말발굽이 안 떨어져. 그냥 땅에 딱 붙어가지구. 그래서 한참을 실갱이실랑이를 하고 싸우다가 결국은,

"다시는 그라지 말어라. 그라구선 조용히 들어가라."

그래서 인제 참 일본 놈 물러가구 난리는 평정되구 그랬응게 들어갔는디, 들어가서 자기 아버지가,

"너 조선 나가서 어떻게 어떻게 허구 왔느냐?"

물으니께 얘길 다 해줬거든. 그렁께,

"어허! 아무데 거기가 너희 할아버지 못자린디 그래 그 산 주령도 끊었단 말이냐?"

"그것도 끊었습니다."

그렁께,

"인제 우린 망했다, 인제."

그래서 망하구 말았다는 그런 얘기가 있지. 그거 크게 뭐 믿을 만한 얘기두 못 되고 그냥.

왜국 혼쭐낸 사명당

(이여송이 다니면서 뭐 혈도 자르고 그랬다고 그런 얘기도 하시는 분이 있던데요?) 그래 그렇게 했구. 그 양반이 그래서 놀랬다는 거예요. 자기네 나라는 참 대국 아니요? 대국인데 조선땅에 나와보니깐 자기네들 땅에다 대면 손바닥만하지. 근데 대부분 명산이더라 이 말이야, 산이.

그랬는데 그거는 인제 나중에 산에 혈을 자른 건 일본 사람들이 한 거야. 일본 사람들이 혈을 자른 거야. 왜 그랬냐 하면은 임진란 때 혼났어. 사명당한테 혼났단 말이야. 혼나고 나서 보니까는 참 그런 인물이 자기네 나라에는 없잖아요?

그래 사명당을 갖다 자기네 나라의 방에, 무쇠 방에다 가둬놓구서 불을 땐 거 아니야? 그래 무쇠가 다 뻘겋게 달궈졌잖아요. 그래 인제 사명당을 죽일랴고. 그래 한 이틀을 이렇게 때고 나중에 불을 끄고 열어보니깐 그 방안이 전부 서리, 된서리가 하얗게 앉아 이 양반이,

"춥다! 옷 좀 가져오너라!"

그러니 사람이 놀래지 않았겠느냐? 그러니 그 철로 만든 집이 새빨겋

었는데 이 양반이 타 죽지 않구 얼어죽겠다구, 된서리가 얼어 죽겠다구.

"화롯불을, 옷을 가져와라."

그래 일본 놈들이 거기서 탄복을 했다는 거 아니야.

"아 이런 분은 세상에 제거해선 안 되지 않겠느냐? 내 나라 사람이 아니더라도, 우리 인접 국가 저 나라의 참 명인이지만서도 이런 분은 제거해서는 안 되겠다."

탄복을 했다는 거 아녜요?

일본 사람들한테 그 사람, 저 사명당이 이렇게 하지 않았어요? 인피 人皮 삼백 장을 벗겨와라 그랬어, 사람 껍데기 삼백 장을. 그러니깐 남자 백오십, 여자 백오십. 근데 그것도 처녀 총각. 그 왜? 씨를 말릴라고. 그래 일본 사람 하도 괘씸하게 굴어가지구 씨를 말릴라고 그랬던 건데, 그래 그것이 여기 서울에 있었어요. 그 인피 삼백 장이라는 군대가 있었다고. 그래 날 궂은 날, 비 오고 뭐 하는 날은 거기서도 울음소리도 나고 아주 기분이 좋지 않은 소리가 들렸다고 그래요. 노인네들이 그랬어요. 우린 어려서 들었는데 그걸 왜 그렇게 했느냐 하니까는,

"인피를 벗기더라도 조끔이라도 기스傷집가, 차이가 나면 안 돼. 아주 말짱하게 벗겨야 돼."

그러니까는 일본 황제의 딸이 그 광경을 보고,

"나부터 벗겨라!"

그랬다는 거 아냐. 그걸 볼 수가 없잖아요, 사람이? 사람의 눈으로선 사람 인피 그 껍질을 벗기는데 볼 수가 없지 뭐야. 그러니까는,

"나부터 벗겨달라!"

그렇게 일본 사람들도 참 용감한 사람이 있었다고. 황제의 딸이지만서도 국민을 위하는 그 심정, 더구나 처참한 광경 보니까 참 안타까우니까 자기가 먼저 손수 나서 나부터 벗겨달라구 그랬다고 합디다. 그래 그런 거 보면은,

'그래도 그 참 일본을 아주 씨를 말려서는 사람이 이게 될 짓이 아니다.'

그래 이 양반이 뉘우치고 그냥 됐다구.

"인간 대 인간으로 참 자기네 한 짓거리를 보면은 이걸 놔둘 수가 없는데, 그래도 이걸 다 소멸시키게 되면 우리도 뭐 썩 반가운 일은 없지 않겠느냐?"

이렇게 해서 거기서 멈추셨다고 그러더라구요.

생불 사명대사와 땀 흘리는 비석

　사명대사가 그 소위 말하는 생불生佛 아이라, 생불! 죽지 않는다 그카
잖아. 생불은 죽지 않는다 그카거든. 사명당 언제 죽었는지 누구 아나?
아무도 없는데.

　임진왜란 적에 사명당이 승僧들을 일으켜가지고 왜적을 무지하게 물
리쳤거든. 전공을 아주 많이 세웠어, 사명대사가. 사명대사 스승은 서산
대사라고 있는데 고운사[1] 절에 가면은 그 영정이 있어요. 서산대사 영
정도 있고 사명대사 영정도 있고, 영정이 아주 크게 돼 있는데 성인각聖
人閣에다 딱 모셔놨어요. 그 대단한 위인들 화상이 딱 걸려 있는데 보면
과연 인물이 속세의 속인과는 다르구나 그카는 걸 느낄 수 있어요, 가보
면. (어떤 면이?) 장엄하지. 그분들 앉은 자세, 그 용모, 뭐 보통 사람들하
고 틀리지. 대단히 아주 위엄이 있고, 위풍이 당당하고. 속인은 그리 못

---

1) 고운사(孤雲寺): 경북 의성군 단촌면 등운산에 있는 절. 원래 '高雲寺'였는데 최치원을 기념하
고자 '孤雲寺'로 이름을 바꾸었다고 한다.

생겨. 그 대인들은 풍골이 달라요. 풍채가 달라. 그 대단한 위인들 영정 보면 절로 고개가 숙여져.

그리고 여기 무안[2]이라 카는 데 가면 여짝에 사명대사의 비각이 있지, 비문. 여기서 얼마 안 돼. 사명대사 칭송하는 업적과 비각이, 비문이 서 있는데, 집안에 비각들 세웠는데, 이 나라에 환란이 생기면은 그 비에서 땀을 자꾸 흘려. 뭐 옛날이야긴데 육이오 때는 뭐 스물닷 되 흘렸다 그카대, 비에, 그 비각에.

그 측량을 어떻게 하나 궁금하거든. 내가 직접 거기 가가지고, 고 옆에 절이 있어. 그 관리하는 절이 있는데 거 가서 물어봤거든.

"그래 뭐 그릇도 없는데 어떻게 땀이 한 되 나는지 한 말 나는지 어떻게 아느냐?"

물으니 그 절에서,

"아 참 그 질문할 만하다."

그카면서 그 얘기를 해줘. 명주를 갖다가 비각 이래 섰으면은 비 뿌리 밑에다가 칭 감아놔. 감아놓으면 위에서 인제 땀이 줄줄 흘러내리면은 이제 젖잖아? 젖으면은 명주 풀어가지고 명주를 틀어 짜면 쭉 나오거든. 짜면 또 감아놓고. 그러면은 땀을 받으면은 한 말도 나오고 두 말도 나오고 닷 되도 나오는데. 박정희 대통령 시해 당했을 때도 땀을 흘렸고, 육이오사변 이 뭐 각종 우리나라 환란이 생길 때는 그 비에 땀을 흘려.

사명대사의 영험이 거기 있다 이렇게 인제 인정을 하지. 비가 뭐 대한민국에 어디 뭐 각처에 뭐 묘비라던가 비 천지잖아요? 그래도 땀 흘리는 비는 읎어. 무안에 있는 사명대사 비만이 땀을 흘려.

---

2) 무안(武安): 경남 밀양시 무안면을 말한다. 사명대사가 이곳에서 태어났다.

임경업 죽인 김자점

　임중업^{임경업}이는 어떻게 되는고 허니, 임중업이 인제 임금의 아들, 인제 백성들 데리고 무고히 잘해가지고 왔다고. 대통령^왕헌테 데려가가지고 인제 신하들허구 술을 밤새도록 먹었어.

　술을 밤새도록 먹어서 술이 얼쩡해서, 밤에 옛날엔 다 걸어댕겼잖아? 밤에 제집을 갖다 걸어가는데, 아 자점[1]이란 놈이 인제 뭐야, 임중업이가 살아서 왔으니깐, 임중업이가 있으면 지가 크게 못 해먹겠거든? 그니깐두루 임중업이를 죽일라고 헌 거야. 죽일라고 그냥 뭐야, 신하들을 시켜가지고 그냥 임중업이 걸어가는 길에다가 함정을 깊다랗게 몇 길 파놓구 거기다 쟁길 갖다가 그냥 낫 뭐 작두 같은 거 도끼 갖다가 거기다 그냥 세워놓고.

　아 술이 취해서 비틀비틀 가다 함정에 빠졌지 뭐야. 함정에 빠져서 그

---

1) 자점: 김자점(金自點). 조선 중기 문신. 인조반정 때 공을 세워 벼슬이 영의정에 이르렀으나 효종 때 조선이 북벌을 계획하고 있음을 청나라에 밀고하여 역모죄로 처형되었다.

냥 뭐 발, 손 다 다치고 했는데, 아무리 장사래두 손발 다쳤는데 뛰어올라? 쪼금 솟아올라면 그냥 또 떨어지고 또 떨어지고 해서 거기서 죽었지 뭐야. 거기서 죽었어.

아 그날 저녁으로 그냥 임금의 꿈에 뵈드래. 임중업이가 그냥 베여가지고 피를 흘리고 돌아서 그냥 임금 앞에 와서 무릎 꿇고 빌드래. 그래서 이튿날 신하들을 해서 가는 길을 갖다 죄 수색허니깐두루 함정에 빠져 죽었지 뭐야. 아 그래서 그 신하들을 붙들어다 갖다가 들어 캐니까 거 뭐야,

"자점이가 시켜서 우린 했습니다."

그러더래. 그래서 자점이가 그냥 발견되니깐두루 도망을 갔어. 그만 자점이가 붙들려 죽겠으니까 도망을 해서 가가지고 뭐야, 아 구 개월 만엔가 팔 개월 만엔가 붙잡혔지 뭐야. 붙잡어다, 이놈을 갖다가 놓고 그놈으로 해서 나라가 망했지. 글쎄 장사를 갖다 죽였으니 그런 놈이 어딨어!

그래서 옛날에 수레라 그랬지. 거기다 그냥 실어가지구 산 채 꽁 묶어놓고는 그걸 끌고 댕김서 그냥 백성들 불러서 칼로 한 점씩 베라고 그랬어. 칼로 한 점씩 베어서 죽였어. 그래 "자점이가 점점이가 됐다"고 아주 동요가 있잖아. 점점이가 됐다고. 백성들이 그냥 불러가지고 칼로다 한 점씩 베어 내버리고, 베어 내버리고. 그렇게 해서 자점이가 죽은 거야.

옛날 역사책에 다 있는 거여. 거 뭐 나라를 막을 장사를 갖다가 죽여버렸으니 나라가 뭐 될 거여?

송우암에게 비상을 처방한 허미수

　명조 때 우암 선생 이걸 했잖아. 명조 때 돼서 처음에는 우암 선생을 굉장히 참 존중을 하고 우암 선생이 자기는 은퇴를 해야겠다고 하는디도 굳이 말리고 그러면서 그때 영의정으로 추대를 했었나, 어떻게 벼슬 직함을 높여주고 그랬는디 나중에 우암 선생이 하도 고집을 부리고 그러니께 그 제자 중에 한 사람이여. 저기 윤명재[1]라고. 그분이 자꾸 조정에 상소를 해가지고 이런 고집쟁이 늙은이는 제거해야 된다고 그래가지고 참 그랬는디. 그 한 토막 얘기를 해야겠구먼.

　우암 선생이 자기 관상을 거울로다가 보니까 사약을 받고 죽을 그런 팔자라고. 그러니께 그것을 모면하기 위해서 자기 료^尿를 자셨어. 자기가 오줌을 싸서 그거를 그대로 들어 마시고, 완전 그것을. 그래서 이제 이야기가 나오는 건데.

---

1) 윤명재: 명재(明齋) 윤증(尹拯). 조선 후기 문신. 송시열의 제자였으나 그와 갈라져 소론의 영수가 되었다.

허미수[2] 선생하고 참 정적으로 서로 다퉜거든. 라이벌이 되어가지고. 서로 다투고 그랬는디 한번은 우암 선생이 복통이 일어나가지고,

"배가 아파 죽겠다. 허미수 선생한테 한번 가보거라."

우암 선생이 자기 아들보고 그러니께,

"아이고 아버지, 허미수 선생한테 어떻게 갑니까? 그 좋은 처방을 일러줄 리 만문디, 그 약이라는 게 잘못 쓰면 큰일나는 거 아닙니까?"

"그런 게 아니다. 아무리 감정은 나빠도 대인들은 서로 뭐 할 때는 도와주고 하는 거다. 가봐라."

가니께 대번 앉아가지고 하는 소리가,

"어째 왔나?"

무뚝뚝하게 말도 못 붙이게 그러니께,

"예, 저희 가친께서 이만저만하고 복통이 심하셔서 그래 가보라고 하셔서 왔습니다."

"응, 그거 별거 아녀. 비상[3] 한 냥만 구해서 푹 달여서 자시게 혀."

끔찍한 얘기지. 비상이라는 건 먹기만 하면 죽는 거 아녀? 근디 그것 참 아들로서는 도저히 납득을 할 수 없는 그런 짓이란 말이여. 그래 이제 집으로 돌아와서,

'그러면 그렇지 허미수 선생이 투철한 약을 가르쳐주리라고 생각을 안 하고 갔는데 그럴 것이다.'

그러고서는 집에 오니께 우암 선생이 묻는단 말여.

"아이고 말씀도 못 드리겄슈. 그 약은 아주 안 잡숫는 게 낫겄슈."

"무슨 소리를 하길래 그러느냐?"

"아 글쎄 비상을 한 냥 달여서 드리라고 그래요."

---

2) 허미수: 미수(眉叟) 허목(許穆). 조선 후기 남인 계열의 유학자이자 문신.
3) 비상(砒霜): 비석(砒石)을 태워 승화시켜 만든 치명적인 독약.

"가져오너라. 약을 물으러 온 사람한테 약을 가지고 자기 개인적인 보복을 하는 그런 사람은 이제 큰사람이 못 되는 거다. 허미수는 그런 사람은 아니께 그런 줄 알아라."

그래서 겨우 달인다는 것이 반 냥을 달여다 갖다드렸거든. 한 냥은 많고 그러니께 반 냥을 달여서 갖다드리니께 아 그걸 자시고서는 복통이 스르르르 가라앉고. 근데 완전히 가라앉들 않았어. 그러니께,

"또 가봐라. 낫긴 많이 낫었는데 완전히 낫질 않았응게 또 가봐라."

그랑께 그때서야 또 찾아갔단 말이야. 가니께,

"왜 또 왔어?"

그러니께 이제 무릎을 탁 꿇고 앉아서 얘기를 하는데,

"좀 덜해서 또 가보라고 하셨기 때문에 이렇게 왔습니다."

"음 한 냥 다 안 먹었구먼."

"하도 독한 약이고 그래서 반 냥만 타 드렸습니다."

"의원한테 찾아오려면 목숨을 내걸고 의원한테 몸을 맡기고서 믿어 줘야지 의원 자체를 의심하는 사람이 무슨 놈의 병을 고치려고 그러느 냐? 안 돼. 가. 이제 별 약 없어. 자네 어르신네는 소년기부터 자기 료를 받아 자셔서 그 오줌 적^積이 창자에 가서 두껍게 깔렸어. 그것을 뚫으려 면 비상 한 냥밖에 못 혀. 근데 그것을 뭣도 모르고. 자네는 내가 이 판 이 계제에 좋은 기회라고 해서 죽게 만들려고 가르쳐주는 줄 알고 그러 는디 그렇게 해서는 안 되는 거야."

그래 그냥 쫓아가지고,

"그럼 반 냥을 더 해드리면 어떨까요?"

"에이 안 돼. 벌써 아마 삼분의 일은 침투를 했을 텐데, 그 약이 침투 했을 텐데 반 냥을 또 먹으면 창새기^{창자}가 뚫어져. 그러니까 안 돼."

그래가지고 송우암이 평생을 그 복통을 다 고치지를 못하고 죽었단 말이여.

조선 중후기 인물 전설

　조선 전기와 후기를 가르는 역사적 사건 임진왜란은 수많은 이야기를 낳았다. 역사 인물 전설 가운데 임진왜란과 관련된 것이 태반일 정도로 많은 이야기가 생겨나 오늘날까지 이른다. 여러 차례에 걸친 사화나 정변, 병자호란과 달리 임진왜란에 관한 전설이 유난히 많은 것은 임진왜란이 백성의 삶에 지대한 영향을 미쳤기 때문이다. 지울 수 없는 끔찍한 피해에 대해 사람들은 무엇이 어떻게 잘못됐으며 어떻게 그 악몽으로부터 벗어날 수 있었는지를 잊히지 않을 서사로 응집해 오랜 시간에 걸쳐 전승해왔다.

　전승자들은 임진왜란을, 전쟁에서 승리해 국난을 극복한 일로 여기기보다 겪지 않았어도 될 큰 피해를 자초한 최악의 비극적 역사로 의미화하고 있다. 임진왜란의 공식적인 영웅인 이순신보다 능력을 발휘하지 못한 채 죽은 김덕령과 쓰임을 못 얻은 송구봉을, 또는 비상식적 전술로 결정적 패배를 자초한 신립이나 중국에서 들어와 위세를 부린 이여송을 더 활발히 이야기하는 데는 역사에 대한 비판적·반성적 인식이 담겨 있다. 사명당이 일본을 크게 혼내준 사연도 전설에서 빠지지 않는데, 억울한 피해에 대한 분노와 복수 의식에 기인한 것이다.

　17세기 이래 수 세기에 걸친 역사적 우여곡절과 관련되는 인물 전설은 시기상 오래되지 않았음에도 그리 많이 구전되지 않은 편이다. 야담집이나 패설집을 포함한 문헌에 수많은 인물담이 기록된 것과 대조적이다. 물론 이리저리 찾아보면 유명한 역사적 인물에 관한 전설 외에 지역적 인물을 포함한 다양한 인물에 관한 이야기들이 있다. 여기서는 그중 대표 인물인 임경업과 허미수에 대한 전설을 수록했다.

　「뜻을 펼치지 못한 송구봉」에서 구봉 송익필은 임진왜란기 인물로 미천한 출신 때문에 크게 쓰이지 못한 인재다. 이야기는 그가 얼마나 대단한 인물인지 강조하는 한편 왜국에서까지 그를 크게 경계했지만 막상 조선에서 쓰이지 않은 상황을 강하게 비판한다. 이 자료는 치자들이 진짜 능력자를 외면해 큰 피해를 초래했다는 역사관이 전형적으로 서사화된 인물담이다. 자식들을 해외로 떠나보냈다는 내용에서 비판적 역사관을 재확인할 수 있다.

「만고충신 김덕령」에서 김덕령은 활발하게 이야기가 전승되는 인물로 손꼽힌다. 특히 그의 억울한 죽음에 얽힌 사연은 전국적으로 전승돼왔다. 이야기 핵심은 김덕령이 죄가 없음에도 권력자들이 그를 역적으로 몰아 제거했다는 것이다. 사연에는 허구적 요소가 많지만, 자기 안위를 앞세운 권력자들에 의해 김덕령이 억울하게 죽은 것은 역사적 진실이다. 치자들이 그를 만고충신으로 인정하면서 역적으로 몰아 죽인 일은 권력의 모순을 단적으로 보여준다.

「신립 장군과 처녀의 원혼」은 신립 장군이 문경새재를 포기하고 탄금대를 선택한 사정을 서사화한 이야기다. 이 자료는 그가 곤경에 처한 여인을 구해내지 못하고 죽음에 이르게 한 일을 큰 과오로 여긴다. 그가 전쟁에서 패한 일은 한 작은 목숨을 살리지 못한 사람이 여러 백성의 생명을 지킬 수 없다는 것으로 의미상 연결된다. 다른 대다수 자료에서는 신립이 뒷기약 없이 여인을 떠나고 여인이 죽었을 때 뒷수습을 하지 않고 돌아서는 것으로 돼 있어서 비판적 시각이 더 뚜렷이 표현된다.

「신립 장군과 기치미고개」는 탄금대 전투에서 전사한 신립 장군의 후일담이 특정 지역에서 지명유래 전설로 전승돼온 사례다. 남아 있던 넋이 어느 지점에선가 흩어져 없어졌다는 내용이 인상적이다.

「왜란 때 억울하게 죽은 영규대사」는 계룡산 갑사 인근 지역에서 폭넓게 구전된 영규대사 전설의 채록본이다. 영규대사가 절에서 목꾼으로 일하다가 왜란이 터지자 승병장으로 나서는 반전이 인상적이다. 이야기는 감사가 의병을 돕지 않은 일과 양반이 허튼 명분과 위세를 앞세운 일을 패배의 원인으로 서사화하여 기득권층에 대한 비판적 인식을 보여준다. 이러한 대립 구도와 비판적 의미는 영규대사의 죽음으로 그치지 않고 비각에 얽힌 후일담으로 이어져 현재성을 발현한다.

「삼각산 신령과 이여송」은 전국적으로 널리 전승되는, 명나라 장수 이여송에 관한 전설 가운데 하나다. 이여송에 대한 전설은 그가 명산의 혈을 자르고 조선을 차지하려 했다는 내용이 많으며, 이 자료에서처럼 산신령에게 혼나서 쫓겨갔다는 내용이 이어 지기도 한다. 이민족에 대한 경계심과 굴욕적인 역사 경험을 반영해 조선을 침략한 일 본 외에 중국에 대한 적대감을 서사화했다.

사명당이 일본에 가서 항복을 받고 조공을 받아냈다는 것은 『임진록』에도 있는 내 용인데, 「왜국 혼쭐낸 사명당」에서는 '인피 조공'을 강조하고 있다. 일본에 대한 강한 적개심과 복수심의 발로인 동시에 역사적 상처에 대한 보상 심리가 반영된 것이다.

「생불 사명대사와 땀 흘리는 비석」은 사명당 연고지인 경남 밀양 인근에서 폭넓게 전해오는 후일담 형태의 이적 전설이다. 역사적 변고가 있을 때마다 비석이 땀을 흘린 다는 것은 사명대사가 생불이었다는 내용과 연결된다. 비석이 땀흘리는 모습을 많은 사람이 본 터라 큰 관심 속에 널리 전승되고 있다.

「임경업 죽인 김자점」에서 민중의 신망을 얻은 영웅 임경업과 간신의 대명사 김자 점이 대립하는 구도는 역사적 전형성을 갖는다. 문제는 간신의 흉계로 영웅이 억울하 게 죽는다는 사실이다. 전승자는 백성들이 간신의 살을 점점이 도려냈다는 극단적 내 용을 통해 간악한 모리배에 대해 강한 복수심을 나타내고 있다.

「송우암에게 비상을 처방한 허미수」는 정치적으로 라이벌 관계에 있는 인물들이 인간적으로 서로 신뢰하고 있었음을 인상적으로 보여준다. 송우암이 허미수에게서 도움을 받고도 결국 병을 못 고치고 죽은 내용에는 권력자에 대한 부정적 시선이 반영 됐을 것이다. 권력의 중심에 있던 송우암보다 허미수가 더 대단한 능력자처럼 설정된 점도 눈여겨볼 만하다.

점 잘 치는 소경 엄이장

여기 길명리[1) 가면 골짜구니 하나가 소경골이라는 데가 있어요. 쇠경 골이라고 그러는데 그게 뭐냐면 옛날에 봉사를 쇠경이라고. 쇠경골에 누가 살았냐 하면 이름은 자세히 모르겠구, 엄이장이라고 그런 별명을 가진 양반이 살았대요.

근데 그 양반이 얼마나 잘 맞히고 뭐든지 궁금증을 풀어주는 그런 사 람이었는데 어느 촌막村幕에서 소를 잃어버렸다네. 그래,

"소를 잃어버렸는데 점을 좀 쳐주십시오."

그러니간,

"허허 도둑점은 사람 죽이는 건데, 내가 가르쳐주면 내가 죽는데 어 떻게 해주겠나?"

그렇게 인제 하는데도,

"저는 그게 전 재산이니 제발 점을 좀 쳐주시면 고맙겠습니다."

---

1) 길명리: 경기 포천시 일동면 길명리.

아주 애걸복걸해서 점을 치기를 해서, 참 그 사람의 사주를 물어보구 육갑^{六甲}을 떠억 치더니, 산통^{算筒}을 쓰윽 빼서 훑어보더니,

"자네가 여기서 남쪽 방향으로 점심에 배가 고파서 아주 못 배기겠다, 밥을 먹어야지 꼭 살겠다 하는 데까지 걸어가보믄 큰 나무가 있을 걸세. 두리번두리번하다 나무가, 큰 나무가 있을 거야."

이 사람이 부랴부랴 그냥 아침 새벽부터 떠나가지구, 밥을 물론 잔뜩 먹고 떠났는데 두세시쯤 되니까 배가 고파 죽겠거든. 그러니까 지금 말하면 아마 육십 리 내지 칠십 리는 갔을 거예요. 그래서 두리번거리구 큰 나무를 찾으니깐 그때나 이때나 뽀쁘라^{포플러} 나무가 제일 삐죽하게 잘 자라잖우? 근데 바로 그 나무 위에, 큰 나무 꼭대기에 소가 있다구 가르쳐줬으니까 그 나무 꼭대기까정 올라가야 제 소를 찾잖아?

그래서 죽기를 결심하구 기어올라가서 이렇게 보니까, 제일 높은 데 올라갔으니깐 사방이 잘 내려다보일 거 아냐? 보니까는 저만치 덤불 밑에 제 소가 보인단 말이지. 그러니까 큰 나무 위에 있을 수밖에! (일동 웃음)

그래서 소를 찾아왔다는 얘기, 뭐 등등. 그 사람이 이 근처서 살면서 옛날 양반들 말씀하시기를, 용했다 그런 말은 좀 들어봤어요.

오성 대감 놀라게 한 명인

오성[1]이 조정에서 베슬하구 이라다가 나중에 인저 요샛말루 정년퇴직이라던가 퇴직해가지구 물러가구 집에 가서 계신디, 하루는 아침 잡숫구 이렇게 대뜰 마당에 나와서 앉으니께 그 앞으루 길이 있는디 장개가는 신랑이 사린교四人轎를 타구 혼행차가 간다 이런 말여. 그런디 신랑 가는 사린교 뒤에 키가 구 척이나 되는 사람 둘이 육모방망이를 하나씩 들구서 쫓아가. 그런디 그게 귀신여. 다른 사람의 눈으론 안 뵈야. 그래 오성은 참 대감이라 그걸 보거든. 그래서,

"야야, 너 가지 말구 이리 와."

그 귀신 둘을, 아 대감이 오라니께 지가 어느 영문에 안 가고 배겨? 와서 인저 대뜰 밑에다 둘을 세워놨지. 아무 말씀을 안 히여. 그 혼행차가 갔지. 가서 전안奠雁 지내구 뭣이 하구 인제 저녁때 요샛말루 한 다섯 시나 여섯시 되니께,

---

1) 오성: 오성부원군 이항복(李恒福). 조선 중후기 문신으로 많은 일화를 남겼다.

"너희들, 인저 너희 갈 데로 가서 볼일 봐라."

놔 보낸단 말여.

보내구서 가만히 이 양반이 생각을 하니께 그게 홍사살[2]인디, 붉을 홍 자, 모래 사 자 홍사살인디, 그것을 내버려두며는 그 신랑이 장개가 서 전안하는 시간에 그걸 방해를 해가지구 그 사람 그 내외의 일생에 아주 불길하게 만들 기교란 말여.

'그런디 그런 걸 몰르구서 혼택(婚擇)한 사람이 워째서 혼택을 했나?'

그 혼택 택일한 사람을 좀 잡어다가 취조를 해봐야겄어. 그래서 인저 하인을 불러서,

"야, 아무개야."

"예."

"내일이며는 여기 장개갔다가 신행해서 가는 혼행차가 갈 게다. 가걸 랑은 요기서 좀 쉬어가라구 해가지구 나를 알려다구."

이렇게 하인에게다가 명령을 했단 말여. 그래 참 그 이튿날 한 열두시 나 되니께 온단 말여.

"아이 대감께서 요기 좀 쉬어가시라구 한다."

인제 혼행차가 쉬었지. 그래 인자 오성이 나와서 그 신랑의 주소, 성 명을 적었어. 적구,

"혼택한 사람이 누구냐?"

물으면 일러줄 거 아녀?

"아무데 사는 아무개올시다."

"응, 그래. 너휠랑 가거라."

인저 놔보냈단 말여. 보내구서 그 하인을 보내서 혼택한 사람을 잡어

---

2) 홍사살(紅紗殺): 부부 가운데 한 명이 흉하게 죽는 사주. '사'는 비단 사(紗)로, 구술자가 모래 사라고 착각한 것이다.

왔어. 잡어오니께,

"니가 아무데 사는 아무개냐?"

"예, 그렇습니다."

"그러면 그 아무개 혼택을 니가 했느냐?"

"예, 했습니다."

"그러면 그 혼택을 위째 그렇게 했능고?"

"예. 그 신랑 신부에 대해서는 일 년 삼백육십오 일을 놓구서 가려봐두 그날보다 더 좋은 날이 읎습니다."

"그러면 그날 아무 해살^{害煞}이 읎는가?"

"예. 홍사살 두 개가 있는데, 구곡성^{九曲星}이 그것은 제살^{除煞}해줄 것을 알고서 했습니다."

아 오성이 출천^{出天} 정기를 타구난 양반인디, 구곡성³⁾이 제살해줄 것을 알고서 했다는 디는 귀신 아니냐 이게여, 혼택한 사람. 그래 속으루 이 양반이 참 끄떡끄떡하면서,

'그렇겄다. 이 혼택해먹겄다.'

그래,

"가거라."

그랬다는 얘기를 들었어.

알기는 참 고만치나 알어야여. 그게 그렇게 못 맞춰냈으면 그 사람 혼났다구, 오성한티.

---

3) 구곡성(九曲星): 구성(九星). 운명을 판단하는 데 이용하던 아홉 개의 별. 여기에는 문곡성과 무곡성이 포함되는데, 하늘나라 신선으로 여겨졌다. 이야기에서 오성이 구곡성이라는 것은 그가 하늘 신선의 화신임을 일컫는다.

제주도 거상 김만덕의 행적

　제주도 가보면 김만덕金萬德이 비碑 봤어? 김만덕이가 제주도에서 일등 기생여. 그런디 제주도는 큰 데라고 해서 제주 목사牧使거든. 목사 하나가 통솔을 하는 거여. 그런디 육지 사람이 목사루 가잖어? 그러면 처음 가던 날 저녁에 수청 기생이 들어가는 거여. 그 골서 일등 기생이 들어가는 거여.

　김만덕이 소복을 딱 입구 가네, 흰옷을. 그래,

　"네 어째 흰옷을 이렇게 들여오느냐?"

　"아 오 일 재계 하구 삼 일 재계를 하는디……"

　인저 제삿날이 돌아오며는 오 일 동안은 외처 출입도 않구 외처 사람 상대도 않구 집에서 목욕재계하구 제삿날을 기달리는 거여. 그래서 닷새를 하는 사람이 있구 삼 일도 하구 그라는 사람이 있는디,

　"아무 날이 제 지아비 제삿날유. 제 사내 제삿날인디, 다른 사람 오 일 재계, 삼 일 재계도 하는데 하루라두 입어야쥬. 그래서 흰옷을 입었습니다."

"에이 요망헌 것. 나가라!"

내보내네. 그럼 다른 기생이 들어가서 밤새는 거여. 그렇게 해서 김만덕이가 세상없어두 수청을 안 들어. 이리저리 핑계 대구서.

그런디 평생에 결혼은 한번 해야겄는디 영 사람이 마땅치 않어. 예전에 명기라고 허는 기생들은, 지금 사람들은 뭐 똥갈보로 생각할 테지만 어림도 읎는거. 벼슬아치한티두 안 눌리구, 권력 있는 사람한티두 안 눌리구, 돈한티두 안 눌리구, 이거 있구 읎구 간에 제 마음이 맞는 사람 하나밖에 읎는 거여, 기생들은. 결혼을 한번 해봐야겄는디 할 새가 읎어.

그런디 제주도에 고씨들이 살어. 고高, 부夫, 량梁 삼성三姓이 지금 인구가 이십만 인구여, 제주도에. 고씨가 십만, 양씨가 육만, 부씨가 사만 해서 이십만 인군데 제주도 토박이라구. 어슥비슥하는 사람들 물으면 얼추 고씨여 인자.

그런디, 고선흠. 고선흠이여, 고선흠. 이 사람이 관아에 베슬을 하구 있는디, 그 사람한테로 시집을 가구 싶어. 그 사람은 상처喪妻를 한 사람이구 애들이 남매가 있어. 그런디 영 듣들 않네, 이 사람이.

"내가 사람을 얻으면 나는 편한디, 그 어린 남매에게 구애되며는 내가 죄를 받는다. 그러니 내 평생 그 애들 키워가면서 있지 사람을 안 얻는다."

그렇게 이 여자가 애들을 매수를 햐. 의복, 먹을 거 해가지구 와서 애들을, 낮은 애들만 있으니께 가서 청소두 해주구 의복두 주구 먹을 것두 주구. 아주 그뒤로는 사뭇 어디서 번뜩만 하면 따르구 인저 그라네.

집에 가면 집이 청소가 되고 애들이 모두 의복을 새로 입구 그랬거든. 그렇게 물은 거여.

"어떻게 생긴 아줌마가 와서 이렇게 의복도 갖다주구 먹을 것도 갖다줬냐?"

가만히 보니께 그 여자여. 한번은 거리서 만나서,

"당최 우리집 왕래를 하지 마시오. 절대 내 결혼 안 한다."

그래도 인자, 그래 나중에는 목사보고서 결혼을 시켜달라는 거지, 고선흠이하구. 그래놓구서,

"너 꼭 살라느냐?"

"살고 싶습니다."

"산다면 기적妓籍서 빼주마. 이제 기생 호적서 빼주마."

그래 그 목사가 강제로 결혼을 시킨 거여. 그래 고선흠이가 할 수 웂이 결혼을 했지.

해가지구서 얼마 안 돼서 고선흠이가 죽었네. 그라구 보니께 결혼했다는 게 얼마 살도 못하구서 애들만 둘 맡었잖어? 그 지경이니 애들을 떼내버릴 수가 있어, 어떡혀? 그래 지가 다 키워야지. 그러니 딴사람하구 시집갈 수도 웂구.

그러니 뭐 할 게 있어? 인자 지금 말로 무역상이지. 제주도에는 그때 산에서 약채藥菜가 많이 나온 데여. 그래서 약채 캐다가 시장에서 팔고 그라면 육지 사람들이 와서 사가고 그라는 건디, 그 무역 상회를 했어. 다른 사람들은 이문을 많이 봤지만 김만덕이는 박리다매로 그저 이문 쪼끔씩 남기고 사들이구, 육지 사람 오면 또 쪼끔 남기고 팔구, 이렇게 해서 쓰는 데 웂으니께 참 궤짝으루 돈을 하나 모아놓은 거여. 그래 육지에서, 부산이니 목포니 뭐 여수니 사방에서 선장들, 배 가져온 사람들이 곡식 실쿠실고 와서 약품을 실어가는 거지.

그래 제주도에 한번은 삼 년 흉년이 들었네. 그러니 국고에서 풀어서 구제해줄 도리가 있나? 그래 처음에는 김만덕이가 목사한티 등장等狀을 간 거여. 지금 말루 데모지.

"사람이 이렇게 굶어죽으니께 구제를 해야 할 거 아닙니까?"

인자 항의를 한 거여. 그러니 뭐 누군 곡식이 있어야지. 그러니 목사가 아주 분하지. 여자한티 데모를 당했으니께. 그래두 뭐 힘이 웂으니께

어떡혀?

그다음 나가서 배 선장들 불러가지구서 궤짝 열고 돈을 한 보따리씩 준 거여.

"양식 가져와, 양식 팔어 대령하시오."

그래서 양식 팔어다 놓구서 처음에는 죽을 쒀서 줬어. 그라구 보니께 서로 뭐 가면서 줘두 언제든 한 그릇은 돌아가니께 그렇게 하다 나중에는 곡식으로다 방방곡곡으로 배부를 해줬어.

"너희 동네는 너희 동네서 죽 쒀서 줘라."

삼 년 흉년을 김만덕이 사재私財로다가 구제를 한 거여. 나라 임금이 그 소리를 듣고서 그 참 고마운 일 아녀? 나라서두 구제를 못 허는디 사재를 털어서 구제를 했으니 참 고마운 일이라는 기지. 그러니께 목사보구서,

"김만덕이 소원이 뭐인가 김만덕이 소원대로 전부 들어줘라."

그래 김만덕이를 불러가지구,

"네 소원이 뭐냐?"

"아무 소원이 없습니다. 없구서, 임금님을 한번 봤으면 그게 소원이고 금강산 구경을 한번 했으면 그게 소원입니다."

그러니께 나라로 상계上啓를 했지.

"그럼 보내라."

그래서 서울 궁중에를 가는디, 개인 사삿사람은 임금을 못 보는 거여. 베슬아치라야. 그러니 김만덕이 베슬을 줘야네. 베슬을 줘야 되지 사인私人은 못 보는 거니까. 그라구 본게 힘 안 들이고서 베슬을 한 가지 했지 인자.

거기서 임금을 만났는디, 뵀는디, 임금이 그때만 해두 김만덕이가 자색이 이뻐서 그란지 고마워서 그랬는지 손을 턱 붙잡었단 말여, 손목을. 그러구서 난 뒤에 그때 인저 포백布帛을 준다고. 예전에는 비단 명주 이

런 걸 하사를 하거든. 명주를 끊어가지구서,

"이건 임금이 잡었던 손이다."

그래서 백성들이 쳐다봐선 안 된다는 거여. 명주로다 이렇게 싸매구서 평생을 살었어.

그러구 금강산 구경을 하는디 가는 데마다 앞에서 선문[1] 놓는 거여.

"제주도 기생 김만덕이가 이 절을 찾어오는디 잘 대접해 보내라."

그러는 임금 명령여. 그래 금강산 구경을 쭉 하구서는 서울 궁중으로 왔지. 조정 백관들이 욕심을 내구 말여,

"여기서 우리하구 살자."

"아닙니다. 제주도 백성들을 내가 구제를 하고 그랬으니께 그 사람들을 보아야 합니다. 그러니께 제주도로 갑니다."

제주도 가서 절에 댕겨서 부처 하나 만들어놓고서 부처 위하다가 죽었어. 그래서 제주도에 김만덕이 비가 지금도 있구. 그래 임금이 잡었던 손목이라 그래서 평생을 싸매고 댕기구.

---

1) 선문(先文): 중앙의 벼슬아치가 지방에 출장할 때, 그곳에 도착 날짜를 미리 알리던 공문.

담배장수 골탕 먹인 정만서

그 또 정만서[1] 얘기 하나 더 하면, 한날은 혼자 길을 떠나가지고 쭈욱 이래 가고 있는데 재만대이^{잿마루}를 하나 떠억 넘으이까네 담배가 피우고 싶은 거야. 이런데 언제라도 옛날엔 보행으로 걸을 적에 재만댕이만 가면 누구라도 쉬게 돼 있어. (꼭대기니까.) 그래 거기 가보이까네 누구 한 사람이 먼저 와가지고 이래 보따리를 짊어지고 떠억 기대놔 놓고 담배를 한 대 피우는 기라. 정만서가 올러와보니까 담배 피는 걸 보니 자기도 피우고 잡거든^{싶거든}.

"아 여보시오. 초면이지만 미안한데 그 담배 한 대 얻어 피웁시다."

그카이까네,

"아이고 담배는 몬^못 주요."

그카는 기라.

---

1) 정만서(鄭萬瑞): 19세기에 경북 경주 지역에 살았다고 알려진 기인(奇人). 남다른 기지로 사람들을 이리저리 골탕 먹였다고 한다. 대구에서도 그에 관한 이야기들이 전한다.

"하 그래요? 몬 주는 거 할 수 읎지."

그러니 이 머리 잘 돌아간 놈은 말이지 성낼 것도 없고, 우리 같으면 "이 양반아. 담배 그거, 한 대!" 이카지만도, 점잖게 말이지,

"아 몬 주면 할 수 없지요. 당신, 뭐 무슨 장사고?"

그카이까네,

"아 나 담배장사요."

그카거든.

"짊어졌는 그건 몬데?"

그카이 이건 담배라는 거여.

담배 짊어지고 댕기며 장사하는 눔이야. 담배장사 하는 눔이 담배 한 대 안 주이까네 말이야. 그래가지고 거기서 담방^{당장} 한번 내 그랬다 소리 안 하고, 뭐 담배는 얘기 끝나가지고,

"어데까지 가시오?"

그카이꺼네,

"아 나도 이 재 넘어가지고 그냥 동네 동네 댕기오."

이래 되거든.

"그래요? 그 뭐 우리가 이래 초면에, 오랜만에 만나도 그 참재 만대이 서 이래 뭐 잘 만났는데 그래 같이 일행이 돼갑시다."

그래 담배쟁이 인제 담배 보따리 그놈 짊어지고 정만서랑 둘이 슬슬 재를 넘어갔다 말야. 재를 탁 넘어가면 동네는 저 건너 있거든. 그때가 가을철인데, 들을 이래 떠억 다니는데 그 들 복판쯤 가이까네 남편이 가을에 벼 베는데 부인이 점심을 가져와가지고 둘이 묵는 기라. 묵으면은 요기 논두렁 겉으면 서로 마주 걸터앉아 먹을 수밖에 읎다. 밥은 복판 여기 놔놓고.

그래 둘이 앉아가 묵어 쌌는데 정만서가 옆에 이래 지나가는 거야, 저 담배쟁이하고 둘이가. 지내가면서 정만서가 뭐라 카나 하면 밥 먹는 사

람보구,

"야 이놈으 새끼들. 벌건 대낮에 기집 사나이 거 뭐 하노?"

이래 들거든. (청중 웃음) 아 이거 둘이 내외간에 밥 묵는데 지나가는 사람이 쳐다보고 그칸다 말이야. 그래 이 사람이,

"이 양반이 뭔 소리 하노?"

그카이까네 그놈아가 거기서 그런 욕을 말야, 한마디 더 하는 거야. 더 하이꺼네 이 사람이 들어보이까네 밥 먹는데 욕을 길 가는 놈이 그래 하니 얼마나 성이 나?

"야 이 자슥이 별 희한한 놈이. 야 임마, 거기 서봐라."

그카믄서.

"거 있어 봐라, 임마!"

그카믄서 나락 베던 낫을 쥐고 막 따라오는 거야. 따라오이까네 그때서 슬금슬금 뛰면서 말야, 뛰면서 뭐라 카나 하면,

"아재, 아재. 썩 오소!" (청중 웃음)

뒤에 담배쟁이보고,

"아재, 아재. 빨리 오소. 빨리 오소! 그놈아한테 잘못하면 우리 당하겠구마."

이늠우 자슥, 이 사람처럼 욕도 안 했고 그자? (같은 편인 줄 알고?) 응. 욕도 안 했고 그냥 뭐 이래 젊어지고 담뱃짐 한 짐 졌제. 그래 그냥 이래 가는 기라. 따라가는데 막 이건 한번 쥐어 달리면서,

"아재. 빨리 와, 이 양반아! 지금 그놈아한테 잘못하면 당한다."

이카이꺼네 이 사람이 낫 쥐고 따라가다가 보니 저건 잘 달리니까 따라가도 몬하겠고 이게 즈그 아재라 카이까네, 같이 넘어왔고 그쟈, (청중 웃음)

"예라, 이 자슥! 이 자슥이 한패구나."

그러매 낫을 가지고 사람은 몬 쫓고 마 담뱃짐을 마 잡아서 담배만

다 쏟아뻤다 말야.

그 담배 한 대 안 주는 바람에. (청중 웃음) 담배 그래 그게 뭐고? 이거를 저는 피우면서 그 "담배 한 대 주소" 그카이, "담배는 몬 줘요". 그카이 이눔은 담배쟁이가 돼가주고 그만 한 대 안 줬는 고것 때문에 정만서한테 그만치 짊어졌든 보따리 다 떨었잖아 고마? 길가에 쏟아뿌니까네, 쏟아뿌고 그 사람이 기양 놔두나? 마 이리 차뿌고 저리 차뿌고 이래이 그 담배 한 대 안 줬는 고거 때문에 그만치 피해를 봤다는 거야.

그게 정만서의 얘긴데, 그때에 이 대구에는 정만서라 카는 사람이 최고의 작객作客이야.

녹두장군 전봉준 죽은 내력

여러분들 잘 아시겠지마는 녹두장군 전봉준全琫準 있지요? "새야 새야 파랑새야, 녹두밭에 앉지 마라." 그 시가 전봉준이가 죽을 당시에 지어진 십니다. "새야 새야 파랑새야, 녹두밭에 앉지 마라. 녹두꽃이 떨어지면 청포장수 울고 간다." 그 시가 전봉준이가 지은 시여.

근데 전봉준이가 어디 사람이냐 하면, 우리 부락에서 오 리밖에 안 됩니다, 전봉준이 집 생가. 생가가 어디냐 하면 전라북도 정읍군 이평면 장내리 저술부락입니다.

근데 녹두장군이 어떡해서 죽었느냐? 녹두장군이 어떡해서 죽었다는 것이 기록에 없어요. 누구 말 들으면 경친아라는 부락 사람에게 맞어 죽었다는 사람도 있고, 어떤 사람 말 들어보면은 역적으로 몰려가지고 나라 임금님이 귀양살이 보냈는데 병들어서 죽었단 사람도 있고, 어떤 사람 말 들어보면은 자기가 자진해서 죽었다는 사람도 있고, 어떻게 죽은 내력은 저도 몰라요. 모르는데.

전봉준이, 녹두장군이 처음에 내란을 일으킬 때 어떻게 일으키나 하면, 그때 그 정읍군에 가서 세 분이 있어요. 행정이 정읍 군수, 고을 원, 태인 현감. 그러면 같은 벼슬이라도 정읍 군수가 제일 높아요. 그다음에 고을 원, 그다음에 현감 그렇게 되거든요. 그러면 현감하고 원하고는 칠 품이여. 군수는 육품이라고. 옛날에는 정일품에서 구품까지 있어요. 지 금도 공무원들 일급에서 구급까지 있지요. 똑같애, 급수는.

그런데 그 고을 원이 누군가 하면 조병갑이라고, 그이가 고부군 원 으로 있었어요. 고부군 원으로 있으면서 만석보라는 벼를 갖다가 수확 을 하기 위해서 큰 댐을 쌓는데 한 이십 리 길을 쌓았어요. 그래가지고 그 안에는 물이 못 들게끄롬, 그래 농사 딱 지어. 농민들이 농사 지면 그 놈을 싹 거둬가, 고을 원이. 그놈을 걷어다가 날이면 날마다 기생들하 고 뚱땅거리고 그렇게 세월을 보내요. 그래 농민들이 살 수가 있어요? 농사를 쎄빠지게^{힘들게} 지어놓으면 요노무 새끼가 싹 훑어가고 훑어가고 그러니까. 그래가지고,

"이거 안 되겠다!"

고을 원을 갖다가 지경청¹⁾으로 넘길 때 나라 임금님 승낙 없이는 못 넘깁니다. 그래 미리서 통보를 해, 임금님한테. 우리 고을 원이 이런저 런 나쁜 행동을 하고 이런 사람이 있으니까 우리가 지경청으로 넘겨야 겠소. 미리 통보를 하고 인제 지경청으로 넘어가면 모가지 딱 짤려버려. 인자 다시 붙들 못하는 것이여.

그래가지고 원을 넘겨버리고는 인자 말하자면 이름 있는 대로 갈 판 이여. 갈려고 하는데 나라에서 그걸 알고는 몇 월 며칠날까지 입궐해라, 그러고 통보를 내려보냈단 말이여.

통보를 내려보냈는디 이 전봉준이가 수하를 데리고 한참 올라오는데 어데를 보니까 천 냥짜리 점쟁이라고 써 있어. 천 냥짜리 점쟁이라고.

1) 지경청: 지방경찰청을 줄인 말. 옛날 관청을 현대식으로 설명한 표현이다.

그래서 전봉준이가 그것을 안 믿어야 하는데 옛날 사람이라 혹시 내가 올라가다 무슨 일이 없을까 그게 두려워서 점을 딱 하니까 점쟁이가 뭐라 하는고 하니,

"아무 이유 없이 경친 양반만 조심하세요."

그렇게 말만 한단 말이여. 경친이라고, 경친.

그런데 이 전봉준이는, 녹두장군은 충청도 어디 가면은 경친[2]이라는 쪼그만 마을 부락 이름이여. 거기를 조심하라는지 알고 거기를 미처 못 가서 몇 날 며칠을 묵고 있었어. 사태를 볼라고. 그런데 이 점쟁이는 그게 아니고 경친이라는 부하가 있으니까 그 부하가 어느 땐가는 당신을 죽인다 이거여. 그렇게 이제 앞서 이야기를 했으면 그런 일이 없는데 무조건하고 말뜻도 없이 경친을 조심하라고 그렇게 말만 하니까. 그래서 거가서 몇 날 며칠을 묵다보니까 나라 임금이 알고는,

"요것들이 아직도 안 오는 것을 보니까 역적이구나. 나를 갖다가 몰아내려고 하는 수단이구나."

그래가지고서 나라 임금님이 병사를 내려 보냈답니다.

"가서 전봉준이 붙들어와라. 잡아와라."

그래가지고 나라에서 병사를 내려보내니께 전봉준이가 쫓기고 쫓기고 한 것이 전라북도 정읍군 덕천면 황토재라는 데까지 물러나버렸어. 그래가지고 거기서 대접전을 일으켜가지고 사람 많이 죽었습니다. 그때 그래가지고서 결국은 잡혀가지고 올라가는디, 올라가는 도중에 경친이라는 부하가,

"당신 이대로 올라가면은 이제 죽어. 역적으로 몰려가 죽으니까 그렇게 추잡스럽게 죽지 말고 차라리 나한테 죽는 게 좋다. 그게 깨끗하다."

그래가지고 칼로 쳤다고. 소문이 그렇게 났는데 거기서 죽었는지 몰

---

2) 경친: 호남에서 서울로 올라가는 길에 있는 역촌인 충남 공주시 계룡면 경천 마을로 추정된다.

라. 어떻게 죽었는지 몰라요. 아무도 몰라. 그래서 "새야 새야 파랑새야"
그것이 전봉준 시여.

정말떽이와 신기한 호리병

　옛날에 정말떽이라는 사람이 살았어. 근데 이 사람은 좀 도술을 하는 사람인데, 이 아저씨한테는 호롱병^{호리병}이 있었어, 이렇게 조롱박처럼 생긴 거. 이거 딱 구멍이 막혀 있는 건데 그게 세 개가 있었어. 그래가지고 근데 그거를 어떤 산신령님이,

　"이거는 절대로 급한 일이 아니면은 열어보지 말고, 니가 정 살다가 급한 일이면 열어보도록 해라."

　이랬어.

　근데 어느 날 인제 자기 부인이 참 예뻤는데 잡혀가게 된 거야. 그래서 마을 사또가 자기 부인을 탐하고 데려가서 이 사람이 자기 부인을 구하러 갔어. 그래갖고 부인을 구해가지고 오는데 막 병사들이 쫓아오는 거야.

　"저놈 잡아라!"

　막 그 부인이랑 도망갔어. 그래서 너무 급해가지고 그 호롱병 중에 한 개를, 분홍색 빨간색 뚜껑이 되어 있는 그 조롱박 뚜껑을 열었더니 모기

가 갑자기 수십 마리 나와가지고 그 모기가 병사로 변하는 거야. 그래가지고 그 막 사또가 잡을라고 풀어놓은 병사들을 물리쳐가지고 집으로 데리고 와서 부인이랑 행복하게 살았어.

그런데 그게 막 이렇게 소문이 난 거야. 그래가지고 사는 게 좀 힘들었는데, 어느 날 나라에서 갑자기 오랑캐들이, 다른 나라 병사들이 쳐들어온 거야. 그래가지고 소문이 막 나가지고 사람이 찾아온 거야, 나라에서.

"지금 우리나라가 이렇게 힘드니까 좀 도와주시오."

그래가지고,

"어떻게 도와주면 될까요?"

"오랑캐가 지금 수백만 명이 쳐들어오고 있으니까 어떻게 좋은 방법을 생각해보세요."

근데 그 사람이 병 두 개가 남아 있잖아? 그래가지고 두 개를 이용해갖고 막 전쟁이 일어난 전쟁터에 갔는데 우리 병사는 몇 명 안 되는데 적군은 너무 많은 거야. 근데 아까 호롱병 한 개 써버렸잖아? 막 모기가 병사로 변하는 그 호롱병 써버려갖고 많은 병사도 못 만들고. 그래가지고,

'이번에는 어떻게 하지?'

이래 가지고 또다른 거기 병을 하나 이렇게 열었거든. 열었더니 갑자기 하늘에서 막 비가 오는 거야. 근데 그 구름이 적군 위에만 있어가지고 적군 쪽에만 비가 막 억수같이 와가지고 적군들이 떠내려갔어. 그래가지고 이번에 정말떽이가 또 나라를 구한 거야.

그래가지고 막 나라에서는 정말 이 사람을 영웅처럼 막 해줬어. 근데 마지막 하나 호롱병은 아직 안 썼거든. 근데 결국에 평생 안 쓰고, 정말 떽이는 호롱병을 평생 안 쓴 채 늙어 죽은 거야. 그후로 나머지 하나는 아직도 아무도 본 적이 없대.

민간의 명인과 기인 이야기

역사적 우여곡절 속에서 중요한 자리를 차지한 유명 인물 외에 상대적으로 덜 알려진 민간 인물에 대한 전설들을 여기 모았다. 전봉준은 오늘날 꽤 유명해졌고 김만덕도 나름 알려졌지만, 정만서는 아는 사람만 아는 인물에 가깝다. 엄이장이나 정말떽이는 이름과 행적이 불분명하다. 이름이 명시되지 않은 명인이나 기인에 대한 이야기도 많은데 그중 명인 이항복과 관련된 이야기를 수록했다. 특별 능력이나 재주, 이력을 지닌 민간 인물들에 관한 이야기는 각각 개성이 두드러지지만 공통된 세계관이나 역사관을 담고 있다. 세상을 움직일 만한 능력자들이 하층민에 속해 있다는 것이다. 이는 민중이 역사의 주체라는 인식과 연결된다.

「점 잘 치는 소경 엄이장」은 앞을 못 보지만 남들이 못 보는 바를 신이하게 알아내는 명인에 대한 이야기다. 엄이장은 소를 잃어버린 사람에게 큰 나무 위로 오르라 하는데, 엉뚱해 보이는 주문이 문제를 해결하는 절묘한 방법이었다. 그는 일반 사람들이 못 보는 것을 꿰뚫어 보는 능력자였다.

「오성 대감 놀라게 한 명인」에서는 역사적 유명 인물인 오성의 신이한 능력뿐 아니라 오성의 개입까지 내다본 이름 모를 명인의 남다른 예지력이 큰 감탄을 불러일으킨다. 민간의 신앙과 습속이 이야기 바탕에 깔려 있어 주술적 신이함과 서사적 흡인력을 잘 살리고 있다.

「제주도 거상 김만덕의 행적」은 제주도에서 무역을 해 큰 부를 이룬 인물의 내력을 구술한 사화史話다. 기생 출신의 매력적인 주인공을 등장시킨 점이 인상적이다. 나라가 구제하지 못한 백성을 개인이 구제한 일이나, 기생이 임금 알현과 금강산 여행을 소원으로 청한 것 등 흥미로운 서사 요소가 많다.

「담배장수 골탕 먹인 정만서」는 트릭스터 캐릭터인 실존 인물에 관한 이야기다. 인물 전설 성격을 지니면서도 민담 식의 허구적 상상력이 포함됐다. 사기꾼의 교활한 책략에 관한 내용처럼 보일 수 있으나, 윤리적 관점을 탈피한 캐릭터의 놀라운 주체적 행동이 통념을 깨고 있다.

「녹두장군 전봉준 죽은 내력」은 근대 전환기 역사적 우여곡절 속 주인공인 전봉준에 대한 이야기다. 학정에 맞서 농민들이 일으킨 봉기를 역사적 배경으로 두고 전봉준의 죽음에 얽힌 전설을 제시했다. 그가 점괘의 뜻을 오해해 죽음을 맞이하고 말았다는 이야기에는 민중적 영웅의 죽음과 미완의 혁명에 대한 안타까움이 담겨 있다. 그 회한은 노래 <새야 새야 파랑새야>로 연결되어 문학적 여운을 더한다.

「정말떽이와 신기한 호리병」은 산신령과 통하여 엄청난 보물을 얻은 민간 이인에 대한 전설이다. 그 보물이 개인의 영화를 가져오는 데 쓰이지 않고 권력자나 외적을 퇴치하는 데 사용되었다는 것에서 민중의 역사관을 볼 수 있다. 이야기는 호리병 한 개가 대단한 능력을 지닌 채 어딘가에 남아 있어 언젠가 크게 발현될 것임을 암시한다. 전설의 현재성 내지 미래지향성을 확인할 수 있는 이야기다.

해설

낯선 허구 속에 담긴 삶의 진실

🪨 구비전승 설화와 전설

　문학이라 하면 많은 사람이 글로 기록된 작품을 떠올린다. 하지만 문학은 문자예술이 아닌 언어예술이다. 말로 된 문학으로서 구비문학은 기록문학과 더불어 문학의 기본적인 두 영역을 이룬다.

　구비문학은 폭이 넓고 형태가 다양하다. 설화와 민요, 무가, 판소리, 민속극은 물론이고 속담과 수수께끼도 구비문학에 속한다. 신화와 전설, 민담 같은 허구적 담화 외에 경험담과 사화史話 같은 사실적 담화도 중요한 자리를 차지해왔다. 설화로 통칭되는 신화, 민담, 전설은 겉보기에 비슷해 보이지만, 문학적 성격에는 차이가 있다.

　신화는 신성한 이야기 또는 신성시되는 이야기로 정의된다. 신화는 흔히 세계의 기원과 진실을 문제삼으며, 현실적 한계를 넘어선 본원적 가치의 실현을 추구한다. 사람들이 신성한 힘을 매개로 자긍심을 갖도록 하며, 특정 집단을 하나의 운명 공동체로 결집하면서 정신력을 극대화한다.

　신화가 신성하고 진중한 집단적 이야기라면, 민담은 개인적 이야기이자 흥미 중심의 가벼운 이야기다. 민담의 화자는 사실 여부에 구애받지 않고 상상을 한껏 발휘해 이야기 내용을 자유롭게 펼쳐나간다. 인물의 신령성이 강조되는 신화와 달리, 민담의 주인공은 평범할 때가 많다. 그가 뜻밖에 겪게 되는 우여곡절을 흥미진진한 모험담 형태로 그려나가곤 한다. 민담이 펼쳐내는 상상의 세계는 낙관적이라 꿈꾸던 일이 완벽하게 성취되곤 한다. 민담의 서사는 미적 쾌감과 심리적 해방감을 느끼게 한다.

한편 전설은 응시와 토론, 성찰의 이야기다. 믿기 힘든 낯설고 기이한 내용을 실제로 그런 일이 있었던 것처럼 전하는 것이 전설이다. 그러다 보니 전설의 내용을 어떻게 봐야 하는가를 놓고 전승자들 사이에서 열띤 논쟁이 벌어지곤 한다.

전설은 성격 면에서 민담보다 신화와 통하는 점이 많다. 경이감을 불러일으키는 신이한 능력과 사건이 사실과 진실의 차원에서 다루어진다. 이야기 내용이 흔히 세상사의 기원과 결부되기도 한다. 하지만 신화와 전설은 전승 태도와 전승 방식이 다르다. 신화를 전할 때는 이야기에 대한 존중과 믿음이 강조되지만 전설을 전할 때는 비평적 응시가 부각된다. 전설의 전승자들은 이야기 내용을 선뜻 믿는 대신 과연 그것이 진실인지, 그런 일이 왜 생겨났으며 그 의미는 무엇인지 이리저리 따진다. 신화를 전하는 사람이 이야기 속으로 스며든다면, 전설을 전하는 사람은 이야기를 관찰하고 분석한다.

전설은 구체적인 지형지물, 예컨대 마을, 산, 강, 바위, 연못, 굴, 탑, 비석 등과 결부되어 전승될 때가 많다. 특이한 이름을 지닌 지형지물에는 대개 전설이 얽혀 있다. 장자못에는 장자못 전설, 용소나 장군바위에는 아기장수 전설이 결부되는 식이다. 지형지물은 이야기의 증거물로 신빙성을 뒷받침한다. 기이한 이야기 내용과 실재하는 증거물이 맞물리면서 사실과 허구가 팽팽한 긴장 관계를 형성한다.

지역에서 전승되는 전설은 일종의 마을 역사 구실을 한다. 구전으로 전하는 역사이며, 허구적 이야기로 갈무리된 역사다. 꼭 기억해야 할 특별한 사건이나 경험을 경이롭고 인상적인 서사로 응축한 것이 전설이다. 문자를 가지지 못한 사람들이 주체가 되어 전승해온 전설은 글로 기록된 역사에 대한 대항 담론의 성격을 지닌다.

🌾 전설의 다양한 종류

전설은 이른 시기부터 문헌 정착이 이루어졌으며, 현지 조사를 통해 채록 보고된 구전 자료의 양도 방대하다. 지역과 마을마다 갖가지 지형지물에 얽힌 전설이 구전되고 있어 존재하는 이야기도 천차만별이다.

전설의 종류를 나누는 하나의 기준은 그 이야기가 얼마나 보편적으로 분포하는가다. 특정 지역에서만 확인되는 전설과 여러 지역에서 같은 내용이 확인되는 전설을 구분하는 방식이다. 전자를 지역적 전설, 후자를 이주적 전설이라고 한다. 이주적 전설은 각지에 널리 분포하는 전설이라는 뜻으로 광포 전설이라고도 한다. 지역적 전설의 서사 내용이 제각각인 것과 달리, 광포 전설은 서로 다른 곳에서 전승돼온 자료들이 놀라울 정도로 유사하다.

한국의 광포 전설에는 「장자못」 「아기장수」 「오뉘 힘내기」 「떠내려온 산」 「쌀 나오는 구멍」 「빈대절터」 「말무덤」 「달래고개」 등이 있다. 그중 「아기장수」나 「장자못」은 보고된 자료가 각각 수백 편에 이를 정도로 광범위하게 전승돼왔다. 이들 전설이 각지에서 폭넓게 전해온 것은 그만큼의 서사적 전형성과 문제성을 지니기 때문이다.

전설은 발생 목적에 따라서 설명적 전설, 역사적 전설, 신앙적 전설로 구분한다. 설명적 전설은 자연이나 사물이 어떻게 생성되었는지 설명한

다. 지리상 특징, 자연물의 생김새, 특수한 풍속 등이 생겨난 내력을 설명한다. 역사적 전설은 역사적 인물이나 사건을 전설 형태로 전승해 역사를 기억하고 되새기게 한다. 국가나 지역을 무대로 활동한 실존 인물의 행적이나 역사적 사건에 얽힌 우여곡절을 다루는데, 역사적 사실과 문학적 허구가 맞물리는 것이 특징이다. 신앙적 전설은 민간신앙에 기초한 전설이다. 신령에 관한 전설이나 생활상 금기에 대한 이야기, 종교적 이적에 대한 전설, 구세주 도래에 대한 이야기 등이 있다.

전설에서는 이야기의 증거물, 곧 '대상'이 중요하다. 어떤 사건이 아니라 어떤 대상에 대한 이야기인가 하는 것이 전설의 정체성을 가늠하는 표지가 된다. 예컨대 전승자들은 '고약한 장자의 악행에 대한 전설'이라고 하지 않고 '장자못에 얽힌 전설'이라 한다. 이야기는 증거물인 장자못과 연관되어 전승력과 의미를 확보한다. 그래서 전설을 분류할 때는 증거물을 유력한 기준으로 삼는다.

전설의 증거물은 크게 세 가지로 나뉜다. 산이나 강, 바위, 굴 같은 자연 만물과 인공적 대상, 그리고 (실존했던 것으로 여겨지는) 사람이 전설의 증거물이 될 수 있다. 이들 각각에 대한 이야기를 자연 전설, 인문 전설, 그리고 인물 전설로 일컫는다.

자연 전설로는 대자연 전설과 자연물 전설, 동식물 전설이 있다. 하늘과 땅, 산과 바다와 강 등 자연의 큰 체계를 이루는 대상에 관한 전설이 대자연 전설이며, 자연물 전설은 바위와 돌, 굴, 샘과 우물, 명당, 각종 보물 등 상대적으로 작은 자연 사물에 얽힌 전설을 뜻한다. 생명을 가진 존재인 동물과 식물, 괴물 등이 등장하는 이야기는 동식물 전설로 묶을 수 있다.

사람들의 손길이 닿아서 생겨난 여러 대상에 대한 전설은 인문 전설이다. 절이나 탑 등 인공적으로 만들어진 건조물 외에 도시와 마을의 유래에 대한 이야기가 여기 포함되며, 예술품이나 제도, 풍속 등 문화에 대한 전설도 포괄할 수 있다. 도시와 마을의 유래부터 각종 풍속에 얽힌 이야기까지 인문 전설은 구전 문명사 내지 문화사를 이루는 서사로서 의의를 지닌다. 도읍의 유래나 사찰 창건담 등은 그 자체로 오롯한 구비 역사다.

인물 전설은 특정 인물이 전설의 대상이 되는 이야기다. 이름이나 별명이 전해지는 여러 실존 인물에 관한 전설과 일화를 포괄한다. 인물 전설은 인물이 활동한 시대나 지역별로 범주화하거나 인물의 유형별로 분류할 수 있다. 이 책에서는 인물이 살았던 시대별로 자료를 수록했는데, 학술적으로는 성격유형에 따른 분류가 통용되고 있다. 그 범주는 크게 시조와 영웅, 명인과 재사, 의인과 흉인에 대한 전설로 나눌 수 있다.

지역적 인물부터 국가적 인물까지 인물 전설은 범위가 무척 넓고 유형이 다양하다. 남다른 반전의 삶을 펼쳐낸 인물이나 통념을 깨는 이미지를 지닌 인물, 능력을 발휘하지 못한 채 억울하게 좌절한 인물, 역사 속 행적이 논쟁거리가 되는 인물 등이 전설화 대상이 된다. 그런 인물을 전형적이고 문제적인 형태로 서사화하면서 역사의 이면을 반추하는 것이 인물 전설의 세계다. 정보의 사실성과 체계성은 부족할지 모르지만 구비전승 특유의 허구적 형상화 방식을 매개로 하층의 대안적 역사 인식을 발현한다는 의의를 지닌다.

전설의 담화 구조와 의미

전설은 구체적 증거물과 결부되어 실제 있었던 일인 양 말해지지만, 이야기에는 믿기 어려운 내용이 포함돼 있다. 사람이 돌로 변했다든가 어린아이가 날개로 날아다녔다든가 하는 상식을 뛰어넘는 내용이 담긴다. 전설의 가치를 오롯이 이해하기 위해서는 이야기 속 허구를, 역사를 드러내는 또하나의 방식으로 봐야 한다. 역사적 진실은 사실적인 정보 속에만 있지 않다. 허구적으로 재구성된 담화 속에 인간과 세계의 숨은 진실이 오히려 더 잘 담길 수 있다. 이를 제대로 이해하고 분석하려면 구비설화의 담화 특성에 대한 이해가 필요하다. 설화의 전승은 임의적이고 무작위적인 전달과 다르다. 비석에 새기듯이口碑 일정한 틀을 갖춘 방식으로 전달과 수용이 이루어져 말하는 내용이 뇌리에 인상적으로 각인된다.

구비설화의 형상적 장치로 먼저 화소話素에 주목해야 한다. 구술 담화에서 기억해야 할 대상은 특별하고 인상적인 형태로 표현된다. 어떤 집안에 비범한 아이가 태어났을 때 '아이가 남달랐다'거나 '기운이 셌다'고 하는 대신 '태어나자마자 말을 했다'거나 '겨드랑이에 날개가 있어 날아다녔다'는 식으로 표현한다. 이렇게 화소 형태로 갈무리된 내용은 사람들에게 강렬한 인상을 주어 특별한 의미를 획득한다. '날개 달린 아이'는 곧 하늘이 낸 신령한 아이로, 그가 태어났다는 것은 하늘이 세상에 개입할 필요를 느꼈다는 뜻으로 이해된다. 하늘이 개입해 장수를 내린 것은 세상에 근본적인 문제가 있음을 확인시켜주는 요소가 된다.

구비설화에서 또다른 중요한 형상적 장치가 서사 구조다. 이야기 속 화소들은 서로 긴밀한 구조를 이루어 의미를 강화한다. 「아기장수」에서는 날개 달린 아이가 탄생하고 그 정체를 알게 된 부모가 자식을 살해한다. 아기장수로 상징되는 변혁의 가능성이 속절없는 좌절로 이어진 형국이다. 장수의 탄생이 강렬한 것처럼 죽음 또한 충격적이다. 희망과 좌절이 역전적으로 맞물리는 구조에서 서사적 화두가 부각되고 주제가 생성된다. '장수는 왜 죽어야 했는가' '장수의 죽음은 어쩔 수 없었나' 등의 문제가 제기되면서 문학적 성찰이 이루어진다.

「아기장수」와 더불어 한국에서 가장 널리 전승돼온 또다른 전설 「장자못」은 한 부자가 스님을 박대했다가 망해서 그 집이 연못이 됐다는 내용이다. 「장자못」에서 악행을 저지르던 부자가 천벌을 받아 망했다는 인과응보식 전개는 극적 변전이 전해주는 재미가 있지만 평범한 계몽담처럼 다가오는 면이 있다. 하지만 이 이야기 속에는 장자의 서사만 있는 것이 아니다. 며느리의 서사가 또하나의 중요한 축을 이루고 있다. 그중 더 문제적인 것은 며느리의 서사다. 착한 며느리가 비극적 결말을 맞이하는 전개는 쉽사리 납득하기 어렵다. 이때 며느리에게도 모순이 잠복돼 있었다는 사실에 주목해야 한다. 며느리는 장자의 집이라는 부조리한 공간에 깃들어 있었다. 그 상태가 이어지면 그 또한 모순적 삶의 일원으로 귀착될 수 있다. 이에 며느리는 장자의 행위에 대한 사죄와 적극적 선행으로 모순을 극복할 가능성을 얻지만, 금기로 제시된 조건을 충족하지 못해 좌절하고 만다.

이야기 속 며느리는 두 세계 사이에 놓여 있다. 장자의 권세가 지배하는 공간인 '집'과 스님의 법도가 통용되는 공간인 '산'이다. 이야기에서 집과 산이라는 공간은 뚜렷이 대비된다. 장자의 집은 세속적 문명 공간으로 익숙하고 편안하지만 이기적 욕망이 지배하는 타락의 공간이다. 그곳에 머무르면 죽음과 파멸을 면할 수 없다. 장자가 그 늪에 완전히 함몰됐다면 며느리는 거기 반쯤 발을 담근 상황이다. 그녀는 스님을 만나 그곳을 탈피해 자연적이고 본원적인 신성의 세계로 나아갈 기회를 부여받는다. 그리 나아가는 길은 생명과 부활이 기약된 변혁의 길이었지만 낯설고 두려운 길이기도 했다. 어떤 곳일지 모르는 미지의 길이며 혼자 나아가야 하는 고독의 길이다. 이야기는 며느리에게, 그리고 사람들에게 이런 질문을 던진다. "부조리의 늪에 빠진 상황에서 익숙한 것을 내려놓고 그로부터 탈피할 수 있는가?" 이 질문을 더 일반적이고 적극적인 형태로 표현하면 다음과 같다. "모순된 과거의 삶을 벗어나 존재적 변혁을 이루려면 우리는 어떻게 해야 하는가?"

이것이 「장자못」 설화의 화두다. 이 화두에 대한 서사적 답은 텍스

트에 구체적으로 나오지 않는다. 과거의 삶을 벗어날 수 있는 기회에서 뒤를 돌아보아 주저앉은 연약한 여인의 슬픈 모습을 보여줄 따름이다. 하지만 돌이 돼버린 저 여인은 무겁고도 비장한 울림으로 우리에게 말한다. 나처럼 되지 말라고. 부조리한 과거를 돌아본 귀결은 존재의 절멸일 따름이라고.

다음으로, 역사적 사건과 인물에 얽힌 이야기들을 통해 전설이 어떤 형태로 역사적 경험을 갈무리하면서 의미화하는지 살펴보자. 한국의 인물 전설에는 민족 최대 수난 중 하나인 임진왜란에 얽힌 이야기가 많은데 폭넓은 전승이 이루어진 인물로 김덕령이 있다. 김덕령에 관한 전설에서 핵심 요소는 그의 출전과 죽음에 얽힌 사연이다. 여러 자료를 종합해 이야기 내용을 간략히 정리하면 다음과 같다.

김덕령은 임진왜란이 일어났을 때 상주喪主의 처지라서 전쟁에 나가 살생을 할 수 없었다. 그는 능력이 있으면서도 왜적을 무찌르지 않았다는 죄명으로 역적으로 몰렸다. 조정에서 그를 죽이려 했으나 어떤 형벌로도 그를 죽일 수 없었다. 김덕령은 '만고충신 김덕령'이라는 현판을 얻어내고서 자기 오금에 있는 비늘을 치라고 알려주어 죽음을 감수했다. 김덕령이 죽은 후 현판의 글씨를 깎아 없애려 하였으나, 그 글자가 더욱 명쾌하게 돋아나서(또는, 김덕령이 눈을 부릅뜨고 살아나려고 하여) 없앨 수 없었다고 한다.

살펴보면 상식으로 납득하기 힘든 기이한 내용투성이다. 하지만 이같은 허구적 설정 속에는 당대의 역사적 진실이 깃들어 있다. 이 서사에서 핵심 요소는 민중 영웅 김덕령이 지닌 신이한 능력과, 영웅을 역적으로 몰아 처형한 위정자의 모순적 처사다. 위정자들이 내세운 치죄의 명분은 김덕령이 제대로 전쟁에 나서서 싸우지 않았다는 것인데 명백한 억지 논리다. 김덕령을 처형한 행위야말로 그가 나라를 구할 가능성을 원천적으로 봉쇄한 일이었으니 말이다. 당시 지배층이 무리한 명분을 붙여 민중의 희망인 김덕령을 제거했다는 것이 이 전설에 담긴 역사 인식이다. 김덕령에게 '충신' 현판을 써주고 나서 그를 '역적'의 죄명으로 처형했다는 설정은 위정자들의 모순을 부각한다. '만고충신' 글자가 없어지지 않고 더 또렷이 드러났다는 것은 그 부조리한 행위가 감출 수도, 돌이킬 수도 없는 것임을 의미한다.

실제로 김덕령이 역적으로 처형당한 것은 이몽학 반란에 연루된 혐의 때문이지 왜적과 싸우지 않았기 때문은 아니다. 그를 죽이기 위해 만고충신 현판을 써주었다는 것도 완전한 허구다. 하지만 김덕령의 죽음에 관한 전설은 본질적으로 역사를 정확히 반영했다. 당시 위정자들은 김덕령을 위험한 인물로 보아 죽였다. 출신이 한미한 인물이 남다른 능력을 갖춘데다 백성의 신망을 크게 얻자 후환을 없애려고 이몽학 일파의 진술을 빌미삼아 그를 제거했다. 위정자들이 자신들의 안위만 생각해 모순적으로 대처한 것은 임진왜란 당시의 역사적 진실이다. 사람들은 그러한 진실을 가장 뚜렷이 함축해 각인하는 형태로 김덕령의 죽음을 서사화하여 그들 스스로의 역사를 쓴 것이다. 지우고 깎아내려 해도 불가능한 형태로 말이다. 글은 태워 없앨 수 있어도 말은 그리할 수 없다. 글보다 말이 약하다는 것은 배운 사람들의 편견일 따름이다.

🗾 전설, 인류와 영원히 함께할 이야기

전설이라 하면 많은 사람이 아득한 옛날 이야기를 떠올린다. 실제로 일부 전설은 아득한 과거, 천 년 또는 만 년 전의 삶과 의식을 그 안에 담아내고 있다. 사람이 돌이 된 전설이 많은데, 전설 자체가 문화적 화석이자 역사적 화석이다.

전설은 살아 있는 화석이다. 이야기들이 잊혀 사라지지 않고 사람들 마음속에 남아 오늘날까지 구술되고 있음은 그 징표가 된다. 이들이 시대를 관통해 기억되고 재현되는 것은 그럴 만한 힘과 가치가 있기 때문이다. 고전 가운데 전설만큼 자생적 생명력을 발휘하는 양식은 보기 어렵다.

전설은 통념을 넘어 인간과 세계를 새로운 눈으로 보게 함으로써 상투화된 일상을 성찰하고 그 틀을 깨게 한다. 우리의 삶과 의식을 팽팽하게 살아 있도록 하는 정신적 역동은 문학의 본질적 존재 이유다. 인류가 존재하고 언어 행위가 계속되는 한 전설은 영원히 이어질 것이다. 이책에 실린 전설들로부터 앞으로도 길이 이어질 특별한 이야기의 원형과 의미 있는 만남을 이룰 수 있기를 소망한다. 그 이야기들이 책 안에 갇히지 않고 또다른 언어로 살아나 세상을 힘차게 누빌 수 있게 된다면 더 바랄 것이 없다.

【 작품별 조사 채록 정보 】

* 구연 날짜, 구연 장소, 구연자, 조사자 순으로 채록 정보를 밝혔다.

■ 장자못 전설

「장자골 안반지 전설」
　2009년 2월 26일, 경기 가평군 가평읍 하색리, 신영범(남·93) 구연, 신동흔·
　이홍우 외 조사 채록.

「장자못과 어금니바위」
　2013년 4월 3일, 경기 용인시 영덕동, 이덕균(남·47) 구연, 안예지 조사 채록.

「소금기둥이 된 며느리」
　2005년 12월 21일, 서울 종로구 노인복지센터, 윤중례(여·75세) 구연, 김경
　섭·심우장 외 조사 채록.

「칠산바다 생겨난 사연」
　2015년 4월 5일, 서울 모처, 조춘해(여·54) 구연, 이세인 조사 채록.

■ 아기장수 전설

「아기장수와 스님과 용마」
　2009년 1월 22일, 경기 가평군 북면 화악리, 백남하(남·81) 구연, 신동흔·노영
　근 외 조사 채록.

「아기장수와 돌로 변한 용마」
　2012년 4월 6일, 서울 관악구 봉천동, 정인태(남·72) 구연, 박성진 조사 채록.

「자기 죽이는 방법 알려준 아기장수」
　　2006년 10월 1일, 광주 남구 광주공원 입구, 정윤채(남·80) 구연, 심우장·김예
　　선 외 조사 채록.

「양평 장수바위 전설」
　　2013년 4월 3일, 서울 종로구 탑골공원, 이원석(남·83) 구연, 김혜영·김태희
　　조사 채록.

■ 오뉘 힘내기와 장사 전설

「오뉘 힘내기와 묘순이바위」
　　2013년 4월 1일, 서울 모처, 김봉옥(여·81) 구연, 정소연 조사 채록.

「장사 남매와 치마바위」
　　2017년 4월 6일, 서울 종로구 종묘광장공원, 김예자(여·61) 구연, 임혜원 조사
　　채록.

「천마산 말무덤 전설」
　　2013년 4월 6일, 서울 모처, 최상질(남·62) 구연, 최영인 조사 채록.

「내장산 장군봉의 장군수」
　　2005년 12월 14일, 서울 종로구 노인복지센터, 김금동(남·77) 구연, 김종군·김
　　예선 외 조사 채록.

■ 기타 광포 전설

「노처녀와 지렁이 도령」
　　2011년 2월 18일, 경기 이천시 장호원읍 다래리, 박순례(여·73) 구연, 신동흔·
　　이홍우 외 조사 채록.

「쌀 나오는 바위」
　　2011년 2월 12일, 경기 이천시 부발읍 죽당리, 강진구(남·78) 구연, 신동흔·이
　　홍우 외 조사 채록.

「청계산 달래내고개 전설」
　　2013년 4월 6일, 서울시 노원구 공릉동, 홍기춘(남·59) 구연, 방민희 조사 채록.

「가평 달래고개 전설」
　　2009년 2월 24일, 경기 가평군 하면 하판리, 이경자(여·53) 구연, 신동흔·이홍
우 외 조사 채록.

■ 자연 창조 전설

「노고할머니와 게너미고개」
　　2003년 1월 10일, 경기 양주시 광적면 가납리, 정용철(남·83) 구연, 강진옥·신
동흔·조현설 외 조사 채록.

「개양할머니와 수성당」
　　2012년 7월 12일, 전북 부안군 변산면 격포리, 신동욱(남·72) 구연, 신동흔·김
정은 외 조사 채록.

「곰나루 유래」
　　1989년 5월 12일, 충남 공주시 옥룡동, 김정영(남·72) 구연, 신동흔 조사 채록.

■ 산과 고개에 대한 이야기

「이천 효양산 화수분 전설」
　　2011년 1월 28일, 경기 이천시 부발읍 죽당리, 강진구(남·77) 구연, 신동흔·이
홍우 외 조사 채록.

「가리산 명당과 한천자」
　　2009년 2월 3일, 경기 가평군 북면 백둔리, 정용목(남·72) 구연, 신동흔·이홍
우 외 조사 채록.

「통영 옥녀봉 전설」
　　2018년 3월 31일, 경남 통영시 중앙시장 근처, 신원 미상 두 할머니 구연, 김시
원·서한결 조사 채록.

「양주 매봉재 전설」
2003년 1월 9일, 경기 양주시 양주읍 만송리, 이종부(남·85) 구연, 강진옥·신동흔·조현설 외 조사 채록.

■ 바위에 얽힌 전설

「아차산 벌렁바위 전설」
2017년 4월 7일, 서울 광진구 아차산 벌렁바위 앞, 김민수(남·71) 구연. 김윤희·박정은 조사 채록.

「안면도 할매 할배 바위 전설」
2015년 4월 4일, 서울 광진구 군자동, 오기천(남·81), 최동주 조사 채록.

「신선바위와 벼락바위」
2010년 2월 20일, 경기 포천시 영북면 자일리, 김금봉(여·97) 구연, 신동흔·이홍우 외 조사 채록.

「고창 깨진바위 전설」
2016년 3월 25일, 전북 고창군 월곡리, 정재술(남·66) 구연, 이유진 조사 채록.

「무남바위와 돌 구슬」
2018년 4월 7일, 강원도 원주시 무실동, 지순련(여·81) 구연, 김예지·김예서 조사 채록.

「죽어서 곰보바위가 된 남매」
2018년 3월 30일, 충남 홍성군 거북이마을, 전영수(남·75) 구연, 김예빈·나유빈·박경민 조사 채록.

「홍성 사랑바위 전설」
2018년 3월 30일, 충남 홍성군 거북이마을, 전영수(남·75) 구연, 김예빈·나유빈·박경민 조사 채록.

■ 꽃과 초목에 대한 이야기

「며느리밥풀꽃 유래」
　　2010년 1월 16일, 경기 포천시 소흘읍 고모리, 이범주(여·78) 구연, 신동흔·이
　　홍우 외 조사 채록.

「분꽃 전설」
　　2015년 4월 4일, 인천 중구 공항신도시 경로당, 조웅호(남·75) 구연, 이연지 조
　　사 채록.

「백일홍 유래」
　　2006년 1월 4일, 서울 종로구 노인복지센터, 윤중례(여·75) 구연, 김경섭·심우
　　장 외 조사 채록.

「연인산 얼레지꽃 전설」
　　2017년 4월 1일, 경기 화성시 반송동, 빈미희(여·58) 구연, 박신영 조사 채록.

「나무가 된 못된 며느리」
　　2012년 4월 10일, 서울 강남구 청담동, 오정순(여·86). 최주원 조사 채록.

■ 새에 얽힌 이야기

「소쩍새 전설 1」
　　2016년 3월 31일, 서울 광진구 건국대학교 교정, 이성례(여·62) 구연, 박수연·유
　　은솔 조사 채록.

「소쩍새 전설 2」
　　2014년 4월 4일, 충남 서천군 후암리, 김우진(여·78) 구연, 김보라 조사 채록.

「죽어서 까마귀 된 계모」
　　2010년 1월 16일, 경기 포천시 소흘읍 고모리, 이범주(여·78) 구연, 신동흔·이
　　홍우 외 조사 채록.

「죽어서 까마귀 된 의붓딸」
　　2009년 1월 31일, 경기 가평군 가평읍 개곡리, 이순자(여·73) 구연, 신동흔·이
　　홍우 외 조사 채록.

「파랑새와 젊어지는 샘물」
　　2013년 4월 1일, 서울 모처, 김봉옥(여·81) 구연, 정소연 조사 채록.

■ 뱀과 용 이야기

「하동 이명산 이무기 전설」
　　2016년 3월 26일, 경남 하동군 읍내리, 황석기(남·56) 구연, 황민우 조사 채록.

「청룡 흑룡의 다툼과 무달이」
　　2012년 4월 9일, 서울 광진구 화양동, 박정희(여·47) 구연, 김송희 조사 채록.

「상사뱀이 된 신부」
　　2006년 1월 17일, 대구 중구 경상감영공원, 박종문(남·80) 구연, 신동흔·김예
　　선 외 조사 채록.

「구렁이로 환생한 어머니」
　　2010년 2월 21일, 경기 포천시 영북면 자일리, 김금봉(여·97) 구연, 신동흔·이
　　홍우 외 조사 채록.

「죽어서 구렁이가 된 영감」
　　2011년 4월 3일, 서울 한 음식점, 김남형(남·62) 구연, 박종수 조사 채록.

「자신을 사랑한 종을 용으로 만든 처녀」
　　2015년 4월 2일, 서울 광진구 건국대학교병원, 60세 여성 구연, 맹다솜 조사
　　채록.

■ 호랑이와 여우, 도깨비 이야기

「삼봉산 절터골 호랑이 전설」
　　2015년 3월 28일, 전북 전주시 서신동, 오영자(여·61) 구연, 유기현 조사 채록.

「효자를 도와 묘를 지킨 호랑이」
　　2016년 3월 19일, 전북 순창군 복실리, 한천수(남·80) 구연, 이윤경·이우주·안혜민 조사 채록.

「새엄마로 들어온 아차산 백여우」
　　2017년 3월 23일, 서울 광진구 아차산 향토자료실, 김민수(남·70) 구연, 이다솔 조사 채록.

「처녀귀신 손각시의 해코지」
　　2010년 1월 15일, 경기 포천시 소흘읍 무림리, 고순태(남·61) 구연, 신동흔·이홍우 외 조사 채록.

「꺼먹살이 도깨비 이야기」
　　2007년 7월 12일, 대전 서구 남선공원 노인복지관, 신씨(여·88) 구연, 신동흔·심우장 외 조사 채록.

■ 절과 신당에 얽힌 이야기

「금강산 유점사와 오십삼불 전설」
　　1988년 6월 1일, 경기 안성군 공도면 건천리, 임철호(남·75세) 구연, 신동흔·사진실 외 조사 채록.

「강화도 전등사와 나부상 유래」
　　2015년 4월 3일, 인천 강화군 전등사 경내, 황완익(남·64) 구연, 엄희수 조사 채록.

「부안 내소사 창건에 얽힌 전설」
　　2005년 12월 21일, 서울 종로구 노인복지센터, 김금동(남·77) 구연, 신동흔·김종군 외 조사 채록.

「계룡산 남매탑 전설」
　　1991년 7월 18일, 충남 공주시 계룡면 공암리, 서정필(남·80) 구연, 신동흔 조
　　사 채록.

「해남 대흥사와 저승길 독 세기」
　　2017년 4월 1일, 서울 모처, 황형심(여·72) 구연, 김민지 조사 채록.

「서울 행당동 아기씨당 전설」
　　2017년 4월 4일, 서울 성동구 행당동 아기씨당, 김옥렴(여·82) 구연, 김영찬 조
　　사 채록.

「서낭당의 유래」
　　2005년 12월 21일, 서울 종로구 노인복지센터, 홍봉남(여·79) 구연, 김경섭·심
　　우장 외 조사 채록.

■ 도읍 유래와 마을 내력담

「계룡산 도읍에 관한 전설」
　　1991년 1월 30일, 충남 논산군 노성면 죽림리, 이재철(남·68) 구연, 신동흔 조
　　사 채록 채록.

「서울의 유래」
　　2005년 12월 14일, 서울 종로구 노인복지센터, 조판구(남·88) 구연, 김종군·김
　　예선 외 조사 채록.

「서울 여러 지명의 유래」
　　2006년 8월 24일, 서울 종로구 노인복지센터, 서춘희(여·81) 구연, 김경섭·김
　　광욱 외 조사 채록.

「인천 구월동 오달기 전설」
　　2017년 4월 2일, 인천 중구 자유공원, 정명자(여·63) 구연, 배유진 조사 채록.

「철원 월정리 마을 유래」
  2017년 6월 25일, 경기 안산시, 김동현(남·48) 구연, 김명진 조사 채록.

■ 풍속 유래담

「도선 어머니 묏자리와 고시레」
  2007년 7월 14일, 충북 청주시 중앙공원, 박철규(남·84) 구연, 심우장·박혜진
  외 조사 채록.

「이곡 선생과 곡자상과 고시레」
  2013년 4월 3일, 서울 종로구 탑골공원, 신원 미상 할아버지 구연, 신정식·이누
  리·황석하 조사 채록.

「결혼식에 기러기를 놓는 이유」
  2006년 11월 20일, 서울 종로구 노인복지센터, 서춘희(여·81) 구연, 김경섭·김
  광욱 외 조사 채록.

「동짓날 팥죽을 끓이게 된 유래」
  2011년 3월 31일, 경기 수원시 율전동, 오건일(남·71) 구연, 강나진 조사 채록.

■ 삼국시대와 통일신라시대의 인물 전설

「바보 온달과 평강공주」
  2011년 2월 12일, 경기 이천시 부발읍 죽당리, 강진구(남·78) 구연, 신동흔·이
  홍우 외 조사 채록.

「백제의 용을 낚은 소정방」
  2011년 1월 28일, 경기 이천시 부발읍 죽당리, 강진구(남·77) 구연, 신동흔·한
  유진 외 조사 채록.

「해골 물에 도를 깨우친 원효대사」
  2006년 7월 24일, 부산 중구 용두산공원, 김호출(남·73) 구연, 신동흔·조현설
  외 조사 채록.

「최치원 출생 전설」
　2017년 4월 8일, 전북 군산시, 이종예(남·68) 구연, 윤재은 조사 채록.

「멧돼지 자식 최고운」
　2006년 3월 16일, 서울 종로구 노인복지센터, 조판구(남·89) 구연, 신동흔·심
　우장 외 조사 채록.

「최고운 선생 이야기」
　2013년 4월 3일, 서울 종로구 탑골공원, 신원 미상 할아버지 구연, 신정식·이누
　리·황석하 조사 채록.

■ 고려시대 인물 전설

「궁예에 얽힌 전설」
　2010년 2월 6일, 경기 포천시 일동면 사직리, 현용하(남·95) 구연, 신동흔·이
　홍우 외 조사 채록.

「신숭겸 장군과 용마」
　2017년 6월 9일, 서울 강동구 성내동, 신현숙(여·61) 구연, 윤다솜 조사 채록.

「여우 자식 강감찬의 재주」
　2003년 8월 13일, 경기 의정부시 의정부동, 김병옥(남·74) 구연, 강진옥·김종
　군 외 조사 채록.

「백여우를 퇴치한 강감찬」
　2003년 8월 13일, 경기 의정부시 의정부동, 이종부(남·85세) 구연, 강진옥·김
　종군 외 조사 채록.

「인동마을 모기 없앤 강감찬」
　2011년 4월 4일, 서울 은평구, 이숙희(여·49) 구연, 김선 조사 채록.

「포은 정몽주와 송악산 신령」
　2006년 10월 22일, 서울 광진구 건국대학교, 권병희(남·82) 구연, 김종군·심우

장 외 조사 채록.

■ 조선 전기 인물 전설

「이성계가 성공한 내력」
  2010년 2월 6일, 경기 포천시 영북면 운천리, 정덕재(남·88) 구연, 신동흔·이
  홍우 외 조사 채록.

「이성계 부자와 함흥차사」
  2011년 2월 19일, 경기 이천시 부발읍 무촌리, 강진구(남·78) 구연, 신동흔·이
  홍우 외 조사 채록.

「황희 정승과 농부」
  2010년 1월 15일, 경기 포천시 소흘읍 무림리, 한춘수(남·81) 구연, 신동흔·이
  홍우 외 조사 채록.

「신사임당 행적」
  2006년 6월 15일, 서울 종로구 노인복지센터, 이학규(남·78) 구연, 신동흔·심
  우장 외 조사 채록.

「이율곡을 살린 나도밤나무」
  2010년 1월 16일, 경기 포천시 소흘읍 고모리, 윤옥희(여·79) 구연, 신동흔·이
  홍우 외 조사 채록.

「이토정의 기이한 행적과 죽음」
  1989년 5월 12일, 충남 공주시 옥룡동, 김정영(남·72) 구연, 신동흔 조사 채록.

■ 조선 중후기 인물 전설

「뜻을 펼치지 못한 송구봉」
  1992년 5월 29일, 충남 공주시 계룡면 화헌리, 정은상(남·74) 구연, 신동흔 조
  사 채록.

「만고충신 김덕령」
　　1987년 8월 28일, 서울 종로구 탑골공원, 박남규(남·65) 구연, 신동흔 조사
　　채록.

「신립 장군과 처녀의 원혼」
　　2006년 5월 11일, 서울 종로구 종묘광장공원, 권병희(남·71) 구연, 신동흔·심
　　우장 외 조사 채록.

「신립 장군과 기치미고개」
　　2011년 1월 28일, 경기 이천시 부발읍 죽당리, 강진구(남·77) 구연, 신동흔·이
　　홍우 외 조사 채록.

「왜란 때 억울하게 죽은 영규대사」
　　1992년 5월 29일, 충남 공주시 계룡면 화헌리, 정은상(남·74) 구연, 신동흔 조
　　사 채록.

「삼각산 신령과 이여송」
　　2006년 10월 22일, 서울 광진구 건국대학교, 권병희(남·82) 구연, 김종군·심우
　　장 외 조사 채록.

「왜국 혼쭐낸 사명당」
　　2010년 1월 15일, 경기 포천시 소흘읍 무림리, 한춘수(남·81) 구연, 신동흔·이
　　홍우 외 조사 채록.

「생불 사명대사와 땀 흘리는 비석」
　　2006년 7월 24일, 부산 중구 용두산공원, 김호출(남·73) 구연, 신동흔·조현설
　　외 조사 채록.

「임경업 죽인 김자점」
　　2010년 2월 20일, 경기 포천시 영북면 운천리, 정덕재(남·88) 구연, 신동흔·이
　　홍우 외 조사 채록.

「송우암에게 비상을 처방한 허미수」

2006년 10월 22일, 서울 광진구 건국대학교, 권병희(남·82) 구연, 김종군·심우장 외 조사 채록.

■ 민간의 명인과 기인 이야기

「점 잘 치는 소경 엄이장」
2010년 2월 6일, 경기 포천시 일동면 기산리, 김학조(남·66) 구연, 신동흔·노영근 외 조사 채록.

「오성 대감 놀라게 한 명인」
1989년 5월 14일, 충남 공주시 중동, 유흥국(남·76) 구연, 신동흔 조사 채록.

「제주도 거상 김만덕의 행적」
1991년 1월 29일, 충남 논산시 노성면 죽림리, 이재철(남·69) 구연, 신동흔 조사 채록.

「담배장수 골탕 먹인 정만서」
2006년 5월 4일, 대구 중구 달성공원, 김용운(남·69) 구연, 신동흔·김예선 외 조사 채록.

「녹두장군 전봉준 죽은 내력」
2005년 12월 21일, 서울 종로구 노인복지센터, 김금동(남·77) 구연, 신동흔·김광욱 외 조사 채록.

「정말떽이와 신기한 호리병」
2014년 4월 4일, 울산 중구 태화동, 임수영(여·50) 구연, 박경수 조사 채록.

우리가 고전에 눈을 돌리는 것은 고전으로 회귀하기 위해서가 아니다. 한국의 고전은 고전으로서 계승된 역사가 극히 짧고 지금 이 순간에도 발견되고 있으며 심지어 어떤 작품은 저 구석에서 후대의 눈길을 간절하게 기다리고 있기도 하다. 우리의 목표는 바로 이런 한국의 고전을 귀환시키는 것이다. 그러니까 고전 안에 숨죽이며 웅크리고 있는 진리내용들을 다시 불러들이고 그것으로 이 불투명한 시대의 이정표를 삼는 것, 이것이 우리의 궁극적인 목적이다.

문학동네 한국고전문학전집은 몇몇 전문가의 연구실에 갇혀 있던 우리의 위대한 유산을 널리 공유하는 것은 물론, 우리 고전의 비판적·창조적 계승을 통해 세계문학사를 또 한번 진화시키고자 하는 강한 열망 속에서 탄생하였다. 그래서 문학동네 한국고전문학전집은 이미 익숙한 불멸의 고전은 말할 것도 없고 각 시대가 새롭게 찾아내어 힘겨운 논의 끝에 고전으로 끌어올린 작품까지를 두루 포함시켰다. 뿐만 아니라 한국 고전의 위대함을 같이 느끼기 위해 자구 하나, 단어 하나에도 세밀한 정성을 들였다. 여러 이본들을 철저히 비교하는 과정을 거쳐 정본을 획정했고, 이제까지의 모든 연구를 포괄한 각주를 달았으며, 각 작품의 품격과 분위기를 충분히 살려 현대어 텍스트를 완성했다. 이 모두가 우리의 고전을 재발명하는 것이야말로 세계문학의 인식론적 지도를 바꾸는 일이라는 소명감 덕분에 가능했음은 물론이다. 부디 한국의 고전 중 그 정수들을 한자리에 모은 문학동네 한국고전문학전집이 그간 한국의 고전을 멀리했던 독자들에게 널리 읽히고 창조적으로 계승되어 세계문학의 진화를 불러오는 우리의, 더 나아가 세계 전체의 소중한 자산으로 자리하기를 기대해본다.

문학동네 한국고전문학전집 편집위원
심경호, 장효현, 정병설, 류보선

옮긴이 **신동흔**

서울대학교에서 '역사인물담의 현실대응 방식 연구'로 문학박사 학위를 받았다. 설화를 찾아내고 분석하며 새로 쓰는 일을 소명으로 삼아 다양한 현지 조사와 집필 활동을 수행해왔다. 건국대학교 국어국문학과 교수로 재직하면서 옛이야기 대중 강연도 하고 있다. 최근에는 세계 설화의 인문학적 해석과 옛이야기의 치유적 활용으로 연구 대상을 넓혀가고 있다. 한국구비문학회장에 이어서 한국문학치료학회장을 역임했다. 지은 책으로 『옛이야기의 힘』『스토리텔링 원론』『왜 주인공은 모두 길을 떠날까?』『살아있는 한국 신화』 등이 있고, 엮은 책으로 『시집살이 이야기 집성』(전 10권) 『도시전승 설화자료 집성』(전10권) 등이 있다.

한국고전문학전집 025

구비전설 선집

ⓒ신동흔 2021

초판 인쇄 | 2021년 8월 23일
초판 발행 | 2021년 9월 8일

옮긴이 신동흔

책임편집 유지연 | **편집 구민정**
디자인 윤종윤 이주영 | **마케팅 정민호 양서연 박지영 안남영**
홍보 김희숙 함유지 김현지 이소정 이미희 박지원
제작 강신은 김동욱 임현식 | **제작처 영신사**

펴낸곳 (주)문학동네 | **펴낸이 염현숙**
출판등록 1993년 10월 22일 제406-2003-000045호
주소 10881 경기도 파주시 회동길 210
전자우편 editor@munhak.com | **대표전화** 031)955-8888 | **팩스** 031)955-8855
문의전화 031)955-2655(마케팅), 031)955-2690(편집)
문학동네카페 http://cafe.naver.com/mhdn | **트위터** @munhakdongne
북클럽문학동네 http://bookclubmunhak.com

ISBN 978-89-546-8081-3 04810
        978-89-546-0888-6 04810 (세트)

www.munhak.com